le galop du Diable

VICTORIA HOLT	*ŒUVRES*
LA MAISON AUX MILLE LANTERNES	*J'ai Lu* 834***
LA PORTE DU RÊVE	*J'ai Lu* 899****
LE GALOP DU DIABLE	*J'ai Lu* 1113****
LES BLANCHES DAMES	
L'ORGUEIL DU PAON	*J'ai Lu* 1063****

VICTORIA HOLT

le galop du Diable

traduit de l'anglais par Sabine Berritz

Éditions J'ai Lu

Ce roman a paru sous le titre original :

THE DEVIL ON HORSEBACK

PREMIÈRE PARTIE

DERRINGHAM MANOR

1

Ce fut une succession d'événements malheureux qui me conduisit au château Dampierre. Mon père, capitaine au long cours, se perdit en mer avec son navire alors que j'avais cinq ans, et ma mère qui, jusque-là, avait vécu dans un confort relatif, se trouva obligée de gagner sa vie et celle de sa fille. Elle assurait qu'une femme sans argent doit vivre grâce à sa serpillière ou à son aiguille, à moins qu'ayant reçu quelque instruction, elle sache en tirer profit. Comme elle faisait partie de cette dernière catégorie, deux voies s'ouvrirent devant elle : instruire des jeunes ou tenir compagnie à des vieux. Elle choisit la première. Elle avait du caractère, était décidée à réussir, et, avec le peu de moyens dont elle disposait, elle loua un pavillon situé dans la propriété de sir John Derringham, dans le Sussex, et ouvrit une pension pour jeunes filles.

Durant quelques années, sans résultats extraordinaires, cela nous permit de faire face aux nécessités de l'existence. Grâce à ma mère, je reçus ainsi une excellente éducation, car il était bien entendu que je deviendrais professeur à mon tour.

– Ainsi, Minella, me confiait ma mère, tu pourras toujours continuer à vivre ici.

Je m'appelais Wilhelmina, comme elle. Ce nom lui allait bien, mais il ne me convint jamais tout à fait. Si bien qu'ayant été dénommée Minella lorsque j'étais toute petite, Minella je restai.

La plus grande satisfaction de ma mère était la certitude que l'école garantirait mon avenir. En effet, n'ayant aucune famille pour prendre soin de nous, nous ne devions compter que sur nous-mêmes. Or, le fait que Sybil et Maria Derringham fussent nos élèves entraînait beaucoup de familles des environs à nous confier leurs filles. On prétendait que cela évitait d'avoir une gouvernante à demeure. Il arrivait aussi que, des invités venant pour quelque temps au Manoir, leurs enfants participassent temporairement à nos leçons, car ma mère enseignait aussi les bonnes manières, la danse et le français, ce qui n'était pas très courant.

Serpentant à travers les vastes terres de sir John, une très belle rivière contenait des truites. Aussi, des gens riches, et même certains membres de la Cour, s'installaient-ils au Manoir pour pêcher, chasser les faisans ou monter à cheval. Pour nous, ces saisons avaient beaucoup d'importance : la renommée de l'école s'était répandue parmi les amis de sir John et les familles qui n'aimaient pas se séparer de leurs enfants étaient ravies de nous les confier. Comme nous demandions un prix plus élevé pour de courts séjours, nous accueillions les élèves de passage avec plaisir. Sir John l'avait bien compris et il nous recommandait chaleureusement.

Vint un jour qui devait marquer toute ma vie. Ce fut

lorsque la famille de Bertrand de Libes vint passer quelques jours à Derringham Manor. Le comte Bertrand était un homme que je détestai tout de suite. Hautain et arrogant, il semblait se considérer comme au-dessus de tout le genre humain. La comtesse était différente, mais on la voyait très peu. Elle devait avoir été très belle dans sa jeunesse, quoiqu'elle ne fût pas âgée encore, mais je considérais alors toute personne ayant plus de trente ans comme vieille. Margot, leur fille, à cette époque avait seize ans, moi dix-huit ans. J'appris qu'elle était née un an après le mariage de ses parents, sa mère ayant à peine dix-sept ans. Tout ce que je sus de ce mariage, je le tins de Margot qui avait été envoyée à notre école par le bienveillant sir John.

Margot et moi, nous nous entendîmes tout de suite. Cela provint sans doute du fait que j'étais douée pour les langues, et que je pouvais bavarder avec elle en français avec plus de facilité que ma mère même (qui, elle, connaissait mieux la grammaire). Sybil et Maria Derringham ne faisaient guère d'efforts et ma mère aussurait que leurs progrès en français tenaient plus de la tortue que du lièvre.

De nos confidences, je retirai l'impression que Margot ne savait pas si elle aimait ou si elle haïssait son père. Elle avait peur de lui. Il administrait leur propriété en France et les terres avoisinantes qui lui appartenaient, comme un seigneur du Moyen Age. Tout le monde paraissait le craindre. Il était pourtant capable, par moments, de générosité et de gaieté, mais ce qui le caractérisait surtout, c'était son imprévisibilité. Margot m'affirmait qu'il lui arrivait de faire battre une servante un jour et de lui donner une récompense en argent le lendemain, sans qu'il y ait le moindre rapport entre les deux gestes. Il ne regrettait jamais – ou rarement – ses ordres cruels et ses bontés ne cachaient pas des remords. « Sauf une fois », indiqua Margot mystérieusement, mais je ne pus en savoir davantage. Elle m'avoua, avec quelque fierté, qu'on appelait son père « le Diable » (derrière son dos, bien entendu).

Il était très beau, d'une façon un peu satanique. Son aspect correspondait à ce que je savais de lui. Je le vis, pour la première fois, près de l'école. A vive allure, droit sur son cheval noir, il me fit penser à une figure légendaire. « Tiens, le galop du Diable », songeai-je immédiatement, et longtemps il fut pour moi le « galop du Diable ». Il était magnifiquement habillé. Les Français étaient toujours élégants et, bien que sir John fût impeccablement vêtu, il ne pouvait être comparé à ce diable de comte. Sa cravate était d'exquise dentelle tout comme ses manchettes. Sa jaquette vert bouteille, assortie au chapeau, convenait à sa perruque de fins cheveux blancs. Des diamants brillaient discrètement près de son col.

Il ne me remarqua pas et je pus l'observer, sidérée.

Ma mère ne fut jamais invitée à Derringham. Aussi libéral que fût sir John, aussi poli et plein de considération qu'il pût être à son égard, l'idée ne lui serait jamais venue de convier chez lui une maîtresse d'école : nous n'étions pas, socialement parlant, au même niveau.

Cependant mon amitié avec Margot fut encouragée car il était bon qu'elle perfectionnât son anglais et, lorsque ses parents repartirent dans leur pays, elle prolongea son séjour pour mieux connaître notre langue. Cela ravit ma mère car Margot était une des élèves qui payaient le plus cher et pour un temps beaucoup plus long que de coutume.

Margot et moi, nous aimions beaucoup être ensemble, et un jour, par faveur, en me signalant que cela ne se renouvellerait pas souvent, je fus invitée à prendre le thé et à rester une heure ou deux avec nos élèves. Ma mère fut enchantée. La veille de ce grand jour, lorsque l'école fut fermée, elle lava et repassa la seule toilette qu'elle considérait digne de cette visite : c'était du linon bleu garni de dentelles et la robe avait appartenu à ma grand-mère. Ma mère ronronnait au-dessus du fer à l'idée que sa fille tiendrait dignement sa place dans cette haute société. Ne savait-elle pas comment bien se comporter? N'avait-elle pas appris comment être digne des plus nobles milieux? N'était-elle pas mieux élevée que la plupart? (C'était vrai!) N'était-elle pas aussi belle et bien habillée? (Plus vrai dans l'imagination d'une tendre mère qu'en vérité!)

Armée de la confiance que ma mère avait en moi et bien décidée à prouver qu'elle avait eu raison, je partis. En traversant le petit bois de pins, je dois avouer que je n'étais pas particulièrement excitée. J'avais été en classe avec Sybil et Maria et aussi avec Margot, et j'étais très habituée à leur compagnie. Mais lorsque, à la sortie de la pinède, je vis se dresser devant moi la grande demeure entourée de pelouses, je ressentis une vraie joie à l'idée d'y entrer. Des murs de pierre grise. Des fenêtres à meneaux. L'antique construction avait été détruite par les hommes de Cromwell, et plus ou moins reconstruite à la Restauration. Un ancêtre, Daniel Derringham, ayant combattu pour la cause du roi, avait reçu en récompense cette baronnie et les terres alentour.

Un chemin pavé traversait les pelouses où s'élevaient de très vieux ifs : on assurait qu'ils avaient plus de deux siècles. Au centre du gazon, j'aperçus un cadran solaire et, impulsivement, j'allai tout près pour l'admirer. J'y déchiffrai non sans mal une inscription gravée dans la pierre et presque effacée : « Jouis de l'heure qui passe... » Mais la phrase se poursuivait et je ne pouvais la lire car elle était recouverte d'une épaisse mousse verte. Je grattai celle-ci du doigt et fus navrée de voir ma main toute verdie. Ma mère serait fâchée et si elle savait que j'étais arrivée au Manoir avec des mains peu nettes...

– Vous n'arrivez pas à lire?

Je me tournai brusquement. Joël Derringham était près de moi. J'avais été si absorbée dans ma contemplation que je ne l'avais pas entendu approcher sur l'herbe épaisse.

– La mousse a recouvert les autres mots, expliquai-je.

J'avais rarement parlé à Joël. C'était le seul fils de la maison et il avait vingt et un ou vingt-deux ans. Déjà, il ressemblait à son père et cette ressemblance s'accentuerait certainement avec l'âge. Il avait les mêmes cheveux bruns, les yeux bleu pâle, le nez aquilin et la bouche généreuse. Pour lui, comme son père, on qualifiait son visage de « plaisant ». Ils étaient tous les deux compatissants et bons sans faiblesse et, à bien réfléchir, il faut reconnaître que ce sont les meilleurs qualificatifs pour des êtres humains.

– Je peux les lire pour vous, me dit-il, en souriant.

Jouis de l'heure qui passe
Ne t'attarde pas sur hier
Vis chaque journée
Comme si elle était la dernière.

– Un bien triste conseil, dis-je.

– Mais un conseil raisonnable.

– Oui, probablement. (Je crus devoir lui expliquer ma présence.) Je suis Wilhelmina Maddox, poursuivis-je. Je suis invitée pour le thé.

– Mais je sais très bien qui vous êtes, répliqua-t-il. Laissez-moi vous accompagner auprès de mes sœurs. Je vous ai souvent vue près de l'école, ajouta-t-il tandis que nous traversions la pelouse. Mon père se félicite souvent d'avoir votre école si près de nous.

– Il est bien agréable d'être utile tout en gagnant sa vie.

– C'est exact, mademoiselle... Wilhelmina. Puis-je me permettre de vous dire que ce nom est bien sévère pour vous?

– Oh! on m'appelle surtout Minella.

– C'est mieux, mademoiselle Minella, beaucoup mieux.

Nous étions arrivés à la maison. Les lourdes portes en étaient grandes ouvertes. Nous entrâmes dans le hall. Hautes fenêtres, sol dallé, vaste voûte aux poutres apparentes : cela m'enchanta. Au centre, une énorme table de réfectoire en chêne garnie de plats et de gobelets d'étain. Des armoiries pendaient au-dessus de sièges creusés à la même pierre. Les chaises étaient d'époque et un immense portrait du roi Charles II dominait le tout. Je stoppai un instant pour étudier ce visage si lourdement sensuel. qui aurait pu être gênant sans l'éclair d'humour qui brillait dans les yeux et une certaine bonté qui arrondissait les lèvres.

– Le bienfaiteur de la famille, dit Joël.

– Quel beau portrait!

– Offert par le monarque lui-même lorsqu'il vint ici en visite.

– Vous devez adorer cette maison,

– C'est normal. Notre famille y vit depuis des années. Bien qu'elle ait été reconstruite sous la Restauration, certaines parties remontent aux Plantagenêt.

L'envie n'est pas un de mes défauts, pourtant je ressentis un léger pincement à cet instant. Appartenir à une maison pareille, à une famille semblable... cela doit donner un grand sentiment d'orgueil. Cela se sentait peu chez Joël Derringham. Je me demande même s'il y avait jamais pensé. Depuis toujours, il vivait là et savait que la demeure lui reviendrait plus tard. Etant le seul fils, il était fatalement l'héritier du Manoir.

– Je crois, dis-je soudain, que c'est ce qu'on appelle être né coiffé!

Il me regarda avec étonnement et je compris que j'avais exprimé mes pensées d'une façon que ma mère n'aurait certes pas approuvée.

– Oui.... tout ça..., ajoutai-je, tout ça qui est à vous depuis votre naissance... simplement parce que vous êtes né ici. Quelle chance vous avez! Imaginez que vous ayez vu le jour dans un des cottages du village?

– Mais je ne serais pas moi si j'avais des parents différents, me fit-il remarquer.

– Imaginez qu'on ait échangé les nouveau-nés... que celui du village soit au Manoir et l'autre au village. Qui pourrait faire la différence?

– Je ressemble beaucoup à mon père.

– C'est parce que vous avez été élevé ici.

– Non, j'ai aussi ses traits.

– C'est vrai...

– L'environnement... la naissance... quel effet ont-ils? Depuis des années, les docteurs se posent la question. Ce n'est pas un problème à résoudre en quelques instants.

– Je crains d'avoir été un peu impertinente. Je pensais tout haut.

– Pas du tout. Et la théorie est intéressante.

– Je suis en admiration devant la maison.

– J'en suis ravi. Vous mesurez son ancienneté... vous devinez l'esprit de mes ancêtres.

– Excusez-moi.

– J'aime votre franchise. Si nous montions maintenant? On doit vous attendre.

Nous prîmes l'escalier qui débouchait dans le hall. Nous passâmes dans une galerie ornée de portraits. Puis, par un passage plus étroit, nous arrivâmes dans un couloir où s'ouvraient plusieurs portes. Joël poussa l'une d'elles et j'entendis tout de suite la voix de Sybil :

– La voilà! Entre, entre, Minella. Nous t'attendons.

La pièce était ce qu'on nomme un solarium et avait été construite pour que le soleil y pénètre de partout. A l'une des extrémités, je vis sur un métier une tapisserie à laquelle lady Derringham devait travailler. Il y avait un rouet non loin de là. Je me demandai si quelqu'un s'en servait encore. Au centre, une grande table supportait des travaux de couture. Je sus ensuite que c'était la pièce où les filles se tenaient habituellement. Une harpe et une épinette occupaient un autre angle et je compris que lorsqu'on repoussait les meubles contre les murs, on devait y danser à la lumière des bougies luisant dans leurs candélabres. J'imaginai tout de suite les hommes et les femmes dans leurs habits d'apparat.

– Ne reste pas plantée là avec les yeux ronds, Minelle, me lança Margot, dans son curieux anglais – elle adaptait tous les prénoms à son propre langage –, tu n'as donc jamais vu un solarium?

– C'est que, précisa Maria, elle doit trouver que c'est très différent d'une salle de classe.

Maria n'était pas méchante mais je sentais souvent une pointe dans ses propos. Elle était la plus snob des Derringham.

– Bon, je vous laisse, dit Joël. Au revoir, mademoiselle Maddox.

– Où as-tu rencontré Joël? demanda Maria, la porte à peine refermée.

– En venant au Manoir. Il m'a accompagnée ici.

– Joël a la manie d'aider les autres, poursuivit Maria. Il porterait le panier d'une cuisinière s'il trouvait qu'il est trop lourd pour elle. Maman m'affirme qu'il s'abaisse et c'est vrai. Il devrait se mieux conduire.

— Et regarder de son haut une simple maîtresse d'école, répliquai-je nettement. Puisqu'elle est si loin de lui, il ne devrait même pas l'apercevoir.

Margot éclata de rire.

— Bravo, Minelle! lança-t-elle. Et si Joël devrait mieux se conduire, tu devrais bien en faire autant, Maria! On ne croise pas le fer... c'est bien comme ça que l'on dit?... on ne croise pas le fer avec Minelle car elle gagne toujours et, si elle est la fille de la maîtresse d'école, toi tu es celle du squire... mais tant pis! Elle est la plus intelligente.

— Oh! Margot, interrompis-je, tu es ridicule. Mais je savais que le ton de ma voix la remerciait d'être venue à mon aide.

— Je vais sonner pour le thé puisque tu es là, dit Sybil, se souvenant de ses devoirs d'hôtesse. On le servira dans notre classe.

Tout en bavardant je regardais autour de moi et je songeai que ma rencontre avec Joël avait été bien agréable et qu'il était beaucoup plus aimable que ses sœurs.

Nous prîmes le thé dans la classe où mes élèves faisaient leurs devoirs. Il y avait de fines tranches de pain garnies de beurre et de confiture ainsi que des buns tout parfumés. Une servante aida Sybil à servir. Au début, nous fûmes toutes les quatre un peu réservées; puis, le temps passant, nous bavardâmes librement, comme à l'école. Certes, maintenant, j'étais institutrice, mais il n'y avait pas si longtemps que j'avais été pour elles une simple camarade.

Margot me surprit en proposant de jouer à cache-cache. C'était assez puéril et elle se vantait souvent d'être déja habituée au monde.

— Tu veux toujours jouer à ce jeu stupide, déclara Sybil, et puis tu disparais et on ne te découvre jamais.

— Ça m'amuse! dit-elle, haussant les épaules.

Les jeunes Derringham se résignèrent. On avait dû leur rappeler qu'elles devaient distraire leur invitée.

Margot indiqua le sol :

— Tous, en dessous, ils doivent avoir terminé leur sieste et ils prennent le thé au salon. C'est amusant, mais moins que la nuit où, dans l'obscurité, les fantômes sortent.

— Il n'y a pas de fantômes, coupa Maria.

— Oh! mais si, Marie, taquina Margot. Il y a celui de la lingère qui s'est pendue parce que le cuisinier l'a trompée. Seulement, elle ne t'est jamais apparue. Voyons... elle sait se tenir à sa place, comme tu dis!

— Margot dit n'importe quoi, murmura Maria, en rougissant.

— Alors, on joue à cache-cache? plaida Margot.

— Ce n'est pas juste pour Minella, protesta Sybil. Elle ne connaît pas la maison.

— Oh! mais on ne joue qu'à cet étage! On nous gronderait si en dégringolant l'escalier on tombait nez à nez avec les invités! Allez! je me cache.

Les regards de Margot brillaient d'excitation. Un tel plaisir m'étonna un peu. Mais l'idée d'explorer ne serait-ce que cet étage où nous étions m'amusait et j'en oubliai ma surprise devant ce subit enfantillage. Margot changeait facilement d'humeur et, après tout, elle était encore jeune.

— C'est un jeu si bête, grommela Maria. Pourquoi veut-elle toujours y jouer? Les devinettes, c'est tellement plus drôle. Et puis, où va-t-elle? Nous ne la trouvons jamais. Et *elle* veut toujours être celle qui se cache.

– Cette fois, grâce à Minella, on va la dénicher, assura Sybil.

Nous sortîmes de la classe et passâmes sur le palier. Maria ouvrit une porte. Sybil en ouvrit une autre. Je suivis Sybil. Nous étions dans une grande chambre et je compris que c'était celle où dormaient les deux jeunes filles, car deux lits ornés de baldaquins y étaient placés, aussi loin que possible l'un de l'autre.

Je revins sur le palier. Maria avait disparu et j'eus soudain très envie de me lancer dans une exploration solitaire. Je retournai au solarium. Maintenant que j'y étais seule, il me parut différent. Cela est fréquent avec les vastes demeures, elles n'ont pas le même aspect selon qu'elles sont habitées ou non. Vides, elles semblent parfois vivre par elles-mêmes.

Comme j'aurais souhaité m'aventurer partout! Comme j'aurais voulu connaître ce qui s'y passait maintenant et ce qui s'y était passé autrefois! Margot m'aurait comprise. Les filles Derringham, jamais. Elles auraient seulement pensé que je n'étais qu'une fille d'institutrice subjuguée par ce qui l'entourait.

J'entendis soudain la voix de Maria sur le palier et, instinctivement, je me dirigeai vers une porte éloignée. Je l'ouvris. Un escalier en spirale descendait devant moi. Je m'y lançai. Et j'allai tournant et tournant avant d'atteindre la fin des marches. Je me trouvai brusquement dans une autre partie de la maison. Devant moi commençait un large corridor. De lourds rideaux de velours ornaient les fenêtres. Je regardai par l'une d'elles. Je vis la pelouse et le cadran solaire : j'étais donc sur la façade.

Des portes donnaient sur le corridor. Très précautionneusement, j'en poussai une. Les stores étaient baissés et il me fallut un instant pour que mes yeux s'accoutument à l'obscurité. Je distinguai alors une forme allongée sur une chaise longue. C'était la comtesse, la mère de Margot. Rapidement mais sans bruit, je refermai la porte. Si je l'avais réveillée et si elle m'avait vue! C'eût été une honte! Ma mère en aurait été tellement choquée que je n'aurais plus jamais été invitée au Manoir. D'ailleurs, le serais-je encore? Il fallait donc en profiter au maximum.

Ma mère prétend que lorsque je veux faire quelque chose qui n'est pas très indiqué, je trouve toujours de bonnes raisons d'agir comme il me plaît. Quelle excuse trouverais-je à explorer ainsi cette maison? J'espionnais... ou c'était tout comme. Joël Derringham avait été content que j'aime sa demeure. Ma curiosité l'amuserait plutôt. Sir John aussi peut-être. Et ce serait sans doute ma seule occasion...

Je suivis le corridor. Bientôt, je découvris une porte ouverte. Je la poussai et jetai un coup d'œil à l'intérieur de la pièce. Elle ressemblait beaucoup à celle où j'avais trouvé la comtesse, mais, ici, le lit était orné d'un très somptueux baldaquin. De magnifiques tableaux ornaient les murs.

Incapable de me retenir, j'avançai sur la pointe des pieds.

Soudain, mon cœur bondit, car la porte se refermait derrière moi. Jamais de ma vie je n'avais eu si peur. Quelqu'un avait clos cette porte. Ma situation était terriblement embarrassante. D'habitude, je suis capable de fabriquer rapidement des excuses mais là, j'étais franchement épouvantée. Nous avions parlé des présences extra-naturelles et, tout à coup, je craignais d'être en face d'un fantôme.

– Bonjour. Je suis enchanté de vous voir, dit une voix à l'accent très prononcé.

Vivement, je me retournai. Le comte diabolique était appuyé contre la porte, les bras croisés. Ses yeux – très sombres, presque noirs – m'examinaient intensément; sa bouche arborait un sourire que je qualifiai immédiatement de satanique.

– Excusez-moi, je vous dérange, balbutiai-je.

– Vous cherchez quelqu'un? demanda-t-il. Ce n'est pas ma femme, puisque vous êtes repartie après avoir examiné sa chambre. Est-ce moi?

Je compris que les deux chambres communiquaient et qu'il s'était trouvé dans l'autre pièce. Il était rapidement passé à côté et avait entrouvert la porte pour me tendre le piège qu'il avait ensuite refermé sur moi.

– Non, non, dis-je. C'est un jeu. Margot s'est cachée.

– Voulez-vous vous asseoir un instant?

– Non, merci. Je n'aurais pas dû descendre jusqu'ici. Nous devons rester à l'étage supérieur.

Je marchai bravement vers la porte mais il ne bougea pas et je m'arrêtai indécise et effrayée par ce qu'il allait décider. Il s'avança vers moi et me prit par le bras.

– Il ne faut pas partir si vite, dit-il. Puisque vous me faites une visite, il faut rester un peu.

Il m'examinait de près et son attention me gênait.

– Il faut que je m'en aille, repris-je aussi simplement que je pus. On va me chercher.

– Mais c'est Margot qui se cache. On ne la trouvera pas si vite. La maison est grande, il est facile de s'y dissimuler.

– Oh! elles la trouveront! A l'étage au-dessus... (Je me tus. Je m'étais trahie.)

– Alors, mademoiselle, que faites-vous à cet étage? dit-il en riant très fort.

– C'est la première fois que je viens ici. Je me suis perdue.

– Et vous regardiez dans les chambres pour retrouver votre chemin?

Je restai silencieuse. Il me tira vers la fenêtre et me

fit asseoir. J'étais tout contre lui. Je sentais son parfum à base de santal et je voyais la bague portant ses armes qu'il arborait au petit doigt de sa main droite.

– Dites-moi votre nom, fit-il.

– Minella Maddox.

– Minella Maddox, répéta-t-il. Je sais. Vous êtes la fille de l'institutrice de ma fille.

– Oui. Mais j'espère que vous ne direz à personne que je suis descendue ici.

– Ainsi, vous avez désobéi...

– Je m'étais perdue, repris-je fermement. Et je ne voudrais pas qu'on sache que je suis si sotte.

– Ainsi, vous me demandez une faveur?

– Je vous suggère seulement de ne pas mentionner un fait si banal.

– Il n'est pas banal, mademoiselle.

– Je ne vous comprends pas, monsieur le comte.

– Et vous me connaissez?

– Tout le monde vous connaît dans les environs,

– Et qu'est-ce que vous savez de moi?

– Seulement qui vous êtes, le père de Margot, et que vous venez à Derringham de temps en temps.

– Ma fille vous a parlé de moi?

– Quelquefois.

– Vous a-t-elle parlé de mes... comment dit-on?

– De vos défauts? Vous pouvez me parler en français...

– Bon, vous avez déjà une opinion sur moi. Je suis donc un pécheur qui parle moins bien votre langue que vous ne parlez la sienne...

Il s'exprimait rapidement espérant peut-être que je ne le comprendrais pas, mais j'avais étudié le français dès l'enfance et, maintenant, toute crainte me quittait. Je voyais bien que j'étais dans une situation délicate et je savais qu'il n'était pas homme à m'aider à m'en sortir, mais cela ne m'empêchait pas de ressentir comme une certaine exaltation. Je lui expliquai que le mot avancé par moi était celui qui m'avait paru convenir, mais que s'il en était un autre, il pouvait me le signaler, je le comprendrais aussi.

— Je vois, poursuivit-il toujours aussi vite, que vous êtes une jeune personne fort spirituelle. Alors, comprenons-nous bien. Vous cherchez ma fille Marguerite, que vous appelez Margot. Elle est cachée à l'étage supérieur de cette maison. Vous le savez, et pourtant vous la cherchez ici. Ainsi, mademoiselle, courir après ma fille vous permet de satisfaire votre curiosité. Admettez-le (Il fronçait les sourcils mais, j'en étais sûre, l'effet était calculé pour me faire peur.) Je n'aime pas qu'on me raconte des mensonges.

— Bon, fis-je, décidée à ne pas me reconnaître pour battue, je l'avoue. C'est la première fois que j'entre dans une maison pareille et j'étais curieuse.

— C'est très naturel. Vous avez de bien jolis cheveux, mademoiselle. Ils ont la couleur du blé mûr en août. Etes-vous d'accord?

— Cela vous amuse de me flatter.

Il leva la main et attrapa l'une des boucles que ma mère avait si attentivement roulées et attachées avec un ruban bleu assorti à ma robe.

Je me sentais mal à l'aise et cependant l'étrange excitation persistait. Je fus obligée de me rapprocher encore de lui puisqu'il tirait mes cheveux. Je distinguais mieux ses traits : les cernes sous ses yeux sombres mais lumineux, les épais sourcils si parfaitement dessinés. Il était vraiment l'homme le plus admirable que j'aie jamais vu.

— Mais, fis-je brusquement, je dois partir.

— Vous êtes venue ici pour votre plaisir, me rappela-t-il, il serait convenable que vous restiez pour le mien.

— Puisqu'il est question de courtoisie, je suppose

que vous ne me retiendrez pas contre ma volonté.

– Mais il s'agit de *votre* courtoisie envers *moi!* Moi, je ne vous dois rien. Vous vous êtes introduite ici. Comme c'est laid, mademoiselle, de jeter ainsi un coup d'œil dans des chambres! D'espionner! Vous n'avez pas honte?

Ses yeux brillaient. Margot m'avait souvent signalé combien il était imprévisible. Pour l'instant, il s'amusait. Mais, dans une seconde, cela pouvait changer.

J'arrachai ma mèche de ses doigts et me levai.

– Excusez-moi pour ma curiosité, fis-je. C'était très mal élevé de ma part. Faites ce que vous voudrez. Prévenez sir John ou...

– Merci pour votre permission, dit-il. (Il s'était levé et, tout à coup, il mit ses bras autour de moi et me serra contre lui. Puis, de l'index, il releva mon menton vers lui :) Quand on faute, indiqua-t-il, il faut payer. Voici le paiement que je réclame.

Il prit alors mon visage entre ses deux mains et m'embrassa sur les lèvres... pas une seule fois, plusieurs.

J'étais épouvantée. Personne ne m'avait jamais embrassée ainsi auparavant. Je parvins à m'éloigner de lui et courus.

Ce qui me blessait le plus, c'était le fait qu'il m'avait traitée comme une servante. J'étais horrifiée. Et pourtant, c'était bien ma faute.

Je trébuchai hors de la chambre, retrouvai l'escalier en spirale et, alors que je parvenais à l'étage supérieur, j'entendis du bruit derrière moi. Un instant, je crus que le comte me poursuivait et je faillis tomber d'inquiétude.

– Mais que fais-tu là, Minelle? demanda Margot.

Je me retournai. Elle était rouge et ses yeux luisaient.

– Où étais-tu? lançai-je.

– Et toi? fit-elle en mettant un doigt sur ses lèvres. Allez, viens, montons.

Arrivée en haut, Margot se tourna vers moi et rit. Puis, nous entrâmes ensuite dans le solarium.

Sybil et Maria s'y trouvaient déjà.

– Minelle m'a découverte, lança Margot.

– Où? demanda Sybil.

– Si tu crois que je vais te le dire, rétorqua Margot. Pas question, je peux m'y recacher de nouveau.

Durant tout l'après-midi, je ne pus chasser le comte de mon esprit. Tandis que nous nous amusions aux devinettes et à d'autres jeux, j'attendais qu'il apparaisse pour me dénoncer. Cependant, songeais-je, il a dû prévenir sir John. Mais, très gênée, je me souvenais aussi de la façon dont il m'avait embrassée. Pourquoi avait-il fait cela?

Je savais que le plus grand souci de ma mère était que je reste vertueuse et que je fasse un bon mariage, le meilleur possible. Un docteur lui aurait convenu, avait-elle dit. Mais le seul docteur que nous connaissions était resté célibataire jusqu'à cinquante-cinq ans et il était peu probable qu'il se décide à prendre femme maintenant. De plus, l'aurait-il souhaité et m'aurait-il fait l'honneur de s'adresser à moi, que je l'aurais refusé.

« Nous sommes à cheval sur deux mondes », disait ma mère, expliquant ainsi que les gens du village étaient au-dessous de nous et ceux des grandes maisons très loin au-dessus. C'était une des raisons pour lesquelles elle souhaitait me laisser une école en pleine expansion. J'avoue que la perspective de faire la classe toute ma vie aux jeunes personnes des environs ou à celles qui venaient passer quelques jours dans notre région ne me réjouissait guère.

Le comte m'avait rappelé toutes ces pensées. Furieuse, je comprenais qu'il n'aurait jamais osé embrasser de cette façon une jeune fille de bonne famille. Mais, après tout, peut-être aurait-il osé? Ne faisait-il pas tout ce qui lui plaisait? Oh! il aurait pu se fâcher. Il aurait pu avertir sir John de mon intrusion dans sa chambre. Au lieu de cela, il m'avait traitée comme une... comme une quoi? Comment l'aurais-je su? Tout ce dont j'étais sûre, c'était que ma mère en aurait été indignée.

Elle attendait mon retour avec impatience.

– Tu as l'air bien agitée, me gronda-t-elle tendrement. (Elle aurait préféré me voir accepter comme un simple fait de la vie courante cette visite au Manoir.) T'es-tu bien amusée? Qu'est-il arrivé?

Je lui détaillai ce que nous avions mangé et lui décrivis les robes de mes camarades.

– Sybil présidait, dis-je, et ensuite nous avons joué.

– A quels jeux?

– Oh! des jeux de gamines, à cache-cache et aux devinettes.

Elle sourit mais remarqua que ma robe était très froissée.

– Il faut que je t'achète une autre robe, fit-elle, plus jolie, en velours peut-être.

– Pour quoi faire, maman? Quand la porterai-je?

– Qui sait? On t'invitera peut-être de nouveau.

– J'en doute. Une fois dans la vie un tel honneur est suffisant.

Mon intonation devait être un peu amère car ma mère me regarda avec une certaine tristesse, et j'en fus confuse. Je m'approchai d'elle et la pris dans mes bras :

– Ne t'inquiète pas, maman. Nous sommes heureuses ici, non? Et l'école marche très bien, alors? (Puis je me souvins de ce que j'avais oublié jusque-là :) Oh! tu sais, j'ai rencontré Joël Derringham là-bas.

Immédiatement, elle eut l'air contente.

– Et tu ne me le disais pas?

– J'avais oublié.

– Oublié... d'avoir rencontré Joël Derringham. Tu sais bien qu'il sera sir Joël un jour. Tout lui appartiendra. Comment l'as-tu rencontré?

Je lui racontai tout, répétant chaque mot échangé.

– C'était charmant, commenta-t-elle.

– Il ressemble tellement à sir John que c'est amusant. On dirait sir John à trente ans.

– Il a été très aimable avec toi.

– Il ne pouvait l'être plus.

Je lisais déjà tous les espoirs qui naissaient dans son esprit.

Deux jours plus tard, sir John vint à l'école et, comme c'était un dimanche, il n'y avait pas classe. Ma mère et moi terminions notre déjeuner, discutant des leçons à prévoir pour la semaine suivante, ainsi que cela nous arrivait souvent.

Quoique ma mère fût, dans la vie courante, la personne la plus prosaïque, dès que son cœur était atteint, elle était capable de rêver comme une jeune fille. Je savais qu'elle avait déjà envisagé me voir réinvitée au Manoir pour un jour y rencontrer quelqu'un... quelqu'un qui ne serait pas d'un trop haut rang... mais qui, néanmoins, m'offrirait mieux que ce que je pouvais espérer en restant maîtresse d'école. Ses pensées s'étaient emballées dans des rêves audacieux et, comme elle était habituée à réussir ce qu'elle entreprenait, elle n'imaginait pas d'entrave.

Par la fenêtre, elle aperçut sir John qui attachait son cheval au poteau de fer prévu à cet effet près du portail.

Moi, je me sentis glacée. Immédiatement, je crus que l'impossible comte avait pris un malin plaisir à se plaindre. Je l'avais quittée rapidement mais en lui laissant bien voir combien je désapprouvais sa conduite. Il prenait sa revanche.

– Oh! c'est sir John...! s'exclama ma mère. En quel honneur?

– C'est peut-être pour une nouvelle élève..., m'entendis-je murmurer.

Je le fis entrer dans notre parloir et je notai avec soulagement qu'il me souriait avec sa bienveillance habituelle.

– Bonjour, madame Maddox. Bonjour, Minella. Lady Derringham a un service à vous demander. Il nous manque un convive pour le souper que nous donnons ce soir. La comtesse de Libes reste confinée dans sa chambre, et, sans elle, nous voilà treize. Vous connaissez la superstition... Nous risquerions d'embarrasser quelques-uns de nos invités. Je viens donc essayer de vous persuader de permettre à votre fille de se joindre à nous.

Cela allait tellement dans le sens des plans que ma mère avait ébauchés depuis deux jours qu'elle accepta comme si c'était la chose la plus naturelle du monde.

– Ce sera avec plaisir, dit-elle.

– Mais maman, protestai-je, je n'ai pas de robe!

– Lady Derringham y a pensé, dit sir John. Il est bien entendu qu'une de nos filles vous en prêtera une. C'est très simple. Venez donc au Manoir cet après-midi. Vous choisirez ce qui vous plaira et notre lingère fera les retouches si besoin est. C'est très aimable à vous, madame Maddox, de nous envoyer votre fille. (Et il me sourit en s'en allant): A tout à l'heure.

Il était à peine parti que ma mère me serrait dans ses bras.

– *Je le voulais*! s'écria-t-elle. Ton père prétendait que lorsque j'avais décidé d'une chose cela arrivait parce que ma volonté était si forte que je créais ce que je souhaitais.

– Je n'ai guère envie de parader avec un costume d'emprunt...

– Tu es folle. Personne ne le saura.

– Sybil et Maria seront au courant, et Maria ne ratera pas une occasion de me rappeler que je ne suis qu'une « remplaçante ».

– Tant qu'elle ne le dira pas à quelqu'un d'autre, cela n'a pas d'importance.

– Maman, pourquoi es-tu si enthousiasmée?

– Parce que c'est ce que j'ai toujours tant espéré.

– As-tu jeté un sort à la comtesse?

– Peut-être.

– Pour que ta fille puisse aller au bal?

– Ce n'est pas un bal! lança-t-elle. Pour un vrai bal, il te faudrait une vraie robe.

– C'était une métaphore.

– Comme j'ai bien fait de t'élever convenablement! Tu seras tout à fait à la hauteur. Il faudra te coiffer avec toutes les boucles sur le dessus de la tête. On en voit mieux la couleur.

En moi-même j'entendis une voix cynique qui murmurait : « ... comme le blé en août. »

– Tu sais, ma chérie, tes cheveux sont ton meilleur atout. Il faut en profiter. J'espère que la robe sera bleue, cela s'harmonise mieux avec tes yeux. Ce ton de bleu est rare, surtout si profond.

– Tu transformes ton institutrice en princesse, maman.

– Et pourquoi une institutrice ne serait-elle pas aussi belle que la noble dame du château?

– Elle devra certainement l'être si elle est ta fille!

– Retiens ta langue ce soir, Minella. Tu dis un peu trop souvent la première chose qui te passe par l'esprit.

– Je serai moi-même et si ça ne plaît pas...

– ... On ne te réinvitera plus.

– Et pourquoi m'inviterait-on? N'attaches-tu pas trop d'importance à tout ceci? On m'invite parce qu'on a besoin de moi. Je ne suis pas la première à faire le quatorzième. Si le quatorzième décide en fin de compte de venir, on me dira bien poliment que je ne suis plus nécessaire.

En vérité, mon esprit était aussi préoccupé que celui de ma mère. Pourquoi cet ordre (car je le considérais ainsi) venait-il si vite après ma visite au Manoir? Qui l'avait suggéré? Et était-ce une coïncidence que ce fût justement la comtesse qui se trouvât indisponible? Etait-il possible que ce fût *lui* qui ai proposé ma présence? Quelle idée! Et pourquoi? Voulait-il me revoir? En somme, il n'avait pas signalé mon incorrection. Et je me souvenais de ce qu'il avait dit de mes cheveux en les caressant. Et puis... ces baisers! N'étaient-ils pas insultants? Avait-il simplement demandé : « Ramenez-moi cette fille au Manoir »? Les hommes comme lui n'agissaient-ils pas ainsi dans son monde? On parlait bien du *droit du seigneur*, ce droit qui permettait au maître du château d'obliger une fille sur le point de se marier à coucher dans son lit une nuit et parfois davantage si elle avait le malheur de lui plaire. Si le seigneur était généreux, il faisait un cadeau au jeune couple ensuite. Je supposais que le comte était parfaitement capable d'agir ainsi.

Mais, voyons, qu'allais-je penser? Je ressentis quelque honte à m'arrêter à de pareilles réflexions. Cette rencontre avec le comte m'avait-elle donc marquée plus que je ne croyais?

Ma mère continuait à parler de Joël Derringham. Il

me fallut lui redire mot pour mot les paroles que nous avions échangées. Et son imagination vagabondait à son tour. Oh! elle allait loin! Elle était convaincue que l'indisposition de la comtesse n'était qu'un faux prétexte et que Joël avait exprimé le désir de mieux me connaître et qu'il avait convaincu ses parents de m'inviter. Oh! chère maman, si folle lorsqu'il s'agissait de sa fille! Si elle avait été sûre de me voir confortablement établie, elle serait volontiers morte, et heureuse encore.

Et elle se complaisait dans ses rêves fous.

Margot vint me voir. Elle était tout excitée.

– Quelle chance! s'écria-t-elle. Tu viens ce soir! Chère Minelle, Maria a choisi une robe pour toi, mais elle ne me plaît pas. Tu prendras une des miennes... faite par une couturière de Paris. Elle est bleue. Celle de Maria est marron. Si laide. J'ai dit : non, non, pas ça pour Minelle! Parce que, tu comprends, si tu n'es pas ce qu'on appelle jolie... comme moi par exemple..., tu es très distinguée. Non, c'est vrai, et je tiens absolument à ce que tu mettes ma robe.

– Oh! Margot, tu veux vraiment que je vienne?

– Bien entendu. Ce sera amusant. Maman restera dans sa chambre. Elle pleurait cet après-midi. Encore mon père, sans doute. Oh! il est impossible, mais je crois qu'elle l'aime. Les femmes en raffolent. Je me demande pourquoi.

– Ta mère n'est pas vraiment malade, n'est-ce pas?

– Oh! elle a ses vapeurs. C'est ce qu'il dit, le Diable. Ils se sont sans doute querellés. Elle n'y tient pas, elle, c'est lui qui cherche la bagarre. Et si elle pleure, il est encore plus mécontent. Il a horreur des femmes qui sanglotent.

– Et elle pleure souvent?

– Je n'en sais rien. Je le crois. Après tout, elle est mariée avec lui.

– Margot, comme tu parles de ton père!

– Si tu as peur de la vérité...

– Je n'ai pas peur mais je me demande comment tu es au courant. Est-ce que ta mère ne s'enferme pas toute seule? Est-ce la même chose en France?

– Je pense.

– Mais tu dois savoir?

– C'est que je la vois très peu. Nounou s'occupe d'elle et je ne dois pas la déranger. Mais pourquoi parlons-nous d'eux. Je suis si contente que tu viennes, Minelle. Tu verras, tu seras enchantée. Tu étais contente de prendre le thé, n'est-ce pas?

– Oui, c'était amusant.

– Mais que faisais-tu dans cet escalier? Avoue tout. Tu avais voulu voir un peu ce qu'il y avait en bas?

– Et toi, Margot, que faisais-tu là?

Elle plissa les yeux et se mit à rire.

– Allons, raconte.

– Si je parle, tu me diras pourquoi tu étais là? Non, ce n'est pas juste parce que, toi, tu voulais seulement voir la maison.

– Que veux-tu dire?

– Oh! rien!

Nous changeâmes de sujet, mais je ne cessai pas de penser au comte et à la comtese. Cette dernière avait donc peur de son mari. Je la comprenais trop bien. Alors, elle s'enfermait et se réfugiait dans sa maladie. J'étais convaincue que c'était uniquement pour lui échapper. Comme c'était mystérieux.

Margot, au Manoir, m'emmena dans sa chambre. Elle était magnifiquement meublée et me rappelait celle du comte. Le lit était aussi à baldaquin mais un peu moins orné. Les rideaux étaient en beau velours bleu et une vaste tapisserie, dans les mêmes tons qui prédominaient dans toute la pièce, cachait l'un des murs.

La robe que je devais revêtir était étalée sur le lit.

– Je suis un peu plus grosse que toi, signala Margot, cela rendra tout plus facile. Tu es un peu plus grande, mais il y a un bon ourlet. La lingère va arranger ça tout de suite. Passe la robe et on verra quelles modifications y apporter. Je vais lui demander de descendre.

– Margot, tu es vraiment une amie pour moi.

– C'est vrai, accepta-t-elle. Tu me plais. Sybil... Maria... Pouf! (Elle gonfla ses lèvres.) Elles sont tristes. Et je sais ce qu'elles vont dire avant même qu'elles ne parlent. Toi, tu es différente. Et puis, tu n'es que la fille de l'institutrice.

– Qu'est-ce que cela a à voir?

Elle se mit à rire mais ne répondit pas. Je passai la robe. Elle était très flatteuse. Margot tira le cordon de sonnette et la lingère arriva avec ses épingles. En moins d'une heure, ma robe fut prête.

Maria et Sybil vinrent faire leur inspection. Maria ricana.

– Eh bien? Qu'est-ce qu'il y a? lança Margot.

– Elle ne lui convient pas tout à fait, commenta Maria.

– Et pourquoi? cria Margot.

– La marron aurait été mieux.

– Mieux pour toi! As-tu peur qu'elle soit plus belle que toi? Voilà, c'est ça.

– Tu es folle! répliqua Maria.

Margot voulut absolument me coiffer. Elle bavardait tout en brossant mes cheveux :

– Là, ma chérie, ce n'est pas mieux comme ça? Vrai, tu es rudement bien. Tu ne devrais pas être condamnée à seriner des leçons toute ta vie à des élèves stupides. (Elle m'examina dans le miroir :) Cheveux couleur de blé mûr, reprit-elle, yeux de bleuet et bouche de coquelicot.

– On dirait que tu parles d'un champ!

– Dents blanches et saines..., continua-t-elle. Lèvres fermes... mais qui savent sourire. Petit nez... un peu agressif. Oui, Minelle, mon amie, et je m'y connais. Quel contraste! Les lèvres sont douces... mais n'oublions pas le nez... ni la forme de la bouche... Oh! oui, je sais, on dit que je suis jolie... je suis passionnée... mais attends un peu. Pas de folie, s'il te plaît.

– C'est toi qui es folle, coupai-je. Le jour où je voudrai qu'on m'analyse, je le demanderai.

– Mais non, Minelle, tu ne le demanderas jamais car il y a autre chose en toi : tu crois que tu en sais un peu plus que les autres et que tu es capable de répondre correctement à toutes les questions. Oh! bien sûr, en classe, tu me bats... et même tu bats toutes les autres et c'est bien normal pour la fille de la directrice de l'école et tu sais ce qui est bien et ce qui est mal. Mais laisse-moi te dire quand même, ma chère Minelle, que tu as encore beaucoup à apprendre.

J'examinai ce visage aux yeux noirs, si semblables à ceux de son père, les sourcils épais, et les lourds cheveux sombres. Elle était vraiment très attirante et il y avait en elle comme un mystère. Je me souvins de notre rencontre dans l'escalier en spirale. D'où venait-elle?

– Des choses que toi, tu sais déjà? demandai-je.

– Il y en a qui naissent en sachant..., fit-elle légèrement.

– Et tu es de ceux-là?

– Parfaitement.

L'orchestre installé dans la galerie jouait. Lady Derringham, gracieuse en soie mauve, serra ma main et murmura :

– C'est gentil à vous, Minella, d'être venue à notre secours.

Sa remarque, bien qu'elle fût faite avec une extrême gentillesse, me rappela la raison de ma présence.

Dès que le comte apparut, je soupçonnai qu'il était responsable de ma venue. Il fit, des yeux, le tour de la salle et s'arrêta sur moi. Il s'inclina et je vis qu'il m'examinait de manière si insolente que je me sentis insultée. Je lui rendis son regard avec hauteur et cela parut l'amuser.

Lady Derringham avait veillé à ce que je sois assise à côté de ses filles et de Margot, comme pour rappeler à ses invités que, quoique présentes, nous n'étions pas encore sorties dans le monde. Nous assistions à la soirée et au souper, mais nous devions nous retirer tout de suite après.

L'événement me passionnait. J'aimais la musique et particulièrement Mozart dont on joua plusieurs morceaux durant le concert. Transportée par les sons harmonieux, j'imaginais que je vivais de la même manière que mes camarades. N'était-ce pas une malchance cependant d'être à part et d'avoir l'occasion de contempler ce à quoi je n'avais pas droit?

Pendant l'entracte, les gens circulèrent dans la galerie pour saluer leurs connaissances. Joël vint vers moi.

– Je suis content que vous soyez là, mademoiselle Maddox, dit-il.

– Croyez-vous qu'on aurait remarqué mon absence? Croyez-vous vraiment que l'on compte les convives et qu'on s'inquiète pour le malheureux treizième?

– Comment le savoir puisque la situation a été évitée... bien agréablement, je dois l'avouer. J'espère que ce sera la première des nombreuses visites que vous nous ferez.

– Vous n'espérez quand même pas qu'un quatorzième invité vous fera toujours défaut pour que vous ayez besoin de moi?

– Je crois que vous attachez trop d'importance à ce détail.

– Il le faut bien puisque, sans lui, je ne serais pas là.

– Oublions-le et réjouissons-nous de vous avoir. Qu'avez-vous pensé du concert?

– Superbe.

– Vous aimez la musique?

– Beaucoup.

– Nous en faisons souvent. Vous reviendrez.

– Vous êtes très gentil.

– Ce concert est spécialement dédié à notre invité d'honneur. C'est un passionné de Mozart.

– Est-ce qu'on parle de moi? fit une voix. C'était le comte.

Il s'installa sur une chaise derrière moi et j'eus la nette impression qu'il m'examinait intensément.

– J'expliquais à Mlle Maddox que vous appréciiez spécialement Mozart et que le concert était donné surtout pour vous. Puis-je vous présenter Mlle Maddox.

Le comte se leva et s'inclina :

– Je suis heureux de vous rencontrer, mademoiselle, dit-il. (Et, se tournant vers Joël, il ajouta :) Mlle Maddox et moi nous sommes déjà vus.

Le sang me monta au visage. Il allait me trahir. Il allait expliquer comment il m'avait découverte jetant un regard dans les chambres alors qu'on me croyait à l'étage supérieur, et peut-être soulignerait-il qu'il était dommage de me faire entrer dans un monde qui n'était pas le mien. Et quel moment il choisissait! C'était certainement ce qui l'amusait.

Sardonique, il me regarda, lisant sans doute dans mes pensées.

– Vraiment? fit Joël, surpris.

– Près de l'école, continua le comte. Je passais et j'ai aperçu Mlle Maddox. J'ai pensé : Tiens, ce doit être cette excellente personne qui a fait tant de bien à ma fille. Aussi je suis heureux de pouvoir aujourd'hui lui exprimer ma gratitude.

Il me souriait, remarquant bien entendu ma rougeur et soupçonnant certainement que je pensais à ses baisers et à ma fuite.

– Mon père chante toujours les louanges de l'école de Mrs Maddox, approuva le bon Joël. Elle nous a permis de ne pas prendre de gouvernante à la maison.

– Les gouvernantes sont souvent assommantes, conclut le comte en s'installant près de moi. Elles ne sont pas du même monde que nous et ne sont pas non plus des servantes. On ne sait comment les traiter. C'est gênant, pas pour nous, pour elles. Elles deviennent trop conscientes de leur position. Il faut ignorer les classes. N'êtes-vous pas de cet avis, Joël? Et vous, mademoiselle Maddox? Lorsque le défunt Louis XV entendit un de ses courtisans lui rappeler que sa maîtresse était fille de cuisinière, il répliqua : « Vraiment? Je ne l'ai pas remarqué. Vous êtes tous si loin au-dessous de moi, que je ne fais pas de différence entre un duc et une cuisinière. »

Joël rit et je ne pus retenir une remarque :

– Et en est-il ainsi pour vous, monsieur le comte? Etes-vous incapable de faire la différence entre une cuisinière et un duc?

– Je ne me situe pas aussi haut que le roi, mademoiselle. Mais, aussi haut que je sois, je ne peux faire de différence entre les filles de sir John et la fille de la directrice de l'école.

– Ainsi, je ne dois pas me considérer comme totalement inacceptable.

– Je puis vous assurer, mademoiselle, que vous êtes très acceptable.

Joël avait l'air mal à l'aise. Il trouvait notre conversation de mauvais goût, mais je sentais que le comte, tout comme moi, ne pouvait résister à la maintenir.

– L'entracte se termine, dit Joël, nous devrions rejoindre nos places.

Mes camarades revenaient, elles aussi. Margot semblait ravie. Maria boudait un peu, Sybil était distraite.

– Tu attires l'attention, Minelle, me souffla Margot. Deux des plus beaux hommes te tiennent compagnie en même temps. Tu es une sirène.

– Je n'ai rien demandé.

– Les sirènes ne demandent jamais rien. Elles laissent agir leur fascination.

Pendant la deuxième partie du concert, je pensai au comte. Il m'attirait. Et je savais pourquoi. Il aimait les femmes et j'en serais bientôt une. Ses intentions étaient certainement inavouables. Ce qui me troublait, c'est que, tout en étant horrifiée, j'étais fascinée.

Alors que nous descendions vers la salle à manger où un dîner froid était préparé, un des valets de chambre – très beau dans la livrée Derringham – entra. Il chercha sir John des yeux, alla le trouver, lui parla à voix basse.

Sir John inclina la tête, se dirigea vers le comte qui, je l'avais noté avec un peu de peine, déployait son charme pour lady Eggleton, la ravissante et frivole épouse d'un vieux mari perclus de rhumatismes. Sir John dit quelques mots au comte et ils sortirent vite ensemble.

Joël était près de moi.

– Venez au buffet, proposa-t-il. Vous choisirez ce que vous voudrez. Ensuite, nous nous installerons à une petite table.

Je lui en fus reconnaissante. Il pensait certainement que, ne connaissant personne, j'avais besoin d'un protecteur.

Je pris très peu de chose dans l'énorme assortiment de poissons et de viandes présenté. Nous dénichâmes une table abritée derrière des plantes vertes et Joël me dit :

– Vous avez dû trouver le comte très curieux?

– Oh!... il n'est pas anglais...

– Vous aviez l'air un peu gênée par lui.

– Ce doit être un homme habitué à obtenir ce qu'il veut.

– Sans aucun doute. Vous l'avez vu partir avec mon père. C'est qu'un de ses serviteurs est arrivé de France avec un message pour lui. Il m'a semblé que ce devait être important.

– Cela doit l'être pour qu'un serviteur vienne jusqu'ici.

– Mais pas surprenant. Vous savez peut-être que les choses ne vont pas très bien en France en ce moment. J'espère que ce n'est rien de grave.

– La situation doit être très délicate, assurai-je. On se demande comment cela se terminera.

– J'ai rendu visite au comte avec mon père il y a deux ans et, déjà, on sentait un fort malaise dans le pays. D'ailleurs, on n'y semblait pas aussi sensible là-bas que je l'étais. Vivre sur place empêche de voir ce qui est évident.

– On parle des extravagances de la reine.

– Elle n'est pas populaire du tout. Les Français n'aiment pas les étrangers, et elle est étrangère.

– Mais si belle et charmante, dit-on.

– Oh! oui! Nous lui avons été présentés par le comte. Elle danse merveilleusement et est habillée à ravir. Le comte est sûrement plus touché qu'il veut bien l'avouer.

– Il n'a pas l'air de s'inquiéter... mais je suis peut-êre injuste. Je le connais à peine.

– Il n'est pas homme à montrer ses sentiments. Si

des troubles survenaient, il aurait beaucoup à perdre. Parmi ses nombreuses propriétés, il possède le château Dampierre, à quarante kilomètres de Paris, et l'hôtel de Libes, à Paris même. Il est issu d'une ancienne famille qui remonte aux Capétiens et il est très bien introduit à la cour.

– C'est quelqu'un d'important, si je comprends bien.

– C'est exact. Cela se voit à ses manières, non?

– Et il veut que tout le monde le sache aussi. Cela l'étonnerait bien, si on ne le remarquait pas.

– Ne jugez pas si hâtivement, mademoiselle Maddox. C'est un aristocrate français et l'aristocratie est une société qui a plus d'importance en France que chez nous.

– Vous avez raison, on ne peut juger. De plus, je ne sais rien de lui.

– Il est inquiet. Hier soir, il nous racontait, à mon père et à moi, comment, il y a quelques années, ont eu lieu des émeutes. Les bateaux sur l'Oise furent saccagés et les produits qu'ils contenaient jetés à la rivière. Il a prononcé quelques mots qui ont frappé mon père. Il assure que c'était une « répétition pour une révolution ». Mais je vous ennuie avec une telle conversation.

– Pas du tout. Ma mère tient à ce que nous restions aussi informées de l'histoire moderne que de celle du passé. Nous recevons des journaux français que nous lisons en classe. Nous les reprenons souvent. Cette période inquiétante ne nous est donc pas inconnue.

– Les mots du comte sont troublants. Une « répétition »... et ce serviteur qui arrive avec un message spécial... cela m'inquiète.

– Ah! voilà Minella! (C'était Maria et Sybil accompagnées d'un jeune homme. Ils transportaient leurs assiettes.) Nous nous installons avec vous, déclara Maria.

Joël me présenta son ami.

– Tom Fielding, Mlle Maddox.

Tom s'inclina et me demanda si j'avais apprécié le concert. Je lui répondis que j'étais enchantée.

– Le saumon est bon, poursuivit-il. L'avez-vous goûté?

– Joël, lança Maria, si tu veux rejoindre tes camarades, Minella t'excusera certainement.

– J'en suis certain, mais je n'en ai pas envie, répondit Joël en me souriant.

– Il le faudrait peut-être...

– Ce soir, je n'écoute que mon bon plaisir, assura-t-il.

Je lui souris chaudement. Je savais que Maria avait voulu lui rappeler qu'il n'avait pas à s'attarder auprès de la fille de la directrice d'école. C'était tout à fait dans ses manières. Je ne savais si son frère la connaissait bien, mais je lui fus reconnaissante de sa réponse.

La conversation passa aux banalités et je compris vite que Joël, qui était un jeune homme sérieux, aurait préféré poursuivre notre discussion.

– Maman a dit que lorsque tu t'en irais, Minella, lança Sybil, elle enverra quelqu'un pour t'accompagner jusque chez toi. Il ne faut pas que tu rentres seule.

– Comme c'est aimable à elle!

– Je ramènerai Mlle Maddox chez elle, coupa vivement Joël.

– Mais tu dois rester ici, fit remarquer Maria.

– Tu exagères mon importance, chère sœur. Tout tourne rond, que je sois ici ou non.

– Je crois que maman voulait...

– Tom, goûte ce massepain, l'interrompit Joël. Notre cuisinière en est très fière.

L'allusion de Sybil me rappela qu'il était peut-être temps que je parte. Il était 10 h 30 et je savais que je ne devais pas être la dernière à prendre congé.

Je me tournai vers Joël :

– C'est vraiment très aimable à vous de m'accompagner. Merci beaucoup.

– C'est moi qui dois vous remercier de me permettre de vous accompagner, fit-il galamment.

– Il faudrait peut-être que j'aille auprès de lady Derringham pour la saluer.

– Je vous conduis, proposa Joël.

Lady Derringham me reçut fort gracieusement et sir John déclara que c'était très gentil de ma part d'être venue après avoir été invitée à la dernière minute.

Je ne vis le comte nulle part et imaginai qu'il n'avait pas dû revenir à la réception après avoir quitté la salle avec sir John. J'aperçus Margot. Elle semblait ravie de la compagnie d'un jeune homme qui lui-même ne cachait pas sa satisfaction d'être auprès d'elle.

Joël et moi fîmes paisiblement le kilomètre qui séparait l'école du Manoir. Une demi-lune pâle déversait sa clarté légère sur les taillis. J'avais le sentiment de vivre un rêve. Ainsi, tard dans la nuit, j'étais dehors avec Joël Derringham qui manifestait nettement son plaisir d'être avec moi. Ce devait être évident, sans quoi Maria ne se serait pas montrée si pointilleuse. Je songeais à ce que penserait ma mère qui m'attendait certainement. Elle imaginait sans doute qu'un domestique du Manoir m'accompagnerait, mais quelle ne serait pas son excitation quand elle me verrait revenir avec le fils de la maison.

Et pourtant cela ne voulait rien dire... absolument rien. Tout comme les baisers du comte. Il ne fallait pas l'oublier et je devais faire en sorte que ma mère s'en souvienne aussi.

Joël me déclara que la soirée avait été charmante. Il ajouta que ses parents en donnaient souvent de semblables mais que, de celle-ci précisément, il se souviendrait toujours.

– Moi aussi, je m'en souviendrai, répondis-je légèrement. Ce sera la seule et unique.

– La première, plutôt, corrigea-t-il, car je sais que vous aimez la musique. Mais regardez ce ciel. Il est rarement aussi clair. La lune éteint presque les étoiles. Cependant, admirez les Pléiades au nord-est. Savez-vous que lorsqu'on les aperçoit, cela signale la fin de l'été? Pour cette raison, elles ne sont jamais les bienvenues. Arrêtez-vous un instant. Levez les yeux vers le ciel. Et nous voilà deux petits humains examinant l'éternité. N'est-ce pas bouleversant?

Et debout à côté de lui, je ressentis une douce émotion. Cette soirée avait été si étrange, si différente de tout ce que j'avais vécu jusque-là... Et quelque chose me soufflait que de grands événements s'offriraient bientôt à moi, que j'avais atteint le bout d'une route, la fin d'une époque, que Joël Derringham et, qui sait, le comte Bertrand de Libes lui-même ne seraient pas des connaissances passagères et que, d'une façon quelconque, mon destin se mêlerait aux leurs.

– On dit que ce sont les sept sœurs d'Atlas, continua Joël – les vierges, compagnes d'Artémis –, qui ont été poursuivies par Orion, le chasseur. Lorsqu'elles supplièrent les dieux de les sauver des brutales caresses d'Orion, elles furent changées en colombes et placées dans le ciel.

– Un sort plus enviable que celui que l'on dit pire que la mort, commentai-je.

– Comme je suis content de vous avoir rencontrée! s'écria Joël. Vous êtes si différente des jeunes filles que je vois généralement. (Il regardait toujours le ciel.) Toutes les Pléiades épousèrent des dieux, sauf une qui se maria avec un mortel. C'est Mérope, et c'est pourquoi elle luit moins brillamment que les autres.

– Ainsi, même au ciel, il y a des distinctions de classes?

– Ce n'est qu'une légende.

– Cela la gâche. Pour mon goût, j'aurais aimé que Mérope brille plus que les autres puisqu'elle avait été plus aventureuse et plus indépendante. Bien entendu, personne ne sera de mon avis.

– Moi, oui, assura-t-il.

Cela m'enchanta et augmenta en moi le sentiment d'être au début d'une nouvelle vie.

– Il ne faut pas vous attarder, dis-je, sinon, on se demandera ce que vous êtes devenu.

Nous ne parlâmes plus jusqu'à l'arrivée à la maison.

Ainsi que je l'avais supposé, ma mère m'attendait. Ses yeux s'arrondirent lorsqu'elle reconnut mon compagnon.

Joël refusa d'entrer. Il me remit à ma mère comme si j'étais un objet précieux placé sous sa protection, se souhaitèrent une bonne nuit, et nous nous séparâmes.

Je dus rester longtemps debout pour donner dans le moindre détail le récit de ma soirée à ma mère. Je le fis avec plaisir, mais j'omis de faire allusion au comte.

2

A l'école, la joie se prolongea. Ma mère reprit son existence avec un vague sourire sur ses lèvres, et parfois, un regard rêveur inhabituel. Je savais trop ce qu'il y avait dans son esprit et j'étais un peu navrée de sa témérité.

L'amitié témoignée par Joël Derringham en était la cause. J'avais dix-huit ans et, malgré mon peu de connaissance des usages du monde, j'étais assez mûre, de nature plus grave que les filles de sir John... et surtout que Margot. Ma mère m'avait toujours expliqué que je devais acquérir une excellente instruction afin de pouvoir ensuite gagner ma vie. Elle me l'avait si souvent répété depuis la mort de mon père que j'étais convaincue que c'était le sort qui m'attendait. J'avais lu tout ce qui me tombait sous la main car je voulais avoir des notions de tous les sujets susceptibles d'être évoqués devant moi et c'était certainement pour cela que Joël me jugeait différente des autres. Depuis notre rencontre, il avait recherché ma compagnie. Lorsque j'allais faire ma promenade favorite à travers les prairies, je le trouvais, m'attendant assis sur une barrière que je devais longer, et il m'accompagnait ensuite. Il passait souvent à cheval devant l'école et parfois entrait. Ma mère le recevait simplement, mais je voyais, à la roseur de ses joues, combien elle était heureuse de cette visite. Cette femme si raisonnable perdait son sang-froid lorsqu'il s'agissait de sa fille, et je fus bientôt gênée d'avoir à reconnaître qu'elle avait, en elle-même, décidé que j'épouserais Joël Derringham et qu'ainsi, au lieu de rester confinée à l'école, j'irais vivre au Manoir.

C'était un rêve impossible car, si Joël avait envisagé cette possibilité, sa famille en aucun cas ne l'accepterait.

Cependant, en l'espace d'une semaine, nous devînmes bons amis. J'aimais bien nos promenades qui n'étaient jamais prévues mais qu'il provoquait. Je montais alors Jenny, notre petite jument qui servait aussi au buggy, notre seul moyen de transport. Elle n'était pas jeune, mais docile, et ma mère avait tenu à ce que je fasse très tôt de l'équitation. Joël, sur un des beaux alezans de l'écurie Derringham, semblait aller toujours dans la direction qui était justement la mienne. Je sortais Jenny tous les soirs, après la classe, car c'était le seul moment où j'étais libre, et, presque chaque jour, j'apercevais la haute silhouette de Joël dans la pinède. Cela devint une telle habitude que je voyais arriver le crépuscule avec plaisir. Il était aimable, prévenant, informé de tout, si bien que je trouvais sa compagnie très intéressante. Et puis, j'étais flattée qu'il me recherche ainsi.

Margot m'apprit que ses parents avaient quitté l'Angleterre à cause des événements qui se déroulaient en France. Cela ne l'atteignait guère et elle était enchantée de rester seule ici. Parfois, je me posais des questions à son sujet car, certains jours, elle était joyeuse et insouciante, et à d'autres, grave et anxieuse. Ses sautes d'humeur étaient très fréquentes mais, absorbée comme je l'étais par mes propres affaires, je mis cela sur le compte de son tempérament français et n'y pensai plus.

Joël sembla préoccupé lorsque nous parlâmes du départ soudain du comte :

– Il se prépare un grand scandale à la cour de France, me raconta-t-il. Certains membres de la noblesse y seront impliqués et le comte a jugé qu'il était bon pour lui d'être sur place. Il s'agit d'un collier de diamants de la reine, collier qu'elle aurait acheté grâce à la complicité du cardinal qui, en échange, espérait devenir son amant... à moins qu'il l'ait déjà été. Bien entendu, la reine nie mais le cardinal de Rohan et ses complices ont été arrêtés. Ce sera une cause célèbre.

– En quoi cela concerne-t-il le comte?

– Il semble que cela concerne la France tout entière. La famille royale ne peut se permettre un scandale à l'heure actuelle. Je me trompe peut-être... je le souhaite. Mon père pense que j'exagère, mais j'ai senti une atmosphère si trouble lorsque j'étais là-bas – il y a de tels contrastes... Les riches sont trop riches et les pauvres trop pauvres.

– N'est-ce pas le cas partout?

– Oui, je pense, mais en France, on le ressent davantage. Le comte en a conscience, ainsi que du mécontentement qui couve. Et c'est pourquoi il a décidé de partir sans délai. Il a organisé son départ dans la nuit de notre soirée.

Je me souvins de sa sortie précipitée et songeai qu'il n'avait pas eu une pensée pour moi. Ainsi, je ne verrais plus jamais ce gentleman distingué et ce ne serait pas un mal. Quelque chose me soufflait que je n'aurais rien eu de bon à en espérer. Je décidai de le chasser de mon esprit. Ce ne devait pas être difficile car je me réjouissais surtout alors de mon amitié avec le plus beau parti du voisinage.

Nous ne parlâmes presque plus du comte après cette explication. Joël s'intéressait beaucoup aux affaires du pays et espérait devenir un jour membre du Parlement. Sa famille n'y tenait guère.

– Ils pensent tous qu'étant le seul fils je dois me consacrer aux propriétés familiales.

– Et vous avez d'autres idées?

– Oh! les propriétés me plaisent, mais je considère qu'elles ne suffisent pas à occuper la vie d'un homme. Je peux prendre des régisseurs. Pourquoi un homme ne participerait-il pas à la marche de son pays?

– Certes, Mr Pitt consacre toute sa vie à sa carrière parlementaire.

– Oui, mais il est Premier ministre.

– Vous seriez tenté par ce haut poste?

– Pourquoi pas?

– Et vous laisseriez vos propriétés aux régisseurs?

– C'est possible. J'aime notre région, mais, mademoiselle Maddox, nous vivons une période difficile, pleine de dangers. Il serait passionnant de s'occuper de son pays surtout si, de l'autre côté du Channel, les choses tournent mal...

– Tournent mal comment?

– Je vous ai parlé de cette « répétition pour une révolution ». Je crains que cette répétition ne devienne vite une vraie représentation.

– Une guerre civile?

– Ceux qui sont dans le besoin se soulèveront contre les possédants... Ceux qui ont faim contre les extravagants. C'est certainement une possibilité...

Je frissonnai, imaginant le comte assailli dans son château par la foule... une foule assoiffée de sang...

Ma mère prétend que mon imagination me joue des tours. « L'imagination, dit-elle, c'est comme le feu. Un bon ami, mais un mauvais ennemi. Il faut apprendre à la diriger dans la bonne voie. »

Je me demandais pourquoi je m'inquiétais de ce qui pouvait arriver à cet homme. J'étais convaincue que si la malchance l'atteignait, c'est qu'il l'aurait mérité, mais, en même temps, j'étais sûre qu'il ne se laisserait pas dominer par elle. Il serait toujours le vainqueur.

– Mon père, poursuivit Joël, me désapprouve lorsque je parle de tout cela. Il croit que ce sont des spéculations qui ne riment à rien. J'espère qu'il a raison. De toute façon, le comte a jugé qu'il devait retourner chez lui.

– Est-ce significatif qu'il ait laissé sa fille ici?

– Pas du tout. Il apprécie ses progrès en anglais. Il assure que, depuis qu'elle travaille dans votre école, elle parle mieux notre langue que lui. Il désire qu'elle se perfectionne. Vous pouvez compter qu'elle restera avec vous encore une année.

– Ma mère en sera heureuse.

– Et vous?

– J'ai beaucoup d'affection pour Margot. Elle est très amusante.

– Elle est... très jeune...

– Elle grandit vite...

– ... Et si insouciante, ajouta-t-il.

Lui, Joël, ne l'était pas. Il prenait la vie sérieusement. Il aimait parler politique avec moi car j'étais au courant des événements du pays. Nous avions l'habitude, ma mère et moi, de lire tous les journaux que nous pouvions trouver. Joël admirait beaucoup Mr Pitt, le plus jeune des Premiers ministres, et il le citait avec enthousiasme : comme il était intelligent, combien le pays lui devait, et à quel point il n'avait jamais été aussi bien gouverné.

Lorsqu'il y eut une tentative d'assassinat sur le roi, Joël vint à l'école pour nous la raconter. Ma mère fut ravie de le voir et lui offrit de la liqueur faite à la maison et dont elle était si fière.

Elle ronronnait presque tandis que nous étions tous les trois assis au parloir et que Joël nous racontait comment une vieille folle avait attendu que le roi descende de son carrosse devant Saint-James pour, sous prétexte de lui remettre une pétition, tenter de le poignarder avec une arme qu'elle avait dissimulée dans son corsage.

– Dieu merci, dit Joël, les gardes de Sa Majesté se sont emparés d'elle à temps. Le roi a réagi comme il convenait. Il s'est surtout inquiété de la pauvre femme. « Je ne suis pas blessé, a-t-il crié. Faites attention à elle. » Il a ajouté ensuite qu'elle était folle et par conséquent pas responsable de ses actes.

– J'ai entendu dire, intervint ma mère, que Sa Majesté est naturellement bonne pour ceux qui sont affligés.

— Vous avez dû entendre des rumeurs à propos de sa propre santé?

— Oui, mais qu'y a-t-il de vrai dans ce qu'on dit?

— Personne n'en sait rien.

— Croyez-vous que cette femme ait agi seule ou poussée par ceux qui en veulent au roi? demandai-je.

— Il semble qu'elle ait agi seule.

Tout en sirotant sa liqueur, Joël nous raconta maintes anecdotes à propos de la cour, qui nous enchantèrent, nous qui en étions si loin.

Sa visite fut fort agréable et, après son départ, j'entendis ma mère fredonner toute seule. Comme cela lui arrivait souvent lorsqu'elle était contente, je devinai ce qui trottait dans son esprit.

En cette année 1786, j'eus dix-neuf ans. Le jour de mon anniversaire, en septembre, lorsque je me dirigeai, comme d'habitude, vers le hangar qui servait d'écurie à Jenny, je vis une autre jument baie, ravissante.

Stupéfaite, je l'admirai. J'entendis un léger bruit derrière moi et découvris ma mère qui m'avait suivie. Depuis la mort de mon père, je ne lui avais jamais vu ce visage radieux.

— Eh bien! dit-elle, maintenant, lorsque tu te promèneras avec Joël Derringham, tu seras à la hauteur.

Je me jetai dans ses bras et nous nous serrâmes l'une contre l'autre. Il y avait des larmes dans ses yeux lorsque nous nous séparâmes.

— Comment as-tu pu? demandai-je.

— Mais, fit-elle, est-ce une question à poser lorsque l'on reçoit un présent?

Puis, la vérité se fit en moi : le coffre! Ma mère gardait de l'argent dans un vieux coffre. Elle économisait pour les « mauvais jours ». Et nous disions en riant que c'était « ma dot »!

— Voilà, j'ai pensé qu'un cheval à l'écurie, c'était

mieux que quelques pièces d'or dans une bourse. Mais tu n'as pas tout vu... Viens dans ma chambre.

Elle m'emmena chez elle, et là, sur le lit, je découvris une tenue d'amazone : la large jupe en drap, la jaquette et, dans le même ton, le chapeau haut de forme.

Incapable d'attendre, je revêtis immédiatement ce costume qui m'allait parfaitement.

— Il te va bien, murmura-t-elle. Ton père aurait été si fier. Et ainsi, tu as vraiment l'air d'appartenir à...

— A quoi?

— Tu ressembles aux invitées du Manoir.

L'appréhension m'envahit. Je voyais trop bien où elle voulait en venir. Mon amitié avec Joël Derringham lui avait complètement tourné la tête. Elle avait décidé que je l'épouserais, et, pour cela, avait sacrifié cet argent que, jusque-là, elle avait considéré comme absolument sacré. J'imaginai très bien comment elle était parvenue à se convaincre que cette jument et cette amazone ne représentaient pas une folie : elles proclameraient à tout l'univers que sa fille était prête à prendre sa place dans la noblesse.

Je ne dis rien, mais ma joie en fut diminuée.

Pendant quelques semaines, la vie continua comme avant. Octobre arriva. Nous avions moins d'élèves que l'année précédente. Ma mère s'inquiétait toujours lorsque le nombre d'élèves diminuait. Sybil et Maria venaient encore, bien entendu, et Margot aussi, mais nous savions que cette dernière retournerait bientôt auprès de ses parents, et que les filles de sir John l'accompagneraient pour terminer leurs études dans une école près de Paris.

Cependant, j'étais tout à la joie de ma nouvelle monture. La pauvre Jenny était soulagée de n'avoir plus à me porter, et la jument, que j'appelai « Dotty », réclamait beaucoup de mouvement. Joël était toujours là pour m'accompagner. Les samedis et les dimanches, jours sans classe, nous faisions de très longues chevauchées.

Nous parlions de politique, des étoiles, de la région, et de toutes sortes de sujets qu'il connaissait. Il y avait en lui beaucoup d'enthousiasme. Cela me plaisait et pourtant j'avais toujours conscience que tout en l'aimant bien, je n'éprouvais auprès de lui aucune excitation particulière. Je ne m'en serais sans doute jamais avisée avant ma rencontre avec le comte. Du temps avait passé depuis ce moment et néanmoins le souvenir de ses baisers me faisait encore frissonner. Il m'arrivait de rêver à lui. Cela m'effrayait mais, en même temps, lorsque je m'éveillais, c'était avec regret et le désir de poursuivre mon rêve. Je m'y trouvais toujours dans des situations embarrassantes et le comte, toujours, m'y observait sans que je sache ce qu'il allait faire.

Il était à la fois ridicule et fou qu'une jeune fille aussi raisonnable que moi se montrât si naïve. Je me fabriquais des excuses. Ma vie jusque-là avait été si protégée et je n'étais jamais sortie dans le monde. Et puis, ma mère ne partageait-elle pas cette naïveté puisqu'elle pensait qu'un jour j'épouserais Joël Derringham?

J'étais tellement absorbée par mes propres soucis que ce fut très vaguement que je notai un changement chez Margot. Elle était moins exubérante. Parfois même, elle se montrait nettement morose. Je savais qu'elle était fantasque mais sa versatilité n'avait jamais été aussi apparente : follement gaie quelquefois, elle passait immédiatement à la plus extrême morbidité.

En classe, elle était très distraite, et, un jour que nous étions seules, je lui en fis le reproche.

– Les verbes anglais! lança-t-elle en levant ses mains. Ils sont si ennuyeux! Qui s'inquiète que je parle aussi bien ou moins bien que toi puisque je me fais comprendre?

– Moi, je m'en préoccupe, répondis-je, et ma mère aussi, et ta famille.

– C'est faux. D'ailleurs, eux, ils ne verraient pas la différence.

– Ton père a permis que tu restes ici parce qu'il est content de tes progrès.

– Il a permis que je reste pour que je ne sois pas dans leurs pattes...

– Tu es folle...

– Minelle... tu es... comment dire? tu es hypocrite. Tu prétends être parfaite. Tu connais tous les verbes, je n'en doute pas... et tu apprends deux fois plus vite que les autres. Et maintenant, tu te balades avec ton nouveau cheval... dans une élégante amazone... Et qui t'attend dans les bois? Dis-le-moi?

– Je t'ai retenue pour que nous parlions sérieusement, Margot.

– Qu'y a-t-il de plus sérieux que ça, Minelle? Joël t'aime. Il t'aime beaucoup. J'en suis ravie parce que... puis-je te confier quelque chose? Il m'était destiné. Oh! cela te sidère! Ma famille et sir John en ont parlé. Je le sais, parce que je les écoutais... derrière la porte. Oh! oui, c'est très mal! Mon père souhaite que je m'installe en Angleterre. Il pense que la France n'est pas sûre en ce moment. Donc, si j'épouse Joël... qui me donnera richesse... et titres... moins anciens que les nôtres, mais ça on l'oubliera. Et voilà que tu arrives avec ton joli cheval, ta belle amazone, et Joël ne voit plus que toi.

– Je ne t'ai jamais entendue dire de pareilles bêtises.

– Tout a commencé quand tu es venue prendre le thé. Tu l'as rencontré près du cadran solaire. Tu étais bien belle, debout sur la pelouse. Il l'a remarqué. Le soleil luisait dans tes cheveux. Et toi, Minelle, l'aimes-tu?

– Margot, je voudrais que tu sois plus attentive en classe.

– Et moi, je veux que tu m'écoutes. D'ailleurs, tu es devenue toute rose quand j'ai parlé de Joël. Tu peux te confier à moi parce que...

– Je n'ai rien à te confier. Voyons, Margot, tu dois travailler plus sérieusement ton anglais, sinon à quoi bon rester ici? Tu serais aussi bien dans le château de ton père.

– Je ne suis pas comme toi, Minelle, je ne fais pas semblant...

– Nous ne discutons pas de nos caractères respectifs, mais de la nécessité de travailler davantage.

– Oh! Minelle, tu es la personne la plus extraordinaire que je connaisse. Cela ne m'étonne pas que Joël t'aime!

– Qui dit cela?

– Moi. Maria aussi, et aussi Sybil. Et tout le monde le raconte. Tu ne peux pas monter à cheval si souvent avec un jeune homme sans qu'on le remarque. Et sans qu'on en tire des conclusions.

– Mais cela est insensé!

J'étais glacée soudain, non pas pour moi ou pour Joël, mais pour ma mère.

Margot se mit à rire. Son rire était si nerveux qu'il me gêna. Lorsque je la pris par les épaules pour la secouer, elle se mit tout à coup à pleurer. Cramponnée à moi, elle sanglota si fort que tout son jeune corps tremblait contre le mien.

– Margot! Margot! criai-je. Qu'est-ce qui ne va pas?

Mais je ne pus rien tirer d'elle.

La neige tomba en novembre. Il faisait un froid

terrible. Maria et Sybil ne pouvaient venir jusqu'à l'école et nos classes étaient très clairsemées. Nous avions du mal à chauffer la maison et malgré les grands feux de bois qui brûlaient dans chaque pièce, l'affreux vent d'est semblait pénétrer partout. Ma mère attrapa ce qu'elle nommait « un de ses rhumes ». Cela lui arrivait chaque hiver et j'en avais tellement l'habitude que, d'abord, je n'y fis pas attention. Mais le rhume persista et je l'obligeai à rester au lit tandis que je faisais les cours qui n'étaient pas très difficiles, car beaucoup d'élèves manquaient.

Mais une nuit, maman toussa tant que je décidai d'appeler le docteur. Elle ne voulut rien entendre, prétendant que cela coûtait trop cher.

– Mais c'est nécessaire, et n'avons-nous pas notre réserve?

Elle secoua la tête. J'attendis quelques jours. Cependant, quand la fièvre augmenta et que maman commença à délirer, je fis venir le médecin. C'était une congestion pulmonaire.

L'attaque était sérieuse et ne ressemblait en rien à l'« un de ses rhumes ». Je fermai l'école et me consacrai à la maladie de ma mère.

Ce furent les jours les plus douloureux que j'eusse connus jusque-là. Ma mère était étendue dans son lit, la peau brûlante et sèche, les yeux trop brillants, me suivant du regard avec un air affreusement désolé. Je comprenais avec horreur qu'elle n'avait guère de chance de s'en remettre.

– Chère maman, murmurai-je, dis-moi que faire. N'importe quoi... n'importe quoi pour que tu te sentes mieux.

– Est-ce toi, Minella? murmurait-elle.

A genoux près d'elle, je tenais sa main :

– Je suis là, ma chérie. Je ne t'ai pas quittée depuis

que tu es malade. Je serai toujours auprès de toi...

– Minella, je vais rejoindre ton père. J'ai rêvé de lui l'autre nuit. Il était debout à la proue d'un navire et me tendait les mains. Je lui ai dit : « Me voilà, je viens. » Alors, il a souri et a incliné la tête. J'ai dit encore : « Il faudra que je laisse notre petite fille », et il m'a répondu : « On s'occupera d'elle. Ne t'inquiète pas. » Alors, une grande paix est descendue en moi et j'ai su que tout serait bien.

– Rien ne peut être bien si tu n'es pas là.

– Oh! si, mon petit. Tu vivras ta vie. Il est très bon. J'ai rêvé à lui souvent... (Sa voix était à peine audible :) Il est bon... comme son père. Il sera bon pour toi. Et tu seras celle qu'il lui faut. N'en doute jamais. Tu vaux toutes les autres. Non, tu es meilleure... N'oublie pas cela, mon enfant...

– Oh, ma chérie, je veux seulement que tu guérisses. Rien d'autre ne compte.

Elle secoua un peu la tête :

– L'heure arrive pour tous, Minella. La mienne est venue. Mais je peux partir... heureuse... parce qu'il est là.

– Ecoute-moi, suppliai-je, tu vas aller mieux. Nous fermerons l'école pour un mois. Nous partirons toutes les deux... toutes les deux seules... Nous dépenserons toutes les réserves!

– Ce fut de l'argent bien dépensé, souffla-t-elle, bien dépensé.

– Ne parle pas, ma chérie. Cela te fatigue.

Son sourire était tellement empreint de tendresse à mon égard que mes yeux se remplirent de larmes. Alors, elle se reprit à parler doucement :

– Cela en valait la peine... Ma fille... Pourquoi pas? Elle est aussi bonne que les autres... elle tiendra bien sa place. C'est ce que j'ai toujours souhaité. Ma prière est exaucée... Merci, mon Dieu... je peux partir maintenant...

Assise sur le bord du lit, je comprenais trop bien ses paroles. Ses pensées n'avaient jamais varié depuis la mort de mon père : je les occupais entièrement. Elle mourait. Je le savais et ne cherchais aucun apaisement à vouloir croire le contraire. Mais je la sentais heureuse car elle était convaincue que Joël Derringham m'aimait et qu'il me demanderait en mariage.

Oh! chère mère imaginative! Comme elle connaissait peu le monde! Même moi, dont la vie avait pourtant été si protégée, je savais mieux qu'elle comment il réagirait. L'amour de ma mère pour moi l'aveuglait peut-être. Elle considérait sa fille comme un cygne parmi les canards... certaine qu'elle retiendrait toutes les attentions.

J'étais reconnaissante d'une seule chose : elle mourait heureuse, convaincue que mon avenir était assuré.

Elle fut enterrée dans le cimetière de Derringham par un rude jour d'hiver – deux semaines avant Noël. Debout dans le vent glacial, écoutant les pelletées de terre qui tombaient sur son cercueil, j'étais engloutie dans ma désolation. Pour le représenter, sir John avait envoyé son maître d'hôtel – un homme plein de dignité, très respecté par tous ceux qui servaient au Manoir. Mrs Callan, la gouvernante, vint aussi. Quelques bonnes gens du village m'entouraient mais soulageaient peu ma peine.

J'aperçus Joël lorsque nous quittâmes le cimetière, appuyé au portail, tenant son chapeau à la main. Il ne dit rien. Il prit simplement ma main et la retint un instant. Je la retirai. Il m'était impossible de parler à quiconque. Je désirais surtout être seule.

L'école était mortellement silencieuse. Je sentais

encore l'odeur du cercueil de chêne qui, durant la matinée, avait été installé sur des tréteaux dans notre parloir. La pièce me parut étrangement vide maintenant. Le vide était partout dans la maison et encore plus dans mon cœur.

J'allai dans ma chambre, m'allongeai sur mon lit et me souvins de nos longues conversations et de nos beaux projets. Elle avait été si rassurée en sachant qu'après elle je pourrais continuer à tenir l'école... du moins tant qu'elle n'avait pas construit un autre rêve autour de Joël Derringham. Depuis, elle n'avait envisagé pour moi qu'un avenir brillant et sûr.

Je passai la journée ainsi couchée avec mon chagrin.

Je m'endormis enfin et lorsque je m'éveillai le lendemain, j'étais un peu reposée. Mais l'avenir me sauta au visage lorsque je me rappelai qu'il allait falloir vivre sans elle. Il me faudrait continuer à tenir l'école comme elle l'avait souhaité jusqu'à ce que...

Je ne voulais plus penser à Joël. Je l'aimais bien, naturellement, mais s'il me demandait de l'épouser, je n'étais pas sûre d'accepter. D'ailleurs, jamais les Derringham ne permettraient ce mariage, même si Joël et moi le souhaitions. Margot m'avait prévenue que Joël lui était destiné et cela était normal. Au moins, ma tendre mère ne connaîtrait-elle pas cette déception.

Que devais-je faire? Il fallait continuer à vivre. Donc, continuer à enseigner. J'avais sans doute encore quelques réserves d'argent. Ma mère les gardait dans le coffre dans sa chambre : ce vieux coffre qui venait de mon arrière-arrière-grand-mère. A cette époque, on y mettait quelques pièces dès la naissance d'une fille et, ensuite, on en ajoutait au fur et à mesure des fêtes, ainsi se formait la dot pour le mariage. La clé du coffre avait toujours été pendue à une chaîne que ma mère portait à la ceinture et cette clé avait été transmise dans la famille depuis des générations.

Je découvris la clé et ouvris le coffre.

Il ne contenait plus que cinq guinées.

Je fus sidérée car j'étais convaincue qu'il y en avait au moins une centaine. Ainsi, la jument et l'amazone avaient coûté plus cher que je n'avais pensé. Toute la « dot » était passée à faire de moi une partenaire digne de Joël Derringham.

Le jour de Noël, je m'éveillai seule en face de ma peine. Je restai dans mon lit me remémorant sottement d'autres Noëls où ma mère entrait dans ma chambre avec des cadeaux : « Joyeux Noël, ma chérie! » Et la joie d'ouvrir les paquets, de froisser les papiers, de m'exclamer, de feindre la surprise, bien que nos cadeaux fussent toujours des objets utiles. Mais lorsque l'une de nous s'écriait : « C'est juste ce que je voulais! », c'était vrai, tant nous avions, toutes les deux, le souci de la perfection.

Le coup avait été trop brutal. Si ma mère avait été longtemps malade, je me serais accoutumée peu à peu à l'idée de notre séparation, et cela aurait sans doute adouci le choc. Et puis, elle était encore jeune et je me révoltais contre le terrible sort qui m'avait privée de celle que j'aimais.

Il me sembla entendre sa voix qui me grondait. Il me fallait vivre. Il fallait que ma vie soit un succès et je n'y parviendrais pas si je me laissais aller à mon amertume.

Mais le chagrin est beaucoup plus difficile à surmonter durant les jours de fête où l'on s'attendrit sur soi. Je croyais entendre ma mère : parce que les autres sont heureux, on n'a pas à se sentir plus misérable.

Je me levai et m'habillai. J'avais été invitée à passer la journée chez les Manser qui exploitaient une des fermes Derringham. Depuis plusieurs Noëls, ma mère et moi allions chez eux et c'était de très bons amis. Ils avaient six filles qui, toutes, étaient venues dans notre école — les deux plus jeunes y étaient encore, braves et solides gosses destinées à devenir des femmes de fermiers. Il y avait aussi un fils, Jim, de quelques années plus âgé que moi et qui, déjà, était le bras droit de son père. Leur ferme nous avait toujours paru être la maison de l'abondance. Ils nous envoyaient souvent un quartier d'agneau ou du porc et ma mère disait que leur pain était bien beurré.

Mrs Manser ne se jugeait jamais assez reconnaissante de l'éducation que ses enfants avaient reçue. Il aurait été très au-dessus de leurs moyens d'envoyer leurs filles en pension — et ils n'auraient même pas envisagé de prendre une gouvernante — si bien que l'ouverture de notre école avait semblé une réponse à leur préoccupation. Plusieurs autres familles s'étaient trouvées dans le même cas et c'était pourquoi notre école avait toujours eu beaucoup d'élèves.

Montée sur Dotty, je me rendis chez les Manser et y fus accueillie avec une amitié qui me toucha. J'essayai d'oublier ma peine et d'être gaie comme le voulaient les circonstances. Je pus à peine goûter à l'excellente oie préparée par Mrs Manser, mais je fis de mon mieux pour ne pas assombrir cette journée. Je participai aux jeux de l'après-midi, et Mrs Manser tint à ce que Jim soit mon partenaire. Je compris tout de suite ce à quoi elle pensait. Cela aurait été amusant, si je n'avais pas été si triste, d'observer combien ceux qui avaient de l'affection pour moi souhaitaient me voir établie.

Je ne m'imaginais cependant pas devenant la bonne épouse d'un fermier, mais la solution qu'envisageait

Mrs Manser était moins invraisemblable que les rêves fous de ma chère maman.

Mrs Manser insista pour que je passe la nuit chez eux et aussi la journée du lendemain, et je lui fus reconnaissante de n'avoir pas à rentrer dans l'école silencieuse et déserte.

Je revins donc seulement dans l'après-midi du surlendemain. Les classes recommenceraient la semaine suivante, et je devais préparer les cours. J'avais du mal à supporter la maison vide, la chaise vide, les pièces vides... J'avais envie de travailler tout de suite.

J'étais là depuis une heure lorsque Joël arriva.

Il me prit les mains et me regarda avec tant d'amitié que j'eus du mal à ne pas laisser voir ma peine.

– Je ne sais que vous dire, Minella, commença-t-il.

– Je vous en prie, ne dites rien. C'est mieux ainsi... parlez-moi... parlez-moi d'autre chose.

Il inclina la tête et libéra mes mains. Il me raconta qu'il s'était demandé comment je passais ces jours de fête, qu'il était venu le matin de Noël mais qu'il avait trouvé la maison fermée. Je lui expliquai ce que j'avais fait et combien les Manser s'étaient montrés amicaux.

Il prit une boîte dans sa poche et annonça qu'il avait un petit cadeau pour moi. Il l'ouvrit : c'était une broche piquée dans un velours noir : un saphir y était entouré de petits diamants.

– J'ai été tenté par le saphir parce qu'il m'a rappelé la couleur de vos yeux.

L'émotion m'étouffait. Depuis la mort de ma mère, j'étais si facilement bouleversée par un geste de bonté à mon égard. La broche était superbe – c'était un bijou comme je n'en avais jamais possédé.

– C'est trop gentil à vous d'avoir pensé à moi, dis-je.

– J'ai beaucoup pensé à vous... presque tout le temps depuis...

Je me détournai. Je pris la broche et il me regarda l'épingler sur ma robe.

– Merci, fis-je. Ce sera un trésor pour moi.

– Minella, je voudrais vous parler.

Sa voix était douce, pleine d'appréhension. En moi-même, je vis ma mère sourire, je me souvins de l'arc joyeux de ses lèvres. Etait-ce donc vrai?

La panique me saisit. J'avais besoin de temps pour réfléchir... Je voulais m'habituer à ma solitude... à mon chagrin.

– Une autre fois, commençai-je.

– Je reviendrai demain. Nous pourrions aller à cheval ensemble?

– Oui, repris-je vite. Oh! oui, je vous en prie.

Il s'en alla et je restai un long moment immobile regardant fixement devant moi.

Je sentis comme une sérénité dans la maison. C'était comme si ma mère était encore là. Pour un peu, je l'aurais entendue fredonner.

Je passai une nuit blanche à tourner dans ma tête ce que je pourrais bien répondre à Joël s'il me demandait en mariage. La broche avait une signification et, avec un homme comme lui, ses intentions ne devaient qu'être honorables. J'entendis la voix de ma mère me conseiller de ne pas hésiter. Ce serait de la folie. J'imaginais qu'elle était auprès de moi et que nous en discutions ensemble. « Je ne l'aime pas comme on doit aimer un homme qu'on épouse. » Je voyais la moue de ma mère lorsqu'elle n'admettait pas un autre point de vue. « Tu ne sais rien de l'amour, mon enfant. Cela viendra. C'est un homme bon. Il te donnera tout ce que j'ai souhaité pour toi. Le confort, la sécurité et de l'amour pour vous deux... Tu ne pourras pas t'empêcher d'aimer un homme pareil. Je vois déjà vos enfants jouant sur les pelouses près de ce cadran solaire où tu l'as rencontré pour la première fois. Oh! la joie des tout-petits! Je n'en ai eu qu'un, mais après la mort de ton père, tu as été tout pour moi. » Chère, chère maman, as-tu raison? Cela t'arrivait souvent mais sais-tu ce qui est le mieux pour moi?

Je n'avais jamais osé lui parler de mes réactions lorsque le comte m'avait attirée contre lui et embrassée. Une sorte de tension s'était faite en moi, tension irrésistible bien qu'un peu effrayante. Cela m'avait appris qu'il y avait quelque chose, quelque chose que je comprenais mal, mais qui devait exister avant d'accepter de se marier. A cause du comte, j'avais pris conscience que Joël ne me produisait pas cet effet. C'était tout.

J'entendais ma mère rire : « Le comte! Un coureur de jupons! Un homme gênant et inquiétant! La manière dont il s'est conduit avec toi prouve bien à quel point il est peu recommandable. Pense à ce bon Joël qui n'a jamais eu un geste irrespectueux et qui peut t'apporter tout ce que je souhaite pour toi. »

Tout ce que je souhaite pour toi... Ces mots prolongeaient longuement leur écho en moi.

3

Ce fut le lendemain qu'éclata le drame. D'abord l'arrivée à cheval de sir John à l'école.

– Mademoiselle Maddox, lança-t-il – et son air bouleversé m'inquiéta –, est-elle là? Margot est-elle avec vous?

– Margot! répondis-je. Mais je ne l'ai pas vue depuis plusieurs jours.

— Oh! mon Dieu, que lui est-il arrivé?

Stupéfaite, je le regardais, il poursuivit :

— On ne l'a pas vue depuis la nuit dernière. Son lit n'est pas défait. Et elle avait dit à mes filles qu'elle allait se coucher de bonne heure parce qu'elle avait mal à la tête. On ne l'a plus revue depuis. Avez-vous une idée d'où elle peut être?

Je hochai la tête et essayai de me souvenir de la dernière conversation que j'avais eue avec Margot. Rien n'y laissait supposer qu'elle envisageait de se sauver.

Je restai bien embarrassée lorsque sir John fut parti. Je me répétais que c'était là une foucade. Margot allait revenir et se moquer de nous tous. Pourtant, depuis quelque temps, ne nous cachait-elle pas quelque chose? J'aurais dû le remarquer et y porter attention au lieu de ne m'occuper que de moi-même.

Je ne pus m'intéresser à rien, et n'y tenant plus, au début de l'après-midi, j'allai au Manoir en quête de nouvelles. J'attendis dans le hall. Lorsque Sybil et Maria descendirent m'y rejoindre, je vis à leurs visages qu'elles étaient très surexcitées, mais je mis cela sur le compte de l'incident.

— Je suis sûre qu'elle est partie avec quelqu'un, déclara Maria.

— Partie avec quelqu'un? Mais avec qui?

— C'est ce qu'on se demande. Joël est dans tous ses états. (Maria me regarda :) C'est qu'il y avait un projet entre eux. (Elle poursuivit :) Elle ne peut pas s'être envolée. Il n'y a personne par ici qui pouvait l'intéresser. Et puis, elle savait bien qu'elle allait épouser Joël dès qu'elle aurait l'âge. C'est pourquoi on voulait qu'elle apprenne l'anglais et qu'elle aime à rester ici.

— Avez-vous questionné les domestiques? demandai-je.

— On a questionné tout le monde, expliqua Maria,

mais personne ne sait rien. Papa est affolé. Maman aussi. Papa dit qu'il devra envoyer un message au comte et à la comtesse si on ne la retrouve pas avant demain.

— Elle avait été confiée à papa, reprit Sybil. C'est terrible pour lui. J'espère qu'il n'est rien arrivé de mal. Nous aurions cru qu'elle se serait confiée à toi. Elle a toujours été plus amie avec toi qu'avec nous.

— Elle ne m'a rien confié, assurai-je.

Et je me souvins des moments où j'avais cru deviner un secret dans les yeux de Margot. J'aurais dû lui poser des questions alors. Peut-être m'aurait-elle parlé? Elle n'avait pas l'habitude de garder ses secrets.

— On ne peut qu'attendre, conclut Sybil.

Alors que j'étais sur le point de partir, un garçon d'écurie entra dans le hall traînant par l'oreille un gamin qui semblait pétrifié d'effroi.

— Mademoiselle Maria, dit-il, il faut que je parle à sir John et tout de suite.

— C'est au sujet de Mlle de Libes?

— La jeune demoiselle française, oui.

Sybil se précipita à la recherche de son père tandis que Maria tirait sur un cordon de sonnette pour appeler une servante, et l'envoyer prévenir sir John. Il apparut rapidement. Je savais que j'aurais dû m'en aller mais j'étais si consternée à propos de Margot que je restai sur place.

— Tom a quelque chose à dire, sir John, éclata le garçon d'écurie. Allez, Tom, raconte.

— C'est James, sir. Il est plus à la maison. Il est parti avec la jeune dame française. Il l'avait dit mais, nous, on l' croyait pas.

— Oh! Ciel! soupira sir John.

Il ferma les yeux comme s'il espérait que tout cela n'était pas vrai. Je me souvenais de James. C'était le genre de garçon que l'on n'oublie pas – grand et redoutablement beau, un peu crâneur, sûr de lui, donnant l'impression qu'il avait une fort bonne opinion de lui-même.

Sir John se redressa. Il regarda le gamin et reprit :

– Raconte-moi tout ce que tu sais.

– J' sais rien, sir, sauf qu'il est parti. Il a seulement dit qu'il allait épouser une fille de la haute...

– Quoi? s'écria sir John.

– Oui, sir, il a dit qu'il allait filer quelque part en Ecosse. Il a dit qu'il se marierait là et, qu'ensuite, il serait de la haute...

– Il n'y a pas de temps à perdre, l'interrompit sir John. Je cours après eux. Je la ramènerai avant qu'il ne soit trop tard.

Je revins chez moi car il n'y avait aucune raison que je m'attarde au Manoir. Je songeais que Maria et Sybil étaient persuadées que j'avais joué un rôle quelconque dans cette folie de Margot, convaincues qu'elles devaient être que celle-ci s'était confiée à moi.

Assise dans le parloir, je réfléchis à cette impossible aventure. Et si Margot épousait vraiment ce valet? Quelles seraient les réactions du comte? Il ne nous pardonnerait jamais d'avoir permis cela. Margot serait certainement rejetée car son père ne pourrait accepter d'avoir un garçon d'écurie pour gendre. Mais comment Margot avait-elle pu? Elle n'avait que seize ans et elle s'était entichée d'un valet! C'était bien d'elle! Au début, elle avait dû trouver cela très amusant. Elle était une telle enfant. Mais comment cela finirait-il?

Mrs Manser vint me voir. Elle m'avait apporté des œufs, mais le vrai but de sa visite c'était de bavarder un peu. Et déjà, elle était au courant.

– Quelle histoire! Cette jeune demoiselle... s'enfuir

avec James Wedder. Mon Dieu! Mon Dieu! Ils ne s'en remettront jamais au Manoir!

– Sir John la ramènera.

– S'il arrive à temps. James Wedder a toujours couru les filles. Mais celle-là, elle a été emballée. C'est qu'il est beau, il faut le reconnaître. On dit que, de très loin, il est un peu lié aux Derringham. Le grand-père de sir John était un chaud lapin, si bien qu'il doit y avoir du sang des Derringham dans tout le voisinage! Des grandes dames, des servantes, des filles de village, tout y passait! Une fille Wedder a, dit-on, eu deux bâtards de lui... et l'on dit que James vient de là. Parfois, il prenait des grands airs à cause de ça. Et maintenant, voilà qu'il a filé comme ça!

– Ils n'ont pas pu aller bien loin, dis-je.

– Ils ont de l'avance. On les ramènera peut-être... mais ensuite? (Elle me regarda longuement.) On dit qu'elle devait épouser Mr Joël. On dit que c'était pour ça qu'elle était ici. Du moins, c'est ce que j'ai entendu... Que va-t-il arriver?

– Elle est très jeune, expliquai-je. Je la connais bien... mais en classe surtout. Je la crois capable d'agir sur un coup de tête et de le regretter ensuite. J'espère que sir John arrivera à temps.

– On dit que Mr Joël est décidé à empêcher ce mariage. Il est parti avec son père. A eux deux, ils réussiront. Mais quand même, quel scandale pour le Manoir.

Anxieuse comme je l'étais d'avoir des nouvelles, je respirai lorsque Mrs Manser me quitta. J'avais senti qu'elle voulait me lancer une sorte de conseil oblique car elle n'avait sans doute pas été sans remarquer ou sans apprendre mes promenades avec Joël. Certes, le fossé entre lui et moi était moins profond que celui qui séparait Margot de son valet, mais il existait bel et bien.

Un jour entier et une nuit s'écoulèrent dans l'angoisse, et, enfin, sir John et Joël revinrent avec Margot. Je ne la vis pas. Elle était épuisée, désespérée, et on la mit au lit immédiatement. Personne ne vint du Manoir pour me renseigner, et ce fut, une fois de plus, par Mrs Manser que je reçus quelques informations.

– On les a rattrapés à temps. Ils avaient déjà parcouru plus de cinquante kilomètres. C'est Tom Harris qui me l'a raconté. Il accompagnait sir John. Il aime bien venir parfois boire une bière chez nous. Il raconte que, tous les deux, ils n'étaient pas très brillants. Ils avaient très peur et James ne faisait plus le matamore devant sir John. Il a été renvoyé sur-le-champ. Et on n'entendra certainement plus parler de lui. Ce n'est pas l'habitude de sir John de chasser quelqu'un qui ne sait où aller mais je reconnais que le cas est différent. Cela lui servira de leçon.

– Et avez-vous entendu parler de Mlle Margot?

– Tom Harris dit qu'elle pleurait beaucoup. Elle semblait avoir le cœur brisé quand on l'a ramenée... parce que James Wedder... c'est fini pour elle.

– Comment a-t-elle pu agir si follement? criai-je. Elle aurait dû savoir.

– Oh! il est beau garçon et souvent les jeunes filles qui tombent amoureuses ne songent guère à ce qui se passera après.

Une fois de plus, elle me mettait en garde.

La vie changeait rapidement. Ma mère n'était plus là, et de nouvelles responsabilités m'incombaient. L'école n'était plus la même : elle avait perdu une partie de l'importance que la présence de ma mère lui donnait. J'avais une excellente éducation, une bonne instruction, je savais enseigner, mais on me trouvait jeune et je n'inspirais pas la même confiance que maman. Je n'avais que dix-neuf ans. Les gens ne l'oubliaient pas. Par ailleurs, les classes étaient plus difficiles à mener. Je sentais une certaine insubordination. Margot n'avait pas accompagné ses camarades quand elles étaient revenues. Maria m'avait tout de suite signalé qu'au début de l'été, elle et sa sœur iraient terminer leurs études en Suisse. Mon cœur se serra. Sans les filles de sir John, mon école perdrait les élèves qui venaient du Manoir, ce qui n'était pas sans m'inquiéter.

Lorsque les deux filles de l'une des importantes demeures des environs m'annoncèrent qu'elles s'inscrivaient dans une école terminale, je vis se confirmer mes craintes.

– On dit que notre frère va faire un grand voyage, me confia malicieusement Maria. Mon père prétend que ce sera bon pour lui et que les jeunes gens doivent voyager. Il partira bientôt.

L'aventure de Margot semblait avoir mis une machine en route dont le but était de tout changer.

Soudain, j'eus envie de retrouver la compagnie de Joël – il était d'une certaine manière si calme, si rassurant. S'il allait faire un vrai grand voyage, c'est qu'il serait absent pendant au moins deux ans. Que de choses pouvaient arriver en deux années! Il semblait que j'allais être punie pour la bêtise de Margot. On racontait peut-être aussi que j'étais devenue trop amie avec Joël – liaison qui ne pouvait avoir de fin honorable et qui peut-être avait influencé Margot.

Montée sur Dotty, je partis dans les bois dans l'espoir de rencontrer Joël et de l'entendre m'annoncer lui-même qu'il allait s'en aller loin. Mais je ne le rencontrai pas et cela même était significatif.

Le dimanche matin, il vint me voir. Mon cœur se mit

à battre plus vite lorsque je le vis attacher son cheval au portail. Lorsqu'il entra dans le parloir, il avait l'air très grave.

– Je m'en vais bientôt, me dit-il.

Le silence n'était rompu que par le tic-tac de l'horloge de mon grand-père.

– Maria me l'a annoncé, fis-je faiblement.

– On prétend que cela complétera mon éducation.

– Où irez-vous?

– En Europe... l'Espagne, l'Italie, la France... ce qu'on nomme le Grand Tour.

– Ce sera intéressant.

– Je préférerais rester.

– Alors, pourquoi partez-vous?

– Mon père insiste.

– Ah! et vous devez lui obéir?

– Je lui ai toujours obéi.

– Et vous ne pouvez commencer maintenant à désobéir. D'ailleurs, pourquoi le feriez-vous?

– Parce que... Il y a une raison pour quoi je ne désire pas partir. (Il me regarda bien en face.) J'ai tant apprécié votre amitié.

– C'était très bon.

– C'est très bon. Je reviendrai, Minella.

– Dans bien longtemps.

– Mais je reviendrai. Alors, je vous parlerai... très sérieusement.

– Si vous revenez et si je suis encore là, je serai très intéressée par ce que vous aurez à me dire.

Il sourit et je dis paisiblement :

– Quand partez-vous?

– Dans deux semaines.

– Vous allez voir de bien belles choses... des œuvres d'art... de l'architecture... Et vous pourrez étudier le ciel nocturne en Italie. Et vous jugerez des mœurs politiques des contrées que vous traverserez... Ce sera bon pour votre éducation.

Il me regardait avec un peu de gêne. Je songeai que si je prenais une certaine attitude, il se lèverait, viendrait vers moi, me prendrait dans ses bras et me supplierait d'être aussi folle que Margot et son valet. Je songeai : Non, cette façon de se conduire n'est pas pour moi. Que penseraient les Derringham si Joël leur déclarait qu'il voulait m'épouser? Ce serait une mésalliance, comme ils diraient.

Oh! chère maman, comme tu t'es trompée!

— Je vous verrai avant de m'en aller, reprit-il. Il faut que nous nous promenions encore. Il y a tant de choses dont je voudrais discuter avec vous.

Lorsqu'il fut parti, je restai assise auprès de la table. Je savais trop ce que cela signifiait. Sa famille, comprenant le sentiment qu'il avait pour moi, l'envoyait au loin. L'épisode de Margot leur avait montré le danger.

Au-dessus de la cheminée était pendu le portrait que mon père avait fait de ma mère durant la première année de leur mariage. C'était merveilleusement elle. Je regardai ses yeux francs, sa bouche résolue. « Tu rêvais trop, murmurai-je. Cela ne devait jamais mener à rien. »

Mais je ne savais pas si je le souhaitais. Ce que je constatais seulement, c'était que tout mon monde s'écroulait. Je voyais les élèves me quitter les unes après les autres, et je me sentais seule et un peu effrayée.

Joël partit et les jours me semblèrent longs. Je me réjouissais lorsque les classes se terminaient bien mais je redoutais les longues soirées auprès de la lampe où je préparais les leçons du lendemain. J'étais reconnaissante aux Manser de m'accueillir quand j'allais les voir mais j'avais un peu trop conscience que Jim m'attendait et que tous m'associaient à son avenir. J'imaginais Mrs Manser déclarant à son mari que j'avais retrouvé mes esprits et que je ne pensais plus à Joël Derringham.

Je regrettais que nos réserves aient été dépensées. Il me faudrait bientôt vendre quelques meubles de qualité pour assurer la nourriture de Dotty. Je ne voulais pas me séparer de la pauvre Jenny, et cela faisait deux bêtes à entretenir.

Maria et Sybil parlaient constamment de leur départ pour la Suisse et je voyais approcher avec effroi le moment où l'école n'aurait plus d'élèves.

Lorsque j'étais seule la nuit, j'imaginais souvent que ma mère venait me parler. Et lorsque je croyais entendre sa voix, je me sentais réconfortée.

« Une porte se ferme, une autre s'ouvre. » Elle possédait des réserves inépuisables de maximes en tout genre où elle trouvait toujours celle qui s'adaptait à la situation. Je m'en souvenais et faisais mon choix parmi elles.

Une chose m'attristait, c'était une froideur nouvelle que je sentais en sir John et en lady Derringham. Ils jugeaient probablement que j'avais agi de façon bien inconsidérée en permettant à leur fils de s'attacher à moi. J'aurais dû mieux me conduire et ils me soupçonnaient peut-être d'être une jeune aventurière. Bien que leur fils ait été envoyé au loin, ils considéraient qu'ils ne devaient pas m'offrir une nouvelle chance d'exercer mes talents grâce à leur patronage. Et c'était là l'aspect le plus inquiétant de ma situation. Ma mère avait toujours proclamé que leur protection nous avait tant aidées et je me demandais comment je m'en tirerais sans eux.

Un maussade jour de mars, Margot vint prendre congé de moi. Elle semblait lasse, mais je distinguai une lueur de malice dans ses yeux.

C'était un dimanche, jour sans école, et je soupçonnai qu'elle l'avait choisi exprès.

– Hello, Minelle! fit-elle. Je rentre à la maison la semaine prochaine... Je suis venue te dire au revoir.

Immédiatement, je me sentis désolée. J'aimais bien Margot et son départ me séparait davantage de tous ceux à qui je tenais.

– Ce petit épisode... (Elle montrait d'un seul geste l'école, moi et toute l'Angleterre.)... est terminé.

– Quelle expérience pour toi?

– Triste, oui... triste et pourtant heureuse et... amusante. Rien n'est d'un seul bloc. Il y a eu un peu de tout. Pauvre James. Je me demande souvent où il est. On l'a renvoyé. Mais il trouvera une nouvelle place... et d'autres filles à aimer.

– Et toi?

– Moi aussi.

– C'était une folie, Margot.

– Oui, n'est-ce pas? Tu sais, comme toutes les aventures, c'était plus drôle à préparer qu'à exécuter. Combien de fois sommes-nous restés étendus sous les buissons à ébaucher des plans! C'était ce qu'il y avait de meilleur. C'était si dangereux. Je courais le retrouver chaque fois que j'en avais l'occasion.

– Même quand tu jouais à cache-cache?

Elle éclata de rire :

– Bien sûr. Tout le monde aurait pu nous voir. Mais nous prétendions nous en moquer...

– Et tu avais peur de ce qui arriverait?

– Oh! oui! Mais j'aimais tant avoir peur. Pas toi? Oh! non, tu es trop sage. Quoique avec Joël... qu'en penses-tu? Nous avons toutes les deux perdu nos amants.

– Joël n'était pas mon amant.

– Bon, je l'espérais. Et toi aussi. Cela me faisait rire. Toi... la maîtresse d'école. Moi... et le valet d'écurie.

C'était la danse... la danse des classes. C'est drôle, non?

– Non, pas du tout.

– Tu es devenue une vraie maîtresse d'école, Minelle. Mais nous avons ri ensemble et, maintenant, je rentre en France. Sir John et lady Derringham aspirent à me voir loin... alors je pars.

– Cela me chagrine. Tu me manqueras.

Elle se leva et se jeta soudain dans mes bras.

– A moi aussi, Minelle, tu manqueras. C'est toi que j'ai le plus aimée ici. Ne parlons pas de Maria et de Sybil. Elles pinçaient leur nez auprès de moi comme si j'avais la peste... et tout ça parce que j'avais goûté à quelque chose qu'elles ne connaissaient pas... et qu'elles ne connaîtront jamais. Dis-moi, tu viendras peut-être en France?

– Je ne vois pas comment ce serait possible.

– Je te le demanderai peut-être.

– Ce serait gentil à toi, Margot.

– Minelle, je suis un peu ennuyée...

– Ennuyée? Pourquoi?

– Je vais avoir un enfant, Minelle.

– Margot!

– L'ultime honte! lança-t-elle. Parfaitement. Tu comprends, James aurait pu être mon amant et cela aurait pu rester un regrettable accident... dont on ne parlerait plus et qu'on oublierait. Mais voilà qu'il y a une preuve vivante de notre liaison, alors, là! Honte et désastre. Tu sais tout maintenant, Minelle. Alors, que dois-je faire?

– Sir John et lady Derringham le savent-ils?

– Personne ne sait... sauf toi et moi.

– Que te dire? tu vas avoir un enfant et tu ne peux pas le cacher.

– Il sera caché. Des gens ont eu des enfant illégitimes dans le passé et les ont cachés.

– Mais comment y arriveras-tu?

– C'est ce que je dois trouver.

– Mais, Margot, comment puis-je t'aider?

– Je suis venue pour t'en parler. (Je lus une certaine crainte dans ses yeux.) J'ai peur de rentrer ainsi à la maison. Bientôt, cela se verra... et mon père...

Brusquement, je le vis tel qu'il m'était apparu lors de ma première rencontre au Manoir. Et soudain, je sentis même ses lèvres sur les miennes.

– Il comprendra peut-être, suggérai-je.

Margot rit assez amèrement :

– Il a ses propres bâtards, n'en doute pas. Et pour lui, ce n'est rien... une bagatelle. Mais ce qui est normal pour un homme comme lui ne l'est absolument pas pour sa fille...

– C'est injuste.

– Bien sûr, c'est injuste, Minelle, mais qu'y puis-je? Quand je pense que je vais me trouver en face de mon père, j'aimerais mieux monter en haut d'une tour et me précipiter dans le vide.

– Ne parle pas ainsi.

– Je ne le ferai pas, bien entendu. J'ai trop envie de savoir ce qui m'arrivera ensuite. Minelle, sauvons-nous toi et moi. L'école ne marche plus très fort. Je l'ai entendu dire. Joël est parti. Un amant qui obéit à papa et à maman au lieu de suivre son amour... Pouf! (Elle fit claquer ses doigts.) James, lui... il était audacieux. « Nous deviendrons romanichels, me disait-il. Je ferai fortune et nous vivrons dans un château aussi grand que celui de ton père... » Et là-dessus sir John arrive, et James tremble, devient un petit garçon qui a peur. Je ne suis pas comme ça, moi! Et toi non plus. Nous sommes capables d'agir quand il faut. Nous savons prendre une décision. Nous savons nous battre, non?

– Mais tu es folle, Margot.

– Alors, qu'est-ce que je vais devenir?

– Tu n'as qu'une seule chose à faire. Aller trouver sir John et lui avouer que tu attends un enfant. Il est bon. Il t'aidera et saura ce qu'il y a lieu de décider.

– J'aime mieux l'avouer à lui qu'à mon père.

– Ta mère te soutiendra peut-être.

– Ma mère n'osera pas. Elle lui racontera tout, aussi j'aimerais mieux le faire moi-même.

– Comment réagira-t-il?

– Il sera fou de rage. Je suis son seul enfant légitime. Déjà, cela le rend furieux. Pas de fils pour continuer la lignée et ma mère est si faible que les docteurs interdisent qu'elle soit de nouveau enceinte. Je reste donc le seul espoir de la maison. On souhaite que je fasse un beau mariage. C'est pourquoi on a songé à Joël pour moi. Mon père ne trouve certainement pas que c'est l'idéal, mais il l'accepte à cause des troubles qu'il y a en France et parce qu'il croit que des propriétés en Angleterre pourront être utiles dans l'avenir. Et voilà que l'espoir de la famille va mettre un bâtard au monde et que le père est un valet d'écurie!

Elle éclata de ce rire si aigu que je connaissais bien et je savais qu'il cachait une terrible envie de pleurer.

Pauvre Margot! Elle était dans une bien malheureuse situation et je ne voyais qu'un seul moyen de l'en sortir : tout avouer à sir John, et lui demander son soutien.

Elle refusa absolument cette solution et repartit dans ses projets de départ avec moi. Je lui fis remarquer que c'était aussi stupide que sa folle équipée, si bien que, lorsqu'elle me quitta, plus calme, elle paraissait décidée à confesser son souci.

J'étais complètement démoralisée le lendemain parce que deux nouvelles élèves m'avaient annoncé le matin même qu'elles me quitteraient à la fin du trimestre, lorsque Margot revint.

Depuis le Manoir elle avait couru et elle était hors d'haleine. Je l'obligeai à s'asseoir, lui fis boire un peu du tonique de ma mère – qui assurait que c'était bon contre toutes les dépressions – et ensuite seulement, je consentis à l'écouter.

Elle me raconta qu'elle avait vu sir John et lui avait tout avoué :

– J'ai cru qu'il allait mourir sur le coup. Il semblait croire que, bien qu'amants et décidés à nous marier, nous ne nous étions pas conduits de façon « inconcevable »! D'abord, il ne m'a pas crue. Il me supposait assez innocente pour accepter que les bébés viennent dans les choux. Il ne cessait de répéter : « Ce n'est pas possible, c'est une erreur. Ma chère Margot, tu es une petite fille... » Je lui fis remarquer que j'étais en âge d'avoir un enfant et, par conséquent, de faire aussi ce qu'il fallait pour cela... A la façon dont il m'a regardée, j'aurais éclaté de rire si je n'avais eu si peur. Alors, il a dit ce que j'attendais : « Il faut avertir tes parents. » Tu vois ce que tu as fait, Minelle. Avec tes conseils j'en suis là où je ne voulais pas arriver.

– Mais c'était inévitable, Margot. Comment aurais-tu gardé ton secret vis-à-vis d'eux? Il ne s'agit pas seulement d'avoir ton enfant, mais, ensuite, quand il sera là, comment le soigneras-tu... sans leur aide?

Elle secoua la tête. Puis, elle me regarda en face, ses grands yeux brillaient dans son visage si pâle :

– J'ai si peur de me trouver en face de lui.

Je la comprenais trop bien et je fis de mon mieux pour la rassurer. Son tempérament était tel qu'elle pouvait passer de la plus profonde torpeur à la plus bruyante joie de vivre. Elle riait beaucoup mais c'était nerveux bien souvent et je savais qu'elle était terrorisée par son père.

Elle ne partit pas pour la France à la date prévue.

Elle vint à l'école m'annoncer que son père allait arriver en Angleterre et qu'elle devait rester au Manoir jusque-là. Elle arborait un air de bravade, mais je me demandais s'il était bien sincère. Pauvre Margot! Elle était bouleversée.

Ce fut Mrs Manser qui me signala la présence du comte au Manoir.

– J'ai compris qu'il venait pour chercher sa fille, me dit-elle. Elle recevra un beau savon et devra l'encaisser. Imaginez la colère du comte en apprenant la fuite de sa fille avec un valet d'écurie! C'est qu'il a une haute opinion de lui-même, je vous le garantis! Vous n'avez qu'à le voir passer au galop! Et sa fille qui pensait à épouser un James Wedder! Je n'ai jamais rien vu de pareil. Ça ne va pas. Dieu nous a mis à une certaine place et c'est là qu'il faut rester, c'est comme ça que je pense, moi!

Je n'étais pas en état de l'écouter et lorsqu'elle m'invita à dîner, je refusai poliment en prétendant que j'avais beaucoup de travail à l'école.

– Ah! oui! A propos, comment ça va à l'école?

Son front indiquait de l'anxiété mais sa bouche manifestait un peu de satisfaction. Pour elle, il n'était pas normal qu'une femme puisse être autre chose qu'une maîtresse de maison et une épouse. Donc, moins l'école marcherait, plus vite je reviendrais à des idées normales. Elle souhaitait tant voir son Jim établi avec une femme de son choix (et curieusement, cette femme, c'était moi), des petits-enfants galopant dans la ferme, des vaches à soigner et des poules à nourrir. Je souriais en songeant à la grimace qu'aurait eue ma mère.

Peu après le départ de Mrs Manser, arriva un messager du Manoir. On m'y réclamait et sir John, ainsi que lady Derringham, désiraient que je m'y présente sans délai. C'était presque un ordre.

Je me dis qu'il allait être question du départ de Sybil

et de Maria. Peut-être ne termineraient-elles même pas le trimestre et quitteraient-elles l'école tout de suite.

Avec un peu d'émotion, je me souvins que le comte était là, mais il y avait peu de chance pour que je le rencontre.

Je traversai donc la pelouse, passai près du cadran solaire et entrai dans le hall. Un des domestiques m'indiqua que sir John m'attendait dans le salon bleu et qu'il devait m'y conduire directement. Il ouvrit une porte, m'annonça et je vis sir John, debout, le dos à la cheminée. Mon cœur sursauta car, près de la fenêtre, regardant dehors, j'aperçus le comte.

– Ah! bonjour, mademoiselle Maddox, dit sir John.

Le comte se retourna et me salua.

– J'imagine, commença sir John, que vous vous demandez pourquoi nous vous avons demandé de venir ici. C'est au sujet de la désastreuse affaire de Marguerite. Le comte a une proposition à vous faire. Je vous laisse avec lui pour qu'il vous l'explique lui-même.

Lorsque la porte fut refermée, le comte s'assit, croisa les bras et me regarda fixement.

– Mademoiselle Maddox, puisque vous parlez mieux ma langue que moi la vôtre, je crois qu'il serait préférable de conduire notre conversation en français. Je veux que vous compreniez parfaitement ce que je veux vous proposer.

– Si je ne comprends pas bien, je vous le dirai, fis-je.

Un léger sourire effleura ses lèvres :

– Mais vous comprendrez, mademoiselle, car vous êtes très intelligente. Parlons donc de ma fille. C'est une honte! Un scandale pour... notre noble maison.

Il étendit ses mains devant lui et je remarquai, à son doigt, la bague ornée de ses armoiries, et les dentelles d'une exquise finesse autour de ses poignets.

— Je n'ai pas l'intention que cela devienne encore plus navrant que cela est. Vous savez que je n'ai pas de fils. Ma fille est la seule qui puisse maintenir notre nom. Rien ne doit empêcher cela. Mais d'abord, elle doit avoir ce... bâtard... ce fils de valet. Et il ne devra pas porter notre nom.

Je lui signalai que cet enfant pourrait être une fille.

— Espérons-le. Une fille nous gênerait moins. Avant tout, nous devons agir. Cet enfant doit naître en secret. Je m'en charge. Marguerite s'installera dans un endroit que je lui trouverai. Elle y sera Mme... Untel ou Untel et elle aura près d'elle une compagne. Elle sera donc une veuve désolée dont le jeune mari sera mort dans un accident. Une aimable cousine restera avec elle. L'enfant naîtra, sera mis chez des parents nourriciers et Marguerite reprendra sa place dans notre maison comme si rien ne s'était passé.

— La solution paraît facile.

— Pas si facile que vous le croyez. La plan doit être minutieusement préparé. Je n'aime guère les secrets de famille. On n'en finit plus... avec cet enfant qui vous poursuit toute une vie. Je vous avoue, mademoiselle, que je suis embarrassé.

— Je le comprends.

— Vous êtes une jeune personne de bon sens. Je l'ai compris dès notre première rencontre. (Un nouveau sourire se dessina sur son visage mais il resta un instant silencieux. Puis, il reprit :) Je vois que vous êtes perplexe. Vous cherchez votre place dans tout ceci. Voilà, j'y viens : vous serez cette jeune cousine.

— Quelle cousine?

— La cousine de Marguerite, bien entendu. Vous l'accompagnerez là où elle s'installera. Vous resterez avec elle, vous veillerez sur elle. Vous éviterez qu'elle fasse de nouvelles sottises. Je saurai qu'elle est en de bonnes mains.

J'étais si stupéfaite que je balbutiai :

– Mais... c'est impossible.

– Impossible est un mot que je n'aime pas. Lorsqu'on me répond impossible, je suis tout de suite décidé à prouver qu'au contraire, c'est très possible.

– Mais j'ai mon école!

– Ah! votre école. Cela me peine car j'ai entendu dire qu'elle n'allait pas très fort.

– Comment cela?

Ses yeux cherchaient à me faire croire qu'il était désolé mais sa bouche avait un pli plutôt amusé... et taquin aussi :

– Mademoiselle Maddox, reprit-il, parlons franchement. J'ai besoin de vous. Et vous, que deviendrez-vous lorsque votre école n'aura plus d'élèves? Répondez-moi.

– Il n'en est pas question.

– Voyons, et pardonnez ma franchise, mais vous n'avez pas l'autorité et la réputation de votre mère. Les gens hésiteront à vous confier leurs filles... une directrice si jeune... à peine plus âgée que nos enfants... Et puis, une de ses élèves a fui avec un valet d'écurie... Cela ne serait pas arrivé du temps de votre mère...

– La fuite de votre fille n'a rien à voir avec mon école.

– Ma fille passait de longues heures avec vous. Je ne doute pas qu'elle vous confiait ses petits secrets. Et puis, elle est partie. C'est un désastre pour elle... pour nous... pour vous et votre école. Par ailleurs, n'ai-je pas entendu dire que le fils de la maison avait été éloigné sur le continent à cause de vous?

– Mais... vous êtes offensant!

– Je sais. A dire vrai, tout cela fait partie de votre charme. Je préfère cela à une trop grande naïveté. Franchement, avouez que votre situation est embarrassante... la mienne aussi. Aidons-nous l'un l'autre. Comment vivrez-vous lorsque votre école ne vous rapportera plus rien? Vous vous placerez comme gouvernante auprès de sales gosses qui vous rendront l'existence insupportable. Vous vous marierez peut-être. Vous deviendrez la femme d'un fermier... Alors, laissez-moi vous dire que ce sera une tragédie plus grande encore.

– Vous paraissez bien connaître ma vie privée!

– J'ai tenu à savoir ce qui m'intéressait.

– Je ne peux accepter ce que vous me proposez.

– Pour une jeune femme intelligente, vous dites parfois des bêtises. Mais je sais pourquoi et cela ne change pas mon opinion à votre sujet. Je m'intéresse à vous, mademoiselle. Vous étiez chargée de ma fille et vous allez vous occuper d'elle bien davantage. Je voudrais que vous partiez le plus vite possible mais je n'ignore pas que vous aurez des détails à régler. Je suis un homme raisonnable. Je ne vous bousculerai pas et, Dieu merci, nous avons un peu de temps devant nous.

– Vous allez trop vite.

– Je vais toujours trop vite. C'est le meilleur moyen pour voyager. Mais vous verrez, c'est une bonne allure. Bon, tout étant réglé, voyons quelques précisions.

– Mais rien n'est réglé. Supposons que j'accepte... supposons que je reste avec Margot jusqu'à la naissance de son enfant. Et ensuite?

– Il y aura toujours une place pour vous dans ma maison.

– Une place? Quelle place?

– Nous le déciderons en son temps. vous serez la cousine de Margot tant qu'elle restera à l'endroit où je vous conduirai. Peut-être le resterez-vous ensuite. J'ai toujours pensé qu'une action devait être continue. Il est bon d'aller jusqu'au bout des choses. La vérité et la fiction doivent être intimement mêlées pour être convaincantes. Lorsque vous serez bien reconnue comme cousine, il sera bon que vous continuiez à tenir ce rôle. Votre nationalité rend cela plus difficile mais nous établirons que la fille d'un de mes ancêtres s'est mariée en Angleterre et que vous descendez de cette branche de la famille. Vous serez donc une cousine éloignée. Vous vivrez avec Marguerite et vous veillerez sur elle. Elle en aura besoin. Sa fugue nous l'a prouvé. N'est-ce pas une excellente proposition? Cela vous tire de vos difficultés et moi des miennes.

— Cela me paraît extravagant.

— Cela arrive dans les meilleurs cas. Voyons comment nous organiser.

— Je n'ai pas encore accepté.

— Mais vous accepterez, vous avez trop de bon sens. Vous faites des erreurs comme nous tous, mais vous ne récidivez pas. Je le sais et je voudrais que vous passiez à Marguerite un peu de votre sagesse. C'est une enfant très instable, je le crains.

Il se leva et vint vers moi. Je lui fis face. Il mit ses mains sur mes épaules et cela me rappela brusquement la scène de sa chambre. A lui aussi sans doute, car en me sentant frémir, il fut amusé.

— C'est toujours une erreur d'avoir peur de la vie, reprit-il.

— Qui a dit que j'en avais peur?

— Je lis dans vos pensées.

— Vous êtes très malin.

— Vous découvrirez à quel point je le suis... Mais, pour l'instant, je veux aussi être bon. Vous avez été surprise car vous ne vous attendiez pas du tout à ma proposition et je vois déjà comment cette idée tourne et tourne dans votre tête. Voyons, mademoiselle, examinez encore la situation. L'école est à son déclin; l'aventure de ma fille a choqué les gens des environs. Certes, ce n'était pas votre affaire mais ma fille allait dans votre école et vous avez eu la malchance d'attirer l'attention de l'héritier des Derringham. Ce n'est pas votre faute si vous êtes charmante, mais les gens ne voient pas si loin. Ils déclareront que vous l'avez fait exprès, et que les Derringham ont vite expédié leur fils à l'étranger. Ce n'est pas juste, direz-vous. Vous n'avez jamais eu l'intention de piéger ce jeune homme. Mais la vérité n'est pas toujours ce qui compte. Je donne six mois... peut-être huit à votre école, et ensuite? Soyez raisonnable. Acceptez d'être la cousine de Marguerite. Et je veillerai à ce que vous n'ayez plus de soucis d'argent. Eloignez-vous de cette école pleine de tristes souvenirs. Je sais l'amour qui existait entre votre mère et vous. Que ferez-vous ici, à part ressasser le passé? Eloignez-vous des commérages. Réfléchissez, mademoiselle, cette mésaventure peut vous apporter une vie nouvelle.

Il y avait beaucoup de vrai dans ce qu'il disait.

– Je ne peux pas décider ainsi, m'entendis-je murmurer.

Il eut un soupir de soulagement.

– Non, non, je n'en demande pas tant. Je vous donne la journée, et demain, vous aurez pris votre décision. Pensez à vous et au problème de ma fille. Lorsque je lui ai dit ce que j'envisageais, elle a été heureuse. Elle vous aime, mademoiselle. Songez à sa détresse. Et songez aussi à votre avenir.

Il prit ma main et la baisa. J'eus honte de l'émotion que cela provoqua en moi et je me détestai d'être bouleversée par un coureur pareil, car j'étais sûre qu'il l'était.

Puis, il s'inclina et me quitta.

Je restai debout très tard ce soir-là. Je consultai vaguement mes livres. Je savais que je ne pourrais dormir. Cet homme avait sur moi un effet surprenant. Il me déplaisait et m'attirait en même temps. Je ne parvenais pas à le chasser de mon esprit. Habiter dans sa maison... Y avoir ma place... Etre une sorte de cousine... La parente pauvre, la compagne de Margot. Mais que pouvais-je faire d'autre?

On n'avait pas besoin de me démontrer que l'école ne marchait plus. On devait me blâmer pour la faute de Margot et on me soupçonnait sûrement d'avoir voulu entraîner Joël Derringham vers le mariage. La couturière avait dû parler des robes que ma mère m'avait préparées. On avait remarqué mon nouveau cheval qui me permettait de sortir avec Joël. Oh! je devinais tous les racontars qui devaient courir dans le pays.

Désespérément, j'aspirais aux sages conseils que ma mère m'aurait donnés et, en même temps, je sentais combien il me serait désormais impossible d'être heureuse dans cette école, sans elle. J'y avais trop de souvenirs. A chaque instant, sa silhouette m'apparaissait.

Toute la journée suivante, j'eus du mal à faire mes cours qui naguère avaient été si faciles lorsque les élèves se partageaient entre ma mère et moi. Elle s'occupait des plus âgées et je me débrouillais avec les plus jeunes.

Je ne cessais de penser à ce qui m'était offert et, peu à peu, j'en arrivais à accepter cette possibilité qui changerait tellement le sens de mon existence.

Lorsque l'école fut terminée, Margot apparut. Elle se jeta dans mes bras et me serra très fort.

– Oh! Minelle, tu vas venir avec moi! Cela me paraîtra tellement moins dur si je suis avec toi. Papa m'a tout raconté. Il m'a dit : « Mademoiselle Maddox s'occupera de toi. Elle réfléchit mais je ne doute pas qu'en fin de compte elle accepte. » Je me sens heureuse comme je ne l'ai pas été depuis longtemps!

– Rien n'est décidé encore, lui dis-je. Je ne sais pas si j'accepterai.

– Mais il le faut, Minelle! Si tu refuses, qu'est-ce que je deviendrai?

– Je ne suis pas indispensable. Tu iras gentiment t'installer à la campagne où ton enfant naîtra et sera remis ensuite à de braves parents nourriciers. Puis, tu reviendras dans la maison de ton père et tu reprendras ta vie. Ce n'est pas la première fois que des circonstances semblables se présentent dans des familles comme la tienne.

– Oh! que tu es lucide et précise! Tu es exactement ce dont j'ai besoin. Mais, Minelle, chère, chère Minelle, il faudra que je continue à vivre avec ce secret, ce noir secret! J'aurai besoin de toi, de ton aide. Papa m'a dit que tu serais ma cousine. Cousine Minelle! Ce n'est pas joli? Ce n'est pas parfait? Et puis, quand tout sera fini, nous resterons ensemble. Tu sais bien que c'était à cause de toi que je me plaisais ici.

– Et James Wedder?

– Oh! lui, ça a été drôle un moment, mais regarde où cela m'a menée. Et ce n'est pas aussi épouvantable que je l'ai craint. Enfin, papa... il a commencé à tonner, bien sûr... par me mépriser... et ce n'était pas à cause de mon aventure, mais parce que j'avais été assez bête pour devenir enceinte. Il a dit qu'il ne m'avait jamais crue si stupide. Si tu viens avec moi, Minelle, tout ira bien. J'en suis sûre. Tu viendras... il faut que tu viennes!

Elle s'était mise à genoux et joignait les mains dans une prière :

– Je t'en prie, Minelle. Je t'en supplie. Mon Dieu, faites que Minelle accepte!

– Lève-toi, Margot, et ne sois pas ridicule, dis-je. Ce n'est pas le moment de jouer la comédie.

Elle éclata de rire et je lui fis remarquer que ça n'allait pas tellement bien à une femme désolée.

– J'ai besoin de toi, Minelle, cria-t-elle de nouveau. Tu me fais rire. Tu es tellement sérieuse... et pourtant pas tellement. Je te connais bien. Tu essayes d'être une maîtresse d'école mais tu n'en seras jamais tout à fait une. Je l'ai toujours pensé. Joël est un idiot. Mon père prétend qu'il a de l'eau dans les veines... pas du sang bien rouge.

– Pourquoi dit-il cela de Joël?

– Parce qu'il est parti quand papa Derringham lui a ordonné de s'en aller. Papa l'a méprisé pour ça.

– Te méprise-t-il parce que tu vas où il t'expédie?

– C'est différent. Joël n'attendait pas un enfant.

Son rire tinta de plus belle. Impossible de savoir si c'était nervosité ou inquiétude réelle. Mais cette conversation débridée me remonta le moral. Et puis, quand elle me suppliait, n'avais-je pas vu une vraie panique dans ses yeux?

– Voilà, je crois que je supporterai tout si tu es là, reprit-elle plus sérieusement. Ce sera presque... amusant. Je serai une jeune veuve dont le mari a été tué. Ma cousine lointaine – anglaise et cousine grâce à une mésalliance dans le passé – sera avec moi pour veiller sur moi. Elle est parfaite car elle est si calme, si réservée, même un peu sévère. Oh! Minelle, tu dois venir.

– Margot, laisse-moi réfléchir. C'est une grave décision et je ne sais encore que faire.

– Papa sera furieux si tu refuses.

– Ses sentiments m'intéressent peu.

– Mais les miens comptent pour toi. Pour le moment, il prend bien les choses parce qu'il a une solution où tu as ta place. Tu viendras, Minelle. Je sais que tu viendras. Si tu refuses, je mourrai de désespoir.

Elle continua encore, les yeux brillants. Elle prétendait qu'elle n'aurait plus peur si j'étais là. Elle bavardait comme si nous préparions un départ en vacances, et de merveilleuses vacances. C'était de la folie, mais je commençais à me prendre à son jeu.

Je savais – je le savais peut-être depuis le début – que j'allais accepter ce pari. Il me fallait quitter ma maison devenue si triste depuis la mort de ma mère. Il me fallait fuir cette menace de pauvreté qui commençait à m'inquiéter. Mais c'était vraiment faire un pas dans l'inconnu.

Je rêvai cette nuit-là que je me tenais debout devant l'école mais le paysage n'était pas familier. Devant moi, il y avait un bois aux arbres serrés. Je croyais que c'était une forêt enchantée et j'allais marcher vers elle. Puis, j'apercevais le comte. Il me faisait signe d'avancer.

Je me réveillai. Ma décision était prise.

DEUXIÈME PARTIE

LE SÉJOUR À PETIT-MONTLYS

1

Petit-Montlys était une charmante petite ville située à une centaine de kilomètres au sud de Paris et abritée par la haute silhouette de sa grande sœur connue sous le nom de Grand-Montlys. Nous y arrivâmes à la fin avril. J'avais, grâce à sir John, vendu mes meubles et conduit Jenny chez les Mansèr qui voulaient bien s'occuper d'elle. Sir John lui-même avait offert un bon prix pour Dotty et promis que, si je revenais en Angleterre, il me la revendrait pour la somme que ma mère avait payée. Le comte me versait un salaire plus que convenable et ce fut seulement lorsque ce souci me fut enlevé que je compris combien ma situation financière m'avait inquiétée.

Mrs Manser désapprouva ma décision. Elle ne savait pas que Margot était enceinte et croyait simplement que je devenais sa demoiselle de compagnie dans la maison du comte : c'était ce que les Derringham avaient décidé de raconter.

– Vous reviendrez, prophétisa-t-elle. Je ne vous donne que deux mois. Il y aura toujours une chambre pour vous chez nous. Et alors, vous saurez de quel côté votre pain est beurré.

– Vous avez toujours été une si bonne amie pour ma mère et pour moi, lui dis-je en l'embrassant.

– Je n'aime guère voir une femme raisonnable choisir une mauvaise voie, reprit-elle. Je sais que c'est dur. Et tout ça est venu de Joël Derringham. C'est clair et j'admets que vous ayez envie de vous éloigner un moment.

Je ne répondis pas, préférant lui laisser croire qu'elle avait raison. Je ne pouvais lui montrer à quel point j'étais contente.

Nous prîmes la chaise de poste jusqu'à la côte, puis le bateau pour la France. Nous eûmes la chance de faire une bonne traversée et, de l'autre côté, nous trouvâmes un couple d'un certain âge – de toute évidence de loyaux serviteurs du comte – pour nous chaperonner dans notre voyage.

Nous ne passâmes pas par Paris, mais logeâmes dans de petites auberges et, au bout de plusieurs jours, nous parvînmes à Petit-Montlys, où l'on nous conduisit à la maison de Mme Grémond qui serait notre propriétaire pendant les mois à venir.

Elle nous reçut chaleureusement, eut de la commisération pour Margot qui était devenue Mme Le Brun, et pour les difficultés d'un voyage dans son état. Je fus satisfaite d'avoir pu garder mon nom.

Je ne saurais dire à quel point Margot assumait son rôle avec satisfaction. Elle avait toujours aimé jouer la comédie et, cette fois, c'était une partie importante qu'elle tenait. L'histoire qu'on avait montée disait que son mari, Pierre Le Brun, régissait une vaste propriété dans le nord de la France et qu'il s'était noyé en voulant sauver un chien de meute de son maître au cours d'une inondation. Sa femme avait découvert qu'elle attendait un enfant, et comme la mort de son mari l'avait tellement bouleversée, une de ses cousines l'avait, sur l'avis du docteur, éloignée du lieu de la tragédie afin qu'elle soit au calme avant la naissance du bébé.

Margot se jeta à cœur perdu dans cette fable. Elle versa quelques larmes sur la mort de son Pierre et donna même vie au pauvre chien : « Ce cher Tayaut... il ne quittait pas Pierre, raconta-t-elle. Qui aurait jamais cru qu'il causerait sa mort un jour? »

Et puis, elle détaillait le drame et se plaignait que Pierre ne doive jamais connaître son enfant. Certains jours, je me demandais s'il lui arrivait de penser quelquefois à James Wedder.

Mme Grémond fut vraiment la femme la plus discrète du monde, et durant les mois qui suivirent, je la soupçonnai souvent d'être tout à fait au courant de la vérité. C'était une assez belle femme et, dans sa jeunesse, elle avait dû être très attirante. Elle avait un peu plus de quarante ans et j'imaginai qu'elle rendait service, elle aussi, à un ami... le comte évidemment. J'eus l'impression qu'il pouvait entièrement compter sur elle. En fait, elle avait sans doute été une de ses nombreuses maîtresses.

La maison était agréable, pas très grande mais située au milieu d'un jardin au bout d'une large allée. Quoiqu'elle fût dans la ville, elle était isolée par les arbres qui l'entouraient.

Nos chambres, qui donnaient sur le jardin, n'étaient pas luxueusement meublées mais très confortables. Nous avions deux servantes, Jeanne et Emilie Dupont, dont la charge était de s'occuper de nous. Jeanne se révéla assez bavarde tandis qu'Emilie, plus morose, parlait seulement lorsqu'on lui adressait la parole. Nous intriguions beaucoup Jeanne : ses petits yeux noirs ressemblaient à ceux d'un singe, pleins de curiosité. Elle tournait autour de Margot, toujours désireuse d'être près d'elle et de veiller à ce qu'elle ne manque de rien. Margot, qui aimait être le centre de l'attention, se prit d'affection pour elle. Je les surprenais souvent à bavarder comme des gamines.

– Attention, conseillai-je, ne te trahis pas.

– Je ne me trahirai pas, protestait-elle. Sais-tu que, parfois, la nuit, je me réveille et je pleure presque sur ce pauvre Pierre? Je crois par moments qu'il a été mon mari.

– J'espère qu'il ressemble à James Wedder.

– Exactement. C'est la meilleure façon de jouer... Rester aussi près de la réalité que possible. Après tout, James est le père du bébé et je l'ai brusquement perdu... simplement d'une manière différente.

– Une façon de disparaître tout à fait différente en effet, assurai-je assez sèchement.

Mais j'étais satisfaite de la voir se reprendre tout à fait. De nouveau, elle était gaie, ce qui aurait pu paraître surprenant lorsqu'on ne connaissait pas son tempérament.

C'était un des principaux traits de son caractère. Elle parvenait à vivre entièrement dans le présent, aussi dramatique que dût être le futur. J'avoue que je me laissais entraîner par son optimisme et oubliais combien sérieuse était sa situation.

Le temps était parfait. Durant tout le mois de juin, nous eûmes du soleil. Nous nous installions pour coudre et bavarder sous un grand sycomore. Nous nous amusions beaucoup à préparer les vêtements du bébé bien que, ni l'une ni l'autre, ne fussions habiles en couture. Margot abandonnait souvent sa tâche avant de la terminer. Emilie, qui était très adroite, finissait alors la petite brassière ou la chemise et l'ornait d'exquises broderies où elle était fort habile. Elle l'emportait dans sa chambre et, bientôt, nous la retrouvions repassée et pliée dans notre appartement. Lorsque nous la remerciions, elle prenait toujours un air gêné. Communiquer avec elle était très difficile.

– C'est parce que Jeanne est plus mignonne, m'expliqua Margot. Cette pauvre Emilie n'est pas belle.

– Elle travaille si bien.

– Possible, mais cela lui fera-t-il dénicher un mari? Jeanne veut épouser Gaston le jardinier. Elle me l'a raconté. Mme Grémond a promis de lui offrir un des hangars du fond qu'ils transformeraient en maison. Gaston est adroit de ses mains.

De nouveau, je la mis en garde :

– Ne parles-tu pas trop avec Jeanne?

– Pourquoi ne lui parlerais-je pas? Cela fait passer le temps.

– Mme Grémond pourrait se plaindre qu'elle bavarde au lieu de travailler.

– Mme Grémond désire avant tout que nous soyons bien.

– Pourquoi nous a-t-on envoyées chez elle?

– C'est mon père qui a tout arrangé.

– Crois-tu qu'elle est... ou a été... une de ses amies?

– C'est probable. Il a eu tant d'amies!

Je me réveillais le matin dans le soleil et j'allais baisser les stores qui garnissaient toutes les fenêtres car il faisait très chaud. J'aimais regarder le jardin, la pelouse si unie, les fauteuils sous le grand arbre, le bassin rond où les oiseaux venaient se baigner. C'était un tableau si paisible.

Au cours des premières semaines, nous sortîmes souvent en ville pour faire nos achats. On nous connut bientôt : la petite Mme Le Brun, cette très jeune veuve qui avait vécu une telle tragédie en perdant son mari, et la cousine anglaise. On parlait beaucoup de nous : certaines fois, on n'attendait même pas que nous ayons quitté le magasin. Notre venue avait constitué un événement dans Petit-Montlys et, parfois, je me demandais si le comte avait eu raison de nous y envoyer. Nous aurions été beaucoup plus perdues dans une grande ville. Ici, nous attirions trop l'attention.

Quelquefois, nous faisions des courses pour Mme Grémond et j'aimais acheter le pain chaud sortant du four rougeoyant creusé dans le mur. Le boulanger l'attrapait avec sa longue pelle plate. Il disposait les boules devant nous pour que nous choisissions à notre gré. Un peu brûlé, bien cuit, ou à peine doré : nous nous laissions tenter. Et quel pain délicieux c'était!

Puis, nous flânions dans le marché qui se tenait tous les mercredis. Les paysans des environs apportaient leurs produits sur le dos de leurs ânes et les étalaient devant les clients. Les ménagères de Petit-Montlys discutaient âprement les prix et j'aimais entendre leur marchandage. Cela nous amusait tellement que nous demandions à Mme Grémond de faire les achats pour elle. Jeanne et Emilie nous accompagnaient car elles assuraient que les paysans augmentaient leurs prix lorsqu'ils voyaient arriver la jeune veuve et sa cousine anglaise.

A la fin de juin, il nous semblait que nous étions installées à Petit-Montlys depuis des mois. Parfois l'étrangeté de tout cela me frappait car ma vie avait radicalement changé. A cette époque, l'année précédente, ma mère était encore vivante et l'idée ne me serait pas venue que je puisse faire autre chose qu'enseigner dans notre école, comme elle l'avait prévu.

Chaque jour ressemblait à celui de la veille et rien

mieux que cette paisible monotonie pouvait faire filer le temps.

Maintenant l'état de Margot se voyait nettement. Nous lui avions confectionné des vêtements plus amples et elle riait en se regardant dans la glace.

– Qui aurait jamais cru que je pourrais avoir un jour cette allure?

– Qui aurait pu croire que tu aurais fait ce qu'il fallait pour ça? rétorquai-je.

– C'est bien de l'impeccable et nette cousine anglaise de me le faire remarquer. Oh! Minelle, je t'adore! Tu es vraiment pareille à un astringent!... Tu me ramènes au sol quand il le faut. Cela ne m'atteint pas, mais j'aime ça.

– Margot, dis-je, tu devrais devenir un peu plus sérieuse.

Elle fit la moue :

– Non, non, ne me demande pas ça. Oh! le bébé! Il bouge. Il est vivant.

– Mais bien sûr. Il a toujours été vivant.

– Je sais, mais maintenant, il existe pour moi. C'est une personne. Que va-t-il arriver lorsqu'il naîtra?

– Ton père te l'a expliqué. On l'éloignera. On le confiera à une nourrice.

– Et je ne le verrai jamais plus?

– Tu sais ce qui est décidé.

– C'était facile à ce moment-là, mais maintenant... Minelle, je commence à vouloir le voir... l'aimer...

– Il te faudra du courage, Margot.

– Je sais.

Elle n'en dit pas plus mais je vis qu'elle réfléchissait. Ma petite Margot, si tête de linotte, comprenait soudain qu'elle allait être mère. Mon anxiété augmenta. J'aurais préféré qu'elle restât tête de linotte, légère et inconséquente, car si elle se mettait à aimer son enfant, elle serait appelée à beaucoup souffrir.

Un incident déplaisant vint troubler la quiétude de nos journées. Margot ne nous accompagnait plus très souvent car elle se sentait maladroite et préférait prendre de l'exercice dans le jardin. J'avais acheté du ruban pour garnir une brassière du bébé et lorsque je sortis de la boutique, une voiture passa bruyamment. C'était un élégant véhicule tiré par deux magnifiques chevaux blancs. Un laquais resplendissant dans une livrée mordorée ornée de galons d'or était debout derrière.

Des garçons, à l'angle de la rue, se moquèrent du jeune homme et l'un d'eux lui lança une pierre. Le laquais n'y prit pas garde et le carrosse disparut.

Les gamins criaient tous ensemble. J'entendis le mot « aristocrate » jeté avec mépris et je me souvins de mes conversations avec Joël Derringham.

Des gens apparaissaient sur le pas de leurs portes et parlaient entre eux très fort.

– Vous avez vu le beau carrosse?

– Oui, et le grand type qui était dedans? Il nous a regardés de toute sa hauteur. Vous avez vu ça?

– Oh! on lui rabaissera son caquet un jour!

– Bien sûr! Y a pas d' raison qu'il vive dans son luxe et nous dans la misère!

Je n'avais pas vu trace de misère au Petit-Montlys mais j'avais appris que ceux qui vivaient dans une petite ferme avaient du mal à gagner de quoi subvenir à leurs besoins.

Mais l'incident ne s'arrêta pas là. Les voyageurs du carrosse décidèrent d'acheter quelques fromages aperçus à l'un des étalages. Ils envoyèrent le jeune laquais les chercher.

Les gamins ne supportèrent pas la vue de la magnifique livrée. Ils se mirent à courir après le garçon en tentant de lui salir la veste.

Il entra en hâte dans la boutique mais les garnements restèrent devant la porte. M. Jourdain, l'épicier, se fâcherait certainement si l'on importunait ainsi ses clients, surtout ceux dont il espérait tirer une belle somme d'argent. J'étais tout près et vis tout.

Quand le laquais reparut, six garnements lui sautèrent dessus, lui arrachèrent les fromages et déchirèrent son habit. Pour se défendre il envoya un coup de poing à l'un d'eux qui roula sur les pavés. Un peu de sang parut sur sa joue.

Un cri de rage monta et le laquais, se voyant submergé par la bande, réussit avec des bourrades à se frayer un passage parmi les gamins hurlants.

J'avançai dans la rue et aperçus le carrosse au carrefour. Le laquais cria quelques mots au cocher et grimpa en vitesse à sa place. La voiture fila rapidement, mais non sans que plusieurs personnes sorties des maisons ne tendent leurs poings vers elle en injuriant les aristocrates. Des pierres furent lancées et je respirai quand je vis disparaître le véhicule.

Le boulanger m'avait remarquée. Il avait quitté son four pour jeter un coup d'œil à la bagarre.

– Vous n'avez rien, mademoiselle? demanda-t-il.

– Non, non, rien du tout.

– Vous avez l'air inquiet.

– Ç'est que c'était affreux.

– Oh! oui, mais ça arrive. Ces gens-là ne devraient pas trimbaler leur carrosse dans la campagne.

– Mais comment devraient-ils faire?

– Les pauvres vont à pied, mademoiselle.

– Mais quand on a une voiture...

– C'est triste que certains aient des voitures alors que d'autres vont à pied.

– Mais il en a toujours été ainsi.

– Ce n'est pas une raison pour que ça continue. Les gens en ont assez de ces différences. Les riches sont trop riches... les pauvres trop pauvres. Les riches se fichent des pauvres, mademoiselle, mais, bientôt, ça changera.

– Et ce carrosse... A qui est-il?

– A quelque seigneur sans doute... Qu'il en profite tant qu'il peut encore.

Pensivement, je rentrai à la maison. En arrivant, je rencontrai Mme Grémond.

– Mme Le Brun se repose? demanda-t-elle.

– Oui. Elle commence à en avoir besoin. J'étais heureuse qu'elle ne soit pas avec moi cet après-midi. Il y a eu un incident désagréable.

– Entrez un instant et racontez-moi ça, fit-elle.

Il faisait frais dans son salon dont les stores étaient baissés contre le soleil. J'aperçus néanmoins de beaux rideaux bleus et quelques tasses de Sèvres très fines dans une vitrine. Une pendule Louis XV était accrochée au mur. Décidément, certains objets me semblaient de grande valeur. Etaient-ce des cadeaux de quelque amant... du comte peut-être?

Je lui racontai l'incident.

– De nos jours, m'expliqua-t-elle, un carrosse, ici, c'est comme la cape rouge devant un taureau. Une belle voiture signifie la richesse. Je n'ai pas utilisé la mienne depuis six mois. C'est stupide, mais le peuple n'aime pas ça. (Elle regarda autour d'elle et frissonna.) Autrefois je n'aurais jamais cru cela possible. Les temps ont changé et ils changent encore.

– N'est-ce pas dangereux pour nous d'aller en ville?

– On ne vous fera pas de mal. On n'en a que contre les aristocrates. La France n'est pas un pays heureux. Il y a trop d'agitation.

– Nous avons aussi des troubles en Angleterre.

– Oui, le monde se transforme. Ceux qui possédaient, ne posséderont peut-être plus dans l'avenir. Il y a trop de pauvreté en France. Certains riches font beaucoup de bien, mais d'autres s'en moquent. Alors, la colère et la jalousie augmentent dans le pays. Et c'est, je crois, encore plus évident à Paris. Ce que vous avez vu est très banal maintenant.

– J'espère ne plus rien voir de cette sorte. Il y avait du meurtre dans l'air. Ils auraient été capables de tuer ce pauvre laquais.

– On aurait expliqué qu'il n'avait pas à travailler pour les riches et que c'était une bonne raison pour l'attaquer puisqu'il était un ennemi du peuple, lui aussi.

– On va loin en parlant ainsi.

– Le danger est partout, mademoiselle. Vous qui arrivez d'Angleterre, vous n'êtes pas au courant. C'était sans doute très différent là-bas. Vous viviez à la campagne?

– Oui.

– Et vous avez quitté votre famille... vos amis... pour rester avec votre cousine?

– Oh! oui! Elle avait besoin de quelqu'un.

Mme Grémond inclina la tête avec sympathie. Je sentis qu'elle désirait en savoir davantage et je me levai rapidement :

– Il faut que je rejoigne Mme Le Brun. Elle doit se demander où je suis passée.

Dans sa chambre, Margot, étendue sur son lit, bavardait avec Jeanne qui repliait de la layette :

– Partout où allait Pierre, Tayaut le suivait. Pierre s'en allait souvent avec son fusil et son chien, car la propriété était très vaste. C'était même une des plus grandes de la région.

– Elle devait appartenir à quelqu'un de très riche.

– Très riche. Pierre était son bras droit.

– C'était un duc, madame? Ou un comte?

Je les interrompis :

– Hello! me voilà!

– Oh! chère cousine, comme tu nous as manqué!

Je ramassai la layette et l'enfermai dans un tiroir.

– Merci, Jeanne, dis-je en lui indiquant ainsi qu'elle pouvait nous quitter.

Elle fit une légère révérence et sortit.

– Tu lui parles trop, Margot, grondai-je.

– Qu'est-ce que je dois faire? Rester assise et m'ennuyer?

– Un jour, tu iras trop loin.

J'eus soudain l'impression que quelqu'un était derrière la porte. Rapidement, je l'ouvris. Il n'y avait personne, mais je crus entendre des pas légers qui s'éloignaient. J'étais sûre que Jeanne nous avait écoutées. Et cela me mit mal à l'aise.

Ce que j'avais vu dans l'après-midi avait fait tinter en moi une sonnette d'alarme. Ce qui agitait le pays ne nous atteignait pas, cependant mon appréhension ne diminua pas.

Margot attendait son bébé pour le mois d'août et nous étions en juillet. Mme Liger, la sage-femme, avait été appelée. C'était une bonne femme rondelette, vêtue de noir comme la plupart des villageoises, ce qui faisait paraître plus roses ses joues épanouies. Elle avait de vifs yeux noirs et un peu de moustache au-dessus de la lèvre.

– Ce sera un fils, assura-t-elle. Je ne dois pas me tromper, à la façon dont il se présente.

Elle venait une fois par semaine et elle me confia qu'elle savait que ma cousine était une dame de qualité, ce qui m'indiqua qu'elle avait dû être largement payée pour s'occuper de Margot.

Je compris alors qu'une sorte de mystère s'était créé autour de nous et que c'était inévitable. Je remarquai mieux les regards curieux qu'on nous lançait.

Je ne parlai pas de l'incident à Margot. C'était mieux qu'elle n'en sache rien, car je me souvenais de la hâte avec laquelle son père avait quitté l'Angleterre lors de la soirée. Depuis, j'avais appris l'histoire du collier de la reine, ce bijou fabuleux comportant les plus beaux diamants du monde. Je savais que le cardinal de Rohan avait été arrêté, puis acquitté, ce qui impliquait que la reine était fautive.

Partout, on parlait de la reine de façon offensante. Avec mépris, on l'appelait l'Autrichienne et on la rendait responsable de l'agitation générale. Je n'avais pas besoin qu'on m'explique que cette affaire de la reine n'avait pas engendré le calme dans le pays. C'était devenu l'allumette qui fait prendre le bois sec.

Notre vie était assez étrange : tension dans les rues — le passage du carrosse me l'avait prouvé —, et Margot et moi vivant une existence cachée durant des mois en attendant la venue du bébé.

— Parfois, Minelle, je ne peux penser à autre chose qu'à notre existence ici... et à mon enfant. Pourtant, ensuite, nous rentrerons à la maison. Ce sera soit au château à la campagne, soit à l'hôtel à Paris. De nouveau, je serai mince et légère. Ce sera comme si rien n'était arrivé.

— Ce ne sera jamais pareil, fis-je remarquer. Nous nous souviendrons toujours. Surtout toi.

— Je verrai mon bébé quelquefois, Minelle. Nous irons le voir, toi et moi.

— Ce sera certainement défendu.

— Oh! oui, ce sera défendu. Mon père a dit : « Quand

l'enfant sera né, on le remettra à de bonnes gens. J'arrangerai cela et tu ne le reverras jamais. Tu oublieras tout. Nous n'en parlerons plus et cela devra te servir de leçon. Ne recommence pas. »

– Il s'est donné beaucoup de mal pour t'aider.

– Surtout pour sauver son nom du déshonneur. Cela me fait rire parfois. Je ne suis pas le seul membre de la famille à avoir eu un bâtard. On n'a pas besoin de regarder très loin...

– Sois raisonnable, Margot. Ce que ton père a organisé, c'était pour ton bien.

– Et pour que je ne revoie jamais mon enfant!

– Tu aurais dû penser cela avant...

– Qu'est-ce que tu sais de tout ça? Crois-tu que lorsqu'on aime, lorsqu'on est dans les bras de quelqu'un, on pense à un enfant qui n'existe pas?

– Il me semble que tu aurais dû envisager la possibilité de cet enfant qui existe maintenant.

– Attends un peu, Minelle, attends d'être amoureuse!

J'eus un mouvement d'impatience, et elle rit :

– Oh! on est tranquilles ici, continua-t-elle. Ce sera tellement différent lorsque nous serons au château ou à Paris. Tu sais, les résidences de mon père sont luxueuses. Elles contiennent de vrais trésors, mais il y manque le principal. Je m'en rends compte, ici, avec toi : la paix.

– La paix de l'esprit surtout. C'est ce qu'il faut toujours rechercher. Parle-moi de la vie chez ton père.

– Je suis peu allée à Paris. Quand ils s'y rendaient tous les deux, je restais à la campagne où j'ai passé la plus grande partie de mon temps. Le château date du XIIIe siècle. On aperçoit d'abord la tour de garde. Autrefois, il y avait toujours un « veilleur » dont la tâche était d'avertir immédiatement s'il voyait un ennemi approcher. Aujourd'hui, il y a encore un gardien qui prévient de l'arrivée des invités en sonnant la cloche. C'est un des musiciens et il aide à passer le temps en chantant et en composant des chansons. Le soir, il descend et, fréquemment, nous régale de chansons de geste. C'est une des vieilles coutumes que mon père aime à maintenir. Je songe parfois qu'il est né trop tard. Il déteste les nouvelles mœurs des gens. Il assure que les serfs se révoltent contre leurs maîtres.

Je restai silencieuse, me souvenant de l'incident du carrosse.

– De nombreux châteaux sont plus récents que le nôtre, continua Margot. François Ier bâtit ceux de la Loire deux bons siècles après le nôtre. Bien entendu, nous avons dû le restaurer, mais le grand escalier est d'époque. Il conduit à la partie du château que nous occupons. Tout en haut se trouve un palier d'où les seigneurs du château rendaient autrefois la justice. Au pied, s'étend une grande cour où, maintenant, on joue des pièces de théâtre l'été. Oh! Minelle, tout cela m'effraye. Qu'arrivera-t-il lorsque nous partirons d'ici?

– Il sera temps d'y réfléchir alors, dis-je. Parle-moi encore des gens qui habitent le château.

– Mes parents que tu connais. Pauvre maman, elle est souvent malade ou du moins elle prétend l'être. Mon père a la haine de la maladie. Il n'y croit pas. Il prétend que cela vient de l'imagination. Maman est très malheureuse. C'est surtout parce que je ne suis pas un garçon et qu'elle ne peut plus avoir d'enfant.

– Pour un homme comme le comte, ce doit être une grande déception de ne pas avoir de fils.

– Ils sont tous fous de vouloir un fils... Sais-tu qu'ici une fille ne peut pas monter sur le trône? En Angleterre ce n'est pas comme ça.

– Non, et, ainsi que je te l'ai appris, deux des plus grandes époques de l'histoire anglaise ont connu des femmes sur le trône : Elisabeth et Anne.

– Oui, c'est une des rares leçons dont je me souvienne. Tu en avais toujours l'air si fière. Toujours prête à lever l'étendard pour ton sexe.

– Il faut reconnaître qu'elles ont eu la chance d'avoir auprès d'elles de remarquables ministres.

– Bon, veux-tu me donner une leçon d'histoire ou écouter ce que je te raconte sur ma famille? Tu connais mes parents et tu sais à quel point ils sont mal assortis. Leur mariage a été arrangé alors que ma mère avait seize ans et mon père dix-sept. Ils se sont très peu vus avant de s'épouser. C'est comme ça dans nos familles et, dans leur cas, on jugeait que c'était une union parfaite. Alors que c'était bien le pire pour les deux. Pauvre maman! C'est elle que je plains. Mon père, lui, a trouvé des consolations ailleurs.

– Il ne s'est pas gêné?

– Naturellement. Il a eu des aventures avant de se marier. Je ne comprends pas pourquoi la mienne le choque tellement. D'ailleurs c'est surtout à cause des conséquences qu'il est furieux. Il trouve normal que les serviteurs ou les membres des classes inférieures aient un bâtard ou même deux... il considère presque cela comme un devoir si c'est le seigneur qui en a la fantaisie... Mais une fille de grande famille... non, non... Tu sais, ici, il y a une loi pour les pauvres et une autre pour les riches... et de nos jours, cela se retourne contre nous.

– Ne t'emporte pas, Margot, et dis-moi qui vit encore au château?

– J'y arrive. Il faut que je te parle d'Etienne – un des résultats des vagabondages de mon père. Etienne habite au château. Il est le fils de mon père.

– Je croyais qu'il n'avait pas de fils.

– Minelle, tu deviens idiote. Il est le fils *illégitime* de mon père. Papa n'avait que seize ans lorsqu'il est né.

Vraiment, je ne comprends pas comment il peut porter un jugement sur moi. Non seulement il y a une loi pour les riches et une autre pour les pauvres, mais il y en a une pour les hommes et une autre pour les femmes. Je suis née un an après le mariage de mes parents. Ma mère a terriblement souffert. Elle a failli mourir. Personne ne sait comment elle et moi avons réussi à survivre. Toujours est-il qu'avoir un nouvel enfant mettrait sa vie en danger. Mon père, qui avait toujours eu ce qu'il désirait, se trouva donc, à dix-huit ans, chef de famille, et d'une noble famille qui n'aurait pas de fils.

– Cela a dû lui être pénible.

– Et, de plus, il n'aimait guère ma mère. Je crois que si elle lui avait tenu tête, il aurait eu plus d'égards pour elle. Mais elle n'a jamais osé. Elle l'évitait et ils se voyaient très peu. Elle reste la plupart du temps dans sa chambre avec Nounou, sa vieille Nounou, qui la défend comme un dragon crachant du feu. Celle-là tient tête à papa. Mais parlons d'Etienne plutôt!

– Oui, parle-moi de lui.

– Je n'étais pas là à cette époque mais j'ai entendu les servantes en parler. On s'amusait, paraît-il, du fait que, si jeune, mon père ait déjà prouvé sa virilité. Etienne a donc grandi dans un beau concert de trompettes... et il y a gagné une haute opinion de lui-même. Il est du même format que mon père, ce qui n'est pas étonnant puisqu'il est son fils. Donc, lorsqu'il fut admis que ma mère ne lui donnerait pas de fils, mon père fit venir Etienne au château et le fit élever comme un fils légitime. Il a reçu une excellente instruction et il est souvent avec mon père. Mais tout le monde sait qu'il est bâtard et cela le rend enragé. Cependant, il espère hériter des propriétés, sinon du titre. Il est maussade et sujet à des colères qui terrifient les gens. Si ma mère mourait et si mon père se remariait, je ne sais de quoi il serait capable.

– Il considérerait que c'est trop injuste envers lui sans doute.

– Pauvre Etienne! Il ressemble tellement à mon père... pas tout à fait cependant. Tu sais ce que c'est quand quelqu'un n'est pas exactement ce qu'il voudrait être. Il croit à sa noblesse. Je l'ai vu fouetter un jeune garçon qui l'avait traité de bâtard. Mais il est très beau. Les servantes le savent bien. Il se veut comte bien que sa mère n'ait pas épousé son père, mais il est bien décidé à être le premier à oublier ce détail. Et puis... il y a Léon.

– Un autre homme?

– Le cas de Léon est différent. Léon n'aura jamais à fouetter quelqu'un, car ce n'est pas un bâtard. Il est né d'un mariage et ses parents étaient des paysans. Il n'a pas besoin d'essayer de le cacher, car tout le monde le sait. Il a reçu la même éducation qu'Etienne, et personne ne se douterait de son origine si on n'était pas au courant. Il a d'ailleurs une allure si noble qu'il rirait si quelqu'un le traitait de paysan. A le voir, avec sa jaquette de velours fin et ses culottes de cheval, tu le prendrais pour un aristocrate. Ce qui prouve bien que la façon d'être élevé a plus d'influence sur un homme que ses propres parents.

– J'ai toujours pensé cela. Mais pourquoi Léon vit-il au château?

– Oh! c'est toute une histoire. Il y est venu lorsqu'il avait six ans. Je venais de naître et mon père avait découvert qu'il était pris au piège puisque sa femme ne pourrait lui donner d'héritier et que, malgré cela elle s'obstinait à vivre.

– Oh! Margot, on ne parle pas comme ça de ses parents.

– Tu veux la vérité, oui ou non? Mon père n'est pas un prince charmant. Quand il s'est convaincu de sa malchance, il est devenu furieux. Il galopait comme un fou dans la campagne. Quand les gens l'entendaient passer, ils murmuraient : « Oh! voilà le galop du Diable! »

Je fus sidérée. N'était-ce pas précisément le nom que je lui avais donné lorsque je l'avais rencontré pour la première fois? Ce nom de diable lui allait si bien.

– Parfois, reprit Margot, il conduisait son cabriolet attelé avec les chevaux les plus vifs de son écurie. C'était encore plus dangereux et, un jour qu'il traversait en trombe le petit village de Larpin qui est à une dizaine de kilomètres du château, il renversa un enfant et le tua.

– Quelle horreur!

– Il en fut navré. Cela le réveilla. Il revint à lui. Nous parlions de Léon. Eh bien, c'est son frère jumeau qui a été tué par mon père. La mère en a perdu la tête. Elle a oublié ce qu'elle devait à son seigneur et elle est venue au château où elle a essayé de le poignarder. Il la désarma facilement. Pour un geste pareil, il aurait pu la faire exécuter. Il ne le fit pas.

– Que c'est généreux de sa part! fis-je avec sarcasme. Avait-il compris qu'elle avait voulu le punir de ce qu'il avait fait à son enfant?

– Exactement. Il parla donc à la mère. Il expliqua qu'il regrettait sa propre action et qu'il comprenait son désir de vengeance à elle. Je ne sais plus combien d'autres enfants elle avait. Dix, peut-être. Alors, il lui promit une bourse qui représenterait tout l'argent que son fils aurait pu gagner pour elle pendant les soixante ans à venir. Mais, en plus, il décida de prendre le jumeau au château et de le faire élever comme un membre de la famille. Ainsi, ce terrible accident se transforma en bienfait.

— Je ne vois pas comment cela pouvait remplacer la perte d'un enfant.

— Tu ne connais pas ces paysans. Leurs enfants représentent tant d'argent pour eux. Ils en ont tellement qu'ils peuvent se permettre d'en perdre sans trop de regrets... surtout quand cette perte rapporte une forte récompense.

— Cela ne me convainc pas.

— Tant pis, car c'est ainsi. Nous voilà donc avec, en plus d'Etienne le bâtard, Léon le paysan, et laisse-moi te dire que si je ne t'avais pas tout expliqué, tu n'aurais jamais pu deviner leurs origines.

— Curieuse maisonnée!

— Jusqu'à ce que j'aille en Angleterre et voie les manières bien policées du Manoir où ce qui est déplaisant n'est jamais mentionné et, par conséquent, peut et doit être ignoré... jusqu'à ce que je mette le nez dans ton école où la vie était si simple et si facile, je n'ai jamais soupçonné que notre maisonnée, comme tu dis, était si curieuse.

— Tu n'as vu que l'apparence. Nous avons aussi nos problèmes. Dans cette école si paisible, nous nous sommes demandé souvent si nous pourrions payer notre pain, et, durant les dernières semaines, cette question a été encore plus pressante.

— Je le sais et c'est sans doute à cela que je dois ta présence ici, ce qui prouve qu'il y a toujours un bon côté dans ce qui nous arrive. Si ton école avait bien marché, tu ne l'aurais jamais quittée et je serais toute seule. Sans l'audace juvénile de mon père, Etienne ne serait pas au château et s'il n'avait pas galopé comme un insensé à travers Larpin, Léon gratterait la terre pour y trouver sa nourriture et se coucherait affamé. Cela n'est-il pas réconfortant?

— Ta philosphie devrait servir de leçon, Margot.

J'étais contente de la sentir de si bonne humeur mais parler du château m'avait lassée, aussi j'insistai pour qu'elle boive son lait et que nous ne bavardions pas davantage.

2

Au début d'août, Mme Liger s'installa avec nous. Elle occupa une petite chambre proche de celle de Margot et sa présence nous rappela, aussi bien à Margot qu'à moi, que l'intermède touchait à sa fin. Ces mois d'attente nous avaient rapprochées l'une de l'autre et, ainsi que cela avait été décidé, nous nous réjouissions de savoir qu'ensuite nous ne nous séparerions pas. Comment réagirait Margot lorsqu'elle devrait abandonner son enfant, je me le demandais souvent car, depuis quelque temps, elle manifestait un réel instinct maternel qui m'attristait pour elle.

Plusieurs fois, depuis mon séjour en France, j'avais réfléchi au passé et souhaité pouvoir parler de l'avenir avec ma mère. Lorsque je pensais à ce qu'aurait été ma vie si j'étais restée à l'école, je ne ressentais aucun regret, car que me serait-il arrivé? Tout aurait été de mal en pis sans doute et, en désespoir de cause, j'aurais épousé Jim Manser. Mais, en même temps, l'avenir me paraissait sombre et je ne voyais pas vers quoi je m'aventurais avec ce château, ce comte et cette famille bizarrement composée. Cependant, tout en profitant des derniers jours paisibles, j'imaginais avec une certaine excitation ce qui allait s'offrir à moi.

Mme Liger s'occupait entièrement de Margot. Elle était toujours avec elle et, même si nous souhaitions quelques instants de tête-à-tête, elle ne tardait pas à apparaître, souriante et rondelette, pour s'informer si sa « petite maman » n'avait besoin de rien.

« Petite maman » avait, d'abord, été amusée par cette appellation mais, au bout de quelques jours, elle déclara qu'elle ne la supportait plus. Néanmoins, Mme Liger ne broncha pas. Elle déclara qu'elle était responsable de tout. Sans elle, comment « Petite maman » mettrait-elle son enfant au monde et comment ne courrait-elle pas vers un accident?

Il fut vite clair que nous devrions supporter Mme Liger qui appréciait certainement le cognac et que je soupçonnais d'en avaler souvent une « petite larme », comme elle disait. Mais, puisqu'elle restait toujours correcte, je pensais que cela n'avait pas d'importance.

– Si j'avais autant de bouteilles que j'ai mis d'enfants au monde, prétendait-elle, je serais riche!

– Ou marchande de spiritueux ou complètement démolie, ne pus-je m'empêcher de conclure.

Elle ne me faisait guère confiance et je l'entendis même me traiter de « cousine anglaise » comme si j'étais une ennemie.

Nous étions à la fin d'août et la naissance ne devait plus tarder. Je cherchais à me souvenir de ce qui s'était passé l'année précédente – tout me paraissait si loin! – et j'imaginais quelle allait être ma nouvelle existence : ce grand château, ce vaste escalier de pierre menant aux appartements, Margot, Etienne, Léon... et le comte.

Je fus tirée de ma rêverie par le ton aigu de la voix de Mme Liger qui bavardait.

– Oh! j'ai eu des cas bien curieux dans ma vie. Il y en a, vous savez, qui sont... très secrets. Des messieurs et des dames... Ce n'est pas à moi qu'il faut raconter qu'ils sont ce qu'ils paraissent. Ils aiment bien jouer de temps à autre avec l'amour... et pas toujours là où il faudrait. Oh! je sais, tout est bien s'il n'y a pas de conséquences, mais ces petits accidents font mes petites affaires à moi, je vous le garantis. Et plus c'est scandaleux, plus c'est bon pour moi. Je peux vous dire que certaines fois, j'ai été royalement payée. Une fois, une dame très très haut placée... très haut... et il fallait garder le secret absolu. Je ne vous dirai pas qui c'est, mais moi je l'ai deviné!

– Oh! madame Liger, supplia Jeanne, dites-le-nous.

– Si je parlais, je ne tiendrais pas ma parole. C'est pour me taire que j'ai touché... de beaux billets... et pour mettre les petits au monde. Et ça n'a pas été facile... mais j'étais là et je lui disais : « Ne craignez rien, Petite Maman, madame Liger est là pour vous aider... tout ira bien... » Quand l'enfant a été là, un carrosse est arrivé. Une femme est entrée et a emporté le bébé. Pauvre Petite Maman, elle serait morte si je n'avais pas été là. Mais on m'avait donné des ordres. Il fallait lui dire que l'enfant était mort, et c'est ce que je lui ai dit. Elle avait le cœur brisé, mais c'était mieux comme ça.

– Et qu'est-il arrivé à l'enfant? demanda Margot.

– Ne vous inquiétez pas pour lui. On l'a bien soigné. On avait donné de l'argent, vous savez. Mais on voulait seulement que la Petite Maman revienne chez elle, pure comme une vierge, ce qu'elle n'aurait jamais dû cesser d'être.

– A-t-elle cru que le bébé était mort? insista Jeanne.

– Certainement. Maintenant, c'est une grande dame mariée à un seigneur très riche. Elle a des tas d'enfants qui courent dans sa maison... mais elle ne les voit guère. Ils ont des gouvernantes.

– Ça, ce n'est pas bien, dit Jeanne.

– D'accord, mais c'est ainsi.

– Moi, je voudrais savoir ce qui est arrivé à l'enfant, reprit Margot.

– Ne vous inquiétez pas de ça, fit doucement Mme Liger. Les bébés qui naissent ainsi sont toujours placés dans de bonnes maisons. Ils ont du sang bleu en eux et les aristocrates attachent beaucoup d'importance à ce sang-là.

– Leur sang n'est pas différent du nôtre, coupa Jeanne. Gaston dit qu'un jour on le leur prouvera.

– Tu ferais bien de veiller à ce que Mme Grémond ne t'entende pas parler ainsi, prévint Mme Liger.

– Oh! je sais. Elle se croit noble. Mais il arrivera un moment où il faudra qu'elle dise de quel côté elle penche.

– Qu'est-ce qui t'arrive, Jeanne? s'exclama Margot. Tu es bien violente!

– Oh! elle écoute trop son Gaston. Dis-lui, à Gaston, qu'il ferait bien de se méfier. Les gens qui parlent trop finissent pas avoir des ennuis. Pourquoi en vouloir aux aristocrates? Ils ont de beaux bébés. Les plus beaux que j'ai vus sont presque tous des aristocrates. Je me souviens une fois...

Je n'écoutais plus. Je pensais à ce bébé, né d'une aristocrate, et qu'on avait enlevé à sa mère. Mme Liger était-elle au courant de la situation de Margot ou cherchait-elle à en savoir davantage? Qu'avait-elle deviné? Et Jeanne et ses commentaires révoltés?

3

Une semaine plus tard, je me réveillai en entendant Mme Liger donner des ordres à Jeanne.

L'enfant de Margot était sur le point de naître.

Les douleurs ne furent ni longues ni très pénibles et, vers midi, un fils était là.

J'allai voir Margot tout de suite. Elle était étendue dans son lit, à demi endormie, épuisée, mais radieuse et si jeune.

L'enfant, enveloppé dans une flanelle rouge, reposait dans une corbeille.

– Ça y est, Minelle, dit doucement Margot. C'est un garçon... un beau garçon.

J'étais trop émue pour parler.

– Petite Maman, il faut dormir maintenant, grommela Mme Liger. Je vous donnerai un bon bouillon lorsque vous vous réveillerez, mais dormez maintenant.

Margot ferma les yeux. Déjà je m'inquiétais de la façon dont elle accepterait de se séparer de l'enfant...

Jeanne me suivit dans ma chambre.

– Vous allez partir bientôt, mademoiselle, commença-t-elle.

J'étais toujours gênée par ses yeux inquisiteurs.

– Pour quelque temps sans doute, fis-je à tout hasard.

– Mais ce tout petit sera un réconfort pour madame... après tout ce qu'elle a passé. A-t-elle un père et une mère?

Je faillis lui répondre que je n'avais pas le temps de bavarder mais je craignis d'aviver ses soupçons.

– Oh! bien entendu.

– Vous ne pensez pas que..

– Que quoi?

– Qu'ils voudraient qu'elle retourne auprès d'eux?

– Mais c'est ce que nous ferons, Jeanne, coupai-je un peu brusquement. Laisse-moi maintenant, je suis occupée.

– Elle les a mentionnés une fois... ça lui a échappé

sans doute. Elle semblait avoir peur de son père. Ce doit être un grand seigneur...

– Que vas-tu penser là, Jeanne!

Je fermai la porte de ma chambre mais, en me retournant, j'eus le temps d'apercevoir un sourire moqueur sur les lèvres de la jeune servante.

Elle soupçonnait quelque chose et, comme Mme Liger, elle cherchait à percer le mystère.

Margot avait trop parlé. Elle se livrait trop facilement. Je l'avais pourtant prévenue lorsque nous étions arrivées. Et puis, nous n'avions pas réfléchi à cela, il eût été naturel, en effet, qu'une jeune veuve retourne auprès de ses parents pour avoir son enfant au lieu de se réfugier dans une petite ville de campagne avec une cousine qui n'était même pas de la même nationalité qu'elle.

Enfin, nous partirions bientôt. Mais Margot accepterait-elle de se séparer de son fils?

Deux semaines passèrent. Mme Liger resta avec nous. Margot ne voulut pas que son enfant soit emmailloté et elle s'enchantait à le laver et à prendre soin de lui. Elle décida de l'appeler Pierre et il devint vite Pierrot.

– Je l'appelle comme mon père, dit-elle. Lui, c'est Pierre, Auguste, Bertrand, de Libes. Déjà, petit Pierrot lui ressemble.

– Je ne l'ai pas remarqué.

– C'est que tu ne connais pas bien mon père. Il n'est pas facile à comprendre. Mais Pierrot sera comme lui... on verra ça avec le temps.

Elle s'arrêta brusquement et elle rougit. Je compris qu'en elle-même, elle refusait qu'on la séparât de son fils.

J'étais jeune, sans expérience et j'ignorais comment

lui parler. Aussi trop souvent, la laissais-je s'emballer et faire des projets comme si elle devait le garder avec elle.

Je savais pourtant ce qui se passerait. Sans tarder, ceux qui nous avaient accompagnées ici reviendraient. Ensuite, l'enfant serait conduit chez ses parents nourriciers tandis que Margot et moi partirions pour le château.

Parfois, je me croyais obligée de le lui rappeler.

– Mais je ne le perdrai pas complètement, criait-elle. Je reviendrai le voir. Comment pourrais-je me séparer de mon petit Pierrot? Il faudra que je m'assure que ceux qui s'en occuperont l'aimeront comme je le veux.

Je la consolais, mais me désespérais en songeant que ce terrible jour approchait.

Une tension régnait dans la maison. On savait que nous allions partir et notre angoisse cachée n'arrangeait rien.

Lorsque j'allais en ville, les boutiquiers me questionnaient sur cette pauvre petite dame qui avait vécu une telle tragédie. Enfin, maintenant, elle avait son enfant pour la consoler. Et un garçon! Ce qu'elle avait tellement désiré...

Que savaient-ils exactement de nous? J'avais remarqué que Jeanne bavardait beaucoup avec eux. Nous intéressions tout le monde, et je comprenais combien le comte s'était trompé en nous installant dans une cité où l'arrivée de deux femmes seules constituait un événement.

Nos chaperons s'annoncèrent pour la première semaine de septembre et nous nous préparâmes à partir avec eux.

Et voilà que la voiture fut devant la porte. M. et Mme Bellegarde – cet autre cousin et sa femme – nous accompagnaient.

– Quels bons cousins vous avez, madame! Ils vont avec vous! Comme les grands-parents seront heureux de connaître le petit Pierrot!

Le groupe qui s'exclamait ainsi – Mme Liger, Mme Grémond, Jeanne et Emilie – assistait à notre départ.

J'en gardai ensuite l'image si présente à l'esprit que, durant les mois qui suivirent, je le voyais encore comme s'il était devant nous.

Margot tenait l'enfant dans ses bras et des larmes coulaient doucement sur ses joues.

– Je ne peux pas m'en séparer, Minelle, je ne peux pas, me souffla-t-elle.

Nous passâmes la première nuit dans une auberge. Margot et moi, nous partageâmes la même chambre et nous gardâmes le bébé avec nous. Nous ne dormîmes presque pas. Margot parla, parla durant des heures.

Elle émit les idées les plus folles. Elle songeait à se sauver en emportant l'enfant. Je l'écoutai pour ne pas la désespérer mais, au matin, je lui répondis plus sérieusement et lui conseillai de ne pas se laisser aller à des rêves impossibles.

– Pour ne pas en arriver là, il fallait réfléchir avant de faire un enfant, déclarai-je durement.

– Mais il n'y en aura jamais un autre pareil à mon Pierrot, gémit-elle.

Elle aimait vraiment son bébé. Jusqu'à quel point? Je me posais la question. Ses enthousiasmes étaient si éphémères et si profonds néanmoins tant qu'ils duraient! J'avais cependant l'impression qu'elle n'avait jamais été attachée à personne comme à ce tout petit.

Le sang-froid des Bellegarde me rassurait. Ces braves serviteurs du comte avaient un devoir à accomplir et ils l'accompliraient sûrement au mieux.

– Il faut que je connaisse les parents nourriciers de Pierrot pour revenir ensuite, me déclara Margot. Comment a-t-on pu imaginer de me séparer de lui?

Mais cette séparation avait été subtilement préparée.

Nous arrivâmes dans une nouvelle auberge le lendemain. Fatiguées par le long trajet, nous allâmes nous coucher et nous nous endormîmes presque immédiatement.

Lorsque nous nous réveillâmes, au matin, Pierrot avait disparu.

Margot, blême et anéantie, resta sans voix. Elle n'avait jamais imaginé que cela se passerait ainsi.

Les Bellegarde expliquèrent que les parents nourriciers étaient arrivés tandis qu'elle sommeillait, et qu'ils étaient repartis tout de suite avec l'enfant. Celui-ci serait dans une bonne maison et on veillerait sur lui durant toute sa vie. Et nous, nous devions continuer notre route. Car le comte nous attendait au château dans les jours prochains.

TROISIÈME PARTIE

AU CHÂTEAU DAMPIERRE

1

Margot était effondrée. Lorsque je lui parlais, elle ne me répondait pas. Sachant que rien ne pouvait la réconforter, je me tus.

Tandis que nous parcourions le pays, je compris qu'elle prenait mentalement note des endroits que nous traversions, se promettant sans aucun doute de revenir et de retrouver Pierrot.

Pauvre Margot, je crois que soudain, elle comprenait qu'elle n'avait pas seulement vécu une aventure amusante. Elle avait connu des moments dramatiques, par exemple lorsqu'elle avait découvert qu'elle était enceinte, mais alors, elle s'était battue pour quelque chose tandis que, maintenant, la perte de son enfant la laissait exsangue. Pour la première fois, elle était réellement malheureuse.

Je n'oublierai pas l'effet que me produisit la vue du château Dampierre. Il était bâti sur une éminence.

C'était une vraie forteresse flanquée de quatre tours que dominait la tour de garde. Il était formidable et menaçant, ce qu'il avait dû vouloir être au XIIIe siècle, mais, en aucune façon, il n'était ce que je nommais une maison.

Sa magnificence nous écrasa lorsque nous approchâmes.

Nous avions été annoncées par le veilleur car des laquais nous attendaient lorsque nous approchâmes.

Nous entrâmes dans une vaste cour pavée, et je vis, en face de moi, le large escalier de marbre gris dont Margot m'avait parlé.

Elle reconnut les valets, et l'un d'eux lui dit :

– Bienvenue au château, mademoiselle. Je suis heureux de vous revoir.

– Merci, Jacques. Mon père nous attend-il?

– Oh! oui, mademoiselle. Il a ordonné que, dès votre arrivée, on vous conduise, vous et la demoiselle anglaise, au salon rouge et qu'on l'avertisse aussitôt.

– Bien, fit Margot. Voici ma cousine anglaise, Mlle Maddox.

Jacques s'inclina devant moi, et Margot ajouta :

– Nous allons donc dans le salon rouge; puis, nous gagnerons nos chambres.

– Ne vaudrait-il pas mieux nous laver et nous changer d'abord? suggérai-je. Après ce voyage, nous sommes bien poussiéreuses.

– Il a dit : d'abord au salon rouge, répondit Margot.

Je compris que cet ordre faisait loi.

– Ne prenons pas le grand escalier, indiqua Margot. Il va vers nos appartements. On l'utilisait au Moyen Age mais depuis, le château a été modifié pour plus de confort; nous passerons ailleurs. M. et Mme Bellegarde nous suivront.

Margot traversa la cour et, ayant ouvert une porte,

nous nous trouvâmes dans un hall qui rappelait celui de Derringham Manor. Les meubles en étaient plus raffinés et des garnitures dorées et compliquées donnaient à l'ensemble beaucoup d'élégance.

Un bel escalier incurvé partait de ce hall. Margot et moi le prîmes. Après avoir suivi un corridor, nous ouvrîmes une nouvelle porte et nous nous trouvâmes dans le salon rouge. Je n'avais jamais rien vu de plus merveilleux : les rideaux étaient de soie cramoisie brodée d'or, les divans et les chaises drapés de tissus splendides. Je notai un cabinet contenant des carafes et des verres de cristal. Et c'était aussi peu confortable que possible. Tout était bien trop fragile, bien trop compliqué pour être pratique.

Le fait de n'avoir pu me changer après notre long voyage me gênait beaucoup. Cela ne m'étonnait guère que le comte ne nous ait pas donné le temps de soigner un peu notre aspect. Déjà, je me sentais toute prête à me dresser contre lui et j'étais convaincue qu'il avait agi ainsi pour nous désavantager.

Lorsqu'il entra, mon cœur se mit à battre malgré la résolution que j'avais prise de ne pas me laisser impressionner. Il était simplement vêtu mais tout ce qu'il portait était la meilleure qualité : la jaquette parfaitement coupée, les boutons en or, la dentelle au plastron et aux poignets d'une blancheur immaculée.

Debout, les jambes écartées, les mains derrière le dos, il nous examina l'une après l'autre avec un sourire satisfait.

– Ainsi... notre petite affaire est terminée, dit-il.

Margot lui fit une révérence et il la regarda à moitié amusé, à moitié impatient.

Puis, il se tourna vers moi.

– Mademoiselle Maddox, je suis ravi de vous voir. Je dois vous remercier de l'aide que vous nous avez fournie dans ce malencontreux incident. J'ai l'impression que tout s'est passé comme prévu.

– Je l'espère.

– Je vous en prie, asseyez-vous. Toi aussi, Marguerite.

Il nous indiquait deux chaises. Il en prit une près de la fenêtre, le dos à la lumière qui tombait droit sur nos visages. Plus que jamais, je fus embarrassée par ma tenue négligée et peu nette.

– Voyons un peu ce qui nous attend. Cette affaire étant réglée, nous n'en parlerons plus. C'est comme si elle n'avait jamais existé. Mlle Maddox est en visite chez nous. Je crois qu'il est bon qu'elle reste une cousine éloignée. Nous avons découvert notre parenté pendant notre séjour en Angleterre. Marguerite a été souffrante et sa cousine anglaise a perdu sa mère. Elles se sont tenu compagnie et, n'écoutant que son bon cœur, Mlle Maddox a consenti à accompagner Marguerite dans ses vacances de convalescence. Elles sont restées ensemble un mois ou deux dans un petit village paisible du Midi et elles en ont profité pour se perfectionner chacune dans la langue de l'autre. Les progrès seront bien visibles. Mademoiselle, je vous félicite de la manière dont vous parlez le français. Je dirai même que votre accent s'est amélioré depuis que nous nous sommes vus. Votre syntaxe a toujours été impeccable. Vous êtes une exception.

– Merci, dis-je.

– Et puisque vous êtes ma cousine – aussi éloignée que ce soit –, il serait peu normal que je vous appelle mademoiselle Maddox. Vous serez donc cousine Minelle, ou Minelle tout court, et je serai votre cousin Bertrand. Pourquoi cela vous effraye-t-il?

– Cela me sera difficile, fis-je avec embarras.

– C'est si peu de chose! Je sais que vous êtes femme

de ressource, capable de franchir allégrement des obstacles... et vous renâcleriez devant un prénom?

– J'ai déjà bien du mal à considérer que je suis votre parente (de la main, je montrai tout ce qui nous entourait)... dans un tel décor.

– Je suis content que vous l'appréciiez. Vous serez donc heureuse de faire partie d'une famille comme la nôtre.

– Tout cela est tellement faux.

– Mais puisque je le veux? (Il se leva, vint vers nous et mettant ses mains sur mes épaules, il m'embrassa solennellement sur le front :) Cousine Minelle, dit-il, je vous accueille au sein de notre famille.

Je rougis et sentis sur moi le regard stupéfait de Margot. Le comte retourna s'asseoir.

– Scellé et réglé, dit-il. Le baiser de bienvenue est aussi officiel qu'un sceau sur un document. Nous vous sommes très reconnaissants, cousine, n'est-ce pas, Marguerite?

– Je ne sais ce que j'aurais fait sans Minelle, dit-elle avec ferveur.

– Vous voyez... Nous recevons beaucoup ici, continua-t-il, et vous serez des nôtres.

– Je ne le supposais pas, répondis-je, et je ne suis pas équipée pour me joindre à votre société.

– Que voulez-vous dire par équipée? Mentalement ou vestimentairement, chère cousine?

– Ce n'était pas mentalement que je l'entendais, coupais-je sèchement.

– Je vous taquinais car, pas une minute, je n'ai pensé à cet aspect. Oh! c'est vrai, il faut toujours songer à se vêtir! Mais nous avons des couturières au château. Je jurerais que vous savez parfaitement ce qui vous convient. Je vous imagine déjà vêtue selon votre goût... Aussi, nous n'avons plus rien à régler.

– Pardon, protestai-je, je suis venue ici comme demoiselle de compagnie de Margot tant qu'elle avait besoin de moi. Je ne suis qu'une employée...

– Oui, employée comme cousine au lieu de demoiselle de compagnie.

– Une parente pauvre, en somme?

– Ce serait triste. Vous êtes une parente un peu moins riche que nous, c'est exact... mais nous sommes tous trop bien élevés pour vous le faire jamais sentir.

Margot, qui jusque-là était restée paisible, lança d'un coup :

– Moi, je dois revoir Pierrot!

– Pierrot? reprit froidement le comte. Et qui est Pierrot?

– C'est mon fils, dit-elle calmement.

Le visage du comte se durcit. Brusquement, il parut cruel. Je pensai : « Voilà le Diable. »

– N'ai-je pas décidé que tout cela était réglé et qu'il n'en serait plus question?

– Croyez-vous que je puisse cesser de penser à mon enfant?

– Tu peux certainement cesser d'en parler.

– Non, parce que je le veux et que je l'aime.

Il se tourna vers moi, exaspéré :

– Peut-être me suis-je trop hâté de vous féliciter de la manière dont cette affaire avait été réglée?

– Il faut que je le voie de temps en temps, reprit Margot, obstinée.

– J'ai dit que c'était terminé, ne l'as-tu pas entendu? Minelle, emmenez Margot dans sa chambre. Elle vous montrera la vôtre. On a dû vous installer côte à côte. Je ne veux plus entendre de pareilles sornettes.

– Papa!

Margot se précipita vers lui et saisit sa main. Il se dégagea avec agacement.

— N'as-tu pas entendu? Accompagne ta cousine, montre-lui sa chambre et épargne-moi tes sensibleries!

A cet instant, je ressentis de la haine pour lui. Il avait installé son propre fils illégitime dans sa maison et il n'avait aucune pitié pour Margot. Je m'approchai d'elle et mis mon bras autour de son épaule :

— Viens, Margot, dis-je, viens te reposer. Nous sommes fatiguées par ce voyage.

— Pierrot..., murmura-t-elle.

— Pierrot est en bonnes mains, fis-je pour la rassurer.

— Cousine Minelle, lança le comte, j'ai donné des ordres pour que le nom de l'enfant ne soit jamais mentionné, il me semble. Voulez-vous bien vous en souvenir.

J'éclatai brusquement :

— Mais vous n'avez donc aucun sentiment humain? Elle est mère. Elle vient d'avoir un enfant qu'on lui a arraché!

— Arraché! Je ne savais pas qu'on le lui avait arraché. Je voulais qu'on l'emmène doucement.

— Vous savez parfaitement ce que je veux dire.

— Oh! fit-il, du mélodrame! Arraché sonne tellement plus tragique. On dirait que ce... bâtard provoque une guerre. Vous me surprenez, Minelle. Je croyais les Anglais plus flegmatiques. J'ai sans doute encore beaucoup à apprendre à leur sujet.

— Vous apprendrez que, moi, je hais la cruauté.

— Et vous aimeriez voir l'avenir de ma fille compromis pour une folie de jeunesse? Croyez-moi, je me suis donné beaucoup de mal et j'ai dépensé beaucoup d'argent pour la sortir de ce mauvais pas. Je vous ai utilisée parce que je vous croyais pleine de bon sens. Il faudra que vous me prouviez que j'avais raison si vous voulez rester à mon service.

– Je suis certaine que je ne vous conviendrai pas. Dans ce cas, je ferais mieux de quitter la place sans délai car si vous espérez me voir ignorer cruauté et injustice, vous serez déçu, je vous le jure.

– J'ai horreur de la hâte, de la désobéissance, de la sentimentalité!

– Je n'obtiendrai jamais votre admiration. Je partirai dès que possible, mais vous me permettrez de passer une nuit sous votre toit. Etant donné les circonstances, vous me le devez.

– Certainement vous aurez votre nuit. Comme on se trompe sur les qualités d'une nation! Le sang-froid anglais! Avec vous, c'est raté... à moins que vous ne soyez pas typiquement de votre race?

Margot s'effraya :

– Minelle, tu ne me quitteras pas! Je ne te laisserai pas partir. Papa, elle doit rester avec moi. (Elle se tourna vers moi :) Nous partirons ensemble. Nous retrouverons Pierrot. (Puis, revenant vers son père et lui tirant la manche :) Vous n'allez pas me dérober mon bébé! Je ne l'abandonnerai jamais!

Et soudain, ses pleurs se transformèrent en un rire aigu qui m'alarma.

Alors, il la gifla.

Il y eut un moment de silence intense. Le temps parut s'arrêter. Tout le salon et même les gracieuses déesses nues qui batifolaient sur les tapisseries s'immobilisèrent.

Le comte parla enfin :

– Cruel, pensez-vous? dit-il en me regardant. J'ai giflé ma fille. C'est le seul traitement contre son hystérie. Voyez, elle est calme maintenant. Allez-vous-en. Parlez-lui. Expliquez-lui pourquoi cela a si mal tourné. Je vous fais confiance, Minelle. Nous en reparlerons ensemble tous les deux dans quelques semaines.

Je sentis un chant monter en moi. Il reportait notre conversation. Il ignorait ma menace de départ.

Il me fallait maintenant penser surtout à Margot. Je pris son bras et dit :

– Viens, Margot, partons. Montre-moi ta chambre... et la mienne.

Margot était étendue sur son lit. Elle se remettait de cette désagréable scène. Dans ma chambre, je me rafraîchissais à l'eau froide que j'avais trouvée dans ce que je savais être une *ruelle,* sorte d'alcôve cachée par des rideaux et où l'on pouvait faire sa toilette à l'abri des regards.

Ma chambre était très élégante comme devaient l'être, je le supposais, toutes les autres pièces du château. Les rideaux étaient d'un bleu profond comme le baldaquin autour du lit. Un tapis d'Aubusson couvrait le sol. Les meubles avaient cette délicatesse du siècle précédent où Louis XV avait exercé une influence qui s'était étendue sur toute la France. Ma coiffeuse était ornée de deux Cupidons dorés qui soutenaient miroir et candélabres; le tabouret était recouvert d'un brocart bleu pâle rayé de bandes plus sombres. Je me serais réjouie d'un tel décor si je n'avais pas ressenti tant d'appréhension, et si cette appréhension n'était pas causée par le seigneur du lieu. Une certitude s'imposait à moi. Il avait pour moi d'autres projets et ceux-ci étaient certainement déshonorants.

Les Français sont réalistes et beaucoup plus cyniques que nous. En Angleterre, les hommes prennent des maîtresses, et il y a de temps en temps des scandales, on les déplore et on refuse de les voir. C'est de l'hypocrisie sans doute, mais cela assure une société à la moralité plus acceptable. Les rois de France étalent au grand jour leurs favorites et le nom de « maîtresse en titre » est donné à la principale favorite à qui on témoigne du respect. En Angleterre, cela ne serait pas acceptable. Le roi Louis XVI ne suivait pas la tradition parce que la frivolité ne le tentait pas. Et la volage Marie-Antoinette, sa femme, ne prenait pas d'amants trop ouvertement. Des bruits couraient, certes, à son sujet, mais ils étaient fondés sur bien des méchancetés.

Toujours est-il que je sentais le comte très attiré par moi et que je ne voyais qu'une seule raison à cela.

Comme je regrettais ma mère! J'imaginais ses yeux grands ouverts devant le luxe du château, mais je savais qu'elle aurait été horrifiée par l'attitude du comte envers moi. J'étais certaine qu'elle m'aurait éloignée de lui le plus rapidement possible. Il me semblait entendre sa voix me conseillant : « Tu dois partir, Minella. Dès que tu le pourras, va-t'en... sans histoire... mais pars. »

Elle a raison, pensai-je. C'est ce que je ferai.

Si, honnêtement, j'avais pu me déclarer complètement indifférente à l'égard du comte, j'aurais relevé le défi. Je me serais amusée à me battre un peu avec lui. Mais j'étais trop consciente que ce n'était pas exact. Lorsqu'il m'avait embrassée sur le front – un baiser de cousin –, la sensation que j'en avais ressentie n'était pas celle qu'aurait eue une simple parente. Jamais personne ne m'avait troublée ainsi. Je me souvenais de Joël Derringham, le charmant et simple Joël. Sa conversation m'avait intéressée. Tous les sujets lui étaient familiers. Mais de trouble... jamais. Lorsque, obéissant gentiment à son père, il était parti, je n'en avais eu aucune peine. J'avais été seulement un peu déçue qu'il en soit ainsi.

Et maintenant, j'étais à Dampierre.

Je fis ma toilette et passai une des robes que ma mère avait commandées à la couturière pour que je sois digne d'accompagner Joël. A l'école, elle m'avait semblé très élégante. Ici, elle convenait à peine.

Je passai dans la chambre de Margot.

Elle était toujours étendue et regardait fixement le plafond peint où des amours évoluaient.

– Oh! Minelle, comment vais-je supporter ça?

– Avec le temps, ce sera moins dur, affirmai-je.

– Il est si cruel...

– Il pense à ton avenir, le défendis-je.

– Tu sais ce qu'ils vont essayer? De me marier. Et cela restera un affreux secret. On ne parlera pas de Pierrot.

– Remets-toi, Margot. Tu verras, quand tu auras d'autres enfants tu te consoleras.

– Tu parles comme eux, Minelle.

– Parce que c'est la vérité.

– Minelle, ne t'en va pas.

– Tu as entendu ce que disait ton père. Il n'est pas d'accord.

– Je suis sûre qu'il t'aime bien.

– Mais tu as entendu ses paroles.

– Oui, mais ne pars pas. Pense à ce que je deviendrais sans toi. Je ne resterais pas ici. Minelle, ne me quitte pas. Nous allons faire un plan.

– Quel plan?

– Pour retrouver Pierrot. Nous referons le voyage. Nous chercherons partout... jusqu'à ce que nous le trouvions.

Je ne répondis pas. Il fallait la laisser suivre ses pensées, ce serait une bouée à laquelle elle se raccrocherait... une corde pour sortir de sa misère. Pauvre Margot!

Je lui rinçai le visage et l'aidai à se vêtir pendant qu'elle échafaudait des projets pour partir à la recherche de son fils, plans qu'il ne serait jamais question de réaliser.

Une servante me conduisit aux appartements de Mme la comtesse qui avait exprimé le désir de me voir. Je la trouvai allongée sur une chaise longue et cela me rappela la première fois que je l'avais aperçue à Derringham Manor.

Autour d'elle, l'exquis raffinement de la fin du siècle dernier et les couleurs délicates s'harmonisaient avec son extrême fragilité.

Elle était très pâle et très mince : elle ressemblait à une fine poupée chinoise et l'on craignait de la voir se briser si l'on s'avisait de la toucher. Sa robe de chambre était d'une soie mauve, ses cheveux répandus en boucles autour de sa tête et ses grands yeux sombres abrités par de longs cils. Près d'elle, sur une table, s'alignaient en grand nombre bouteilles et verres.

Lorsque j'entrai, une forte femme complètement habillée de noir s'avança rapidement vers moi. C'était Nounou sans doute. Elle était imposante : ses yeux couleur d'ambre me firent penser à ceux d'une lionne, et, tout de suite, elle me donna l'impression de défendre son petit... si toutefois on pouvait assimiler à un lionceau la frêle créature à demi perdue sur la chaise longue. Le teint de Nounou était gris et ses lèvres étroites. J'appris plus tard qu'elles pouvaient exprimer de la tendresse, mais envers la comtesse seulement.

– Vous êtes Mlle Maddox, dit-elle. La comtesse désire vous voir. Ne la fatiguez pas. Elle se fatigue si facilement. (Elle s'approcha de sa maîtresse :) Voici la jeune fille, dit-elle.

Une main diaphane se tendit vers moi. Je la pris et m'inclinai comme cela semblait être la coutume.

– Apporte une chaise à ma cousine.

Nounou obéit et murmura encore :

– Surtout, ne la fatiguez pas.

– Tu peux nous laisser, Nounou, dit la comtesse.

– Je m'en vais. J'ai des choses à faire.

Elle sortit, un peu raide à mon avis. Sans doute n'aimait-elle pas qu'on retienne l'attention de sa bien-aimée maîtresse.

– Le comte m'a expliqué le rôle que vous avez joué, reprit cette dernière. Je tenais à vous en remercier. Il m'a dit aussi que vous passeriez pour notre cousine.

– Oui, madame, répondis-je.

– J'ai été si désolée en apprenant ce qui était arrivé à Marguerite.

– C'était triste, en effet.

– Mais tout est arrangé maintenant... et aussi bien que possible.

– Pas pour votre fille, madame. Elle a perdu son enfant.

– Pauvre Marguerite. Mais elle s'est bien mal conduite. Je crains qu'elle n'ait hérité de la nature de son père. Et je souhaite qu'elle n'ait pas d'autres aventures. D'ailleurs, vous êtes là pour veiller sur elle. Je vous appellerai donc cousine Minelle et je serai pour vous cousine Louise.

– Cousine Louise, répétai-je machinalement.

C'était la première fois que j'entendais son prénom.

– Ce sera un peu difficile au début, reprit-elle, mais si nous nous oublions une fois ou deux cela n'aura pas d'importance. Je suis presque toujours dans ma chambre. Ne vous inquiétez pas de ce que Nounou pourrait entendre. Elle est au courant de tout ce qui arrive dans la famille. Elle l'a toujours été. Et elle n'approuve pas ceci. (La comtesse eut un vague sourire :) Elle aurait voulu avoir le bébé ici. Elle adore les bébés. Elle aurait voulu que j'en aie une douzaine.

– Les nurses sont en général ainsi.

– Et Nounou m'a suivie quand je me suis mariée.

(Elle fit une moue comme si elle se souvenait d'un détail déplaisant.) Cela fait déjà de nombreuses années. Et j'ai presque tout le temps été malade.

Le peu d'animation qui avait éclairé son visage disparut. Elle se tourna vers la table qui était auprès d'elle :

– Je vais prendre un peu de cordial. Voulez-vous me le verser? Etendre le bras m'épuise.

Je me levai, trouvai la bouteille indiquée. La comtesse me suivait attentivement du regard et il me vint à l'esprit qu'elle m'avait demandé à boire pour avoir l'occasion de mieux m'examiner.

– Très peu, dit-elle. C'est Nounou qui le fabrique. Elle est très adroite dans ses mélanges. Elle y ajoute toutes sortes d'herbes qu'elle fait pousser. Celui-ci contient de l'angélique. C'est bon pour les maux de tête. Je suis torturée par les maux de tête... Cela me martyrise. Vous ne connaîtriez pas un bon remède, cousine Minelle?

– Absolument aucun. J'ai la chance de n'en avoir jamais besoin.

– Nounou s'est mise à les étudier depuis que je suis malade. Cela fait bien dix-sept ans maintenant...

Elle se tut et je compris qu'elle faisait allusion à la naissance de Margot qui lui avait ravi santé et force.

– Nounou me montre toujours les plantes qu'elle utilise. Il y a toujours de l'angélique. Les anciens docteurs disaient que c'était la racine du Saint-Esprit tant elle avait de vertus bienfaisantes. Cela vous intéresse-t-il, mademoiselle... cousine Minelle?

– Oui. Tout m'intéresse dans ce domaine.

– Le basilic est bon contre les migraines. Nounou l'utilise aussi. Souvent, quand j'ai trop mal, elle m'en donne une dose. L'effet est toujours merveilleux. Elle a une petite pièce où elle prépare tout ça. Elle me fait même de petits plats. (Elle jeta un coup d'œil furtif vers la porte :) D'ailleurs, elle ne permettrait à personne d'autre de préparer mes repas.

Cela me stupéfia et je me demandai si elle n'insinuait pas que le comte voulait se débarrasser d'elle. Cette conversation avait-elle pour but de me donner un avertissement?

– Elle vous est vraiment très dévouée, assurai-je.

– C'est bon d'avoir près de soi quelqu'un de très dévoué, conclut-elle. (Elle semblait avoir du mal à parler d'autre chose que de ses propres maladies. Elle reprit :) Avez-vous vu le comte depuis votre arrivée?

J'inclinai la tête.

– Vous a-t-il parlé du mariage de Marguerite?

– Non, fis-je tout de suite inquiète.

– Il va lui donner un peu de temps pour se remettre. Mais ce sera un bon mariage. Le fiancé appartient à l'une des plus grandes familles de France. Un jour, il aura de vastes propriétés et un beau titre.

– Marguerite est-elle au courant?

– Pas encore. Vous devriez essayer de la préparer. Le comte assure que vous avez de l'influence sur elle. Il exigera qu'elle obéisse mais il serait préférable qu'elle accepte de bon gré.

– Madame, elle vient d'avoir un enfant et on le lui a enlevé.

– Il faut m'appeler Louise, n'oubliez pas. Mais le comte ne vous a-t-il pas spécifié qu'il fallait agir comme s'il n'était jamais rien arrivé?

– Oui... cousine Louise, mais...

– Nous devons nous en souvenir. Le comte n'aime pas que ses désirs soient négligés. Margot doit être amenée à comprendre... graduellement peut-être... mais pas trop lentement. Le comte sait être impatient et il tient à ce que Marguerite soit vite mariée.

– Je crois qu'il est encore un peu tôt pour attaquer ce sujet.

Elle haussa les épaules et ferma à demi les yeux.

– Je suis lasse, dit-elle. Appelez Nounou.

Nounou entra immédiatement. J'imaginai qu'elle n'avait pas été loin et qu'elle écoutait notre conversation.

Elle hocha la tête en me regardant :

– Ma mignonne, vous l'avez fatiguée. Voyons, voyons, Nounou est là. Elle va vous donner un peu d'eau de la reine de Hongrie, non? Cela vous fait toujours du bien. Je l'ai préparée ce matin et elle est toute fraîche.

Je retournai dans ma chambre en réfléchissant à la comtesse et à sa Nounou. Quelles gens étranges habitaient cette demeure!

Dans la soirée, Margot, un peu remise, vint dans ma chambre alors que je brossais mes cheveux.

– Nous dînerons dans l'une des petites salles à manger, dit-elle. La famille seulement. Mon père tient à ce que ce soit ainsi ce soir.

– Tant mieux, dis-je, parce que tu sais, Margot, que je ne suis pas équipée pour des repas d'apparat. Lorsque j'ai accepté de venir ici, je pensais que c'était comme demoiselle de compagnie pour toi. Je n'ai jamais supposé que je serais élevée au rang de parente et que je devrais me mêler à vous.

– N'y pense pas. Nous nous occuperons de tes robes bientôt. Ce que tu portes sera parfait pour aujourd'hui.

Margot me conduisit dans la salle à manger intime... Petite, certes, elle l'était, mais admirablement meublée dans le même goût que les pièces que j'avais déjà vues. Le comte était déjà là ainsi que deux jeunes gens.

– Ah! fit-il, voici ma cousine Minelle. N'ai-je pas eu

de la chance de voir mon séjour en Angleterre me gratifier d'une cousine? Etienne, Léon, venez que je vous présente.

Les deux jeunes hommes s'inclinèrent et le comte prit mon bras que ses doigts caressèrent de façon rassurante et affectueuse.

– Celui-ci, Minelle, c'est Etienne. C'est mon fils. Voyez-vous la ressemblance?

Etienne semblait vraiment attendre ma réponse :

– Elle ne fait aucun doute, dis-je, et il me sourit.

– Et celui-ci c'est Léon que j'ai adopté lorsqu'il avait six ans.

J'aimai tout de suite Léon. Ses yeux rieurs m'attirèrent immédiatement. Ce fut seulement en plein jour que je découvris qu'ils étaient d'un bleu profond, presque violet. Ses cheveux étaient noirs, crêpelés, et il ne portait pas de perruque. Il était bien vêtu mais sans prétention, tandis que la veste d'Etienne était fermée par des boutons de lapis-lazuli et je vis briller un diamant dans sa cravate.

– J'ai cru, poursuivit le comte, que pour la première nuit de notre cousine ici, il valait mieux rester en famille. C'était une bonne idée, n'est-ce pas, Minelle?

Je répondis que j'en était ravie.

– Ah! Marguerite... tu m'as l'air beaucoup mieux. Ces vacances t'ont réussi. Asseyons-nous, on va nous servir. Minelle, mettez-vous à côté de moi. Marguerite de l'autre côté.

Sagement, nous nous assîmes.

– Bon, puisque nous sommes entre nous, profitons-en. Il est si rare que nous n'ayons pas d'invités...

Je vivais comme dans un rêve. Pourquoi me traitait-on comme un hôte de qualité?

– Vous savez, chère cousine, que notre château est très ancien. Vous risquerez de vous perdre dans le labyrinthe des chambres et des couloirs. N'est-ce pas, Etienne?

– Oui, monsieur, dit Etienne.

– Mais eux sont là depuis tant d'années, expliqua le comte, qu'ils ne sont plus impressionnés.

On apporta une nourriture hautement épicée que je ne goûtai guère. Il est vrai que je n'avais pas faim.

Léon, de l'autre côté de la table, me regardait avec intérêt. Son attitude était très différente de celle d'Etienne qui semblait un peu soupçonneux à mon égard. Je me demandai ce qu'ils savaient des derniers événements. Tous deux m'intriguaient peut-être parce que je connaissais leurs origines. Etienne montrait plus de crainte envers le comte que Léon dont l'attitude était franche et décontractée.

Le comte parla encore du château, surtout de la partie plus ancienne qui n'était ouverte que pour des occasions officielles.

– Demain, l'un de vous ira montrer le château à Minelle, indiqua-t-il.

– Certainement, fit Etienne.

– Je réclame cet honneur, lança Léon.

– Merci, dis-je en lui souriant.

Etienne posa des questions sur l'Angleterre et je répondis de mon mieux tandis que le comte nous écoutait attentivement.

– Tu devrais parler anglais avec notre cousine, dit-il. Ce serait plus courtois. Allons-y, parlons tous anglais.

Cela ralentit nettement la conversation car ni Etienne ni Léon n'étaient très habitués à notre langue.

– Tu es bien silencieuse, Marguerite, remarqua le comte. J'aimerais constater tes progrès.

– Margot parle couramment l'anglais, assurai-je.

– Mais avec un accent français! Pourquoi, mon Dieu, nos deux contrées ont-elles tant de mal à s'adapter chacune à la langue de l'autre? Savez-vous pourquoi?

– C'est parce que nous ne plaçons pas la bouche de la même façon. Les Français utilisent les muscles faciaux dont nous ne nous servons jamais, et vice versa.

– Ma chère cousine, vous avez décidément réponse à tout.

– Ça, c'est bien vrai, coupa Margot.

– Tiens, tu as retrouvé la parole, toi?

Margot rougit un peu et je remarquai que lorsque je commençais à m'habituer au comte, il fallait toujours qu'il gâche tout en se montrant si abrupt.

– Elle ne l'avait jamais perdue, lançai-je vivement. Comme tout le monde, elle n'est pas toujours encline à tenir conversation.

– Marguerite, quel défenseur tu as! Tu en as de la chance.

– J'ai toujours su que j'avais de la chance d'avoir Minelle comme amie.

– Beaucoup de chance, reprit le comte en me regardant.

Dans son anglais trébuchant, Léon s'informa où nous avions passé nos vacances.

Il y eut un silence, puis le comte lui expliqua, en français, que c'était dans un village près de Cannes. « A une dizaine de kilomètres dans les terres », précisa-t-il, et la façon naturelle avec laquelle il mentit me choqua.

– Je ne connais pas bien cette région, reprit Léon, mais je suis passé non loin de là. Je connais peut-être l'endroit. (Et se tournant vers moi, il ajouta :) Comment se nomme ce village?

Je n'avais pas envisagé que je pourrais me trouver dans pareille difficulté et je compris que ce ne serait pas la dernière fois.

Avant même que je puisse répondre, le comte vint à mon secours :

– Flamercy... C'est cela, n'est-ce pas, Minelle? Il est vrai que je n'en avais jamais entendu parler auparavant.

– Ce doit être un tout petit hameau, remarqua Etienne.

– Il y a des milliers de coins pareils dans notre pays, expliqua le comte. Elles y ont été bien tranquilles et c'est ce dont Marguerite avait besoin après son indisposition.

– Il n'est pas rare de trouver des villages paisibles en France, déclara Etienne en revenant au français. Tandis qu'à Paris, on ne parle que de banqueroutes.

– Je suis navré, reprit le comte, que vous veniez en France au moment où le pays subit une telle épreuve. C'était bien différent il y a quinze... vingt ans. Les nuages se sont accumulés très vite. D'abord, ce n'était qu'une ombre à l'horizon. Le ciel s'est assombri peu à peu. Certains d'entre nous ont vu venir l'orage depuis longtemps. Chaque mois, il devient plus menaçant. (Il haussa les épaules :) Vers quoi va la France? Qui peut le dire? Ce qui est certain, c'est que nous allons vers quelque chose de grave.

– Cela pourrait peut-être être évité, suggéra Etienne.

– S'il n'est pas trop tard, murmura le comte.

– Je crois que c'est trop tard, lança Léon dont les yeux brillaient. Il y a eu trop d'insouciance, trop de pauvreté dans le pays, trop de taxes et une inflation qui en a fait mourir beaucoup de faim.

– Il y a toujours eu des riches et des pauvres, lui rappela le comte.

– Et certains prétendent que cela ne durera pas toujours.

– Ils le répètent mais que feront-ils?

– Les plus virulents croient pouvoir agir. Ils se réunissent, et pas seulement à Paris, mais partout...

– Des fanatiques... une poignée de fous..., coupa le comte. Rien de plus. Tant que l'armée restera loyale ils n'auront aucune chance. (Il se tourna vers moi :) Depuis des siècles, il y a de l'agitation. Nous avions un grand roi, Louis XIV, le Roi-Soleil, le monarque suprême, et personne ne mettait en doute sa puissance. Avec lui, la France menait le monde. Science, art, guerre, personne ne nous égalait. Le peuple n'élevait pas la voix. Mais son arrière-petit-fils est venu... Louis XV... Un homme de beaucoup de charme, seulement il ne comprenait rien au peuple. Lorsqu'il était jeune, on l'appelait Louis le Bien-Aimé car il était très beau. Mais ses extravagances, son indifférence envers le peuple ont fait de lui l'un des souverains les plus détestés que la France ait connus. Il vint un temps où il n'osait même plus aller à cheval dans Paris. Maintenant, nous avons un noble roi, excellent, mais hélas! il est faible. Les hommes de sa sorte ne sont pas de bons chefs. Vous savez bien, chère cousine, que la vertu et la force font rarement bon ménage.

– Je me le demande, dis-je. Prétendriez-vous que les saints qui sont morts pour leur foi – et souvent dans le sacrifice – n'avaient pas de force à côté de leur vertu?

Il y eut un silence autour de la table. Margot semblait inquiète. Je compris qu'il n'était pas dans les habitudes d'interrompre le comte dans ses discours... et encore moins de le contredire.

– C'était du fanatisme. Quand ils mouraient, ils croyaient entrer dans la gloire, répliqua-t-il. Que sont quelques heures de souffrance devant une bénédiction éternelle? Pour bien gouverner, il faut être fort et, parfois, si c'est nécessaire, il faut savoir oublier la morale coutumière. La qualité essentielle du pouvoir, c'est la force.

– Moi, je dirais la justice.

– Ma chère cousine, vous avez appris l'histoire dans les livres.

– Comment l'apprend-on habituellement?

– Par l'expérience.

– Personne ne vit assez longtemps pour cela. Et n'a-t-on pas le droit de juger un acte dont on n'a pas fait l'expérience?

– Alors, il faut mesurer son jugement et être prudent. Mais nous parlions de notre roi. Il n'a pas une stature royale et, malheureusement, sa femme ne l'aide pas beaucoup.

– Savez-vous comment on appelle la reine maintenant? demanda Etienne. Madame Banqueroute.

– On la blâme pour ses dépenses, dit Léon. Et on a peut-être raison. On dit que ses notes de couturières sont insensées. On critique partout ses vêtements, ses immenses chapeaux, ses bijoux, ce que coûtent ses distractions au Petit Trianon où l'on trait les vaches dans des bols de Sèvres...

– Pourquoi n'aurait-elle pas tout ce qu'elle veut? demanda Margot. Elle n'a pas demandé à venir en France. On l'a obligée à épouser Louis. Elle ne l'avait jamais vu avant son mariage.

– Ma chère Margot, coupa le comte, glacial, la fille de Marie-Thérèse ne pouvait qu'être honorée d'épouser le dauphin de France. Elle a été reçue ici avec toutes les marques de respect. Le roi Louis XV a été plein d'attentions pour elle.

– Il a fait du charme à une jolie fille, lança Léon. Tout le monde sait qu'il avait du goût pour les tendrons... Le scandale du parc aux Cerfs l'a bien prouvé.

— Voyons, Léon, intervint Etienne, ce n'est pas un sujet pour un dîner familial.

— Notre cousine est une femme du monde, reprit le comte. Elle comprend parfaitement ces choses. (Il se tourna vers moi :) Notre vieux roi avait un faible pour de très jeunes personnes que des entremetteurs lui procuraient. Ils les gardaient dans une maison entourée d'un parc, avec des cerfs... d'où le nom.

— Je comprends qu'il ne soit pas demeuré Louis le Bien-Aimé, fis-je.

— Il avait beaucoup de charme, assura le comte en se redressant.

— Ma notion du charme n'est peut-être pas la même que la vôtre.

— Chère cousine, ces jeunes enfants étaient pauvres. Elles n'étaient pas nobles. On ne les forçait pas à venir. Elles acceptaient librement. Leurs parents les amenaient même quelquefois. C'était surtout des grisettes prises dans les rues de Paris, des filles qui avaient peu de chance de gagner honorablement leur vie. Certaines auraient été condamnées à faire de pénibles travaux, d'autres seraient mortes de mauvais traitements, les poumons de quelques-unes n'auraient pas résisté à de trop durs labeurs. Leur seul atout était leur beauté... Les roses poussent bien sur le fumier. On les éduquait et on leur apprenait à distraire le roi.

— Et quand il se fatiguait d'elles?

— C'était un homme généreux. Il leur assurait une belle dot. L'entremetteur leur trouvait un mari et elles étaient très heureuses ensuite. Voyons, chère avocate de la vertu, dites-moi donc ceci : valait-il mieux qu'elles vivent et meurent dans leur affreuse misère ou que, grâce à quelque écart de vertu, elles s'assurent une vie confortable et aisée?

— Cela dépend du prix qu'elles attachaient à la vertu.

– Vous vous dérobez. Devaient-elles vendre leur corps pour un taudis ou pour un maître royal?

– J'affirme seulement que c'est un abominable système que celui qui vous permet de me poser une pareille question.

– Mais ce système existe et pas seulement en France. (Il me regarda attentivement.) Et c'est contre ce système que le peuple murmure.

– Turgot et Necker sont partis, expliqua Etienne. Voyons ce que M. Calonne fera pour nous.

– N'ennuyons-nous pas Mlle Maddox avec notre politique? demanda Léon.

– Pas du tout. Je suis curieuse de savoir ce qui arrivera.

– Quoi qu'il advienne, reprit Léon, nous nous y ajusterons. J'en suis convaincu. Si un changement est inévitable, nous nous adapterons à lui.

– Je n'aimerais guère un changement qui amènerait une foule déchaînée au château, grommela Etienne.

Léon haussa les épaules et Etienne reprit, de mauvaise humeur :

– Ce sera plus facile pour toi. Tu t'accommoderas plus aisément d'une cabane de paysan, bien entendu.

De nouveau, un silence plana. Le comte regardait tour à tour Etienne et Léon et un sourire très tolérant éclairait son visage. Etienne semblait furieux, Léon plein de nonchalance.

– Certainement, répondit-il enfin. Je n'ai pas oublié ma toute petite enfance. Je n'étais pas heureux à me traîner dans la boue, mais je me reconvertirais sans aucune difficulté. J'ai la chance de connaître deux mondes.

Etienne ne répliqua rien. Y avait-il souvent conflit entre eux deux? Etienne, si visiblement anxieux de maintenir des liens avec le comte, devait en vouloir à

Léon de son intrusion, et ce dernier semblait n'en avoir cure.

Le comte changea de conversation. Je me souvins qu'il avait l'habitude de présider la table et me demandai si ça ne l'amusait pas de faire naître ces petits affrontements.

– Allons, allons, notre cousine va avoir une piètre opinion de notre pays, fit-il. Parlons un peu de ce dont nous pouvons être fiers. J'espère, Minelle, que vous apprécierez Paris – c'est une grande cité très cultivée qui n'a pas, j'ose l'assurer, sa pareille au monde. L'hôtel que nous y possédons appartient à la famille depuis au moins trois siècles. Il a été construit du temps de François Ier, au moment où une des plus magnifiques architectures s'est répandue en France. Nous vous ferons visiter aussi les beaux châteaux de la Loire et nous vous montrerons Paris.

Il s'étendit sur les contrastes entre la vie de château et celle des villes... et nous parvînmes ainsi à la fin du repas.

Toutes nos paroles auraient certainement stupéfait ma mère qui n'aurait pas imaginé que de tels propos puissent être tenus devant des dames à la table de Derringham Manor, mais elles m'amusèrent et me stimulèrent.

Lorsque 10 heures sonnèrent, le comte déclara qu'il était temps pour Marguerite d'aller au lit, rappelant qu'elle était encore un peu en convalescence. Il souhaitait qu'elle recouvre rapidement sa bonne santé. Nous le quittâmes donc pour retourner dans nos chambres.

– Minelle, me dit Margot, je ne sais pas si je supporterai cela. Tu as compris ce qu'il prépare? Il cherche un mari pour moi.

– Pas encore, fis-je, tu es trop jeune.

– Trop jeune! à dix-sept ans, il est temps!

– Tu l'as prouvé, il est vrai.

– Tu as vu comment mon père me regardait lorsqu'il a parlé de la reine et de la façon dont elle a été mariée au roi. C'était un avertissement.

– La conversation m'a paru assez bizarre.

– Risquée, veux-tu dire? Surtout le parc aux Cerfs. Mais mon père l'a fait exprès. Il voulait prouver que je n'étais plus une innocente et que je devais tout comprendre. Je n'ai qu'à obéir... pour mon bien... comme pour ces filles de Paris.

– Parle-t-on généralement ainsi?

Margot eut l'air gênée.

– Réponds-moi. Dis-moi ce que tu penses, insistai-je.

– Minelle, mon père a certainement un faible pour toi.

– Il m'a accueillie avec beaucoup de prévenances... et m'appeler cousine semblait lui plaire. Mais je ne comprends pas pourquoi il a mené ainsi la conversation.

– C'était pour te sonder.

– Mais pourquoi?

Margot hocha la tête et j'eus soudain envie d'être seule pour réfléchir sérieusement, aussi lui souhaitai-je une bonne nuit et rentrai chez moi.

Les bougies avaient été allumées par une servante et la pièce me parut plus agréable encore dans cette douce lumière. Je n'avais jamais connu un tel luxe. Qu'avaient pu ressentir ces malheureuses filles ramassées dans le ruisseau et conduites dans une maison un peu semblable à celle-ci?

Je m'installai devant mon miroir et otai les épingles de mes cheveux qui tombèrent sur mes épaules. Les bougies sont connues pour flatter la beauté des femmes. Je me trouvai presque belle. Mes yeux brillaient et du rose avivait mes joues. J'avais l'air radieuse.

Je me tournai vers la porte et constatai avec soulagement qu'elle possédait une clé. J'allai pour la fermer lorsque s'élevèrent des voix. Je m'immobilisai. Des pas traversèrent le couloir et je ne résistai pas à entrouvrir doucement la porte pour regarder qui marchait. J'aperçus Etienne et Léon et j'entendis leurs paroles.

– Mais qui est-elle? demanda Léon.

– Une cousine! lança Etienne. C'est une nouvelle idée! C'est sa nouvelle maîtresse sans doute.

– Pas encore, à mon avis.

– Mais ça ne tardera pas. C'est nouveau, ça... les amener carrément au château.

Je tournai la clé. Mes doigts tremblaient. Face à ma glace, je regardai mon reflet avec horreur. Puis, tout haut, je décidai :

– Je partirai dès que possible.

Je dormis peu cette nuit-là. J'essayai de me convaincre que j'avais mal compris les paroles des deux hommes. Cependant, avec ce que je savais du comte, je comprenais que leur conclusion était logique. Que pouvais-je faire? Ayant vendu mes meubles et tout liquidé, j'avais brûlé mes vaisseaux. Je n'aurais jamais dû quitter l'Angleterre, j'aurais dû comprendre pourquoi le comte s'intéressait à moi. Je n'étais pas sans connaître l'existence de tels hommes. Pourquoi, lorsqu'il m'avait proposé d'accompagner Margot, avais-je accepté sa suggestion? Avais-je vraiment cru que, lorsque je serais au château, je vivrais la vie habituelle des dames de compagnie ou des gouvernantes, vie située à mi-chemin entre les serviteurs et les maîtres? Avais-je vraiment imaginé qu'une année ou deux après le mariage de Margot, j'aurais économisé assez d'argent, emmagasiné assez d'expérience pour rentrer en Angleterre y ouvrir une nouvelle école et me spécialiser dans l'enseignement du français?

Alors, j'aurais peut-être envisagé Joël Darringham comme un mari possible et, par ailleurs, sir John et lady Darringham m'auraient-ils rendu leur confiance et envoyé des élèves?

Maintenant l'attitude du comte et les mots que j'avais surpris m'indiquaient clairement que je devais m'en aller.

Lorsque, au matin, il y eut du bruit dans la maison, je tournai ma clé, et bientôt une servante m'apporta de l'eau chaude. Je fis ma toilette et m'habillai, puis passai dans la chambre de Margot.

Elle m'apparut toute fraîche et bien plus calme, aussi je crus pouvoir aborder tout de suite mon sujet.

– Margot, dis-je, ma situation ici me paraît anormale.

– Que veux-tu dire? Qu'est-ce que c'est que ta situation?

– C'est ce qu'il faut préciser. Voyons, on me paye pour te tenir compagnie, pour t'aider et t'apprendre l'anglais. Or, voilà qu'on me traite en cousine et qu'on me reçoit comme une invitée.

– Il a toujours été question que tu sois ma cousine et, moi, je te considérerai toujours comme une amie, alors?

– Mais les autres, dans cette maison...

– Mon père? Tu sais bien que c'est un excentrique. Cela l'amuse pour l'instant de faire de toi sa cousine. Demain, il pourra décider que tu n'es que ma demoiselle de compagnie et te traitera comme telle.

– Seulement, je n'ai pas l'habitude d'être considérée ainsi. De plus, je n'ai rien de ce qu'il faut pour être mêlée à votre société.

– Tu penses aux habits. On y parera... En attendant,

prends les miens. Nous irons à Paris bientôt et, là, nous trouverons tout ce qu'il te faut.

– Je n'ai pas les moyens d'acheter ce qu'il faut.

– Mais on mettra ça sur le compte. C'est toujours comme ça que je fais.

– Pour toi, peut-être... Pour Etienne et pour Léon aussi. Vous faites partie de la famille. Moi pas. Il faut que je rentre en Angleterre et je voudrais que tu comprennes pourquoi.

Une frayeur assombrit ses yeux :

– Minelle, je t'en prie, ne recommence pas. Ne me quitte pas. Si tu pars, je resterai seule... Tu ne le vois donc pas?

– Je ne peux continuer ainsi. C'est dégradant pour moi.

– Je ne te comprends pas. Explique-toi.

Mais je ne pus me forcer à avouer : « Ton père veut faire de moi sa maîtresse. » Cela me paraissait à la fois mélodramatique, absurde, et je m'étais peut-être trompée. Deux jeunes gens avaient échangé des suppositions, mais ne se trompaient-ils pas eux aussi?

Margot avait saisi mes mains. Je craignis qu'elle ait une de ces crises d'hystérie qui me faisaient peur car elles l'entraînaient vers un débordement insensé.

– Minelle, promets-moi... promets-moi... Je ne peux pas vous perdre, toi et Pierrot... Et puis, nous devons aller le chercher. Je n'y parviendrai jamais sans toi. Promets. Je ne te lâcherai pas tant que tu n'auras pas promis...

– Je ne partirai pas sans te prévenir, murmurai-je. J'attendrai un peu. Nous verrons ce qui arrivera.

Elle sourit, satisfaite.

– Léon doit me montrer le château, fis-je. (Je regardai la montre.) Il m'attend dans la bibliothèque.

— Elle est à côté de la pièce où nous avons dîné hier soir.

— Dis-moi, Margot, que penses-tu de Léon, et d'Etienne?

— Qu'est-ce que je pense? Mais ce sont des frères. Je les connais depuis mon enfance.

— Tu les aimes bien?

— Oui... si tu veux. Léon m'a toujours taquinée et Etienne a toujours cru à sa propre importance. Etienne est jaloux de ceux à qui papa porte quelque attention. Léon, lui, s'en moque. Et papa s'en amuse. Un jour où il était particulièrement fâché contre lui, il lui a lancé : « Retourne donc chez tes paysans! » Et Léon s'est tout de suite préparé à partir. Il devait avoir quinze ans. Mon père l'avait battu et enfermé dans sa chambre. Il était furieux, mais je crois qu'il l'admirait en même temps. Tu sais qu'il avait juré de lui donner une bonne éducation et de le traiter comme un membre de la famille, alors si Léon partait, il ne pourrait tenir son serment. Léon est donc resté.

— C'est qu'il le voulait bien.

— Sûrement. Il n'avait aucune envie de retourner vers la pauvreté. D'ailleurs, il portait à sa famille des vivres et de l'argent et elle comptait entièrement sur lui.

— C'est bien qu'il ne lui ait pas tourné le dos.

— Oh! jamais. Etienne est très différent. Il est heureux d'être ici et considéré comme le fils de papa. Ce qui le blesse, c'est son illégitimité. Papa la regrette aussi et Etienne espère toujours être légitimé un jour.

— Est-ce possible?

— Probablement. Etienne aimerait tant être le futur comte et hériter de tout. Mais à mon avis une arrière-pensée arrête papa : si maman mourait, il se remarierait peut-être. Il n'est pas vieux. Il s'est marié à dix-sept ans. Je suis sûre qu'il espère avoir un fils légitime un jour.

– Mais c'est affreux pour ta mère!

– Elle le déteste et il la méprise. Je crois qu'elle tremblerait s'il n'y avait pas Nounou. Celle-là se méfie de papa, mais elle n'aurait jamais trouvé personne d'assez bien pour sa mignonne Louise. Nounou était sa nurse lorsqu'elle était enfant et tu sais comment peuvent être les nounous? Elle pousse même les soupçons très loin, et c'est très offensant pour mon père... jusqu'à vouloir préparer elle-même tout ce que maman mange.

– C'est affreux! Pourquoi ne l'a-t-il pas renvoyée?

– Cela l'amuse et il a toujours du respect pour ceux qui lui tiennent tête.

– Alors pourquoi ne le faites-vous pas tous?

– Nous le voudrions, mais quand nous nous trouvons en face de lui, avec son air diabolique, le courage nous manque. A moi au moins. A Etienne aussi. Je suis moins sûre pour Léon. Il s'est une fois ou deux dressé devant lui. Nounou, elle, défend maman et la défendra jusqu'à la mort.

– Mais cela laisse entendre qu'il serait capable d'un meurtre?

– Il a bien tué le frère de Léon.

– C'était par accident.

– Oui, mais il l'a quand même tué.

Je frissonnai. Plus que jamais, je me jurai de fuir.

Il était temps que j'aille à la bibliothèque où Léon devait m'attendre. Je fus étonnée d'y trouver le comte. Assis dans un fauteuil, il parcourait un gros volume.

La bibliothèque était impressionnante avec son immense chandelier et ses murs tapissés de livres, son plafond peint, ses hautes fenêtres aux draperies de velours. Mais, sur l'instant, je ne vis rien que le comte.

– Bonjour, cousine, fit-il en se levant. (Il vint vers

moi et, me prenant la main, il la baisa.) Vous êtes fraîche comme le matin et aussi belle. J'espère que vous avez bien dormi.

– Aussi bien que possible dans un nouveau lit, merci.

– Oh! moi, cela m'est arrivé si fréquemment que cela ne m'affecte plus.

– Je suis venue ici pour retrouver Léon qui doit me montrer le château.

– Je l'ai renvoyé et décidé de prendre sa place.

– Oh! fis-je, stupéfaite.

– J'espère que cela ne vous ennuie pas. J'ai pensé que j'étais plus qualifié que lui pour vous faire visiter cette maison dont je suis fier.

– Vous pouvez l'être.

– Elle est dans la famille depuis cinq cents ans. Cela fait longtemps.

– Très longtemps. Mais croyez-vous qu'il soit nécessaire de poursuivre cette comédie du cousinage lorsque nous sommes seuls?

– A vous dire vrai, il me plaît de vous considérer comme ma cousine. Partagez-vous mes sentiments?

– Pour être aussi franche, je vous avouerai que cela me paraît si absurde que je ne l'ai jamais envisagé sérieusement. Cela allait lorsque Margot et moi étions...

– N'oubliez pas, j'ai défendu qu'on reparle de cela.

– Mais c'est ridicule puisque c'est la vraie raison de ma présence.

– Ce n'est qu'un début... le début d'un jeu. Vous ne jouez pas aux échecs, cousine? Sinon, je vous apprendrai.

Je lui affirmai que ma mère et moi nous y jouiions. Ma mère avait appris avec mon père mais je n'étais pas sûre que ma science égalât la sienne.

– Je suis certain que si. Attendons le soir où nous nous pencherons tous les deux sur le plateau. Voyons, commençons notre exploration. Nous allons d'abord monter le grand escalier. Et de là, nous entrerons dans la partie réellement ancienne du château.

– Je m'en réjouis d'avance.

– Je serai un bien meilleur guide que Léon. Il n'est pas dans la famille depuis assez longtemps. Et, malgré son comportement actuel, il n'a jamais oublié d'où il vient. Etienne fait de même. Dans la vie, certains détails doivent s'oublier, d'autres au contraire doivent être toujours présents. Bienheureux celui qui sait agir ainsi et le bonheur n'est-il pas notre but à tous?

– Oui, je suis d'accord sur ce point.

– Enfin! Nous avons trouvé un point commun. J'espère que cela ne nous arrivera pas trop souvent car j'aime croiser l'épée avec vous.

Nous étions parvenus dans la vaste cour où, comme Margot me l'avait indiqué, se tenaient les festivals et les joutes.

– Regardez ces marches. Elles sont impressionnantes, n'est-ce pas? Voyez comme les pierres en ont été usées par les milliers de pas qui les ont effleurées durant des siècles. Les invités les montaient et les descendaient volontiers. C'était une façon de prendre l'air et, lorsqu'avaient lieu les tournois, ils s'installaient là pour assister au spectacle. Sur le palier, ma famille s'asseyait, entourée de ses invités. En d'autres temps, on y rendait la justice tout comme un roi. Les malfaiteurs étaient amenés devant le seigneur qui les jugeait et les condamnait au cachot d'où ils ne sortaient parfois plus jamais. Cette époque était cruelle.

– Espérons qu'il y a moins de cruauté de nos jours, dis-je.

Il mit une main sur mon épaule.

— Je n'en suis pas certain. Souhaitons surtout qu'un holocauste soit évité, car Dieu sait ce qu'il adviendrait de nous dans ce cas. De ce palier, nous accédons au hall. Entrons, chère cousine.

— Comme il est vaste!

— Il le fallait. C'est là que le seigneur menait sa vie publique. Il y recevait les messagers, jugeait ceux qui se comportaient mal, donnait ses ordres aux serfs, et y réunissait ses hommes lorsqu'il partait en guerre.

Je frissonnai.

— Vous avez froid, Minelle?

Il toucha mon bras et comme, aussi discrètement que possible, je reculais, il eut un sourire.

— Non, dis-je. Mais je songe à tous les événements qui ont eu leur place ici. Ils ont dû laisser quelque chose dans l'atmosphère.

— Vous avez de l'imagination, j'en suis heureux. J'aurai l'occasion de la raviver dans cette demeure.

— Ce sera intéressant... (Et je ne sais pourquoi j'ajoutai :) Durant mon bref séjour.

— Votre séjour, chère cousine, ne sera pas bref.

— J'ai décidé que je partirai dès que Marguerite ira tout à fait bien.

— Peut-être trouverons-nous une autre raison pour vous garder ici.

— J'en doute. Je suis arrivée à la conclusion que ma place est en Angleterre... dans l'enseignement. C'est ce qu'on m'a appris.

— Si vous me le permettez, je dirai que cela vous va très mal.

— Je vous le permets, mais votre opinion ne modifiera en rien mes intentions.

— Je vous crois trop intelligente pour agir sottement. L'école ne paie pas. Ne l'avez-vous pas quittée pour cette raison? Ce cher Joël a réussi à vous ôter la faveur de sa famille et puis, il est parti. Je ne peux que le mépriser pour sa façon de se comporter.

– Mais ce n'est pas du tout comme ça!

Il haussa les sourcils :

– Voyons, il était attiré par vous, et je le comprends parfaitement, mais quand son papa a fait claquer le fouet et a dit : « Va-t'en » il est parti tout de suite.

– Sir John, comme beaucoup de parents, attend de l'obéissance de la part de ses enfants.

– Votre Joël n'est plus un enfant. Il pourrait tenir sur ses pieds. Je n'admire jamais un lâche en amour.

– Oh! il n'était pas question d'amour. Nous étions de bons amis. D'ailleurs, ce sujet m'est très déplaisant. Si nous explorions le château?

– Je ne souhaite que vous plaire, dit-il en inclinant la tête. Après le hall, nous avons un grand salon, suivi d'une chambre à coucher. C'étaient les appartements du seigneur et de sa femme. C'est une vraie forteresse. Le confort alors comptait moins que les fortifications.

– Mais ce salon est aussi vaste que la hall?

– C'est qu'ils y recevaient leurs invités. On mettait des tables sur des tréteaux et à l'extrémité se dressait une table plus haute. Là s'installaient le seigneur, sa femme et les amis les plus importants. Après le festin, on enlevait les tables et l'on s'asseyait autour d'un grand feu... au centre de la pièce.

– Je les vois d'ici, racontant des histoires...

– Et chantant. Les ménestrels étaient toujours présents. Ils parcouraient la campagne, de château en château, et on les gardait pour qu'ils fassent de la musique pendant les soupers. Ils travaillaient dur, les pauvres diables, on les traitait mal et parfois on refusait même de les payer.

– Jamais ici je suppose?

– Je crois que non. Mes ancêtres étaient rudes et

sans loi, mais les récits que j'ai entendus à leur sujet ne comportaient jamais de mesquinerie. Nous étions très dépensiers, nous n'acceptions pas de limite, mais je pense que nous n'avons jamais refusé de payer ceux qui nous servaient bien. Nous avons conservé les tables telles qu'elles étaient, vous le voyez, et nous les utilisons dans des occasions exceptionnelles. J'aime assez rappeler comment vivaient mes ancêtres. Vous n'aviez guère d'idée là-dessus, n'est-ce pas? Au moins, là, je puis vous apprendre quelque chose.

— Vous avez donc l'impression que je crois tout savoir?

— Vous savez être si habile que chaque fois que nous discutons j'ai l'impression que vous gagnez.

— Pourquoi donc transformez-vous tout en combat avec moi? fis-je avec quelque raideur.

— Cela paraît naturel à nos relations

— Nos relations doivent être celles d'employeur à employée. Il est de mon devoir de vous donner satisfaction et non pas de vous défier...

— Une seule fois, je vous ai déconcertée... C'est lorsque vous êtes entrée dans ma chambre. Vous aviez l'air d'une méchante gamine mais je dois avouer que, depuis cet instant, vous m'avez enchanté.

— Vous devriez comprendre...

— Oh! je comprends. Je comprends parfaitement. Je sais que je dois vous traiter avec ménagement. Je sais que vous êtes toujours prête à vous enfuir. Quel drame ce serait... pour moi... et peut-être pour vous aussi. N'ayez pas peur, petite cousine. Je vous ai avoué que mes ancêtres étaient des sauvages... Mais, moi, je ne le suis que lorsque l'occasion s'en présente.

— Pourquoi continuer cette conversation?

— Oui, je sais... Alors, admirez ces coffres. Nous y gardions nos trésors... des vases d'or et d'argent, des fourrures, visons, hermines, zibelines. Lorsqu'ils sont fermés, ils servent de sièges car il n'y avait jamais de chaises pour les invités.

Dans la chambre, nos pas résonnèrent sur les pavés de pierre. Il n'y avait pas de lit mais quelques meubles assez massifs qui devaient dater d'une époque très ancienne.

Puis, nous traversâmes une suite de petites pièces à peine meublées, pavées également de pierre.

– Vous voyez, ici c'est la demeure d'un noble du Moyen Age, reprit le comte. On comprend qu'avec le temps nous nous soyons construit des intérieurs plus élégants. Nous étions très fiers de nos châteaux, surtout au temps de François Ier où ils se mutiplièrent. Nous imitions le roi. C'était un grand amateur d'art. Il prétendait même que les hommes pouvaient faire un roi mais que seul Dieu pouvait créer un artiste. Il s'intéressait spécialement à l'architecture et il était de bon ton que ses amis rivalisent dans la construction de splendides maisons. Nous bâtissions pour montrer notre fortune et aussi pour poursuivre nos buts secrets. Cela explique les passages mystérieux, les chambres dissimulées, que seuls les maîtres connaissaient. Une grande dame fit couper la tête de son architecte pour qu'il ne dévoile jamais les plans secrets de son château.

– Quelle mesure épouvantable!

– Mais une bonne garantie! Oh! cousine, j'adore vous choquer.

– Je gâcherai sans doute votre plaisir en vous assurant que je ne crois absolument pas votre histoire.

– Et pourquoi pas? Le seigneur du château – et de tout ce qui l'entoure – est le juge suprême. On n'a pas à mettre ses décisions ou ses raisons en question.

– J'espère que vous n'envisagez pas de vous servir des vôtres de pareille façon.

– Cela dépend de la manière dont je suis tenté.

– De nombreuses personnes habitaient ici, je suppose? demandai-je pour changer de conversation.

Je le vis froncer les sourcils car lui seul, dans son esprit, pouvait détourner un sujet.

Il faillit répliquer brutalement sans doute, mais se ravisa et dit :

– Oui, beaucoup. Les majordomes étaient chargés des différents appartements. Il y avait le responsable de la table, celui de la chambre, celui des caves, etc. Beaucoup venaient de nobles familles et s'apprêtaient à être faits chevaliers. Les écuries étaient immenses. Dans ces temps, on n'avait pas de voiture, seulement des chevaux : chevaux de trait, chevaux de selle, et les plus racés étaient montés par le seigneur. En échange des services qu'ils lui rendaient, le seigneur éduquait les futurs chevaliers. Sa richesse et son importance étaient démontrées par le nombre de majordomes qu'il entretenait.

– Cette coutume n'existe plus, bien qu'Etienne et Léon vous rendent les mêmes services.

– C'est un peu vrai. Ils ont été élevés comme des fils de bonne famille. Et cela, parce que j'ai une dette envers leurs parents. Tenez, voici une autre chambre : on l'appelle la chambre des Pucelles.

J'admirai la vaste pièce. Un rouet traînait dans un angle, et les murs étaient recouverts de tapisseries.

– Elles ont été faites par les jeunes filles, reprit le comte. Les voyez-vous penchées sur leurs travaux d'aiguille? On les recevait, elles aussi, au château. Elles devaient être bien nées et adroites en couture, car c'est là qu'on jugeait de leur bonne éducation. Et vous, cousine, savez-vous broder?

– Mon éducation sur ce point ne vaut rien, je le crains. Je couds quand c'est indispensable.

— Tant mieux. La broderie crève les yeux et démolit le dos. Une femme peut mieux employer son temps.

— Que représentent ces tapisseries?

— Une guerre quelconque entre la France et un ennemi... l'Angleterre sans doute, comme d'habitude.

— Et les Français, naturellement, sont victorieux?

— Naturellement. Ces ouvrages furent exécutés par des Françaises. Les pays racontent leur histoire dans leurs tapisseries. Mais avec un mot on peut tout changer.

— On m'a appris que les Anglais avaient été chassés de France et jamais personne ne l'a nié. Ma mère et moi l'apprenions à nos élèves.

— Vous étiez un bon professeur, cousine.

Il se moquait de moi, mais cela m'amusait. J'aimais entendre sa voix, lire ses sentiments sur son visage, noter le haussement de ses sourcils si bien dessinés, le frémissement de ses lèvres. Et surtout, surtout, j'aimais lui faire sentir que, s'il commandait à toute la maisonnée, moi, il ne me dominait pas. Une vie nouvelle coulait en moi et, pourtant, je n'oubliais pas, même à ces moments-là, qu'il me fallait faire des plans sérieux pour m'éloigner de lui.

— La gouvernante habitait avec les jeunes filles, poursuivit-il. Je vous imagine dans ce rôle. Vos cheveux si blonds épars sur vos épaules ou noués en une natte souple. Vous sauriez avoir l'air sévère devant un vilain geste ou des paroles trop vives ou des bavardages insipides, mais cela vous distrairait d'entendre toutes les petites histoires sur les gens de la maison... Certes, vous réprimanderiez vos élèves, mais vous souhaiteriez qu'elles poursuivent leurs commérages car vous savez dissimuler, n'est-ce pas, Minelle?

— Pourquoi pensez-vous cela?

— Parce que je l'ai découvert. Vous prétendez vouloir partir alors que vous savez parfaitement que vous resterez. Vous me regardez avec une certaine désapprobation mais je me demande jusqu'à quel point vous me désapprouvez.

J'en étais stupéfaite. Etait-il vrai que je me trompais moi-même? Depuis que je le connaissais, je n'étais plus sûre de rien et surtout peu sûre de moi. Un instinct me poussait à fuir avant d'être complètement envoûtée, et pourtant... Il avait peut-être raison : je me dissimulais à moi-même la vérité.

– Ce n'est pas à moi d'approuver ou de désapprouver, dis-je assez brusquement.

– J'ai l'impression que ma compagnie vous plaît. Vous étincelez, vous brillez. Au fond j'ai sur vous le même effet que vous avez sur moi, et ça c'est une chose dont nous devrions nous réjouir au lieu de nous combattre.

– Monsieur le comte, vous vous trompez complètement.

– Et vous, vous avez tort de nier la vérité et de m'appeler monsieur le comte quand je vous ai clairement ordonné de m'appeler Bertrand.

– Je n'ai jamais pensé que cet ordre devait être suivi.

– On doit obéir à tous les ordres.

– Mais je ne suis pas un de vos majordomes. Je peux m'en aller demain. Rien ne saurait me retenir ici.

– Il y a votre affection pour ma fille. Cette enfant est en piteux état. Je n'aime pas ses crises nerveuses. Elles me mettent mal à l'aise. Vous seule pouvez la calmer. Vous seule pouvez lui faire entendre raison. Il faudra qu'elle se marie bientôt. J'y suis décidé. Et je veux que vous restiez avec elle jusqu'à... ce qu'elle soit sagement établie. Si vous acceptez cela, alors vous êtes libre de songer à nous quitter. Pendant ce temps, je verserai de l'argent à un compte qui vous permettra ensuite d'ouvrir une école... à Paris peut-être, où vous pourriez enseigner l'anglais. Je vous enverrai autant d'élèves que sir John le faisait en Angleterre. Le mariage de Marguerite aura lieu dans peu de temps. Vous êtes une personne très raisonnable, et c'est pourquoi je vous demande cette aide.

– Il faut que je voie comment les choses tournent, fis-je avec précaution. Je ne peux rien promettre.

– Songez au moins à votre pauvre Marguerite.

Je répondis qu'en effet c'était à elle, et à elle seule, que je penserais.

Nous passâmes enfin de la plus ancienne partie du château à celle qui avait été construite trois cents ans plus tard. Là, l'élégance du XVIe et celle du XVIIe siècle prévalaient.

– Vous découvrirez peu à peu ce côté-ci en y vivant, dit-il. C'était l'autre que je souhaitais vous montrer.

Le tour était terminé. Son humeur avait changé. Il était redevenu distant, morose. J'en cherchai la raison et, tout en étant contente d'avoir profité de sa compagnie, je fus soulagée de me retrouver seule, de pouvoir réfléchir à toutes les paroles échangées, car je sentais trop combien il y avait de sous-entendus à notre conversation.

2

Margot, après son accouchement, avait souffert non seulement moralement mais physiquement aussi. Elle était facilement fatiguée, et regrettait trop son bébé. Elle avait vraiment besoin de moi car elle se sentait un peu perdue au milieu des siens. Avec de tels parents, cela ne m'étonnait pas et je n'en étais que plus reconnaissante de la tendresse et des soins que ma mère m'avait prodigués : c'était là cadeau plus important que tout ce que Margot avait reçu de son noble lignage et de sa grande richesse. Quant à Etienne et Léon, quoiqu'ils aient été élevés dans la même maison, ils étaient bien peu ses frères.

Nounou comprenait l'état de Margot car elle était des rares personnes du château au courant du secret. Elle prescrivit du repos au lit, une légère diète et des potions qu'elle procura elle-même et qui firent dormir calmement la jeune femme. Je compris que c'était nécessaire car, au réveil de ses siestes, elle apparaissait transformée.

Cela libéra une partie de mon temps et Etienne, comme Léon, parut vouloir se montrer amical. Je montai à cheval avec l'un et l'autre et, en y réfléchissant, je vis que ces promenades eurent leur importance.

Ce fut dans l'après-midi après ma visite du château avec le comte qu'Etienne me proposa de sortir avec lui. Il désirait me montrer la campagne environnante.

J'ai toujours aimé monter à cheval – même sur la pauvre Jenny – et je regrettais souvent Dotty que j'avais abandonnée. J'acceptai donc avec empressement. J'avais apporté mon amazone, celle avec laquelle j'avais dû faire impression sur Joël Derringham.

Etienne m'assura qu'il y avait dans les écuries exactement la monture qu'il me fallait.

Il avait raison. Je pris un très beau rouan.

– Il n'est pas trop vif, remarqua Etienne. Oh! je sais que vous êtes une excellente cavalière mais... pour commencer...

– Qui a pu vous donner cette idée de moi? répliquai-je. A vrai dire, je monte... mais je ne suis pas une fine cavalière.

– Vous êtes trop modeste, cousine.

Je remarquai le mot « cousine » et souris intérieurement. Puisque j'étais la cousine du comte, Etienne tenait à ce que je sois la sienne.

Ses manières étaient impeccables. Il m'aida à monter et me complimenta sur ma tenue. « Très élégante », assura-t-il.

– C'est l'impression que j'avais, dis-je, mais, ici, je n'en suis plus très sûre. Les vêtements prennent une importance différente suivant l'environnement dans lequel on vit.

– Mais vous êtes charmante dans n'importe quel environnement, affirma-t-il galamment.

Le pays était magnifique car les feuilles des arbres avaient pris toutes les couleurs de l'automne. Nous trottâmes et nous galopâmes, et je remerciai l'entraînement que j'avais acquis grâce à Dotty. Le soin qu'Etienne prit de moi me toucha car il veilla à ce que je ne sois jamais en difficulté et il resta constamment auprès de moi pour y parer.

Nous revenions vers le château. Nous en étions à environ deux kilomètres lorsque nous aperçûmes une maison dans un vallon. Elle était charmante avec ses murs de pierres grises que des plantes grimpantes de toutes sortes envahissaient. Les feuilles rouges ou brunes y apportaient une note ravissante.

Une femme se tenait debout contre le portail. Elle semblait attendre quelqu'un. Je fus stupéfaite par sa beauté flamboyante. Elle avait de superbes cheveux roux et des yeux verts. Elle était grande, un peu forte, mais très élégante.

– Je veux vous présenter à Mme Legrand, dit Etienne.

– Volontiers. Ce doit être la plus proche voisine du château.

– C'est exact.

Mme Legrand avait ouvert le portail. Nous descendîmes de cheval. Etienne prit le mien et attacha les deux bêtes au poteau planté là à cet effet.

– Mlle Maddox, annonça-t-il.

Mme Legrand vint vers moi. Elle portait une robe verte qui s'harmonisait avec ses yeux. Sous la jupe, elle dissimulait une tournure qui faisait paraître sa taille plus mince, et les draperies de tissu de qualité laissaient apparaître un jupon de satin vert un peu plus foncé. Ses cheveux étaient haut coiffés comme c'était la mode en France depuis que la reine avait cherché à atténuer la hauteur de son front. Le corsage était largement décolleté pour permettre de deviner une gorge abondante. C'était réellement une très belle femme.

– J'ai appris que vous étiez au château, mademoiselle, dit-elle, et je désirais beaucoup vous connaître. Voudriez-vous me faire le plaisir d'accepter de vous rafraîchir chez moi?

J'assurai que j'en serais ravie.

– Alors, entrons dans le salon, proposa-t-elle.

Nous pénétrâmes dans un vestibule agrémenté de feuillages de différents tons de vert. Le vert semblait sa couleur favorite. Elle s'accordait, il est vrai, merveilleusement bien avec ses grands yeux ornés de longs cils sombres et ses cheveux roux.

Le salon me sembla petit car sans doute je m'étais déjà habituée aux dimensions des pièces du château. Comparé au parloir de mon école, il était grand. Les meubles en étaient élégants et de beaux tapis couvraient le sol. Les rideaux vert pâle s'harmonisaient avec les coussins. L'ensemble était très gracieux.

On apporta des verres, et Mme Legrand me demanda

si j'appréciais le séjour dans le château de mon cousin.

J'hésitai un instant car je ne pouvais m'accoutumer à être la cousine du comte. Je répondis enfin que tout m'intéressait.

– Comme il est curieux que vous ayez retrouvé le comte et Marguerite après tant d'années. Vous deviez pourtant connaître cette parenté?

Il me sembla qu'elle et Etienne m'examinaient avec attention.

– Non, fis-je, ce fut une surprise.

– Oh! Et comment cela s'est-il passé?

Le comte m'avait signalé que, lorsque l'on jouait un rôle, il fallait se tenir au plus près de la vérité :

– Ce fut lorsque le comte et sa famille vinrent en visite chez sir John Derringham en Angleterre.

– Vous habitiez là, vous aussi?

– Non. Je vivais tout près. Ma mère tenait une école.

– Une école! Comme c'est curieux.

– Mlle Maddox a reçu une excellente éducation, précisa Etienne.

– Ce n'est pas du tout curieux, repris-je. Ma mère est devenue veuve et il fallait qu'elle gagne sa vie et celle de sa fille. Comme elle était capable d'enseigner, elle l'a fait.

– Et le comte a connu l'école? continua Etienne.

– Sa fille était une de nos élèves.

– Je vois, admit Mme Legrand. Et c'est alors qu'il a découvert votre parenté.

– Oui, c'est ainsi.

– Cela ne vous semble pas étonnant de passer d'une école à... ceci?

De la main, elle indiquait la direction du château.

– Certainement, mais j'étais très heureuse dans mon école. Lorsque ma mère vivait, c'était très agréable.

– Excusez-moi. Et ensuite, vous êtes venue en France?

– Marguerite avait besoin de vacances. Elle n'était pas bien. Je l'ai donc accompagnée.

– Et l'école?

– Je l'ai fermée.

– Vous avez donc l'intention de rester ici... toujours?

Je décidai soudain qu'elle posait trop de questions et que je n'avais pas besoin de lui répondre.

– Madame, je n'ai pas de projets précis. Je ne peux donc pas en discuter avec vous, dis-je froidement.

– Mlle Maddox parle très bien le français, n'est-ce pas? intervint Etienne en me souriant. J'ai rarement rencontré d'Anglais parlant ainsi.

– Et avec à peine une trace d'accent.

– C'est justement ce qui est charmant.

Je pensai que c'était à mon tour d'interroger :

– Quelle charmante maison vous avez, madame. Vous y vivez depuis longtemps?

– Bientôt dix-neuf ans.

– C'est la maison la plus proche du château?

– Oh! oui, à peine deux kilomètres.

– Vous devez être heureuse d'avoir une si délicieuse résidence?

– Oui, je suis heureuse ici, mais la maison n'est pas à moi. Comme presque tout par ici, elle appartient au comte Bertrand... Ainsi, mademoiselle, vous avez souvent visité la France?

– Jamais avant d'accompagner Marguerite.

Je changeai encore de sujet et nous évoquâmes les beautés de la région, les ressemblances et les contrastes avec l'Angleterre.

Au bout d'un moment de conversation plus conventionnelle, nous nous levâmes, nous lui serrâmes la main et elle souhaita que je trouve parfois le temps de venir la voir.

– Etienne passe souvent, ajouta-t-elle. Je serais ravie que vous veniez avec lui, mais venez seule aussi... si cela vous tente.

Nous la remerciâmes pour son hospitalité et Etienne détacha nos chevaux.

– Cette femme est vraiment superbe, dis-je, lorsque nous fûmes un peu éloignés.

– Je le pense aussi, fit-il, mais je suis sans doute partial.

Je le regardai avec étonnement et il sourit :

– N'avez-vous pas compris que c'était ma mère?

Je n'en revenais pas et, immédiatement, je songeai à ses relations avec le comte. Etienne avait-il fait exprès pour me surprendre?

Cependant, je parvins à rester impassible, me souvenant que ma mère avait toujours déclaré qu'une dame anglaise devait savoir dissimuler ses sentiments en toute circonstance. Mais je m'étonnai de ma nervosité subite.

– Vous devez être fier d'avoir une mère si splendide, dis-je.

– Oui, c'est vrai, je le suis.

Etait-elle encore la maîtresse du comte? Elle vivait si près du château et dans une maison qui lui appartenait. Venait-il encore la voir? Et, elle, allait-elle au château? « Cela ne te regarde pas », me grondai-je, furieuse contre moi-même.

Ce fut le lendemain que j'allai à cheval avec Léon. Il m'était plus facile de parler avec lui. Il était plus détendu qu'Etienne, plus naturel. Il ne voyait aucune raison de cacher qu'il était fils de paysan et je l'appréciais pour cela.

S'il n'était pas aussi sombrement beau qu'Etienne, il

avait beaucoup plus de charme. Dans son visage brun, ses yeux bleus étonnaient et retenaient. Des cheveux crépus, coupés court, coiffaient sa tête comme une calotte. Ses vêtements quoique bien coupés étaient commodes, mais n'avaient pas l'allure de ceux d'Etienne.

Il montait bien à cheval, faisait corps avec sa bête. J'avais repris le rouan et déjà, lui et moi, nous entendions mieux.

Léon était plus gai qu'Etienne, plus léger. Il me complimenta aussi sur ma façon de monter et nous parlâmes chevaux pendant un temps. Je lui dis combien je regrettais Dotty et comment avant de l'avoir je m'étais contentée de Jenny.

Bientôt, je me retrouvai racontant des souvenirs sur ma mère et c'était bon de pouvoir le faire si facilement en étant certaine d'être comprise. Mais pourquoi avais-je cette conviction alors que je connaissais à peine Léon? C'est qu'il était si simple, si naturel que je me sentais à l'aise avec lui. Il était franc, ouvert, et je l'imitais.

– Que penserait votre mère si elle savait que vous étiez ici? demanda-t-il soudain.

J'hésitai. J'étais tellement convaincue qu'elle n'approuverait pas du tout le comportement du comte. Et pourtant, en même temps, elle aurait été ravie que je sois traitée comme une invitée.

– Je crois qu'elle aurait compris que j'abandonne l'école alors qu'il en était encore temps.

– Et elle aurait trouvé bien que vous restiez avec votre cousine?

– Marguerite était si heureuse de m'avoir auprès d'elle, fis-je évasivement.

– Et le comte aussi était satisfait. Il l'a laissé entendre, fit-il avec un faible sourire.

– C'est un hôte bienveillant.

Après notre franchise, ce rappel de ce qui devait rester un secret mit une barrière entre nous.

– J'ai appris que vous étiez allée voir Gabrielle Legrand hier, reprit-il.

– Oh! oui.

– C'est une grande amie du comte, comme vous avez dû le deviner.

– J'ai appris qu'elle était la mère d'Etienne.

– Oui. Le comte et elle sont des amis de longue date.

– Je comprends.

Je murmurai ces mots. Je me souvenais ceux qu'il avait échangés avec Etienne et je compris qu'il me donnait là un avertissement. Ils ne croyaient donc, ni l'un ni l'autre, à notre cousinage? Cela ne me surprenait pas. Il était clair que Léon s'était dit que le comte m'avait rencontrée en Angleterre, m'avait appréciée, avait des projets à mon sujet, et m'avait ramenée en France pour réaliser ses plans. Il devait avoir une bien piètre opinion de moi. Mais comment lui faire comprendre que je n'étais vraiment venue que pour aider Marguerite?

– Vous devez, continua-t-il, trouver la vie très différente ici?

– Naturellement... bien qu'au fond cela ne soit pas tellement dissemblable.

– Votre sir John Derringham gardait-il sa maîtresse dans les environs lui aussi? Et que disait sa femme?

Ma stupéfaction était grande, mais je la dissimulais de mon mieux.

– Non, fis-je, cela serait impossible et sir John n'aurait en aucun cas agi ainsi.

– Ici, c'est fréquent. Plusieurs de nos rois ont donné l'exemple.

– Oh! certains de nos rois aussi. Charles II par exemple.

– Et il avait une mère française!

– Voulez-vous me prouver que vos compatriotes n'ont pas de morale?

– Nos modes de vie sont différents.

– Ce à quoi vous pensez existe en Angleterre mais moins ouvertement. Est-ce vertu d'être secret? Je n'en sais rien. Mais certainement, cela rend la vie de ceux qui sont concernés plus facile.

– A quelques-uns du moins.

– A l'épouse sans aucun doute. Il ne doit pas être très agréable de voir au grand jour les infidélités d'un mari. Mais, par ailleurs, pour le mari et sa maîtresse, cela leur évite bien des cachotteries.

– Vous êtes réaliste, mademoiselle, et bien trop honnête pour vous laisser embarquer dans de pareilles compromissions.

Voilà, c'était bien un avertissement. J'aurais dû m'en offenser mais les yeux de Léon étaient si compatissants que je ne pus lui en vouloir.

– Soyez tranquille, cela ne m'arrivera jamais, dis-je avec fermeté.

Il eut l'air si content que, lisant dans ses pensées, je compris qu'il croyait ceci : le comte m'avait découverte comme cousine – ou, s'il avait inventé cette parenté, je n'étais pas au courant – et m'avait invitée à être la compagne de sa fille mais, ayant été parfaitement élevée, je n'avais pas la moindre idée de ses intentions.

Je lui fus reconnaissante du souci qu'il se faisait pour moi, et de son erreur.

Dès ce moment, il renonça à s'inquiéter plus avant et se prépara à profiter simplement de notre promenade. Il me parla de lui avec une franchise qui m'enchanta.

Son destin était étrange puisqu'il avait été déterminé par la mort de son frère :

– Pensez, me dit-il, à la vie que j'aurais eue sans

cela. Pauvre Paul! Parfois, je songe qu'il doit me regarder et me dire : « Toi, tu me dois tout cela. »

– Ce fut terrible sans doute mais cela a été un bien pour vous.

– Lorsque je retourne chez moi, je constate à quel point ce fut un bien, non seulement pour moi, mais pour ma famille. Je les aide beaucoup, vous savez. Le comte ne l'ignore pas et il est d'accord. D'ailleurs, il verse une pension lui-même. Ils ont la plus belle maison du village et plusieurs mètres carrés de terre. Ils peuvent en vivre et sont enviés par leurs voisins. J'ai même entendu murmurer que Dieu leur avait souri le jour où le comte a renversé Paul.

J'eus comme un frisson.

– Il faut être réaliste, mademoiselle. Et c'est une des caractéristiques des Français. Sans cet accident, Paul et moi et tous les miens, nous aurions mené une vie misérable et exténuante. Cela fait comprendre leur conclusion.

– Et votre mère? Que pense-t-elle?

– Pour une mère, c'est autre chose. Elle porte chaque semaine des fleurs sur la tombe pour montrer qu'elle n'oublie pas.

– Mais elle se réjouit quand elle vous voit?

– Oui, et, en même temps, je lui rappelle mon jumeau. Et les gens en parlent encore comme si cela venait d'arriver. Ils blâment plus que jamais le comte et oublient ce qu'il a fait depuis pour ma famille. La vague de colère contre l'aristocratie grossit. On cherche tous les prétextes pour s'élever contre elle.

– Je me suis rendu compte de cela depuis que je suis en France, et j'en avais entendu parler même avant.

– Oui, les choses évoluent. J'apprends ce qui se prépare lorsque je rends visite à ma famille. On y est plus franc avec moi qu'avec personne d'autre. La rancœur augmente chaque jour. Il y a beaucoup d'injustices dans le pays. Le peuple est mécontent de ceux qui le gouvernent. Je me demande parfois combien de temps cela durera. A notre époque, il n'est pas prudent de se promener à travers les villages si l'on est pas vêtu comme un paysan. Je n'ai jamais vu ça auparavant.

– Et comment cela finira-t-il?

– Oh! pour cela, mademoiselle, il faut attendre.

Comme nous approchions du château, nous entendîmes le bruit des sabots d'un cheval : un homme venait vers nous. Il était grand, sobrement vêtu, ne portait pas de perruque et ses cheveux étaient d'un beau roux.

– C'est Lucien Dubois, dit Léon. Hé! Lucien, cela fait plaisir de vous voir!

L'homme tira sur ses rênes et ôta son chapeau devant moi. Léon fit les présentations :

– Mlle Maddox, une cousine du comte en visite au château.

Lucien Dubois répondit courtoisement et me demanda combien de temps je comptais rester.

– Cela dépendra des circonstances, répondis-je.

– Mademoiselle est anglaise, mais elle parle français comme nous, précisa Léon.

– Pas tout à fait, coupai-je.

– Mais excellemment, assura Lucien Dubois.

– Vous allez cher votre sœur? demanda Léon. J'espère que vous resterez quelque temps chez elle.

– Comme mademoiselle, je vous répondrai que cela dépendra des circonstances!

– Vous avez déjà rencontré Mme Legrand, précisa Léon. Lucien Dubois est son frère.

Brusquement, je vis la ressemblance : dans les cheveux roux d'abord et les yeux ensuite que l'homme avait aussi verts que ceux de sa sœur

Que pensait-il des relations de sa sœur avec le comte? Peut-être, étant français, les acceptait-il? Avec cynisme, je conclus que la noblesse du comte rendait la situation tolérable. Etre la maîtresse d'un roi est une position honorable, être celle d'un homme pauvre, une honte. Cette distinction me choquait et si cela provenait de mon manque de maturité ou de réalisme, je m'en réjouissais.

– Nous nous reverrons certainement sans tarder, lança Léon.

– Si je n'ai pas l'honneur d'être invité au château, venez me voir chez ma sœur, répliqua M. Dubois.

Puis, s'inclinant, il nous quitta.

– Vous avez vu là un homme peu satisfait de son existence, expliqua Léon.

– Et pourquoi?

– Parce qu'il ne croit pas obtenir ce qu'il mérite. C'est ce dont beaucoup se plaignent. Tous les ratés du monde accusent la chance.

– Comme a dit un de nos poètes : « Ce n'est pas la faute de nos étoiles mais la nôtre. »

– Et pourtant, mademoiselle, l'envie est le sentiment le plus répandu. Elle est la base de bien des crimes. Et Lucien rumine. Et il en veut à la famille de Libes.

– Que lui a-t-on fait?

– A lui rien, mais à son père. Jean-Christophe Dubois a été incarcéré à la Bastille et il y est mort.

– Pour quelle raison?

– Parce que le comte – le père du comte actuel – voulait la femme de Jean-Christophe, la mère de Lucien et de Gabrielle. Elle était très belle. Gabrielle lui ressemble. Il existe ce que nous appelons ici une lettre de cachet. On peut l'obtenir si on a de l'influence, et elle permet de faire emprisonner ceux que l'on considère comme des ennemis. Les victimes ne connaissent jamais la raison de leur détention. La lettre permet tout. C'est une iniquité. Le seul nom de lettre de cachet glace le cœur d'effroi. On ne peut rien contre. Or, le comte de Libes était bien en cour et, aussi, au Parlement. L'influence de ces milieux est grande. Le père du comte désirait cette femme, le mari n'était pas d'accord et se préparait à l'éloigner. Une nuit, un messager est arrivé, porteur de la fameuse lettre de cachet. On n'a plus jamais revu Jean-Christophe.

— Quelle cruauté!

— Notre temps est cruel. C'est pourquoi le peuple est décidé à le changer.

— Il faudrait qu'il se hâte.

— Il faut plus de quelques semaines pour redresser les erreurs de plusieurs siècles. Jean-Christophe avait un fils et une fille. Le comte mourut trois ans après cette affaire et fut remplacé par l'actuel comte, le comte Bertrand. Gabrielle était une jeune veuve de dix-huit ans. Elle vint prier en faveur de son père. Bertrand fut subjugué par sa beauté. Il était très jeune et impressionnable. Mais il était trop tard. Jean-Christophe mourut en prison avant qu'on ait pu le délivrer. Et, en même temps, Bertrand était tombé amoureux de Gabrielle. Un an plus tard naissait Etienne.

— Je suis stupéfaite par les drames qui entourent le château.

— Partout où sera le comte de Libes, le drame sera aussi.

— Gabrielle pardonna le mal fait à son père?

— Sans doute, mais il n'en est pas de même pour Lucien. Je suis sûr qu'il entretient sa rancune.

Durant notre retour au château, je ne pus m'empêcher de penser au pauvre homme condamné à passer les dernières années de sa vie dans un cachot parce qu'il gênait les désirs d'un autre homme. Tout d'un coup, je sentais l'intrigue et le drame tisser leur toile autour de moi.

Margot m'appela dans sa chambre. Elle avait l'air si radieuse qu'une fois de plus je m'étonnai de la manière dont elle pouvait passer de la dépression à la joie.

Sur son lit, je vis plusieurs rouleaux de tissu.

– Viens voir, Minelle, viens voir ça!

C'était du velours marron, de la dentelle d'or et aussi un autre velours bleu avec de la dentelle d'argent.

– Cela te fera de belles robes, commentai-je.

– Une est pour moi, l'autre pour toi. Le bleu et l'argent t'iront très bien, je les ai choisis pour toi. Il va y avoir un bal et mon père tient à ce que je m'y montre de mon mieux.

Je caressai le velours bleu :

– Je ne peux pas accepter un tel cadeau, Margot.

– Ne sois pas ridicule, Minelle. Comment veux-tu aller au bal avec ce que tu as apporté?

– Tu oublies que je peux très bien ne pas y aller.

Impatiemment, Margot tapa du pied :

– Tu n'en as pas le droit. Il faut que tu y ailles. Et, pour cela, tu as besoin d'avoir une robe.

– Lorsque j'ai accepté ce poste auprès de toi, je ne savais pas que j'allais être... une cousine. Je suis venue pour te tenir compagnie.

– Tu es certainement la première personne à se plaindre d'être trop bien traitée, éclata de rire Margot. Mais tu viendras au bal. D'abord j'ai besoin d'un chaperon.

– Tu es folle. Pourquoi aurais-tu besoin d'un chaperon dans un bal que donnent tes parents?

– Que donne mon père. Maman ne sera certainement pas là. Comme dirait papa, ses vapeurs apparaîtront sûrement pour l'empêcher de se montrer.

– Voyons, Margot, on ne parle pas comme ça.

– Vous avez raison, mademoiselle mon professeur. Mais tu n'es plus ça maintenant. (Elle se drapa dans le velours mordoré et se mira devant la glace :) N'est-il pas magnifique? Quelle couleur! C'est juste ce qu'il me faut. N'est-ce pas, Minelle? Et n'es-tu pas contente de me voir heureuse?

– Je suis émerveillée de te voir te transformer si vite.

– Je ne me transforme pas. Dans mon cœur, je pleure toujours mon petit Pierrot. Ma tristesse est là, ajouta-t-elle en montrant sa poitrine. Mais je ne peux pas être tout le temps triste; aimer le bal et une jolie robe ne me fait pas aimer moins mon bébé.

Elle se serra contre moi en m'entourant de ses bras. Alors, pendant un instant, je fus aussi bouleversée qu'elle.

– Margot, je ne peux pas accepter cette robe, repris-je.

– Pourquoi? Ce sont tes gages.

– Je reçois mes gages. Ça, c'est autre chose.

– Papa sera furieux et il a été tellement de bonne humeur ces derniers temps. Il m'a personnellement dit que je devais choisir pour nous deux et il m'a même indiqué quelles étaient les couleurs qui nous conviendraient. C'est bien lui, ça! Il n'aurait pas été content si j'avais décidé de coloris différents...

– Mais voyons, je ne peux pas accepter.

– Annette, notre couturière, vient cet après-midi pour commencer à travailler, trancha-t-elle sans vouloir m'écouter plus longtemps.

Je décidai de demander à voir le comte et à me préparer à partir. J'avais découvert trop de choses à son sujet pour me sentir à l'aise chez lui. Je ne pouvais pas, en quelques mois, jeter aux orties toute une éducation. De plus, les principes de vie de ma mère me paraissaient plus valables que ceux pratiqués au château.

J'appris qu'à cette heure, le comte était généralement dans sa bibliothèque et qu'il n'aimait pas qu'on l'y dérange. Je me risquai à braver son humeur. Si elle était mauvaise, il me serait plus facile d'organiser mon départ.

Mais il n'eut pas l'air mécontent du tout de me voir. Il se leva immédiatement, me prit les deux mains, m'entraîna dans la pièce et m'offrit une chaise. Je m'assis et il s'installa tout près de moi.

— A quoi dois-je le plaisir de vous voir? demanda-t-il.

— J'ai pensé qu'il était nécessaire que nous nous expliquions, commençai-je, mais toute l'audace dont j'étais portée avant d'entrer était maintenant évanouie.

— Rien ne me plaira davantage. Je suis sûr que quelqu'un d'aussi sensible que vous sait déjà à quoi s'en tenir sur mes sentiments à son égard.

— Avant d'aller plus loin, je voulais vous dire que je ne peux accepter cette robe de bal.

— Et pourquoi non?

— Parce que je considère que...

— ... quelle ne vous conviendrait pas? (Il haussa les sourcils et je vis une lueur amusée dans ses yeux.) Expliquez-moi. Je suis très ignorant dans ce domaine. Et précisez-moi ce que vous voulez accepter et ce que vous ne pouvez pas.

— J'accepte mon salaire parce que je le gagne en tenant compagnie à votre fille et que j'ai été engagée pour cela.

— Oh! mais depuis, vous êtes devenue notre cousine... une relation de famille. Un membre de la famille peut bien vous faire un cadeau...

— Lorsque nous sommes seuls, abandonnons cette farce.

— Bon. En vérité, je crois que je vous aime. Vous le savez. Pourquoi prétendre le contraire?

Je me levai. Il se trouva immédiatement tout près de moi, et mit ses bras autour de mes épaules.

— Laissez-moi partir.

— Dites-moi d'abord que vous m'aimerez vous aussi.

— Cela ne me paraît pas amusant.

— Bien que je sois très épris, moi, cela m'amuse. Vous m'amusez et vous m'enchantez. C'est sans doute pour cela que je tiens tant à vous. Vous ne ressemblez à personne.

— Accordez-moi quelque chose.

— Tout ce que vous désirez!

— Alors, retournez à votre place et laissez-moi vous expliquer mes sentiments.

— Accordé.

Il s'assit. Mes jambes tremblaient et je redoutais qu'il ne remarque combien ma voix était émue. Je serrai mes deux mains l'une contre l'autre pour reprendre calmement :

— Monsieur le comte, je ne suis pas de votre milieu.

— Bertrand, voyons.

— Je ne peux pas vous appeler par votre prénom. Pour moi, vous êtes le comte et vous le serez toujours. J'ai été élevée avec d'autres notions de morale. Mes principes sont opposés aux vôtres. Vous me trouverez rapidement très ennuyeuse.

— Ce qui me ravit, c'est que nous ne serons jamais d'accord sur rien. C'est un charme de plus.

— Vous suggérez que je pourrais devenir votre maîtresse. Je sais que vous en avez eu beaucoup, et que c'est une de vos façons de vivre. Ne comprenez-vous pas que je ne l'accepterai jamais, que c'est pour cela, et pour cela surtout, que je veux retourner en Angleterre? J'espérais attendre que Margot soit mariée, mais je constate que c'est impossible. Je vais donc me préparer à partir immédiatement.

— Je suis navré de ne pas vous suivre sur ce terrain. Vous avez été engagée pour vous occuper de ma fille, et j'espère que vous tiendrez votre engagement.

— Engagement? Quel engagement?

— Ce qu'on nomme un *gentleman agreement* chez vous. Mais cette fois, il existe entre deux personnes de sexes opposés. Vous n'allez pas abandonner Marguerite maintenant?

— Elle comprendra.

— Le croyez-vous? Vous avez vu sa réaction l'autre jour? Mais pourquoi parlons-nous d'elle? Parlons plutôt de nous. Pourquoi voulez-vous gâcher votre vie? Je vous ai assuré que vous auriez la situation que vous choisiriez... exactement, celle que vous voudriez.

— Vous espérez me tenter avec cela?

— Pas seulement avec cela peut-être...

Je baissai les yeux devant son regard brûlant et passionné. J'avais soudain peur de lui... et peut-être peur de moi aussi.

— Dites-moi, reprit-il doucement, si j'étais en situation de vous offrir de vous épouser, accepteriez-vous?

J'hésitai un peu trop longtemps.

— Monsieur, je vous connais à peine...

— Et je jurerais que ce que vous avez entendu à mon sujet n'a pas toujours été à mon avantage.

— Ce n'est pas à moi de juger.

— C'est pourtant ce que vous faites.

— Non, j'essaye de vous montrer que nos vies sont différentes. Je dois partir.

— Vers quoi?

— Quelle importance?

— Cela a beaucoup d'importance pour vous. Que ferez-vous? Expliquez-le-moi un peu. Retournerez-vous dans une école? Et master Joël viendra-t-il vous y voir de temps en temps? Ce n'est pas sûr...

— J'ai un peu d'argent...

— Pas assez, ma pauvre chérie. Je comprends... j'ai parlé trop tôt. Vous m'avez surpris en venant ici ce soir. Dieu sait pourtant si j'ai fait attention. Croyez-vous que je sois de glace? Vous êtes faite pour moi. Je le sais depuis que vous êtes entrée dans ma chambre là-bas, et que j'ai vu cette roseur envahir vos joues et votre front. J'aime vous embarrasser car cela vous désarme. J'aime me quereller avec vous. J'adore nos joutes de mots. Depuis que je vous connais, je n'ai plus regardé personne.

— J'espère que cela n'a pas ennuyé votre maîtresse.

— Un peu, vous l'imaginez bien, fit-il avec un sourire.

— Alors, il est temps que la paix soit restaurée.

Il éclata de rire :

— Chère Minelle, plus j'y pense, plus ce Joël me semble fou. Il aurait dû vous épouser. Si seulement je le pouvais, moi! Si je pouvais prendre votre main et vous dire : « Soyez ma femme », je serais le plus heureux homme de France.

— Et, en même temps, vous vous réjouissez d'être incapable de le faire et de pouvoir ainsi vous éviter pareille folie!

— Vous et moi ensemble... Quelles joies nous aurions! Je le sais. Je connais les femmes...

— Vous n'avez pas besoin de me le rappeler.

— Je connais leurs réactions profondes. Oh! Minelle, mon amour, et nous aurions des fils, vous et moi. Vous êtes faite pour avoir des fils. Descendez enfin de votre piédestal et soyons heureux.

— Je ne peux en entendre davantage. Vous m'offensez. Votre femme malade est sous le même toit que nous.

– Et elle s'en moque. Elle tient seulement à rester étendue sur son lit et à se plaindre des nombreux maux que sa nounou entretient savamment.

– Vous montrez bien là votre nature compatissante...

– Minelle...

Je me dirigeai vers la porte, et il ne me retint pas. J'en fus à la fois contrariée et soulagée. Je ne sais ce que j'aurais fait s'il m'avait prise dans ses bras, et je crains bien que l'attirance que je ressentais pour lui m'aurait fait oublier toutes mes règles de conduite. Cela m'inquiétait au fond de moi et, en fait, c'était la vraie raison pour laquelle il fallait que je m'éloigne de lui au plus vite.

Je courus dans ma chambre, fermai la porte et m'assis devant mon miroir. Mes joues étaient rouges et mes cheveux en désordre. J'imaginais le regard réprobateur de ma mère et je l'entendais me conseiller : « Il te faut partir vite, très vite. Ici, tu es en danger, reconnais-le. »

Elle avait raison car, selon elle, je venais d'être insultée. Le comte Bertrand de Libes m'avait nettement proposé de devenir sa maîtresse. Cela était-il possible? Et surtout pouvais-je nier que la tentation d'accepter avait été grande? Pour cela surtout, il me fallait partir au plus vite.

Je commençai à sortir mes affaires et à les plier.

« Où vas-tu aller? » me souffla ma conscience réaliste.

« Je n'en sais rien. Je trouverai bien un poste quelque part. J'ai un peu d'argent. Je peux attendre. Après tout, pourquoi ne retournerais-je pas à Derringham pour y ouvrir une école et tout recommencer? J'ai beaucoup plus d'expérience maintenant. Je réussirai peut-être... »

Mais soudain, navrée, je m'assis et couvris mon

visage de mes deux mains. Une immense désolation m'engloutit.

On frappa à ma porte. Avant que j'aie pu répondre, Margot entra en trombe. Le visage défiguré, elle se jeta dans mes bras.

– Minelle, il faut partir! Je ne peux plus rester ici. Je ne peux pas. Je ne peux pas!

– Mais, qu'as-tu? Qu'est-il arrivé?

– Mon père vient de me parler.

Je la regardai avec stupeur. L'avait-il donc envoyé chercher dès mon départ?

– Le vicomte de Granville a demandé ma main. Sa famille égale la nôtre et papa a accepté pour moi. Au cours du bal, nous serons fiancés et mariés le mois suivant. C'est impossible. Oh! Minelle! je suis si malheureuse. Ma seule consolation est que tu sois là.

– Mais je ne suis pas là pour longtemps.

– Non. Tu viendras avec moi. Tu viendras, n'est-ce pas? Sinon, je ne pourrai pas.

– Margot, il faut vraiment que je parte.

– Mais pourquoi?

– Parce que je dois retourner là-bas.

– Tu veux me quitter?

– C'est mieux pour moi, Margot.

– Oh! (Elle poussa un long gémissement et commença à pleurer. Ses sanglots la secouaient toute et elle ne faisait rien pour les arrêter.) Minelle! je suis si malheureuse! Si tu restes, je le supporterai peut-être. Nous rirons ensemble. Non, non, tu ne peux pas me faire ça. Tu ne peux pas partir. (Et puis, elle me regarda en face à travers ses larmes :) Nous devions aller chercher Pierrot. Nous devions faire un plan... Tu avais promis... Tu avais promis. Oh! Tout va mal! Non, tu ne peux pas me laisser épouser ce Granville!

Et elle partit dans un de ses rires nerveux qui me glaçaient.

– Assez, Margot! Assez! criai-je.

– Je ne peux pas. C'est si drôle, si drôle!

Je la pris par les épaules et la secouai un peu rudement.

– Tragiquement drôle, fit-elle en se calmant. (Puis, se penchant contre moi, elle ajouta :) Oh! Minelle, promets-moi que tu ne m'abandonneras pas... pas maintenant...

Pour la rassurer, j'acceptai de « ne pas partir maintenant ».

Avait-il annoncé cette nouvelle parce qu'il était certain de la réaction qu'elle provoquerait chez sa fille? Il était diaboliquement adroit, je le savais, et capable de n'importe quoi pour parvenir à ses fins. Cela m'épouvantait. Mais, au fond de mon cœur et dans un sens que ma mère n'aurait certes pas approuvé... j'en ressentis un joie bizarre.

La couturière vint mais je refusai absolument d'accepter le velours bleu et qu'on en fît une robe. Margot se déchaîna.

– Pourtant, il faut que tu viennes au bal, lança-t-elle, tu ne peux pas me faire ça. On va me forcer à accepter ce Granville et je sais que je le haïrai. Je ne le supporterai que si tu es là!

– Ecoute, Margot, réfléchis. Je n'ai pas de toilette, dis-je fermement, et je suis bien décidée à refuser celle que ton père veut m'offrir.

Elle se mit à marcher de long en large, parlant du désir qu'elle avait de retrouver son Pierrot, assurant que la vie était trop cruelle, que moi, j'étais trop cruelle, que je savais à quel point elle était désorientée et que je ne voulais pas l'aider.

Je lui assurai que je ferais tout mon possible pour elle.

– Tout? s'enquit-elle sur un ton mélodramatique.

– Tout ce qui sera honorable.

Elle eut une idée. Puisque j'étais si fière, elle me vendrait une de ses robes. Nous y apporterions quelques modifications. J'achèterais des rubans et de la dentelle pour la garnir et je serais satisfaite puisque je l'aurais payée moi-même.

Immédiatement, sa gaieté revint :

– Et tu verras la tête de papa quand il t'examinera! Oh! Minelle, que ce sera drôle!

Je cédai pour lui faire plaisir. Non, ce fut pour mon plaisir à moi. Moi aussi, je me réjouissais à l'idée de voir le visage du comte. Il aurait cru avoir gagné une victoire temporaire et je lui prouverais que c'était faux. Je n'acceptais rien de lui. Je lui prouvais que sa proposition me choquait et que je lui en voulais. Il fallait qu'il comprenne bien que je ne restais que pour Margot. Dès qu'elle aurait épousé son vicomte, je partirais.

Et j'avais envie d'assister au bal. Je savais que ce serait plus beau que tout ce que j'avais vu jusque-là. Je voulais voir le comte parmi ses invités. Il ne daignerait certainement pas me reconnaître quoi qu'il en ait dit. Et... Gabrielle Legrand? Serait-elle présente?

Je dois admettre que c'est avec grand amusement que j'entrai dans la conspiration de la robe. Cela au moins maintenait Margot joyeuse. Pendant qu'elle riait, qu'elle s'affairait autour de nos toilettes, qu'elle me faisait essayer ceci ou cela, elle ne pensait pas à son avenir.

Nous choisîmes une simple soie bleue. Le jupon était de gaze pointillée d'or et des nœuds argentés l'agrémentaient gaiement. Elle était très décolletée et légère.

– Elle ne me convenait pas du tout, déclara encore

Margot. En la retapant un peu, elle ira, bien qu'elle soit un peu simplette pour un bal. Demandons à Annette ce qu'elle peut modifier.

Annette vint, me fit passer la robe, et, la bouche pleine d'épingles, s'agenouilla devant moi. Elle hocha la tête :

– Trop large à la taille, trop courte devant... (Ce fut son verdict.)

– Mais tu l'arrangeras, n'est-ce pas, Annette? (Margot joignait les mains.)

– Ce n'est pas possible.

– Oh! Annette-la-pas-possible! C'est ton nom, tu le sais, et tu fais des merveilles ensuite!

– Mais, mademoiselle...

– Vas-y, Annette. Regarde, Mademoiselle a de belles épaules... dégage-les, montre-les, c'est si féminin. Et tu trouveras encore de l'étoffe pour l'allonger... Que ce soit ample, ample et léger, léger!

– Ce n'est pas possible...

– Allons, je te connais. Je suis sûre que tu as gardé des morceaux dans un coin. Je te connais!

Et cela continua longtemps : Annette, de plus en plus lugubre, et Margot, décidée à ce que ma robe soit un succès.

Et elle le fut. J'en restai moi-même stupéfaite quand je la vis toute scintillante, bien repassée et garnie de dentelle délicate. J'avais donc une robe de bal et s'il était prouvé ensuite – et ce le fut – qu'elle était beaucoup plus simple que les autres, au moins elle faisait son office et je pourrais aller danser sans qu'il en coûte beaucoup à ma bourse et rien à mon orgueil.

Le bal devait se tenir dans l'ancien hall et le comte recevrait ses invités en haut du grand escalier de marbre. Ce devait être un événement puisqu'on devait y annoncer les fiançailles de la fille du château.

J'étais désolée pour Margot. L'idée qu'on allait lui présenter un homme et lui déclarer tout de go : « Voici ton futur mari », me semblait atroce. Si c'était là les mœurs de l'aristocratie, j'étais heureuse de n'en pas être.

Durant la nuit qui précéda le bal, il y eut des bruits bizarres dans le château. Au petit matin, j'entendis des voix dans l'escalier. J'ouvris ma porte et regardai dehors.

L'agitation venait des appartements de la comtesse. Je distinguai la voix du comte qui me sembla assez sèche :

– Mais voyons, Nounou, cela est déjà arrivé. Tu sais bien que ce ne sont que ses nerfs.

– Non, monsieur le comte, non, elle souffre. Je l'ai soulagée avec une de mes potions, mais je ne peux faire plus. Elle souffre et je veux que les docteurs viennent la voir.

– Mais tu n'as qu'à les appeler.

– Alors, je le fais tout de suite.

– Nounou, tu t'agites sans raison. Tu le sais bien. Et tu me réveilles à cette heure impossible...

– Je connais ma petite fille. Si on se souciait un peu plus d'elle, cela irait moins mal.

– Pourquoi veux-tu que toute la maisonnée souffre d'une crise de nerfs?

– C'est plus que ça.

– Allons, Nounou. Tu sais que le bal de ma fille a lieu demain. Sa mère ne l'ignore pas et elle veut attirer l'attention sur elle.

– Vous êtes trop dur, monsieur le comte.

– Parfois, il faut l'être. Si tu te montrais un peu plus ferme, toi aussi, nous n'en serions peut-être pas là.

– Je fais appeler les docteurs.

– Eh bien, fais-le vite.

Pauvre comtesse! Négligée, elle se sentait triste et

peut-être profitait-elle, en effet, de sa délicate constitution pour attirer l'attention sur elle. Mais elle employait une mauvaise tactique si elle espérait ainsi intéresser son mari. Avec lui, il fallait se montrer plus combatif... comme je l'avais fait.

Mais je me repris. Je n'avais pas à m'occuper de cela. Je me mêlais beaucoup trop des affaires de cette famille. Avec un homme comme le comte et une femme comme la comtesse, cela risquait d'être dangereux. Je ne l'ignorais pourtant pas. Alors pourquoi me laissais-je entraîner ainsi?

Les docteurs arrivèrent le lendemain. Nounou les conduisit directement chez sa maîtresse. Le comte n'était pas au château, mais ils attendirent son retour.

Nous passâmes la soirée ensemble, Margot et moi. Elle fut moins exubérante, l'excitation des toilettes étant passée.

– De quoi ce Robert de Granville aura-t-il l'air? demandait-elle.

– C'est curieux que tu ne l'aies jamais rencontré.

– Nous avons dû nous voir étant enfants. Le château de ses parents est au nord de Paris. Ils sont sans doute aussi venus nous rendre visite quand nous étions dans la capitale. Si je me souviens bien, c'était un horrible gosse qui mangeait tous les gâteaux...

– On change en grandissant, fis-je. Les gosses les plus odieux deviennent charmants parfois.

– Il était gros avec des taches de rousseur.

– Tu fais bien de t'en tracer un affreux portrait. Tu auras ainsi une agréable surprise.

Elle se mit à rire :

– Tu es gentille... Tu remets les choses en place. C'est pour ça que tu plais à papa. Et il t'aime beaucoup, tu sais.

– Comme je partirai dès que tu seras mariée, ce qu'il pense de moi n'aura plus d'importance.

– Mais tu viendras avec moi?

– Jusqu'à ce que je prenne ma décision. Tu ne voudrais quand même pas que je passe ma vie dans une telle situation? Il faut que tu comprennes.

– J'ai des projets. Quand je serai mariée, je prendrai Pierrot avec moi.

– Comment cela?

– Ça, il faudra le trouver.

– Je ne vois pas comment tu pourras faire.

– Je crois entendre Annette-la-pas-possible. Tout est possible... si tu sais comment y parvenir. Et je veux, tu entends, avoir mon Pierrot avec moi. Je pense à lui tout le temps, enfin, presque tout le temps. Qu'est-ce que je sais des gens qui l'élèvent? Pense un peu... il va grandir... parler...

– Pas encore.

– Et il appellera quelqu'un d'autre maman!

Je compris qu'elle allait se mettre dans tous ses états et qu'éclaterait une nouvelle crise. Je la consolai en imaginant toutes sortes de plans ridicules pour retrouver son Pierrot. Nous retournerions dans l'auberge, nous forcerions les gens à parler et nous retrouverions enfin sa trace.

C'était un jeu qu'elle adorait et nous le jouâmes longtemps, entrant dans les moindres détails, aussi stupides et futiles fussent-ils.

Certes oui, Margot avait grand besoin de moi.

3

Le comte était vraiment magnifique, debout en haut du grand escalier pour recevoir ses invités. Margot se tenait à côté de lui, délicieuse et très attirante dans sa robe mordorée. Lorsqu'il m'aperçut, ses yeux s'éclairèrent. Son regard examina ma toilette. Je ne m'étais pas trompée en jugeant qu'elle serait plus simple que celles des autres. Ce à quoi je n'avais pas songé, c'est que sa simplicité même la ferait remarquer.

Devant mon miroir, dans ma chambre, je m'étais jugée superbe. J'avais longuement brossé mes cheveux pour qu'ils brillent et forment ce que ma mère appelait ma couronne de beauté. Ils encadraient mon visage et je les avais montés haut sur ma tête, les crêpant un peu selon la mode pour qu'ils tiennent tout en laissant une boucle caresser mon épaule. J'étais certainement mise en valeur, et Margot avait insisté pour que je place un minuscule grain de beauté au coin d'une tempe.

– Ça rendra tes yeux plus grands et plus bleus, avait-elle proclamé. Et puis, c'est la mode!

Je me reconnaissais à peine dans ma glace.

Que de monde! Le vaste hall avait déjà vu de pareilles assemblées mais jamais sans doute de si nombreuses. Les fleurs, apportées des serres, s'épanouissaient partout. De grands vases ornaient les tables et des urnes parfumées, colorées, se dressaient sur des piédestals. Tant de beauté me stupéfiait. Jamais je n'avais contemplé pareil déploiement de magnifiques tenues sur des hommes et des femmes. Cette nuit-là, il y avait sûrement des fortunes en joyaux. Les musiciens étaient installés autour de la plus haute table et la danse était beaucoup plus raffinée que celle que j'avais vue chez nous.

Dans ma robe rafistolée, ornée seulement d'un camée que ma mère avait considéré comme un trésor et porté deux fois dans sa vie, je devais avoir l'air d'une mite au milieu d'une nuée de splendides papillons.

« Si tu avais accepté le cadeau du comte, tu aurais pu

rivaliser avec les autres », me dis-je. Mais il n'en était pas question. Si j'avais l'air d'une pauvre petite mite, au moins cette mite était-elle fière d'elle.

Léon m'aperçut et vint me demander mon opinion sur le bal.

– Je pense que je n'aurais jamais dû venir. Je détonne ici...

– Pourquoi?

Il examina ma robe :

– Elle est charmante, assura-t-il. Les gens se ressemblent tous. Ils suivent la mode aveuglément. Vous êtes différente. Vous avez un style à vous. Je trouve ça très plaisant.

– Vous êtes décidé à être gentil avec moi.

– Et pourquoi en serait-il autrement? Venez danser.

– J'enseignais la danse à l'école et ma mère m'a appris à danser, mais c'était très différent de ceci.

– Alors, entrons dans la danse, et dansons ce qui nous plaît. Oui?

Nous nous lançâmes et j'oubliai bientôt l'incongruité de mon costume tant j'aimais danser.

– Avez-vous rencontré le futur fiancé? demandai-je.

– Robert de Granville? Oui. C'est un gentil garçon.

– Il est très jeune?

– Dix-huit ans, je crois.

– Pourvu qu'il plaise à Margot!

– Pour les deux familles, c'est un excellent mariage. Elle apporte une belle dot et lui une situation parfaite. On considère qu'il est bon que de riches familles s'unissent. Cela les rend plus fortes encore. Ce sera le mariage de l'année. Marguerite est le membre le plus important de la famille ici. Nous attendons ce qu'on va dénicher pour Etienne.

– Ce sera aussi un grand mariage.

– Très grand... avec quelques réserves pourtant. Il y

a déjà du tirage entre sa mère et le comte à ce sujet. C'est peut-être pour cela que Lucien Dubois est ici. Ils cherchent à ce qu'il soit légitimé et le comte le ferait certainement, s'il n'espérait plus avoir de fils.

— Mais comment pourrait-il?

— Il attend que la comtesse meure.

Je frissonnai.

— Certes, continua-t-il. Cela vous paraît affreux mais, comme je vous l'ai déjà signalé, nous sommes réalistes. Nous regardons les choses en face... et je vous jure que le comte est ainsi. Ce qu'il voudrait, c'est être débarrassé de la comtesse, épouser une fille saine et avoir des fils.

— C'est honteux de parler ainsi alors que la comtesse repose sous ce toit.

— Les portes qui craquent craquent longtemps. Le fait même qu'elles craquent retient mieux l'attention et l'on prend plus soin d'elles que de celles qui sont solides, dont on s'occupe moins.

Trouvant impossible de continuer de parler ainsi de la comtesse, je changeai de sujet et dis :

— Ainsi, Etienne aura bientôt une femme?

— Certainement... mais pas de Granville pour lui. A moins qu'elle ne soit illégitime, bien sûr. S'il était officiellement l'héritier du comte, il n'en serait pas de même. Nous pensons que le comte épouserait Gabrielle s'il était libre, et cela faciliterait tout. Alors, Etienne attend. Il ne veut pas d'une femme de moyenne extraction alors qu'il risque un jour d'hériter d'un grand nom et de tout ce que cela comporte.

— Vous êtes cynique. Et vous?

— Moi, mademoiselle, je suis un homme libre. Je peux choisir qui me plaît — si l'on veut bien de moi — et personne ne s'en souciera à moins que je ne choisisse une jeune fille de grande famille et qu'elle m'accepte. Là, les ennuis viendraient de sa famille à elle, mais le comte s'en amuserait beaucoup. Seulement, tout le monde connaît mes origines. Je suis le paysan chanceux. Personne n'a envie de m'épouser, sauf par amour.

– C'est exactement mon cas. Savez-vous? Je crois que nous avons tous les deux de la chance.

Quelqu'un toucha mon épaule. Je me retournai. Le comte était à côté de nous.

– Merci de t'occuper de notre cousine, Léon, dit-il. Je vais te remplacer maintenant.

Léon s'inclina et s'éloigna. On le renvoyait.

Le comte prit ma main et, regardant ma robe, il eut un sourire.

– Eh bien, ma cousine, vous voici vêtue de votre orgueil.

– Désolée si vous n'aimez pas ma robe, répliquai-je, et si vous considérez que je ne suis pas à ma place ici.

– Ce n'est pas votre genre de rechercher des compliments. Vous savez parfaitement qu'il n'y a pas d'autre invitée plus indiquée à mes yeux et plus à sa place. La seule chose que je regrette, c'est qu'il nous faut perdre tant de temps alors que nous en avons si peu.

– Vous parlez par énigmes.

– Que vous interprétez correctement, j'en suis sûr. Pensez : nous pourrions déjà être ensemble et je dois, ici, vous faire... la cour, direz-vous?

– Jamais de la vie.

– Quoi alors?

– Me poursuivre inutilement et vous en fatiguer très vite.

– Vous ne savez pas à quel point je puis être un chasseur obstiné. Je n'abandonne jamais une proie.

– Il arrive toujours un moment dans la vie où le meilleur chasseur subit une défaite. Voilà une occasion pour vous.

– Si nous pariions?

– Je ne parie jamais.

– J'aurais aimé vous voir dans la robe resplendissante que j'avais imaginée pour vous. Celle-ci appartenait à Margot, je la reconnais. Ainsi, vous acceptez d'elle ce que vous me refusez?

– Je la lui ai achetée.

Il se mit à rire et je vis que plusieurs personnes nous surveillaient. J'entendais presque leurs commentaires : « Cousine? Qui est cette cousine? » Et ils devaient spéculer de la même façon qu'Etienne et Léon.

– C'est aimable à vous d'être venue à ce bal, continua-t-il. Je suis certain que c'est Margot qui vous a convaincue.

– Je lui ai annoncé que je partirais bientôt.

– Et elle vous a fait changer d'avis. Quelle bonne fille!

– Je profiterai de la première occasion pour partir.

– Je pense que vous l'accompagnerez quand elle sera mariée.

– Elle me l'a demandé mais je crois que je retournerai vite en Angleterre.

– Ce n'est guère aimable après tout ce que nous avons fait pour que vous nous aimiez.

– Mais c'est vous qui rendez mon séjour ici impossible.

– Oh! cruelle cousine! murmura-t-il. (Puis, il ajouta :) Venez, il faut que vous rencontriez Robert. Venez.

J'en avais très envie et lorsque j'eus en face de moi un jeune homme au charmant visage et au plaisant sourire, je me réjouis. La description que m'avait faite Margot de ce petit garçon glouton m'avait portée à craindre un brave type un peu bouffi. Or, Robert de Granville était grand, élégant, et ce qui retint le plus mon attention fut l'expression pleine de bonté de son visage.

Je crus deviner qu'il avait autant d'appréhension que Margot et cela me rapprocha de lui. Nous parlâmes surtout de chevaux et de la campagne, et bientôt Margot nous rejoignit avec un de ses danseurs.

– Tiens, vous avez fait la connaissance de ma cousine, monsieur de Granville?

La formule me parut bien solennelle pour deux jeunes fiancés, mais elle devait être correcte. Il répondit que la rencontre avait été un plaisir pour lui.

– Excusez-moi, je dois vous quitter, murmura le comte. Nous nous verrons plus tard.

– Allons souper, proposa Margot (Elle se tourna vers moi.) On fera l'annonce tout à l'heure. Minelle, tu dois être avec nous. Toi et Robert, vous devez devenir des amis.

Je respirai car elle semblait accepter son fiancé très simplement et vouloir le connaître. Je ne dirais pas qu'elle et lui avaient eu le coup de foudre en se voyant, mais, au moins, ils n'étaient pas enclins à se détester mutuellement.

Les danseurs se dirigeaient vers le hall d'époque plus récente où un buffet était préparé. Tant de somptuosité me surprit encore. Jamais, je n'avais rien vu de si artistiquement déployé. Il y avait de tout en abondance. De plus, maîtres d'hôtel et laquais en livrée s'intégraient somptueusement au décor.

Le vin provenait des caves du comte et je songeai aux malheureux paysans affamés qui vivaient non loin de là. Dieu merci, ils ne pouvaient rien voir. Je cherchai Léon du regard et me demandai si la même pensée l'avait effleuré, mais je ne le vis nulle part. En revanche, j'aperçus Gabrielle et son frère. Elle était superbe dans une toilette étincelante, trop étincelante pour mon goût mais qui lui convenait parfaitement. Etienne, qui l'accompagnait, devait être fier d'elle.

Nous nous installâmes à une table près d'une fenêtre : Robert, Margot, un ami de Robert et moi.

La conversation était légère et, avec un autre soupir de satisfaction, je notai que Margot n'était pas malheureuse. Puisqu'elle avait accepté qu'on lui choisisse un mari – et toute son éducation l'avait conduite vers cela –, elle n'aurait pu rêver un jeune homme plus charmant que Robert de Granville.

Durant le souper, le comte annonça les fiançailles. On l'applaudit. Margot et Robert, debout, reçurent gaiement les félicitations. Je continuais à bavarder avec l'ami de Robert quand un bruit près de la fenêtre attira mon attention. J'étais presque contre la vitre et je distinguai, dehors, un visage qui scrutait l'intérieur.

Je crus reconnaître Léon.

Le visage disparut et j'étais encore tournée de ce côté lorsqu'une lourde pierre fit voler les carreaux en éclats avant de tomber dans la pièce.

Il y eut un silence, puis des cris d'effroi et des bruits de verre cassé.

J'étais épouvantée. Le comte s'était précipité vers la fenêtre et regardait dehors. Il cria à ses hommes :

– Fouillez le parc. Lâchez les chiens.

Une rumeur s'éleva autour de lui, puis le comte reprit :

– Ce n'est rien. Quelque malandrin en veine de révolte. Continuons comme si rien ne s'était passé.

C'était un ordre et je fus sidérée par la façon dont tout le monde lui obéit sans question.

Evidemment ce geste hostile exprimait le mécontentement de ceux qui n'avaient pas les moyens de vivre confortablement et qui se révoltaient contre ceux qui se livraient à d'insupportables extravagances.

Mais ce qui me troublait, c'était le souvenir du visage que j'avais entr'aperçu. Ce ne pouvait être Léon.

— Ils recommencent, expliqua mon compagnon. La semaine dernière, j'étais chez les Courcy et une pierre a été lancée comme aujourd'hui. Mais c'était à Paris.

Léon venait vers moi et mon cœur se mit à battre très fort.

— Triste incident, dit-il en s'installant à notre table.

Je regardai machinalement ses chaussures. Elles étaient impeccables. Il me parut impossible qu'une minute plus tôt, il eût été dehors. Il avait plu dans la nuit et l'herbe était encore mouillée. J'aurais vu des traces humides...

— J'espère que vous n'avez pas eu peur? me dit-il.

— Cela a été si vite fait.

— Vous étiez bien près de la vitre. En première ligne.

— Qui a pu faire cela? demandai-je en le regardant bien en face. Que peut-on espérer de bon?

— Il y a quelques années, je vous aurais dit que c'était le fait d'un fou. Mais maintenant, c'est, pour le peuple, une façon d'indiquer sa désapprobation. Retournons dans le vieux hall. On y danse encore.

Je quittai mes compagnons et le suivis. J'étais soulagée. Je m'étais certainement trompée. Ce ne pouvait être Léon.

Et j'en étais heureuse car je commençais à l'apprécier beaucoup.

Je rentrai plus tard dans ma chambre. J'étendis ma robe sur mon lit et, les cheveux épars sur les épaules, j'allais les brosser, lorsqu'on frappa à ma porte.

Je sursautai, pensant soudain avec frayeur que c'était le comte.

Margot entra.

— Oh! tu es déjà déshabillée! dit-elle. Il faut que je te parle. Il le faut. Je ne dormirai pas cette nuit.

Elle s'installa sur mon lit.

– Que penses-tu de lui, Minelle?

– De Robert? Mais qu'il est charmant.

– Je le trouve aussi. C'est drôle, pas vrai? Moi qui le croyais affreux. Tu as raison... mais tu as toujours raison. Du moins, tu le crois. Tu sais, quand on attend un affreux barbon, c'est une bonne surprise. Je crois qu'il me plaît vraiment. Quand il dansait avec moi, j'ai souhaité... oh! comme je l'ai souhaité... de n'avoir jamais aimé James Wedder.

– Inutile de souhaiter ça. C'est fait et tu dois l'oublier.

– Je te l'avoue, Minelle, je crois que je pourrais oublier James Wedder... s'il n'y avait pas mon Pierrot. Que faire, Minelle? L'avouer à Robert?

Je restai silencieuse. Quel conseil donner en ce domaine? Comment savoir ce qui valait mieux pour son bonheur et celui de Robert?

Je choisis un compromis :

– Ne dis rien encore. Attends un peu. Apprenez à vous connaître tous les deux. L'amitié, l'amour, la tolérance naîtront entre vous et, lorsque le moment sera venu, tu jugeras si tu peux lui parler.

– Et Pierrot?

– Il est bien soigné. J'en suis sûre.

– Comment le savoir? Si je pouvais seulement le voir.

– C'est impossible.

– Ne parle pas comme Annette. Rien n'est impossible. J'irai à Paris bientôt. Oui, il le faudra. Nous serons dans l'hôtel de papa et nous recevrons les Granville, puis je reviendrai ici pour le mariage. Tu m'accompagneras à Paris. Il y aura peut-être une occasion alors...

– A quoi penses-tu?

– Une occasion de trouver Pierrot. Si je pouvais être

convaincue qu'il est bien, qu'il est heureux, que ces gens sont bons pour lui, ce serait différent.

– Mais puisque tu ne sais pas où il est.

– Nous le découvrirons. Toi et moi... Il le faut, Minelle. Oui, il le faut. Nous irons trouver quelqu'un, la vieille Yvette... Elle aidait Nounou autrefois. J'irai la voir et tu viendras avec moi.

– On ne nous permettra jamais d'y aller seules.

– J'ai un plan. J'y ai réfléchi. Nous emmènerons Mimi, ma femme de chambre, et Bessel, le garçon d'écurie. Ils sont amants et veulent se marier. Je leur ai promis de les emmener lorsque j'irai à Granville et de leur permettre de se marier alors. Ils seront si heureux d'être ensemble... qu'ils ne verront rien. Et puis, je suis sûre qu'ils feraient n'importe quoi pour moi.

Je trouvais le plan un peu fou mais, comme je l'avais déjà fait auparavant, je laissai Margot caresser son rêve. C'était toujours lorsqu'il était question de Pierrot qu'elle se laissait aller à ses crises de nerfs lorsqu'on la contrariait.

Jamais je n'aurais pensé que Margot pourrait avoir un profond sentiment maternel, mais elle était si imprévisible. Et puis, je crois que les femmes qui semblent les moins prédisposées à être des mères le deviennent après la naissance de leur enfant.

Nous discutâmes donc longtemps et nous ne fîmes pour ainsi dire pas mention de l'incident de la pierre jetée dans le hall.

– Oh! fit-elle alors simplement, cela arrive partout dans le pays. Les gens ne le remarquent même plus.

Enfin, elle s'en alla. Quoique fatiguée, je me sentais incapable de dormir mais lorsque je m'assoupis, je fis d'affreux cauchemars au cours desquels je voyais le visage de Léon, tordu par la haine, qui, sans cesse, revenait vers moi.

Toute la maison était occupée par le mariage de Margot. Annette déclara naturellement qu'elle ne serait jamais, jamais prête à temps. Les tissus n'étaient pas ceux qu'il fallait, rien n'allait bien, et la garde-robe de Margot serait un désastre. Et pendant ces jérémiades, elle nous fabriquait de merveilleuses robes qui faisaient notre admiration.

Margot s'amusait fort à parader devant moi. Elle voulait me donner plusieurs de ses anciennes toilettes qu'Annette ajusterait. Je lui en achetai quelques-unes et Annette, en effet, y apporta les modifications indispensables.

– Il t'en faudra d'autres quand nous irons à Paris, assurait Margot, et je voyais, à son œil joyeux, qu'elle n'oubliait pas son fameux « plan ».

Nous montions souvent à cheval, Margot, Léon, Etienne et moi. Parfois, le comte se joignait à nous et, chaque fois, il s'arrangeait pour perdre les autres et rester seul avec moi. Tous connaissaient ses intentions et faisaient en sorte qu'elles réussissent. Contre eux quatre, je ne pouvais pas grand-chose et je me retrouvais donc souvent à côté de lui.

– Ainsi, nous continuons, me dit-il un jour. Nous ne faisons pas beaucoup de progrès, n'est-ce pas?

– Dans quel sens?

– Vers l'heureuse fin qui nous attend tous les deux.

– Vous avez l'humeur moqueuse, si je comprends bien.

– Je suis toujours de bonne humeur quand je suis avec vous. C'est de bon augure pour l'avenir.

– Cela prouve que vous savez être de bonne humeur quand vous le souhaitez.

– Non, seulement lorsque je suis heureux, et ce n'est pas toujours moi qui le décide.

– Je croyais qu'un homme comme vous maîtrisait ses humeurs.

– Je n'ai jamais su. Vous m'indiquerez peut-être le moyen car vous maîtrisez parfaitement les vôtres. Avez-vous été inquiète le soir où cette pierre fut jetée?

– J'étais horrifiée... Savez-vous de qui il s'agissait?

– Quelqu'un du village sans doute.

– Un de vos propres vassaux.

– Quelle expression! Oui, c'est possible. Je parierais même que c'en était un.

– Et cela vous a-t-il inquiété?

– Une vitre brisée est une bagatelle. C'est ce qu'il y a derrière le fait de la briser qui ne me plaît pas. Parfois, j'ai l'impression que l'entière structure de notre société se dégrade.

– Que pouvez-vous faire pour l'arrêter?

– Il aurait fallu agir il y a cinquante ans, dit-il en hochant la tête. Peut-être éviterons-nous le pire. Dieu sait, mon pays a subi bien des mauvais moments depuis des siècles... le vôtre aussi. Votre peuple est différent. Il est moins féroce. Il est capable de s'arrêter et de réfléchir aux conséquences d'une révolution. Nous sommes plus impulsifs. Regardez la différence de nature... reflétée en vous et moi. Vous restez calme. Vous cachez le tumulte qui est en vous. Je jurerais que votre mère vous a appris qu'il était de mauvais ton de montrer ses sentiments. Oh! Minelle... que ne puis-je partir avec vous... quelque part... dans un coin tranquille... hors de France... dans une île perdue du Pacifique ou au milieu des îles tropicales, nous y serions enfin vraiment seuls. Il y a tant à faire... tant à dire... Là-bas, nous pourrions vivre et nous aimer en paix.

J'étais profondément touchée par ses graves paroles, mais il avait raison. On m'avait appris à cacher mes sentiments lorsque je jugeais qu'il était bon de le faire.

— Je suis certaine qu'au bout d'une semaine, vous n'y tiendrez plus sur votre île déserte, répliquai-je. Et même, je jurerais que vous n'y resteriez pas si longtemps.

— Essayons et nous verrons qui a raison. On y va?

— Pourquoi pareille question? Vous savez que je pars bientôt. Je reste seulement jusqu'au mariage de Margot. Puis, je retournerai en Angleterre.

— Et vers la pauvreté.

— Je ne suis pas sans moyens. J'aurai peut-être de la chance.

— Bien entendu, vous réussirez, quoi que vous entrepreniez. Sans ce stupide Joël, vous auriez continué votre école. Quel imbécile! Un jour, il se rendra compte de ce qu'il a raté et il reviendra vers vous. Il y a une question que je voudrais vous poser, Minelle, et je souhaite que vous me donniez une réponse sérieuse. Je sais que vous désapprouvez ma façon de vivre. Croyez-moi, c'est affaire d'éducation. Je vis comme mes ancêtres ont vécu. Selon les coutumes du régime. Vous avez été élevée différemment. Pour vous... je suis extrêmement immoral et sans loi. Vous l'admettez?

— Je l'admets.

— Et pourtant, dites la vérité, Minelle, n'êtes-vous pas attirée par moi?

Je restai muette et il continua :

— Allons, allons, n'ayez pas peur d'être franche.

— Je crois, commençai-je, que lorsqu'un homme exprime son admiration à une femme, il fait appel à sa vanité et il est alors difficile qu'elle ne le regarde pas favorablement... puisqu'il fait, à son égard, preuve de bon goût. Personne, du fond du cœur, ne se méprise.

Il se mit à rire :

— Vous m'enchantez comme toujours, chère, chère Minelle. Donc, en vous admirant, j'ai gagné un peu de votre estime. Etant donné la taille de mon admiration, j'ai droit à énormément d'estime, savez-vous!

– Je ne pourrai jamais avoir confiance en vous, repris-je sérieusement. Vous avez aimé trop de femmes.

– L'expérience sert toujours – dans n'importe quel domaine – et la mienne m'assure que je n'ai jamais aimé quelqu'un comme je vous aime.

– La dernière en date est toujours la mieux aimée.

– Et vous voilà cynique maintenant!

– Non, j'apprends seulement à être réaliste.

– Quelquefois – la vie étant ce qu'elle est – c'est la même chose. Cependant, vous n'avez toujours pas répondu à ma question. J'ai une femme. Je ne peux donc pas me marier. Mais si...

– Mais vous n'êtes pas libre...

– Je le serai... un jour. Je voudrais connaître votre réponse si un jour je venais vous trouver avec une honorable proposition de mariage.

– Qu'étant libre, vous ne me déclareriez pas, car vous verriez trop bien qu'elle ne vous convient pas.

– Au contraire, elle nous conviendrait parfaitement.

– Voyons! Le noble comte et l'institutrice!

– Celle-ci pourrait tellement lui apprendre.

– Vous vous moquez de moi.

– Non, reprit-il sérieusement. Je voudrais que vous m'appreniez à être humble et humain. Comment profiter vraiment de ce que la vie a de meilleur. Je veux que vous me montriez comment être heureux.

– Vous avez une très haute opinion de mes possibilités.

– Et je ne me trompe pas. Vos sentiments ont-ils changé en découvrant ce que sont les miens à votre égard?

– Je me méfie. Je n'ignore pas que vous savez comment obtenir des femmes ce que vous désirez. Vos différents moyens doivent être intéressants.

– Vous me jugez mal. Et je soupçonne que vous voulez éluder la question. Vous ne me détestez pas pourtant?

– Vous devez bien le savoir.

– Vous appréciez nos rencontres, nos escarmouches verbales. Non?

– C'est vrai.

– Ah! Enfin, j'ai un acquiescement. J'ai l'impression que vous me fuyez toujours et que c'est seulement parce que je ne suis pas libre de vous épouser et que votre éducation vous interdit de penser à autre chose. Est-ce cela?

Une fois encore, j'hésitai trop longtemps.

– Cette fois, vous m'avez répondu, conclut-il.

Nous trottâmes côte à côte vers le château.

4

– Cousine!

A peine audible, légère, la voix parvint jusqu'à moi dans l'air impalpable du soir. Levant la tête, j'aperçus la comtesse, étendue sur une chaise longue sur le balcon au-dessus de moi.

– Madame? fis-je, le regard vers elle.

Je distinguais son visage pâle.

– Voudriez-vous interrompre votre promenade dans le jardin pour venir bavarder avec moi? Je souhaite vous parler.

– Certainement.

– Alors, venez. Les quelques marches qui partent de la terrasse vous conduiront jusqu'à moi.

Je m'exécutai, l'âme un peu inquiète, non sans raison étant donné l'attitude de son mari envers moi.

Je montai donc les marches qui me firent accéder au balcon qui dépendait de sa chambre. Cette partie, quoique médiévale, avait subi les modifications nécessaires à la rendre confortable.

– Il a fait chaud aujourd'hui, me dit-elle. Je prenais un peu l'air et cela me faisait du bien. (Elle me sourit.) Cela doit vous paraître bizarre, à vous qui jouissez d'une si belle santé, d'entendre quelqu'un se plaindre constamment. Mais asseyez-vous.

– Vous savez, fis-je en obéissant, quand on se porte bien on considère cela comme normal et on n'y pense pas.

– C'est cela. Quelle chance vous avez de n'avoir pas à vous inquiéter de l'effet des événements sur vous. J'aime vous voir profiter de cette chance, cousine. Dites-moi, comment vous habituez-vous à notre vie? Cela ne vous paraît-il pas curieux après votre école? Je vous suis très reconnaissante de ce que vous avez fait pour ma fille.

– Mais je suis payée pour cela, madame.

– Alors disons que vous vous en acquittez fort bien. (Elle se souleva un peu.) L'air me donne la migraine, reprit-elle. Il va falloir que je demande à Nounou de me mettre une compresse sur le front. Elle en a une excellente préparée avec de la barbe de Jupiter. Cela vous surprend? Vous vous demandez ce que c'est? On apprend beaucoup, à vivre avec Nounou. C'est une de ses plantes préférées et, comme les autres, elle fait merveille contre bien des maux. Vous êtes sceptique, cousine? Vous ne croyez pas aux sortilèges?

– Je n'y pense pas.

– Ils ne viennent pas nécessairement d'une méchante sorcière. Ils se développent parfois de façon spontanée. Certaines personnes ne sont jamais bénéfiques aux autres. Et leur contact fait plus de mal que de bien.

— Je le crois.

— Il faut donc éviter ces gens-là. Vous êtes d'accord, cousine?

Je n'aimais pas qu'elle m'appelle ainsi « cousine ». Il y avait une pointe d'ironie dans sa voix. Elle me dissimulait certainement ce qui justifiait son désir de me voir.

— Absolument, acquiesçai-je.

— Je savais que vous seriez de mon avis. Vous êtes une jeune femme si intelligente. Margot m'a beaucoup parlé de vous. Elle vous considère comme un puits de sagesse... Et j'ai cru comprendre que mon mari apprécie beaucoup vos qualités.

— Je l'ignore, dis-je.

— Vous ignorez l'opinion de mon mari? Est-ce vrai?

— Je... ne connais pas son opinion à mon sujet.

— Je suis certaine pourtant qu'il vous a laissé entendre qu'il appréciait votre compagnie, dit-elle en souriant lentement. Il aime la société des femmes... si elles sont jeunes, belles et douées de quelque esprit. Elles sont flattées, oublient sa position, et alors, son intérêt à lui s'envole.

— Je n'oublierai jamais la position du comte... ni la mienne, répliquai-je un peu sèchement.

Pensivement, elle contempla ses mains délicates :

— Après tout, il est mon mari, fit-elle. Il ne peut l'oublier, même si les autres ne s'en souviennent pas.

— Je ne l'oublierai jamais non plus, madame, repris-je.

Je me sentais furieuse, gênée, embarrassée. J'aurais aimé lui préciser que son mari ne risquait rien avec moi.

— Vous êtes vraiment compréhensive, commenta-t-elle.

— Merci. Je dois repartir bientôt en Angleterre.

— Ah! (Elle poussa un long soupir :) Je crois que ce serait très sage.

Elle resta silencieuse un moment et j'eus l'impression qu'elle regrettait de m'avoir parlé si franchement.

— D'après ce que Margot m'a raconté, la vie est différente en Angleterre, poursuivit-elle.

— Oh! certes!

— Je ne bouge presque plus d'ici. Pour mon mari, c'est le contraire. Il y avait longtemps qu'il ne s'était tant attardé au château. Il ne sait pas rester en place. Et puis, il faut qu'il soit souvent présent à Paris... tandis que je reste ici avec Nounou.

— Qui vous est d'un grand secours.

— Je n'imagine pas ce que je ferais sans elle. Elle est mon amie, ma compagne, mon chien de garde. (Elle éleva une main :) Quand le soir tombe, j'ai peur. J'ai toujours eu peur de l'obscurité. Pas vous, cousine?

— Non.

— Vous êtes courageuse. J'en étais sûre. Je vous ai souvent observée dans le jardin... vous et Margot. Et je vous ai vue revenir à cheval avec mon mari. Bon, enfin, Margot sera bientôt mariée et vous repartirez pour votre pays. C'est ce qu'il y a de mieux, cousine. Je suis contente de le savoir. Je voudrais que votre aventure dans mon pays ne vous laisse que de charmants souvenirs.

Elle me regardait bien en face. Un instant auparavant, elle m'avertissait, comme n'importe quelle femme jalouse, d'avoir à rester à l'écart de son mari. C'était normal. Maintenant, son avertissement était autre. Qu'insinuait-elle en indiquant que Nounou était son chien de garde? Que le comte était un homme dangereux et qu'il me fallait me méfier? Elle n'avait pas besoin de se donner cette peine.

– Oui, répéta-t-elle, vous faites bien de retourner dans votre pays. Rien de bon ne peut vous arriver ici. Oh! mon Dieu! (Elle mit sa main sur son front :) Ma tête me fait si mal. Entrez, et appelez Nounou. Demandez-lui de me préparer ma compresse, voulez-vous?

Elle me renvoyait. Je passai par la fenêtre et entrai dans la chambre où Nounou apparut tout de suite. Je lui transmis l'ordre.

– Tut-tut-tut, fit-elle. Elle vous a fait monter? Elle sait bien que ça la fatigue de parler. Mais elle veut aller dehors. Je sais que ce n'est pas bon pour elle. Je vais lui mettre la compresse, ma barbe de Jupiter lui fera du bien. Vous êtes montée par l'extérieur?

– Oui.

– Alors, repartez par le même chemin. Dites-lui en passant que je prépare tout et que je viens la chercher pour l'aider à rentrer.

Je revins sur le balcon. La comtesse avait fermé les yeux, m'indiquant par là qu'elle n'avait plus rien à me dire. Je n'avais qu'à m'en aller.

Je bouillais intérieurement de colère et d'humiliation. Lors de notre entrevue, je n'avais pas compris tout de suite l'énormité de ce qu'elle insinuait. D'abord, elle m'avait signalé que j'avais à me souvenir qu'elle était la femme de son mari et que, par conséquent, c'était avec elle qu'il était marié. Quelle insulte! Comme si je ne le savais pas! Puis, elle avait changé de registre et m'avait rappelé que je devais me méfier de lui comme s'il était un être maléfique.

Tout cela était désagréable et me renforçait dans mon désir de partir au plus tôt.

Je pensais beaucoup à la comtesse. Si elle m'inquiétait, je crois que je l'inquiétais aussi. Peut-être des commérages lui étaient-ils parvenus? Certainement même, pour qu'elle ait cru bon de me donner ces deux avertissements.

Et elle avait raison. Je devais partir. Je n'aurais même pas dû rester si longtemps. Ce que je n'aurais sûrement pas fait si Margot n'avait montré un tel désarroi chaque fois que je parlais de départ.

Impossible de discuter avec Margot. D'ailleurs, elle était bien trop absorbée dans son propre problème pour se préoccuper du mien.

J'allai donc faire un tour vers les jardins pour réfléchir un peu en paix. Si, un an auparavant, on m'avait raconté mon histoire comme étant celle de quelqu'un d'autre, j'aurais immédiatement conseillé à cette autre personne de fuir sur l'heure.

La situation était devenue impossible et mon dialogue avec la comtesse me prouvait que ma décision devait être mise en pratique sans retard.

Je m'étais un peu éloignée du château et je m'aperçus bientôt que je n'étais pas loin de la maison de Gabrielle. Sa maîtresse! Habitant si près, ils devaient pouvoir se rencontrer facilement. J'en rougis. Et c'était à cet homme que je permettais d'occuper si fort mes pensées...

J'entendis le bruit des sabots d'un cheval. Je me dissimulai un peu derrière une haie tandis que le cavalier passait près de moi sans me voir. Sa silhouette me parut familière mais je ne parvins pas à la définir.

Je vis l'homme attacher son cheval au poteau de la maison de Gabrielle. Lorsque je m'approchai, il fit demi-tour et nous fûmes face à face. Il parut stupéfait et, dans un éclair, nous eûmes tous deux conscience que nous nous étions déjà rencontrés.

Il ouvrit le portail et s'avança dans l'allée qui menait

à la porte d'entrée. Brusquement, mon cœur se serra d'appréhension. Voilà, je savais qui était cet homme!

C'était Gaston... l'amant de Jeanne, la servante de Mme Grémond.

Je ne racontai pas cette rencontre à Margot. Cela l'aurait trop bouleversée. Je tentai même de me convaincre que j'avais fait une erreur. Je l'avais si peu vu, cet homme, lorsque nous habitions chez Mme Grémond. Une ressemblance m'avait peut-être abusée. Qu'aurait-il eu à faire chez Gabrielle Legrand? Etait-il possible que les deux femmes se connaissent? Après tout, pourquoi pas, puisque toutes deux étaient des amies du comte. Deux maîtresses abandonnées se consolant l'une l'autre. Mais étaient-elles vraiment abandonnées? Tout devenait de plus en plus compliqué.

Tandis que je réfléchissais ainsi, je rencontrai Etienne qui me rappela que sa mère avait souhaité me revoir et j'acceptai de me rendre chez elle.

Ce fut seulement deux jours plus tard que nous allâmes à cheval jusqu'au charmant cottage. Je fus introduite au salon où, très élégante en bleu pâle, Gabrielle m'accueillit avec chaleur.

– Mademoiselle Maddox! Quelle joie de vous revoir!

– J'en suis enchantée moi aussi, fis-je, fière de ma tenue d'amazone qui m'allait bien et se justifiait à cet instant.

Etienne nous laissa seules et je compris que le tête-à-tête avait été prévu. Gabrielle m'offrit du thé :

– Je sais que les Anglais y tiennent tout spécialement, dit-elle. Avez-vous remarqué combien les Français s'essayent à copier les Anglais? ajouta-t-elle gracieusement. C'est flatteur. Mais ici c'est moins fréquent qu'à Paris. Là-bas, dans les boutiques, on voit des affiches portant « English spoken here » et, à d'autres endroits, on vend du punch. Les jeunes gens s'enveloppent dans des capes. Les femmes portent des chapeaux anglais et les courses à Vincennes essayent de ressembler à votre Newmarket.

– Je l'ignorais.

– Vous avez encore beaucoup à apprendre en France. Nous avons même des voitures que nous appelons « whiskies ». C'est vrai, nous devenons plus anglais de jour en jour.

– C'est très amusant.

– Vous verrez cela quand vous serez à Paris. Vous y allez, je crois, avec Marguerite?

– Oui, il en est question.

– Quel bon mariage que le sien! Le comte m'a dit combien il en était satisfait. Une alliance entre les Libes et les Granville... Rien ne pouvait être plus souhaitable.

Le thé nous fut apporté par un laquais dont la livrée ressemblait étrangement à celle du château – un peu moins colorée, un peu moins ornée, et des boutons d'argent au lieu d'or. Je m'amusai de la subtile distinction.

– Vous souriez? Trouvez-vous le thé bon?

– Il est excellent, madame.

Et c'était vrai. Les tasses étaient de Chine, translucides, mais le goût du thé cependant rappelait peu celui de chez nous.

– J'ai pensé, reprit Gabrielle, que nous devions faire plus ample connaissance. Je vous ai vue au bal mais, dans de pareilles occasions, on ne peut guère se parler. Et puis, cette pierre qu'on a lancée... quelle honte! Je ne voudrais pas être dans les souliers du coupable si on le découvre. Le comte n'aura pas de pitié pour lui et il sait être dur parfois.

– Croyez-vous qu'on le trouvera?

Brusquement, je revis le visage de Léon et je me le reprochai : ne sois pas idiote, c'était une illusion. Bien entendu, ce ne pouvait être lui. Il n'aurait pas pu ensuite apparaître si vite et surtout si parfaitement impeccable.

– J'en doute maintenant. Sauf si quelqu'un le trahit. Ces gestes de mécontentement se produisent partout dans le pays. Je ne sais pas où nous allons. Resterez-vous longtemps en France, mademoiselle?

– Je resterai encore avec Marguerite pendant quelque temps et, après son mariage, je partirai.

Elle ne cacha pas son soulagement. Elle dit rapidement :

– Comme cela a dû vous amuser de découvrir votre parenté avec le comte... même si elle est lointaine. Dites-moi exactement qui s'était marié dans la famille? Je connais les Libes depuis toujours et je n'avais jamais entendu parler d'une branche anglaise.

– Vous devriez le demander au comte, assurai-je.

– Je le vois si peu maintenant, soupira-t-elle. Il fut un temps... Son mariage a été une telle erreur... Vous avez rencontré la comtesse?

– Oui, fis-je sèchement.

Cela me choquait qu'elle parle ainsi du mariage du comte.

– Je vous pose la question parce que je sais qu'elle vit très retirée, qu'elle voit peu de gens. Pauvre Louise! Tout le monde aurait pu l'avertir que ce serait une catastrophe. Il m'avait fait des confidences... Je n'ai pas à cacher nos relations car on les connaît trop. Et nous avons un si beau fils... notre Etienne. De Louise, il n'a eu que Marguerite. Je peux vous l'avouer, je crois qu'il n'a jamais cessé de regretter de ne m'avoir pas épousée.

– Et pourquoi ne l'a-t-il pas fait? demandai-je froidement.

– Ma famille était de qualité, mais pas autant que la sienne. Et j'étais veuve. (Elle haussa les épaules.) Il était jeune alors... très jeune. Nous l'étions tous les deux. Oh! je n'oublierai jamais ce temps-là. Nous étions tellement amoureux! (Elle rit.) Je vois que je vous choque un peu. Les Anglais ne parlent pas de ces choses comme nous. Ah! quel dommage!

– Vos gâteaux sont exquis, madame, coupai-je. Vous devez avoir une très bonne cuisinière.

– Tant mieux, s'ils vous plaisent. Ce sont ceux que le comte préfère. Mais on ne sait jamais combien de temps une chose lui plaira. Il est très changeant dans ses goûts.

– Ils sont si légers, poursuivis-je comme si je n'avais rien entendu. Ils vous rendraient gourmands.

– Alors, reprenez-en. Etienne les adore aussi. Nous voudrions bien le marier, lui aussi, mais il n'est pas pressé.

– Il est mieux de ne pas se hâter dans ce domaine.

– Un de ces jours peut-être... qui sait!... Il a été élevé au château, vous savez...

– Oui, je sais.

– Le comte est fier de lui. Il est beau garçon, n'est-ce pas?

– Oui, il est très beau.

– Qui sait ce que sera sa femme?

– Personne, hélas! ne peut prévoir l'avenir.

Je prenais un malicieux plaisir à garder notre conversation sur un plan général alors qu'elle s'efforçait de la rendre plus personnelle. Je comprenais trop bien ses motifs. Tout comme la comtesse, elle cherchait à m'avertir. Mais c'était d'un point de vue différent. Je crois que la comtesse s'inquiétait un peu pour moi, Gabrielle ne pensait qu'à elle.

– On peut l'imaginer, reprit-elle. Quand on connaît quelqu'un depuis très longtemps, on sait à peu près comment il va réagir. N'est-ce pas vrai?

Pas toujours, songeai-je, certaines personnes sont si imprévisibles. On ne peut jamais être sûr. Je le lui exprimai.

– Oui, fit-elle, la vie est étrange. J'ai rencontré le comte alors que j'étais une jeune veuve. Je suis allée le supplier pour mon père qui avait été emprisonné par le sien. Le comte n'a pas pu faire assez pour moi. Mon père est mort en prison, accusé de... je ne sais pas encore de quoi, et lui non plus ne l'a jamais su.

– Oui, j'ai entendu parler de ces affreuses lettres de cachet.

– Je crois que si le comte regrette de ne pas m'avoir épousée c'est qu'ainsi il aurait pu réparer un peu le mal que son père avait fait au mien.

– Oui, ce fut une terrible injustice pour votre famille.

– Il est curieux... Bertrand. Il a parfois des éclairs de conscience. Regardez Léon. Il a certainement bénéficié du mal qui a été fait aux siens. Enfin, un jour sans doute, Etienne sera légitimé. Cela m'a été plus ou moins promis... à condition, bien entendu, que Bertrand ne se remarie pas et qu'il n'ait pas de fils. Mais il ne peut pas faire cela tant qu'il a sa femme...

– Tout cela est bien compliqué, fis-je. Qui peut dire comment cela finira?

– Et vous partirez bientôt et vous nous oublierez, nous et nos problèmes.

Ses yeux brillaient, cherchant à percer ma pensée. J'avais l'impression qu'elle m'ordonnait de disparaître.

Puis, elle tint à me montrer ses trésors, parmi lesquels se trouvait une superbe montre en or et ivoire qui représentait un château. C'était très compliqué mais très beau.

– C'est un cadeau du comte pour la naissance d'Etienne, expliqua-t-elle. (Et elle me montra d'autres présents... toujours offerts par le comte.) Il est très généreux, commenta-t-elle, avec ceux à qui il tient beaucoup. Je ne vous cacherai pas qu'il y a eu... certains règnes qui ont duré très, très peu. Et ils ont été aussi vite oubliés.

— Comme c'est triste pour eux, fis-je, à moins qu'on ait été heureux de les voir se terminer.

Elle me regarda avec étonnement et je compris qu'elle ne me suivait pas. Je fus soulagée lorsque Etienne revint pour me raccompagner au château.

— Je vais vous reconduire, me dit-il, par un chemin que vous ne connaissez pas encore. C'est un raccourci qui conduit plus vite au château. Le comte l'a tracé il y a dix-huit ans.

Le sentier partait du jardin et traversait un petit bois. Je fus surprise de la rapidité avec laquelle nous arrivâmes.

— Pourquoi l'utilise-t-on si peu? demandai-je.

— Lorsqu'il a été tracé, le comte laissa entendre qu'il ne devait être utilisé que par lui et par ma mère. Aussi les gens l'évitèrent-ils. Et c'est devenu une habitude, presque une loi.

Nous avions atteint le mur du château. Nous trouvâmes une porte qui nous permit d'entrer dans une cour. Jamais, en effet, je n'étais encore passée par là.

Il était tard cet après-midi-là lorsque Nounou vint dans ma chambre. Elle heurta brusquement la porte et entra sans attendre ma réponse.

— La comtesse désire vous voir, dit-elle en me regardant de cet air méprisant qui voulait m'embarrasser et qui y réussissait.

Je me levai.

— Pas maintenant, reprit-elle. A 8 heures du soir. Elle a quelque chose à vous dire.

Je répondis que je me présenterais à l'heure dite.

– Ne soyez pas en retard. Je tiens à ce qu'elle soit prête à se mettre au lit au plus tard à 9 heures.

– Je ne serais pas en retard, promis-je.

Elle s'inclina et me quitta.

Quelle étrange bonne femme, songeai-je. Un peu folle comme tous ceux qui ont des obsessions. Dans son cas, ayant perdu son mari et son enfant, elle s'était entièrement consacrée à Louise et elle y avait trouvé du réconfort.

Je cherchais parfois à me représenter ce qu'avait pu être l'enfance de Louise avant qu'elle ne devienne presque une invalide. Comment pouvait-elle survivre ainsi coupée du monde? Elle ne menait cette vie-là que pour échapper à son mari. C'était l'évidence même. Comme elle devait le détester!

C'était peut-être plus de la peur que de la haine qu'elle éprouvait pour lui. Qu'avait-il donc fait pour lui inspirer une telle terreur? Nounou paraissait savoir. Louise s'était certainement confiée à elle. Qu'il la néglige parce qu'elle ne l'attirait pas assez, je le savais. Qu'il se sente lésé parce qu'elle ne lui avait pas donné de fils, je le comprenais. Qu'il continue ouvertement à voir sa maîtresse et qu'il la fasse vivre à un jet de pierre du château, c'était un fait. Mais pourquoi avait-elle peur de lui?

J'aurais tellement voulu comprendre.

Peu avant 8 heures, je me rendis dans la chambre de la comtesse. J'étais un peu en avance et, sachant combien Nounou était exigeante quant à l'heure, je traînai dans le couloir en regardant le jardin par la fenêtre.

8 heures pile.

J'avançai vers la porte qui était entrouverte. Je la poussai et regardai à l'intérieur. J'aperçus la silhouette du comte qui disparaissait à cet instant par la fenêtre donnant sur le balcon.

Je fus enchantée d'avoir attendu quelques secondes, sans quoi, je l'aurais rencontré dans la chambre de sa femme. Voilà qui aurait été très embarrassant.

Sur la pointe des pieds, je m'approchai du lit.

— Madame, dis-je, puis je m'arrêtai. (La comtesse reposait sur ses oreillers, les yeux mi-clos. Elle sommeillait visiblement.) Vous désirez me voir, madame?

Les paupières étaient maintenant complètement baissées. Elle dormait sans aucun doute.

Gênée, je me demandai pourquoi elle n'avait pas remis le rendez-vous si elle s'était sentie trop lasse pour me recevoir. Sur la table, auprès d'elle, je vis l'étalage habituel de verres et de bouteilles. Un verre était tout près. Je le reniflai car quelques gouttes étaient encore au fond. Visiblement, la comtesse avait avalé son somnifère, comme sans doute chaque fois qu'elle voulait dormir. Mais elle devait connaître le temps qu'il mettait à agir, et il était étonnant qu'elle l'eût avalé alors qu'elle m'avait demandé de venir la voir à ce moment-là.

Tandis que j'étais debout, et perplexe, Nounou approcha. Elle regarda le verre que j'avais encore en main.

— Je devais voir Madame à 8 heures, dis-je en replaçant le verre sur la table.

Nounou examina la dormeuse et son expression changea.

— Pauvre agneau! dit-elle. Elle est exténuée. Il est venu. Il l'a fatiguée... il la fatigue toujours. Elle a dû tomber de sommeil... d'un seul coup.

— Voulez-vous la prévenir quand elle se réveillera que j'étais là à l'heure convenue?

Nounou acquiesça.

— Elle voudra peut-être me voir demain.

— Nous verrons comment elle se sentira.

— Bonne nuit, lançai-je, et je sortis.

Le jour suivant restera toujours vivant dans ma mémoire.

Je me réveillai comme de coutume lorsqu'une servante apporta de l'eau chaude et la mit dans la ruelle. Je me lavai et avalai le café et la brioche que l'on me servait dans ma chambre.

Margot entra, ainsi qu'elle faisait souvent, portant son plateau, et prit son petit déjeuner avec moi.

Nous parlâmes du prochain voyage à Paris et je me réjouis qu'elle ne fît aucune allusion à Pierrot. Cela me réconfortait que le futur mariage lui ait fourni une consolation, et non, comme je le craignais, une recrudescence de peine.

Pendant que nous bavardions, la porte s'ouvrit et le comte entra. Je ne l'avais encore jamais vu défait, mais là il l'était certainement.

Il nous regarda l'une après l'autre et dit :

— Margot, ta mère est morte.

Une horreur glacée me saisit la gorge. Je commençai à trembler et m'efforçai de le dissimuler.

— Elle a dû mourir pendant la nuit, ajouta-t-il. Nounou vient de la découvrir.

Nos yeux ne se rencontrèrent pas et j'eus peur.

La tension gagna tout le château. Les serviteurs chuchotaient entre eux. Les relations du comte et de sa femme leur étaient bien connues et ils n'ignoraient pas non plus qu'il avait souhaité en être libéré.

Margot vint vers moi.

— Il faut que je te parle, Minelle, dit-elle. C'est terrible. Elle est morte. Cela me bouleverse. C'était ma mère... mais je la connaissais à peine. Elle ne paraissait jamais me vouloir près d'elle. Lorsque j'étais enfant, je croyais que c'était à cause de ses maladies. Nounou semblait le croire aussi. Pauvre Nounou! Elle reste assise à côté d'elle sans bouger. Elle murmure des paroles indistinctes, puis, parfois, elle attrape son tablier et s'en cache le visage. Je n'ai compris que « ma mignonne petite Louise ».

– Margot, demandai-je, comment est-ce arrivé?

– Oh! il y a si longtemps qu'elle était fragile. (Le ton de Margot était presque défensif et je cherchai pourquoi, mais elle poursuivit :) Elle était peut-être plus malade qu'on ne le croyait. On imaginait qu'elle jouait un peu la comédie.

Les docteurs vinrent dans la journée. Ils demeurèrent longtemps avec le comte dans la chambre mortuaire.

Le comte me demanda de le rejoindre dans la bibliothèque et, pleine de pressentiments, je m'y rendis.

– Asseyez-vous, Minelle, dit-il. Le choc est si imprévu.

Ses paroles me soulagèrent immensément.

– J'ai toujours pensé que les malaises de la comtesse étaient surtout imaginaires, continua-t-il. C'était probablement injuste. Elle était vraiment malade.

– Qu'avait-elle?

– Les docteurs sont étonnés. Ils voient mal ce qui a causé sa mort. Nounou est trop bouleversée pour s'expliquer. Elle ne l'a pas quittée depuis sa naissance et lui était entièrement dévouée. J'ai peur que le choc ne lui soit funeste.

J'attendis qu'il poursuive mais les mots semblaient lui manquer.

– Il va y avoir une autopsie, reprit-il très lentement.

Je le regardai avec étonnement.

– C'est l'habitude lorsque la cause du décès est

incertaine. Les docteurs pensent qu'elle a absorbé quelque chose de nocif.

– Ce n'est pas possible! m'écriai-je.

– Elle est paisible, dit-il. On peut être sûr qu'elle est morte sans souffrir. Elle est morte durant son sommeil.

– Serait-ce ce qu'elle prenait pour dormir?

– C'est possible. Nounou est dans un tel état qu'elle ne peut parler. Demain, elle sera peut-être un peu mieux et elle pourra nous aider. Louise prenait régulièrement un somnifère.

Ses yeux ne quittaient pas mon visage. Ils brillaient si fort que je n'osais les affronter. La peur augmentait en moi.

– Nous allons passer quelques moments difficiles, reprit-il. Ce genre d'accident est toujours déplaisant. Les gens vont faire toutes sortes de commentaires. Comme toujours lorsque quelqu'un meurt subitement. Et les circonstances...

– Mais Nounou saura ce qu'elle a pu boire.

– Nounou préparait tout pour Louise. Elle saura donc expliquer ce qui s'est passé.

– Croyez-vous que la comtesse...

– Ait agi délibérément? Non, je ne le crois pas. Je pense qu'il y a eu une erreur quelque part. Comme je vous l'ai dit, tout ceci sera très désagréable et je préférerais que Margot et vous ne restiez pas ici. Préparez-vous à partir pour Paris. Il faudrait que vous le fassiez tout de suite après l'autopsie. (Il se tut, mais très vite continua :) Maintenant, vous ne devez plus rester ici pour moi. (Il eut un mince sourire et je compris ce qu'il pensait. Sa femme était morte brusquement et son intérêt envers moi était évident. Je compris que nous étions tous les deux suspects :) Envoyez-moi Marguerite, ajouta-t-il, je veux l'avertir qu'elle doit aller à Paris bientôt.

Ce fut une semaine de cauchemar. Les soupçons grossissaient et ils m'atteignaient. Qu'allait-il arriver si le comte était accusé... de meurtre... lui, ou moi? Déjà, j'entendais les questions à propos de nos relations. Etais-je bien sa cousine? Pouvais-je expliquer comment?

Le comte semblait moins anxieux que moi. Il était certain qu'on trouverait une explication. J'eus une scène pénible avec Nounou qui vint me voir dans ma chambre au moment où j'allais me coucher.

Elle avait l'air épuisé. J'étais sûre qu'elle ne dormait plus depuis la mort de la comtesse. Les cernes sous ses yeux étaient immenses et ses cheveux n'avaient été ni brossés ni peignés. Ils pendaient en mèches grises sur son visage. Engoncée dans un peignoir, elle semblait un spectre.

– Vous faites bien d'avoir l'air coupable, mademoiselle, dit-elle.

– Mais je ne suis pas coupable, répliquai-je, et ne me sens pas coupable non plus. Vous le savez bien, Nounou.

– C'était sa dose de somnifère, reprit-elle. Je la lui donnais quand elle ne parvenait pas à dormir. Je savais exactement combien de gouttes elle devait en prendre. Cette nuit-là, elle en a avalé le triple. D'habitude, cela prenait une heure pour faire de l'effet... mais là, elle dormait déjà, quand je suis entrée... Vous étiez présente cette nuit-là. Lui aussi, il était là... Tous les deux...

– Elle dormait quand je suis arrivée. Vous le savez. Il était tout juste 8 heures.

– Je ne sais rien exactement. La dose était préparée près de son lit. Quelqu'un y a ajouté des gouttes... alors? Quelqu'un qui est venu...

– Je vous répète qu'elle dormait quand je suis entrée...

– Quand je suis arrivée vous aviez le verre à la main...

– C'est absurde. J'étais là depuis un instant seulement.

– Mais quelqu'un était venu avant vous, non? Vous le savez bien.

Je sentis le sang envahir mes joues.

– Qu'est-... qu'allez-vous suggérer?

– Les gouttes ne tombent pas toutes seules dans un verre, n'est-ce pas? Quelqu'un les a versées... quelqu'un de la maison.

Un instant, je fus si abasourdie que je ne pus répondre. Je me souvenais d'avoir aperçu la silhouette du comte qui partait par la porte-fenêtre du balcon. Combien de temps était-il resté avec sa femme? Assez longtemps peut-être pour lui donner sa dose... la regarder la boire? Oh! non, criai-je en moi-même, je ne le croirai jamais.

– Vous ignorez la cause de la mort, balbutiai-je. Elle n'a pas encore été découverte.

Ses yeux luirent tandis qu'elle me regardait fixement.

– Je sais, dit-elle. (Elle s'approcha tout contre moi, mit une main sur mon bras et siffla :) Si elle ne s'était pas mariée, elle serait vivante. Elle serait en bonne santé comme avant son mariage. Je me rappelle la nuit avant la noce. Je ne pouvais la consoler. Oh! ces mariages! Pourquoi ne peut-on laisser les enfants en paix jusqu'à ce qu'ils soient en mesure de juger la vie par eux-mêmes?

Malgré la terrible frayeur qui ne me quittait pas, malgré l'épouvante que me donnait la certitude d'être impliquée dans cette affaire, je plaignais Nounou. Je voyais que la perte de son enfant adorée avait dérangé son esprit. Le féroce dragon gardant son trésor n'était plus qu'un pauvre être désespéré en quête d'un coin pour mourir. Elle cherchait qui blâmer. Elle détestait le comte et sa haine se manifestait contre lui, mais comme elle n'ignorait pas son attirance pour moi, elle m'englobait dans son ressentiment.

– Oh! Nounou, fis-je, et je mis de la compassion dans ma voix, je suis si désolée de ce qui est arrivé!

Elle me regarda méchamment :

– Oh! cela facilitera les choses pour vous, hé? Maintenant qu'elle n'est plus sur votre route...

– Nounou! criai-je sèchement. Cela suffit, maintenant!

– Vous allez voir... (Elle se mit à rire d'un affreux ricanement.) Vous et lui, vous avez comploté...

– Taisez-vous. Tout cela est faux. Laissez-moi vous ramener dans votre chambre. Il faut vous reposer. Le choc a été affreux pour vous.

Tout à coup, elle se mit à pleurer. Silencieusement, les larmes coulaient sur ses joues.

– Elle était tout pour moi, gémit-elle. Mon petit agneau, mon bébé chéri. C'est tout ce que j'avais. Elle était ma petite mignonne.

– Je sais, dis-je.

– Mais je l'ai perdue. Elle n'est plus là.

– Venez, Nounou.

Je pris son bras et la reconduisis. Lorsque nous fûmes arrivées, elle s'écarta de moi.

– Je vais auprès d'elle, assura-t-elle. Et elle se dirigea vers la chambre où reposait le corps de la comtesse.

Ces journées furent difficiles à vivre. Je vis peu le comte. Il m'évitait, ce qui était raisonnable, car les murmures augmentaient où, hélas! mon nom devait souvent être lié au sien.

J'allai à cheval avec Marguerite, Etienne et Léon lorsque, passant près d'un village, une pierre fut lancée vers nous. Elle atteignit Etienne au bras, mais je compris qu'elle m'était destinée.

– Tueuse! cria une voix.

Nous aperçûmes un groupe de jeunes gens et sûmes que la pierre venait d'eux. Etienne voulut les pourchasser mais Léon le retint.

– Soyons prudents, dit-il. Cela pourrait déclencher une émeute. Ignore-les.

– Ils ont besoin d'une leçon.

– Méfie-toi qu'ils n'essayent pas de nous en donner une.

Après cet incident, je n'eus plus très envie d'aller me promener.

Nous ne pouvions quitter le château avant l'autopsie et, étant donné la situation du comte, cela provoquait beaucoup de bavardages. J'avais très peur car je savais qu'on l'accusait déjà d'avoir tué sa femme.

Je fus bien soulagée lorsqu'on m'assura que je n'aurais pas à comparaître. Comment aurais-je pu expliquer de façon précise pourquoi j'étais venue en France, et pourquoi j'avais accompagné Marguerite? Quelle aurait été la réaction de Robert de Granville en apprenant la vérité? Accepterait-il encore de l'épouser? Parfois, je songeais qu'il aurait été plus simple de tout avouer – mais, par ailleurs, je n'étais pas assez sûre de moi pour affirmer que c'eût été la meilleure solution.

Tout fut réglé enfin et le verdict rendu assura que la mort était due à une trop forte dose d'un somnifère qui contenait de l'opium en quantité excessive. On découvrit que la comtesse avait les poumons malades et que sa mère était morte de cette même affection. Les docteurs, qui étaient venus peu de temps auparavant, avaient averti la comtesse de son état et elle avait compris que bientôt elle devrait endurer d'affreuses souffrances. On avait donc conclu que, sachant cela, elle avait décidé de mourir en prenant une forte dose de cette drogue qu'elle connaissait et qui lui assurerait un sommeil définitif, mais paisible.

Le jour du retour du comte, Nounou revint dans ma chambre.

– Ah! vous croyez que c'est fini maintenant, n'est-ce pas, mademoiselle?

– Le jugement est rendu, fis-je. C'est la loi.

– La loi? Quelle loi? La sienne et celle de ses pareils! Une loi pour les riches... une autre pour les pauvres... C'est ça... Il a des amis, des amis partout... (Elle s'approcha de moi :) Il est venu me voir et il m'a menacée; il m'a dit : « Cesse maintenant tes racontars, Nounou. Sinon, tu partiras. Et où iras-tu, dis-le-moi? Veux-tu que je te chasse... loin des pièces où elle a vécu... loin de sa tombe où tu peux aller pleurer? »... Oui, c'est ce qu'il m'a dit. Mais je lui ai répondu : « Vous étiez là, vous êtes entré dans sa chambre. Et l'autre aussi est venue. Est-ce qu'elle n'est pas venue pour voir si vous aviez exécuté le plan que vous aviez décidé tous les deux... »

– Assez, Nounou! dis-je fermement. Vous savez parfaitement que si je suis allée dans sa chambre, c'est parce qu'elle avait désiré me voir. C'est vous-même qui m'aviez porté son message. Et elle dormait déjà lorsqu'il est parti.

– Vous l'avez bien vu, n'est-ce pas? Vous êtes entrée... alors qu'il sortait... C'est bien curieux tout ça!

– Ce n'est pas curieux du tout, Nounou, et vous le savez très bien.

Elle m'examina bizarrement :

– Pourquoi êtes-vous si sûre de vous?

– Assez Nounou. Le verdict est clair. Et je suis sûre que c'était le seul possible.

Ell se mit à rire sauvagement. Elle prit mon bras et le secoua.

– Nounou, retournez dans votre chambre. Essayez de vous reposer. Essayez de retrouver votre calme. Cette tragédie est affreuse, mais elle est terminée et personne n'y peut plus rien.

– C'est terminé pour certains, fit-elle lugubrement. La vie est terminée... pour ma mignonne et pour sa vieille Nounou. D'autres pensent que tout commence pour eux...

Furieuse, je secouai la tête. Alors, elle tomba sur une chaise et se couvrit le visage de ses mains.

Au bout d'un long moment, elle me laissa la reconduire chez elle.

Ce fut moi qui découvris la pierre qu'un papier entourait. Elle était dans le couloir juste devant ma porte. Je remarquai d'abord que la vitre de la fenêtre avait été brisée, puis je vis un objet sur le sol.

Je le ramassai : c'était une grosse pierre enveloppée dans un papier. Et sur le papier était grossièrement écrit : *Aristocrate, tu as tué ta femme mais il y a une loi pour les riches, une pour les pauvres. Prends garde. Ton temps viendra.*

Papier en main, je restai un instant horrifiée.

J'abandonnai la pierre et emportai le papier dans ma chambre. Je le dépliai complètement et l'étudiai. L'écriture était très maladroite mais, je ne sais pourquoi, j'eus l'impression que c'était voulu. Le papier lui-même était épais, rigide. Les pauvres gens n'utilisaient guère cette qualité pour leurs lettres, s'il leur arrivait de savoir écrire. Et, de plus, il était d'un bleu très pâle, presque blanc.

J'avais un bureau dans ma chambre et il contenait du papier à lettres orné, en caractères dorés, de l'adresse du château. Je constatai qu'il était de la même texture que celui qu'entourait la pierre et qu'il aurait pu provenir du même endroit.

Qu'est-ce que cela voulait dire? Le pire ennemi du comte habitait-il le château?

Comme toujours dans de pareils cas, je me souvins de ma mère. Je l'entendis presque me souffler : « Va-t'en. Tu es en danger. Tu es déjà trop engagée dans tout ceci, tu dois partir sans délai. Retourne en Angleterre. Prends un poste... de gouvernante... ou mieux, ouvre une école... »

« Elle a raison, pensai-je, je m'intéresse beaucoup trop au comte. En quelque sorte, il m'a ensorcelée. »

Je m'efforçais de croire qu'il n'avait pas versé la dose mortelle dans le verre de la comtesse, mais, honnêtement, je n'aurais pu jurer que je ne doutais pas de lui.

Margot entra chez moi.

– On a jeté une nouvelle pierre par une fenêtre, m'annonça-t-elle. Juste en face de ta porte. (Margot haussa les épaules :) Ils sont idiots. Qu'est-ce qu'ils croient obtenir ainsi?

Cela ne la frappait pas. C'était devenu si banal.

Le comte nous fit appeler, Margot et moi. Il me parut plus âgé, plus sombre qu'avant la mort de sa femme.

– Je désire que vous partiez pour Paris dès demain, déclara-t-il. Ce serait mieux. J'ai reçu un mot des Granville. Ils souhaitent que vous alliez les voir mais, moi, je préfère que vous restiez dans notre résidence parisienne. Vous êtes en deuil. Les Granville vous y rendront visite. Vous achèterez ce dont vous aurez besoin. (Il se tourna soudain vers moi :) Je compte sur vous pour vous occuper de Marguerite.

Je pensai un instant à lui parler du papier attaché à la pierre, mais j'y renonçai pour ne pas ajouter à son anxiété d'autant que je ne tenais pas à le mentionner devant Margot. J'espérais le revoir seul avant notre départ mais je savais aussi combien nous devions être surveillés. De plus, il savait certainement qu'on l'accusait d'avoir échappé à la justice grâce à ses amis haut placés.

J'allai dans ma chambre pour préparer mes affaires. Je pris le bout de papier que j'avais rangé dans un tiroir et me demandai qu'en faire. Je ne pouvais le laisser là et, si je l'emportais, je risquais de l'égarer. Je pris une de mes décisions rapides. Je le déchirai en morceaux et allai le jeter dans le feu qui brûlait dans le hall. Je contemplai les flammes qui en noircissaient les angles. Elles semblaient les transformer en un horrible visage qui me rappela soudain la face que j'avais aperçue derrière la vitre, le soir du bal.

Léon! Et ce papier qui semblait provenir du château! Mais c'était impossible. Léon ne pouvait être traître envers celui qui avait tant fait pour lui. J'étais si bouleversée par les récents événements que mon imagination s'emballait.

Nous partîmes très tôt – juste après l'aurore.

Le comte descendit dans la cour pour assister à notre départ. Il retint fermement ma main dans la sienne :

– Prenez soin de ma fille... et de vous-même, dit-il. (Et il ajouta :) Soyez patiente.

Je compris ce qu'il entendait par là, et cette remarque me remplit d'une curieuse excitation, mais aussi d'appréhension et de fâcheux pressentiments.

QUATRIÈME PARTIE

LA GRANDE VILLE

1

Paris! Quel enchantement! Si j'y étais venue dans d'autres circonstances, comme je l'aurais aimée cette belle ville! Ma mère et moi avions souvent rêvé des endroits où nous aurions voulu aller et, en tête de notre liste, était Paris.

C'était la reine des villes, si pleine de beauté et de laideur mises côte à côte. En examinant la carte, je constatai que l'île située dans la Seine et où s'élevait la cité avait la forme d'un berceau. Lorsque je le fis remarquer à Margot, cela ne l'intéressa guère.

– Un berceau, dis-je. C'est normal. Dans ce berceau, tout a été créé. François Ier, avec son amour des belles constructions, son goût pour la littérature, la musique et les artistes, y a établi les fondations de la plus intellectuelle des cours d'Europe.

– Je te fais confiance pour me donner tout de suite

une leçon d'histoire, lança Margot. Eh bien, maintenant, ce sera le berceau de la révolution.

Elle me stupéfiait. Tout à coup, elle parlait sérieusement.

– Ces pierres lancées au château, poursuivit-elle. J'y pense souvent. Il y a dix ans, personne n'aurait osé les jeter... et maintenant, on n'ose pas punir. Minelle, tout change. Tu ne le sens pas autour de nous?

Et je le sentais trop bien. Dans ces rues où la foule se pressait, où les vendeurs vantaient leurs marchandises... j'avais le sentiment d'une ville en attente.

La résidence du comte était située faubourg Saint-Honoré parmi d'autres hôtels de la noblesse. Depuis plusieurs siècles, ces demeures se dressaient là, hautaines et élégantes. J'avais découvert que, non loin de là, existait tout un labyrinthe dans lequel on ne risquait pas de s'aventurer sans être accompagné par plusieurs hommes. Dans ces petites rues étroites, malodorantes, sinueuses, on apercevait ceux pour qui tout étranger est une victime en puissance.

J'y allai cependant un jour, escortée par Bessel et un autre laquais. Margot y tenait absolument. C'était une rue où des femmes, outrageusement peintes, étaient assises devant leurs portes, le décolleté profondément offert. Je me souviens des noms : rue aux Fèves, rue de la Jouverie, rue de la Coulandre, rue des Marmousets. Il y avait d'autres rues où, à l'extérieur des maisons, dans de grandes cuves, on fabriquait des teintures : le rouge, le bleu, le vert se mêlaient pour faire, dans les caniveaux, de minuscules rivières bigarrées.

Ma chambre, dans l'hôtel du comte, était plus élégante encore que celle que j'occupais au château. Elle donnait sur de très beaux jardins, entretenus par de nombreux jardiniers. Dans des serres, des fleurs exotiques étaient cultivées pour garnir toutes les pièces.

La chambre de Margot était proche de la mienne.

— J'ai organisé cela à mon gré, me dit-elle. Et Mimi s'installe dans l'antichambre. Bessel, lui, est avec les garçons d'écurie.

A ce moment, j'avais oublié que notre fameux plan comportait la présence de ces deux personnes-là. En réalité, je n'avais jamais pris ce plan au sérieux, et Margot n'y avait plus fait allusion avant que nous soyons à Paris.

Le comte et la comtesse de Granville s'annoncèrent dès le premier jour. Margot les reçut très gracieusement. Elle se promena dans les jardins avec eux, et ils me parurent tous bien solennels. Mais le comte ne nous avait-il pas rappelé que nous étions en deuil? Je devinai que, pour cette raison, le mariage serait retardé, et c'est ce qui arriva.

Je fus présentée au comte et à la comtesse. Leur accueil fut un peu réservé et je m'imaginai qu'ils avaient eu quelques échos des rumeurs à mon sujet. J'en parlai ensuite à Margot.

Elle me répondit qu'elle n'avait rien remarqué et qu'ils avaient très aimablement parlé de moi.

— Nous avons aussi discuté du mariage, dit-elle, et vu les circonstances, nous devrions attendre un an. Je ne sais si nous nous y plierons. Pour l'instant, nous agirons comme si rien n'était changé.

Je n'oublierai jamais l'odeur de Paris. Il semblait y avoir plus de boue que partout ailleurs. Et cette boue était noire et encombrée de morceaux de métal. Si on y trébuchait, on était sûr de faire un trou à ses vêtements. Je compris pourquoi jadis, on appelait Paris Lutèce, qui signifie ville de boue. Dans les rues, des gamins, armés de balais, se précipitaient devant les passants pour établir un chemin à peu près propre et pour lequel on payait volontiers un sou.

J'aimais voir la ville reprendre vie le matin : dès 7 heures, des employés, correctement vêtus, se rendaient à leur service tandis que des marchands poussaient leurs brouettes vers les marchés. Peu à peu, la ville reprenait son rythme. Je signalai à Margot que cela me rappelait le chœur des oiseaux à l'aube. C'était d'abord un chuchotement, puis un petit refrain, qui devenait ensuite un brouhaha général.

Mon enthousiasme l'agaçait un peu. Elle connaissait Paris depuis longtemps et elle ne notait même plus ce qui me frappait.

Cela m'enchantait cependant : les barbiers, tout couverts de la farine avec laquelle ils poudraient les perruques, les cafés dont les portes ouvertes laissaient sortir des garçons portant des plateaux qu'ils allaient servir dans les maisons voisines dont les ordres avaient été passés la veille. Plus tard, apparaissaient de singuliers personnages pareils à de noirs corbeaux et dont les robes volaient tandis qu'ils se rendaient au Châtelet ou vers d'autres cours.

Dans les cercles élégants, on déjeunait à 3 heures et je m'amusais à voir les élégants et les dames – certains en voiture, d'autres à pied – qui soigneusement choisissaient leur chemin dans la boue des ruisseaux pour se rendre chez leurs hôtes. Les rues alors devenaient silencieuses et ne retrouvaient leur vacarme que vers 5 heures lorsque la foule s'en allait vers les maisons de jeux ou les jardins publics.

J'aurais voulu tout voir, ce que Margot déclairait futile. Elle ignorait combien l'anxiété que je ressentais à propos de ce qui pouvait se passer au château me poussait à vouloir tout apprendre de la merveilleuse cité où je devais habiter.

Que de belles choses nous étaient proposées dans les vitrines des boutiques. Des robes de chambre, des toilettes toutes prêtes, des tissus immatériels, des manteaux, des pelisses, des manchons, des rubans, des dentelles. C'était une joie de les caresser. Mais les chapeaux étaient ce qu'il y avait de plus étonnant. Suivant la mode instaurée par la reine, ils étaient extravagants et scandaleux. Rose Bertin, couturière de la reine, les composait pour quelques privilégiées.

Nous allâmes donc chez la célèbre couturière. Nous attendîmes plus d'une heure au bout de quoi elle nous fit dire de revenir le lendemain.

– Moi, je m'adresserais à quelqu'un de plus empressé à me servir, déclarai-je.

– Tu ne comprends pas, Minelle. Il *faut* être habillée par Rose Bertin.

En sortant, je notai un petit attroupement au coin de la rue. Ces gens parlèrent fort et nous suivirent, rageusement, des yeux lorsque nous montâmes en voiture.

Décidément, Paris n'était pas une ville paisible. Cependant, sa beauté et l'inquiétude que je ressentais au fond de moi m'empêchaient d'être vraiment attentive... Quant à Margot, ses pensées étaient ailleurs.

Je vis avec plaisir qu'on honorait beaucoup l'Angleterre. Gabrielle Legrand me l'avait bien signalé. Les magasins étaient remplis de vêtements qui se proclamaient anglais. Des enseignes annonçaient les endroits où l'anglais était parlé. Et partout, il était possible de boire du thé. De hauts véhicules étaient appelés « whiskies » et ils imitaient certaines voitures utilisées chez nous.

Cela m'amusait et, je dois l'avouer, me flattait. Aussi, je ne me gênais pas pour laisser entendre partout que, comme beaucoup de produits, je venais de l'autre côté du Channel.

Nous achetions un très beau satin pour confectionner une robe du trousseau de Margot lorsqu'un homme qui nous servait se pencha au-dessus du comptoir et, me regardant, demanda :

– Mademoiselle est anglaise?

J'acquiesçai.

– Mademoiselle devrait repartir là-bas, dit-il. Sans perdre de temps.

Je le regardai avec surprise, et il poursuivit :

– L'orage va éclater un jour. Aujourd'hui, demain, la semaine prochaine, l'année prochaine. Et quand il éclatera, personne ne sera épargné. Vous devriez partir alors qu'il en est encore temps.

Une frayeur glacée m'envahit. J'avais remarqué tant de signes que ceux qui m'entouraient se refusaient à voir. Que ferait-on lorsque le drame serait inévitable?

Toute la ville était vraiment en attente.

Nous sortîmes, et sous le beau soleil, nous nous dirigeâmes vers la cour de Mai. Je ne pouvais oublier l'avertissement de l'employé et, tout en marchant, je sentis monter en moi un sombre pressentiment.

Je devais plus tard me souvenir de cette cour de Mai.

Margot entra dans ma chambre. Ses yeux brillaient et elle était toute rose.

– Tout est arrangé, me dit-elle. Nous allons voir Yvette.

– Qui est Yvette?

– Ne fais pas d'obstruction, Minelle. Je t'ai déjà parlé d'Yvette. Elle a aidé Nounou à la nursery autrefois. Elle habite la campagne... pas loin de là où j'ai perdu Pierrot.

– Mais, chère Margot, tu ne penses pas encore à le retrouver?

– Je ne pense presque qu'à ça. Crois-tu que je puisse vivre sans savoir ce qu'il devient? Je veux être certaine qu'il est heureux... et que je ne lui manque pas.

– Il était si petit quand tu as été séparée de lui, on ne peut pas s'attendre qu'il te connaisse.

– Mais voyons, il me connaît puisque je suis sa mère.

– Oh! Margot, ne sois pas folle. Il te faut oublier cet épisode infortuné. Tu as eu de la chance. Tu as un fiancé qui te plaît. Il sera très bon pour toi.

– Allez, ne joue pas aux oracles. Tu n'es plus maîtresse d'école maintenant. Tu m'as promis que tu viendrais avec moi pour le chercher. Ne tiens-tu pas tes promesses?

Je restai silencieuse. Il était vrai que je lui avais promis ce qu'elle voulait alors qu'elle était en pleine crise, mais je n'avais jamais cru qu'elle s'entêterait dans son projet.

– Voilà, tout est réglé, m'expliqua-t-elle. Nous irons chez Yvette. Je veux lui apprendre que je suis fiancée avec Robert. Mimi et Bessel nous accompagneront et nous prendrons la voiture. Nous logerons dans des auberges. Nous ferons de courts trajets chaque jour et lorsque nous arriverons dans le voisinage, je redeviendrai Mme Le Brun. J'ai fait comprendre à Mimi qu'il vaut mieux que je ne porte pas le nom de mon père à cause du récent scandale à propos de la mort de ma mère, et de la mentalité actuelle des gens. Elle est ravie. Elle pense qu'en effet, c'est mieux. Pourquoi ne dis-tu rien? Tu restes là avec l'air de me désapprouver. C'est pourtant bien au point.

– J'espère seulement que ce n'est pas une folie supplémentaire.

– Pourquoi serait-ce une folie? demanda-t-elle, boudeuse.

– Parce que tu en fais assez souvent.

Mais je vis bien que rien ne la détournerait de son plan.

« Après tout, songeai-je, ce n'est peut-être pas une mauvaise idée. Si elle se rend compte que son enfant est bien soigné, elle cessera de s'en préoccuper. » Mais comment espérer le retrouver?

Elle avait décidé que nous irions donc vers Petit-Montlys, mais que nous ne rendrions pas visite à Mme Grémond. Elle admettait que ce serait vraiment, là, une grave imprudence.

– Ce qu'il faut avant tout, c'est découvrir l'auberge où Pierrot m'a été enlevé et, de là, faire notre enquête aux alentours.

– Mais c'est impossible!

– J'y vais pour retrouver Pierrot, je le retrouverai, déclara-t-elle.

Nous partîmes donc et, en trois jours, nous fîmes le parcours, couchant dans des auberges que Bessel avait le don de découvrir.

Mme Le Brun, sa cousine, sa servante et son cocher paraissaient avoir suffisamment d'argent pour payer ce qu'ils désiraient et, par conséquent, ils étaient partout les bienvenus.

Nous eûmes la malchance qu'un cheval perdît un fer et que le forgeron le plus proche fût installé à moins d'un kilomètre de Petit-Montlys.

Nous laissâmes la voiture chez le forgeron et entrâmes dans le village. En attendant que la réparation soit terminée, nous allâmes boire un rafraîchissement dans l'auberge proche.

– Comment ça va à Paris? demanda le propriétaire dès qu'il nous eut servis.

– Très bien. C'est très gai, très vivant, assura Bessel.

– Il y a longtemps que je n'y suis allé. Mais, mademoiselle, il me semble que je vous ai déjà vue? fit-il soudain en m'examinant. Vous êtes anglaise, n'est-ce pas?

– Oui.

– Vous habitiez chez Mme Grémond avec votre cousine qui avait eu bien du malheur, c'est ça?

Je regardai Margot qui, brusquement, s'écria :

– Mais oui! J'avais perdu mon pauvre mari.

– J'espère, madame, que vous allez mieux maintenant.

– Il faut bien dominer sa peine, répondit-elle gravement.

Je remarquai combien Mimi et Bessel étaient stupéfaits. Je coupai :

– Il ne faut pas nous attarder. Nous devons retourner chez le forgeron. Il doit avoir fini maintenant.

Nous sortîmes. Dehors, au soleil, Margot se mit à rire comme s'il s'agissait d'une bonne plaisanterie. Je me sentais beaucoup moins gaie.

Tandis que nous retournions chez le forgeron, une jeune femme courut vers nous.

– Mais, s'écria-t-elle, c'est Mme Le Brun et Mlle Maddox!

Il était inutile de le nier, car cette jeune femme, c'était Jeanne.

– Comme c'est bon de vous revoir, madame, mademoiselle! continua-t-elle. Nous parlons souvent de vous. Et comment va le petit?

– Il va bien, dit tranquillement Margot.

– Un si beau bébé! Mme Liger prétend qu'elle n'en a jamais vu de plus solide!

Décidément, nous avions eu tort de revenir dans cette région. J'aurais dû prévoir que nous y serions en grand danger. Mais Margot n'aurait jamais voulu y renoncer. Jeanne poursuivait :

– J'ai entendu dire qu'une belle voiture était arrêtée chez le forgeron. Des dames de Paris, assurait-on, mais je n'aurais jamais cru...

Je touchai le bras de Margot :

– Il faut partir, dis-je.

– Vous venez voir Mme Grémond? reprit Jeanne.

– Non, je ne pense pas, répondis-je vivement. Salue-la de notre part, et explique-lui que nous sommes bousculées par le temps. Nous nous sommes perdues et nous devons arriver avant la nuit. Notre cheval avait perdu un fer.

– Et où allez-vous? s'enquit-elle, curieuse.

– A Parrefour, lançai-je, en inventant un nom au hasard.

– Je n'en ai jamais entendu parler. Est-ce une grande ville?

– C'est ce que nous verrons, assurai-je. Mais nous sommes très en retard. Au revoir.

– Ça m'a fait plaisir de vous retrouver, poursuivit-elle en examinant la tenue de Bessel, le manteau confortable de Mimi.

Et moi, je me réjouis intérieurement que le souci de notre sécurité nous ait conseillé de nous vêtir simplement pour que le rang de Margot ne soit pas trop visible.

En remontant dans la voiture, nous étions tous soucieux. Je lisais une interrogation dans les regards de Mimi qui, en bonne servante qu'elle était, se gardait bien de dire un mot. Bessel et elle en discuteraient plus tard.

Margot refusait de se laisser importuner par cette rencontre. Elle inventait certainement déjà une histoire à raconter à Mimi, quitte à ce que celle-ci ne la croie pas.

Nous découvrîmes enfin l'auberge où nous nous étions arrêtées avec Pierrot. Le propriétaire se souvint de nous. Nous l'avions sans doute intrigué, d'une part, à cause de moi, une étrangère, et d'autre part, parce que Margot, arrivée avec un bébé, était repartie sans lui...

Margot déclara qu'elle allait lui poser quelques questions discrètes, mais la discrétion et elle n'allaient jamais ensemble. Il fut bientôt très clair qu'elle cherchait la trace d'un couple qui avait emmené le bébé qu'elle avait eu en secret... Elle parvint cependant à apprendre que le couple avait pris la route du sud, vers la petite ville de Bordereaux.

Il y avait trois auberges, à Bordereaux, et aucune ne nous fournit de renseignement utile. D'après la carte, trois routes s'offraient ensuite à nous.

– Nous n'avons qu'à les essayer toutes, déclara fermement Margot.

Quelle vaine poursuite! Comment pouvions-nous espérer retrouver le bébé? Mais Margot n'abandonnait pas. Pourtant, je lui dis :

– Nous ne pouvons rester absentes plus longtemps. Déjà, notre conduite est assez bizarre. Que vont penser Mimi et Bessel?

– Ce sont des domestiques, répliqua Margot, soudain hautaine. Ils ne sont pas payés pour penser.

– Sauf si c'est dans ton intérêt! Ne crois-tu pas qu'ils soupçonnent quelque chose? Est-ce raisonnable, Margot?

– Cela m'est égal, je veux retrouver mon enfant.

– Puisque le prétexte de ce voyage, c'est d'aller voir Yvette, pourquoi n'y allons-nous pas?

Elle répliqua qu'elle n'avait pas de temps à perdre, mais je parvins quand même à la convaincre. Il me semblait entendre la voix du comte déclarant que, s'il fallait mentir, mieux valait rester aussi près que possible de la vérité.

Yvette habitait, non loin de là, une toute petite maison dont le jardin était entouré d'un mur. Le portail était assez large pour que la voiture puisse y passer et Yvette elle-même apparut à la porte.

Elle avait un doux visage que j'appréciai immédiatement, mais je vis tout de suite son inquiétude lorsqu'elle comprit qui étaient ses visiteurs.

Margot courut vers elle et se jeta dans ses bras.

– Ma chère petite, dit tendrement Yvette. Quelle bonne surprise!

– Nous étions dans les parages et je ne voulais pas manquer de te voir, assura Margot.

– Oh! chez qui êtes-vous en visite? demanda Yvette.

– Oh!... eh bien, à la vérité, nous venions te voir. Il y a si longtemps. Voici Mlle Maddox, mon amie... et ma cousine.

– Cousine? répéta Yvette. Je ne savais pas que vous aviez une cousine. Soyez la bienvenue, mademoiselle. Faites-moi le plaisir d'entrer. Oh! Mimi! Est-ce bien toi?

Et soudain, sa gêne parut augmenter.

– Josée va s'occuper de Mimi et de votre cocher, déclara-t-elle avec autorité.

Josée était sa servante... une servante aussi âgée qu'elle. Mimi et Bessel s'en allèrent de leur côté et nous entrâmes dans la maison qui était confortablement meublée.

– Tu es heureuse ici, Yvette? demanda Margot.

– Monsieur le comte a toujours été bon pour ceux qui ont travaillé pour lui, dit-elle. Quand vous n'avez plus eu besoin de moi, j'ai quitté le château et le comte m'a procuré cette maison avec une rente qui me permet d'avoir Josée pour s'occuper de moi. Nous sommes très heureuses ici. Ainsi Mlle Maddox est anglaise?

Je m'étonnai : comment avait-elle appris cela puisque je ne l'avais pas mentionné et que mon accent, maintenant, ne me trahissait plus? C'était mon nom peut-être? Mais tel qu'il était prononcé par Margot, il ne résonnait pas très britannique.

– Asseyez-vous, ma chère enfant. Vous aussi, mademoiselle. Voulez-vous quelque rafraîchissement et resterez-vous dîner avec moi? Nous avons du poulet et Josée est une excellente cuisinière. Oh! j'ai appris que vous étiez fiancée, c'est vrai?

– Tu sais ça? Qui te l'a dit?

Yvette hésita. Puis, elle expliqua :

– Le comte tient toujours à savoir comment je me porte, et il vient de temps en temps me voir.

C'était un aspect du caractère du comte que je n'avais pas imaginé. J'en fus ravie et cela me remplit soudain de joie.

– Nous partagerons volontiers ton poulet, accepta Margot, n'est-ce pas, Minelle?

Toujours sous l'effet de ce que je venais d'apprendre concernant le comte, j'acquiesçai avec plaisir.

– Sais-tu qu'Yvette est une merveilleuse brodeuse? lança Margot qui se leva et alla vers une corbeille dont elle tira un petit vêtement. Regarde-moi la finesse de ce travail! s'écria-t-elle. Mais qu'est-ce que c'est, Yvette? Une brassière de bébé?

– Je travaille pour une amie, balbutia Yvette en rougissant.

Le visage de Margot se rembrunit comme chaque fois qu'il s'agissait d'enfants. Souvent je pensais alors : « Jamais, tant qu'elle n'en aura pas un autre, elle n'oubliera le sien. »

Elle plia la brassière et la reposa à sa place :

– Elle est bien jolie, constata-t-elle.

– Comment cela va-t-il au château? demanda vivement Yvette.

– Comme avant. Oh! non... maintenant ils jettent des pierres à travers les vitres.

– Les gens deviennent fous (Yvette secoua tristement la tête.) Les échos de Paris nous parviennent jusqu'ici.

Puis, elle rappela les jours anciens et me cita de petites aventures se rapportant à Margot quand elle était enfant. Une tendresse profonde émanait de toutes ses paroles. J'en étais touchée.

– On m'a appris la mort de votre mère, continua-t-elle. Quelle tristesse! Pauvre dame! Nounou doit être folle. Pour elle, rien n'existait en dehors de la comtesse. Elle l'avait eue tout bébé. Je comprends. Nous, qui n'avons pas d'enfants... ceux que l'on nous confie prennent toute la place dans notre cœur. Ah! je suis vieille maintenant, mais j'ai toujours aimé les petits. Le destin... parfois, accorde des enfants à ceux qui n'en souhaitent pas et il les refuse à ceux qui les désirent tellement. Pauvre, pauvre Nounou.

– Elle accepte très mal, reconnut Margot qui, tout à coup, sursauta : Qu'est-ce que c'est que ça?

Nous écoutâmes toutes les trois.

– J'ai cru entendre un bébé crier! reprit Margot.

– Non, non, s'écria Yvette... Oh! excusez-moi, il faut que j'aille à la cuisine voir si Josée se débrouille avec le poulet. Nous faisons toujours la cuisine ensemble.

Mais lorsqu'elle ouvrit la porte, les pleurs d'un enfant furent encore plus évidents. Margot se précipita :

– Tu as un enfant ici?

Yvette devint écarlate et balbutia :

– Enfin... oui... je m'en occupe un peu...

Margot grimpait déjà l'escalier. Quelques secondes plus tard, elle apparut sur le palier tenant un bébé dans ses bras. Elle arborait un sourire de triomphe sur ses lèvres. « Dieu a d'étranges manières, songeai-je, car, avant même qu'Yvette l'admît, je savais que c'était Pierrot. »

Le visage radieux, Margot descendit l'enfant. Elle s'assit et l'installa sur ses genoux. Il riait et paraissait joyeux en dépit du fait qu'il avait pleuré un instant auparavant.

– Qu'il est beau! Qu'il est beau! s'extasiait Margot.

Et il l'était : dodu, bien nourri, solide, magnifique.

Yvette regardait Margot et hochait lentement la tête :

– Vous n'auriez pas dû venir ici, mon petit, fit-elle enfin.

– Et ne pas voir mon beau Pierrot! cria Margot. Oh! comme il m'a manqué! Et le retrouver ici! Yvette! Quelle cachottière! Mais comme tu l'as bien soigné.

– Bien entendu, je l'ai bien soigné. Comme si je pouvais ne pas soigner un petit enfant! Et le vôtre tout spécialement. C'est que le comte m'a dit : « Je sais que tu t'en occuperas parfaitement parce que c'est celui de Marguerite. » Oh! mon petit, vous n'auriez jamais dû venir, surtout maintenant que vous êtes fiancée. Que va dire le comte?

– C'est mon affaire, déclara Margot.

– Margot, lui rappelai-je, reconnais que, pour Pierrot, rester ici, c'est ce qu'il y a de mieux.

Elle ne me répondit pas. D'ailleurs, rien ne lui importait en cet instant où elle tenait son enfant dans ses bras. Elle ne voulut pas le lâcher et lorsqu'il s'endormit, ce fut elle qui monta le déposer dans son berceau. Je compris qu'elle voulait être seule avec lui, et je demeurai en bas avec Yvette.

– Mademoiselle, je sais que vous veillez sur Marguerite, me dit Yvette. Le comte m'a tout raconté. Il m'a parlé de vous très chaleureusement. Que va-t-il dire quand il apprendra que vous êtes venues ici?

– Les sentiments de Margot sont bien naturels. Il les comprendra.

– C'est vrai, fit-elle. Mais une autre chose m'inquiète. On a posé des questions...

– Des questions? Quelle sorte de questions?

— A propos du bébé. Josée entend les commérages qui n'arrivent pas jusqu'à moi. Elle va en ville les jours de marché. Je la gronde d'écouter les racontars, mais c'est utile parfois. Un enfant chez moi ne peut pas rester un secret et l'on a compris qu'il venait d'une noble famille. Le comte m'a recommandé de lui donner ce qu'il y a de mieux et de meilleur : ce sont ses ordres. Je n'étais pas pauvre avant sa venue mais je suis tellement plus à l'aise depuis que je m'occupe de l'enfant. On le remarque. Josée m'a rapporté qu'un monsieur qui faisait semblant d'être un marchand mais qui était certainement un aristocrate a posé des questions. Il s'intéressait à l'enfant et cherchait à savoir qui il était.

— Est-ce que... commençai-je. Etait-ce Robert de Granville? Le fiancé de Margot?

— J'y ai pensé. Il est simple de faire le rapprochement si l'on apprend que j'ai travaillé au château. Le comte est un monsieur très distingué. Il est venu me voir deux fois depuis que j'ai l'enfant. Quand il passe, il s'habille simplement mais, vous savez ce que c'est, mademoiselle, des hommes comme lui ont du mal à dissimuler des siècles de bonne éducation. Je tremble parfois en pensant à ce que risque d'être l'avenir.

— Comme je vous comprends. Merci de m'avoir prévenue.

— Il y a autre chose, mademoiselle. Josée m'a dit qu'elle avait entendu murmurer que le comte était le père de l'enfant.

— Oh! non, sûrement pas... m'écriai-je.

Elle me regarda curieusement :

— Vous étiez avec Margot quand le bébé est né. Vous avez habité le château... alors...

— Vous ne voulez pas insinuer que l'on me croit...? commençai-je, rouge et indignée.

– Les gens sont si méchants. Je ne sais ce qu'ils peuvent penser... mais enfin tout est possible...

– Oui, ce serait possible. Croyez-vous tout de même que le comte aurait permis à sa fille d'être avec une femme qui devait mettre au monde son enfant illégitime?

– Oui, c'est stupide. Mais l'enfant est là. J'étais autrefois au château et le comte se préoccupe du bien de l'enfant. Les gens mélangent tout et trouvent facilement une solution fausse.

La tête me tournait. Décidément, le tourbillon d'intrigues devenait infernal.

– J'ai cru devoir vous avertir, mademoiselle, reprit doucement Yvette. Veillez sur Mlle Margot. Elle est si impulsive et elle a toujours agi sans réfléchir. Je voudrais tant la savoir bien établie et elle en a l'occasion en ce moment. Les Granville sont une excellente famille... Leur réputation est très bonne. Ils traitent bien leurs gens et sont généreux. Ce mariage serait parfait pour Margot. Mais il y a son enfant. Pourquoi le petit Pierrot n'est-il pas le fils de Robert de Granville et né après le mariage?

– C'eût été l'idéal et nous ne serions pas ici.

– Mademoiselle, je sais que vous êtes intelligente. Le comte a très confiance en vous. Veillez sur elle. Les questions ont peut-être été posées par les Granville. S'ils apprennent que l'enfant est celui de Mlle Margot, ils renonceront probablement au mariage. Il faudrait que vous ne l'oubliiez pas.

– Il vaut mieux n'en rien dire maintenant.

– J'ai été heureuse de pouvoir parler seule à seule.

– Attendons de voir ce qui va arriver, dis-je. Si c'était M. de Granville qui s'informait, nous le saurons bientôt.

— Mais vous serez avertie, mademoiselle, si les choses tournent mal.

Margot revint vers nous, extasiée :

— Il est endormi. C'est un ange.

Mon cœur se serra en songeant qu'il faudrait qu'elle s'en sépare de nouveau.

Nous passâmes la nuit dans la maison d'Yvette car Margot voulut profiter au maximum de son fils. J'envoyai Mimi et Bessel à l'auberge et je fus, je l'avoue, soulagée de pouvoir les éloigner.

Nous restâmes longtemps éveillées et nous bavardâmes.

— Que vais-je faire? me demanda Margot.

— Le plus sage, j'espère.

— Je sais ce que tu dois répondre : laisse Pierrot ici.

— Personne ne s'en occupera mieux qu'Yvette.

— Mais je la garderai avec moi.

— Elle l'aime et l'enfant ne manque de rien.

— Il n'a pas sa mère!

— Dans les circonstances actuelles, il est mieux là où il est.

— Tu es sans cœur, Minelle. Je te giflerais volontiers pour tes réflexions lucides et logiques. J'en ai horreur, d'autant plus que tout le monde trouverait que tu as raison.

— Bien entendu, j'ai raison. Tu as retrouvé ton fils. Tu as la grande satisfaction d'être sûre qu'il est dans les meilleures mains. Tu peux revenir le voir quand tu voudras. Que veux-tu d'autre?

— L'avoir avec moi tout le temps.

— Pour cela tu aurais dû attendre qu'il naisse de façon honorable.

— Tu ne m'aurais pas fait épouser James Wedder!

— Certes, cela aurait été un mariage désastreux, mais ayant agi comme tu l'as fait, tu devrais en accepter les conséquences. Ton père a fait beaucoup pour toi Maintenant, à toi de te conduire comme il le souhaite.

– Mais, et Robert?

– Avoue-lui tout.

– Tu es bien audacieuse tout à coup. Il ne m'épousera pas...

– Dans ce cas, ce sera peut-être préférable...

– Oh! comme c'est facile de résoudre les problèmes des autres.

Sur ce point, j'étais d'accord.

Je parvins cependant à lui faire entendre qu'il fallait qu'elle s'éloigne maintenant qu'elle était certaine de pouvoir retrouver son fils lorsque leur séparation lui paraîtrait trop intolérable.

Notre recherche se terminait donc mieux que je ne l'avais craint : Margot avait retrouvé Pierrot et j'avais découvert un trait de caractère du comte qu'il cachait à tout le monde. Il s'était occupé d'Yvette lorsqu'elle avait quitté son service. Il l'avait installée confortablement, et, plus récemment, il s'était décidé à protéger l'enfant de sa fille malgré la disgrâce de sa naissance. Ainsi, j'avais appris qu'il était capable de se montrer humain, bon, et d'avoir des sentiments chaleureux.

Cette nuit-là je me sentis très heureuse.

2

Lorsque nous rentrâmes à Paris, nous trouvâmes un message urgent du comte. Nous devions rentrer au château sans délai. Comme cet ordre nous attendait depuis déjà deux jours, nous ne perdîmes pas de temps en préparatifs.

Nous arrivâmes au château le surlendemain. Le comte n'était pas content :

– Je vous attendais plus tôt, dit-il froidement. N'avez-vous pas reçu ma lettre?

Je lui expliquai que nous étions allées à la campagne et qu'à notre retour à Paris nous lui avions immédiatement obéi.

– Aller à la campagne, c'était la dernière chose à faire, trancha-t-il. Nous ne sommes pas à une époque qui permet les voyages d'agrément.

Qu'aurait-il dit s'il avait su que nous avions rendu visite à Yvette?

Plus tard, il m'envoya chercher et sa mauvaise humeur avait disparu.

– Vous me manquiez, reconnut-il simplement. (Je ressentis cette joie irrésistible qu'il était le seul à provoquer en moi.) J'étais rempli d'anxiété. Vous devez savoir, Minelle, que nous allons vers des jours pénibles. Un miracle peut seul nous sauver maintenant.

– Ce n'est peut-être pas trop tard.

– C'est notre seule chance. Ne me dites pas que tout est notre faute, je le sais. Personne ne le sait mieux que moi. Notre classe a été égoïste et stupide. Notre précédent souverain et sa maîtresse ont déclaré qu'après eux viendrait le déluge. J'entends déjà venir l'orage. Et, sans miracle, le déluge nous engloutira.

– Lorsque l'on est averti, ne peut-on rien éviter?

– Le roi convoque les Etats généraux. Il demande aux deux partis les plus riches, le clergé et la noblesse, de faire des sacrifices pour sauver le pays. La situation est explosive. Je dois me rendre à Paris. Je partirai demain. Je ne sais combien de temps j'y resterai, ni dans combien de temps je pourrai vous revoir, Minelle. Je voudrais que vous restiez ici jusqu'à ce que je vous envoie chercher. Prenez soin de vous. Promettez-le-moi.

– Je vous le promets.

– Et de Marguerite aussi. Veillez sur elle. Ne faites plus de folie comme celle d'aller voir son enfant.

Je retins mon souffle :

– Vous le saviez!

– Ma chère cousine, j'ai des gens qui veillent pour moi. Je dois toujours savoir ce qui me menace, moi et ma famille. Vous devez penser, comme moi, qu'il aurait mieux valu que Marguerite ne sache pas où était son fils. Par ailleurs, vous respectez ses sentiments maternels. Je sais que vous avez retrouvé Yvette. Bon. Elle voudra aller là-bas de temps en temps et, un jour, elle sera trahie et devra répondre à son mari. Quand elle sera mariée, ce sera une affaire entre son mari et elle. Tant qu'elle n'est pas mariée et encore ma fille, cela me regarde.

– Vous paraissez omniscient, dis-je.

– C'est ainsi que vous devez me considérer. (Il souriait et, quand il souriait de cette manière si tendre, il me bouleversait.) Il me faut vous parler sérieusement puisqu'il se peut que nous restions un long temps sans nous rencontrer. Je vais à Paris pour les Etats généraux. Regardons la situation en face. A n'importe quel moment... le peuple peut se soulever. Pourrons-nous le dominer? Je n'en sais rien. Nous vivons sur le fil du rasoir, Minelle. C'est pourquoi il faut que vous compreniez la profondeur de mes sentiments pour vous.

– Justement, répliquai-je. Je sais que vous avez été attiré par moi, ce qui m'a surprise. Je sais que vous avez voulu que je vienne ici pour cette simple raison. Je sais aussi que vous avez souvent été attiré de la même façon par beaucoup de femmes. Et c'est précisément la profondeur de vos sentiments que j'ignore.

– Et vous y attachez une grande importance?

– C'est évidemment d'une grande importance.

– Je ne pouvais vous en parler tant que ma femme était vivante.

Je me sentis soudain malade de frayeur. Tous mes doutes, tous mes soupçons me revinrent en bloc à l'esprit. Je tentai de repousser leur affreuse fascination. Ma mère m'avertissait certainement.

– Il y a si peu de temps qu'elle est morte, m'entendis-je répondre. Vous devriez peut-être encore attendre...

– Attendre? Attendre quoi? Jusqu'à ma mort? N'admettez-vous donc pas, Minelle, que je ne vous reverrai peut-être jamais? Vous connaissez l'état d'esprit actuel. Vous avez vu les pierres jetées sur nos vitres. Savez-vous que, si cela était arrivé il y a cinquante ans, le coupable aurait déjà été fouetté en place publique et jeté en prison où il serait resté des années?

– Il n'est pas surprenant que le peuple souhaite un changement.

– Bien entendu, ce n'est pas surprenant. Il a droit à plus de justice... de compréhension... d'aide pour les pauvres. Nous le comprenons maintenant. Mais ce n'est pas seulement cela qu'il réclame. Il veut se venger. S'il réussit, il n'y aura plus de justice. Il nous tuera et réclamera plus encore. Vous savez tout cela. Les affaires du pays nous préoccupent. Elles sont tragiques, désespérées... mais, Minelle, je voudrais vous parler de nous... de vous et de moi. Quoi qu'il arrive, sachez bien ceci : mes sentiments sont vrais. Tout d'abord, j'ai cru que c'était un simple désir... comme j'en ai éprouvé souvent dans ma vie. Mais pendant que vous étiez à Paris, j'ai eu peur pour vous. J'ai su que si je vous perdais, je n'aurais plus jamais un seul instant de bonheur. Je voudrais vous demander de m'épouser.

– Vous devez comprendre que ce n'est pas possible.

– Pourquoi? Ne sommes-nous pas libres maintenant?

– Vous êtes libre depuis peu de temps. Et les circonstances de la mort de votre femme...

– Croyez-vous donc ce que l'on raconte? Chère Minelle, vous savez bien qu'on m'accuse des plus noirs méfaits et entre autres d'avoir tué ma femme.

Je pris un air suppliant pour qu'il ne continuât pas.

– Vous aussi? s'obstina-t-il. Vous croyez que je l'ai tuée? Vous pensez que je me suis glissé dans sa chambre, que j'ai pris la drogue préparée par Nounou et que j'ai rempli son verre? C'est ce que vous pensez?

Je ne pouvais parler. J'avais l'impression que ma mère était à côté de moi. « Comment, me soufflait-elle, si tu crois qu'il est un meurtrier, comment peux-tu l'aimer? »

Mais elle n'aurait jamais admis ce qui me bouleversait. Je constatais qu'on peut aimer quoi que celui qu'on aime ait fait et quoi qu'il puisse faire dans l'avenir. L'amour que je ressentais en moi devait être si différent de celui qu'elle avait éprouvé pour mon père. Lui, c'était un homme droit, honnête, un brave capitaine de la marine qui n'avait d'autres soucis que sa famille et le désir de mener une existence parfaitement honorable. Mais tous les hommes ne sont pas ainsi...

Le comte m'examinait avec curiosité.

– Ainsi, vous le croyez? reprit-il. Pourtant, je souhaite tant vous épouser avant qu'il ne soit trop tard. Je ne suis plus jeune. Le monde que j'ai toujours connu s'écroule autour de moi. J'ai un tel besoin...

– Et vous reconnaissez avoir tué votre femme? coupai-je.

– Non, je n'ai pas dit cela. Pour être honnête, j'avouerai que j'ai souhaité l'écarter de mon chemin. Je la méprisais. Je l'ai même haïe, mais jamais autant que lorsqu'elle s'est dressée entre vous et moi. Vaguement auparavant, j'ai désiré me remarier pour avoir un fils. Maintenant que vous êtes là, je le veux pour d'autres raisons aussi. J'ai souvent rêvé d'une existence heureuse au château... des enfants jouant autour de nous... une vie plaisante sans problèmes. C'était tout ce que je souhaitais. Et elle est morte. Elle a pris une trop forte dose de somnifère parce qu'elle a appris qu'elle avait le même mal que celui qui avait tué sa mère. Il était incurable et pénible. En doutez-vous?

Je ne voulais pas le regarder car je savais qu'il lirait dans mes yeux. Je le voyais galopant à travers un village, un petit garçon jouant sur son chemin... et le comte passant en trombe, laissant derrière lui un corps démantelé. Certes, le comte avait pris soin du frère jumeau et tenté de réconforter la famille... mais qui peut compenser une mort?

– Je vous comprends très bien, dis-je lentement. Toute votre vie vous avez considéré ceux qui ne sont pas de votre classe comme vos inférieurs. Lorsque je me réfère à cela, je désire, moi aussi, un changement.

– Vous avez raison. Mais je vous en prie, ne vous fiez pas à ce que vous entendez. Les commérages finissent par écraser ceux qui suscitent l'envie. Vous n'en êtes pas exclue.

– Qui pourrait m'envier?

– Beaucoup de gens. Certains connaissent mes sentiments pour vous. Aussi étrange que cela soit, ils vous envient pour cela. On murmure à mon sujet et on vous nomme.

– Cela me confirme que je dois retourner en Angleterre.

– Quoi? Fuir! Quitter le navire en détresse!

– Ce n'est pas vraiment mon navire.

– Savez-vous ce qu'on raconte? On a appris qu'un

enfant est né. On dit que c'est le mien et que vous en êtes la mère.

Je rougis jusqu'aux oreilles et il continua, moqueur :

– Vous voyez bien qu'il ne faut pas croire toutes les rumeurs.

– C'est une histoire honteuse...

– Les rumeurs le sont en général. Les gens s'emparent d'un élément de vérité. Ils construisent leur médisance autour et les paroles prennent du poids. Mais les gens intelligents n'écoutent jamais les calomnies. Ne perdons pas notre temps. Qu'importe ce qu'on dit? Il faut que je parte à Paris. Je dois vous laisser ici. Minelle, faites attention, n'agissez pas follement. Et surtout soyez toujours prête à faire ce que j'ordonnerai. N'oubliez pas que ce sera toujours pour votre bien.

– Merci, dis-je simplement.

Alors, il m'attira contre lui et m'embrassa comme jamais personne ne m'avait encore embrassée... et j'aspirai à rester dans ses bras pour toujours.

– Oh! Minelle, soupira-t-il, pourquoi luttez-vous contre votre cœur? (Il m'éloigna un peu de lui :) Mais c'est peut-être pour cela que j'espère, car autrement vous ne seriez pas vous. C'est un pari. Un jour, vous viendrez vers moi, abandonnant toute sagesse, car rien... absolument rien ne pourra vous retenir. C'est ce que je désire. Quoi que je sois, quelles qu'aient pu être mes fautes, vous viendrez vers moi. Vous m'aimerez... moi... pas pour mes vertus car je n'en ai pas... mais pour moi, tel que je suis. Je dois vous quitter, car je pars demain, avant l'aube, avant que vous ne soyez réveillée... mais un jour, Minelle... un jour...

Puis, il m'embrassa de nouveau, me serrant comme s'il ne voulait plus jamais me lâcher. Je savais qu'il avait raison. J'étais presque arrivée au moment où, quoi qu'il ait fait, ou si coupable qu'il puisse être... rien ne compterait plus que mon besoin de lui.

Je fis pourtant demi-tour et le quittai en hâte, effrayée par cette émotion que, peu de temps auparavant, j'aurais cru ne devoir jamais ressentir.

Je ne dormis pas de la nuit et, à l'aube, lorsque j'entendis les sabots des chevaux, je me précipitai pour le voir partir. Il m'aperçut à ma fenêtre et leva la main en signe d'adieu.

Je me levai tôt et j'étais habillée lorsque la servante entra avec le petit déjeuner. Elle m'apportait aussi une lettre.

– Monsieur le comte m'a dit de vous la remettre, dit-elle.

Je surpris une certaine curiosité dans son regard.

C'était le même papier que celui qui enveloppait la pierre jetée dans le couloir...

Ma chérie,

Voici ces quelques lignes écrites après vous avoir quittée. Je vous en prie, veillez sur vous. Soyez patiente. Un jour, nous serons ensemble. J'ai beaucoup de projets pour nous. Je vous le promets, tout ira bien.

Bertrand.

Je lus et relus ces mots. Bertrand. Tout à coup, son nom me paraissait inconnu. Lorsque je pensais à lui, c'était toujours pour moi, le comte... le Diable... même le galop du Diable, ce nom que je lui avais donné la première fois que je l'avais vu. Cela lui allait mieux que ce simple Bertrand. J'avais appris tant de choses sur lui depuis que son galop diabolique m'avait frappée. Je savais qu'il était arrogant. N'avait-il pas été élevé dans l'idée que lui et les siens étaient des êtres supérieurs? Et cela depuis des siècles. Ses ancêtres s'appropriaient ce qui leur plaisait et ce qui se mettait en travers était fatalement réduit à néant. Cette conviction était profondément ancrée dans sa nature. Qu'est-ce qui pourrait le changer? Cependant, il était capable de manifester de la bonté. N'avait-il pas recueilli Léon et ne l'avait-il pas élevé? Il avait en partie réparé le tort qu'il avait causé à la famille. Et puis, il avait pris soin de Pierrot. Il était venu lui-même vérifier si tout allait bien. Et pour moi? N'avais-je pas senti en lui une réelle tendresse? Etait-elle vraie? M'aimait-il autrement qu'il avait aimé les autres? Et si je l'épousais un jour, si je ne lui donnais pas un fils, aurais-je droit, moi aussi, à une double dose de poison? Me trouverait-on morte un matin?

Je croyais donc qu'il avait tué Louise. Elle était morte au moment opportun. Pourquoi donc elle qui, toute sa vie, avait été une invalide, aurait-elle soudain décidé de disparaître?

Ainsi, je le croyais coupable d'assassinat et, cependant, je le désirais. Je voulais son amour. Il me fallait regarder la vérité en face. Ma mère ne me l'avait-elle pas enseigné?

J'avais toujours envisagé l'amour entre hommes et femmes comme celui de ma mère et de mon père. Une femme devait toujours admirer son mari. Mais si l'homme qui vous attirait plus qu'aucun autre, si celui avec qui vous souhaitiez passer votre vie, était peut-être un meurtrier, que devait-on faire?

Comme j'aurais aimé parler de tout ceci avec ma mère... Mais si elle avait vécu, je ne me serais jamais trouvée dans une telle situation. Elle ne m'aurait d'abord pas autorisée à partir en France et, ensuite, maintenant, elle m'aurait ordonné ceci : « Pars, pars tout de suite pour l'Angleterre. »

Tandis que je réfléchissais ainsi, Margot entra et elle était tellement absorbée dans ses pensées qu'elle ne remarqua pas que, en hâte, je jetais la lettre dans un tiroir.

— Il faut que je te parle, Minelle, dit-elle. Je me suis posé des questions toute la nuit. J'ai à peine dormi.

Avait-elle entendu partir son père? L'avait-elle vu se retourner et me faire signe? Je ne le croyais pas. Quand elle ressassait ses propres soucis, elle ne s'inquiétait pas de ce que faisaient les autres.

— Je suis tellement choquée, reprit-elle. Je n'aurais jamais cru ça d'eux.

— De qui parles-tu?

— De Mimi et de Bessel. Certes, les serviteurs ont beaucoup changé, je le sais. Ils peuvent être insolents maintenant. Mais Bessel... mais Mimi... surtout Mimi. C'est lui qui la pousse. Sans lui, elle n'aurait jamais agi comme ça.

— Qu'est-il arrivé? demandai-je. (Je m'inquiétais car j'avais toujours regretté que nous ayons partagé notre secret avec eux.)

— Mimi est venue me trouver hier soir et m'a dit que Bessel voulait me parler. Je ne savais pas ce qu'il me voulait. Je pensais qu'il s'agissait de chevaux. Quand il est entré, il m'a tout de suite paru différent du brave Bessel qu'il est d'habitude. Il me regardait d'un drôle d'air et il ne s'est pas excusé de me déranger. Il m'a déclaré qu'ayant appris qu'une maisonnette était libre dans la propriété il la voulait pour que Mimi et lui puissent se marier tout de suite.

— C'est une demande naturelle.

— Je lui ai conseillé de s'adresser, comme il est normal, au chef des écuries, mais il m'a répondu que le chef ne l'aimait pas et que c'est pour cela qu'il avait voulu passer par-dessus sa tête. Il a ajouté qu'il avait entendu dire par un camarade qui travaillait pour les Granville que tout le monde se préparait au mariage et qu'on espérait qu'il n'arriverait rien qui puisse l'empêcher.

Mon cœur se serra :

– Oui, et ensuite?

– Il a déclaré qu'il était très bien avec les valets de Granville, qu'on y était navré que le mariage ait été reculé à cause de la mort de ma mère et qu'on espérait bien que rien d'autre n'éclaterait ensuite...

– Oh! Margot! Cela ne me plaît pas!

– A moi non plus. Et surtout, la façon dont il l'a dit. Il a précisé qu'après le voyage que nous avions fait ensemble, il était certain que j'aurais la bonté de m'occuper de sa maisonnette, car, d'un mot, je pouvais tout arranger.

– C'est du chantage! m'écriai-je. Il a donc insinué que si tu n'agissais pas, il parlerait à ses amis de Granville... et que ceux-ci sauraient faire en sorte que les commérages parviennent à la famille de Robert.

Margot baissa la tête.

– Il ne faut jamais céder au chantage, décidai-je. Tu dois voir Robert avant que personne ait le temps de parler. Et tu lui avoues la vérité.

– S'il apprend que j'ai eu un enfant, il ne voudra plus m'épouser.

– Il t'épousera s'il t'aime.

– Il ne voudra pas. Je sais qu'il ne voudra pas.

– Eh bien, le mariage n'aura pas lieu, tant pis.

– Mais je veux l'épouser!

– Tu as aussi voulu épouser James Wedder. Tu as même fui avec lui.

– J'étais jeune et folle. Je ne savais pas ce que je faisais. J'ai mûri. J'ai un enfant. J'ai des projets pour l'avenir... et ils comprennent Robert. Je l'aime, Minelle.

— A plus forte raison, tu ne dois pas le décevoir.

— Je ne peux pas parler à Robert. J'ai déjà dit à Bessel qu'il aurait sa maison. Oh! ne prends pas cet air. J'ai cédé pour Mimi qui m'est si dévouée. J'épouserai Robert. Eux, ils resteront ici et je ne les verrai plus jamais.

— Les maîtres-chanteurs n'agissent pas ainsi. Leur première demande n'est jamais la dernière.

— Lorsque j'épouserai Robert, je lui dirai la vérité, mais pas avant. Oh! Minelle, j'espère que le mariage ne sera pas retardé.

Je la regardai tristement. Décidément, les événements se précipitaient et devenaient de plus en plus menaçants.

Nous ne sortions jamais sans être accompagnées par un garçon d'écurie. Les ordres du comte étaient stricts. Cependant, je remarquais chez ceux que nous rencontrions des regards malveillants. Autrefois, je ne m'étais pas préoccupée de leur opinion. J'étais une étrangère et j'habitais le château pour un temps seulement. Maintenant, tout était changé et la rumeur assurant que j'avais eu un enfant du comte était peut-être venue jusqu'ici.

Je voyais beaucoup plus Léon et Etienne que de coutume car nous quittions à peine le château et ses environs. Eux aussi avaient leurs occupations sur les terres alentour, mais ils ne sortaient jamais seuls non plus.

Cela m'intéressait de bavarder avec eux et d'apprendre quel était leur point de vue sur la situation. Etienne refusait d'admettre que l'ancien régime puisse être discuté. Il avait le plus grand mépris pour ceux qu'il nommait la « plèbe ». Selon lui, il suffirait d'appeler l'armée s'il y avait un soulèvement, cette armée fermement attachée au roi. Léon jugeait de façon très opposée.

Nous restions parfois longtemps à table, le repas terminé, avançant chacun nos arguments.

– Pour l'instant, l'armée est avec le roi, reconnaissait Léon, mais cela peut varier et alors ce sera la fin.

– Idiot! lançait Etienne. L'armée ne sera jamais déloyale et n'oublions pas que le pouvoir et l'argent sont avec la noblesse.

– Tu n'as pas évolué avec le temps, rétorquait Léon. Ne sais-tu pas qu'au Palais-Royal le duc d'Orléans soutient la sédition? Il encourage les agitateurs. Partout, tu entends crier Liberté, Egalité et Fraternité. On murmure contre la reine et même contre le roi. Tu dois te boucher les oreilles.

– Et toi, tu es toujours fourré avec les paysans. Tu attaches trop d'importance à ce qu'ils déclarent.

– Je leur donne l'importance qu'ils méritent.

Ils parlementaient ainsi et je les écoutais avec toute mon attention pour me faire une idée exacte de la situation. Que chaque jour la rende plus dangereuse, je n'en doutais pas et me demandais ce que faisait le comte à Paris.

– Ma mère aimerait que vous alliez la voir, me dit un jour Etienne. Elle m'a demandé de vous inviter. Elle vient d'acheter un très beau vase... que l'on prétend anglais. Elle désire avoir votre opinion.

– Je ne suis pas très compétente.

– Elle aimerait votre avis quand même. Puis-je vous y conduire demain?

– Oui, avec plaisir.

Le jour suivant, à 3 heures et demie, nous nous mîmes en route.

– Passons par le sentier que je vous ai montré, proposa Etienne. On ne s'en sert plus et il est un peu envahi par les herbes...

Il était très embroussaillé en effet. Les branches se

rejoignaient souvent au-dessus de nos têtes et les buissons étaient très épais.

Gabrielle nous attendait.

— C'est si gentil à vous de vous déranger, dit-elle. Je voulais tellement vous montrer ma nouvelle acquisition. Mais, d'abord, prenons le thé. Je sais que vous l'aimez, vous, les Anglais.

Elle m'emmena dans son élégant salon où j'étais entrée. En buvant, elle me posa des questions sur mon séjour à Paris.

Je lui expliquai combien cela m'avait passionnée.

— Avez-vous remarqué comme nous imitons les Anglais?

— Oui. J'ai pu parler anglais dans beaucoup de boutiques.

— Et tout le monde prend le thé maintenant. Cela doit vous amuser.

— Oh! ce n'est qu'une mode.

— Nous sommes un peuple changeant, n'est-ce pas?

— Les modes vont et viennent partout, non?

— C'est comme un homme avec ses maîtresses. Elles vont et viennent. Les plus intelligentes savent que rien n'est permanent. La favorite d'un jour peut être répudiée le lendemain. Le thé est-il à votre goût?

Je l'en félicitai.

— Essayez mes petits gâteaux. Etienne les aime. J'ai la chance de le voir souvent. Mon frère vient aussi. Nous sommes une famille très liée. Si je n'ai pas épousé le comte, au moins j'ai conservé mon fils. Souvent les hommes aiment garder leurs enfants illégitimes au secret. Cela doit être affreux pour la pauvre mère.

Je me sentis rougir. Elle avait dû entendre les ragots et suggérait que j'étais la mère d'un enfant du comte.

— On peut imaginer, même sans en avoir l'expérience, que cela doit être dur pour une mère, répondis-je froidement. Ajoutons qu'une femme devrait être assez avisée pour y penser avant de se mettre dans cette situation.

– Les femmes ne voient pas si loin.

– Malheureusement non. Si vous me montriez votre vase?

Elle parut s'attarder autour du thé et je notai qu'elle jetait souvent un coup d'œil vers la pendule en forme de château qu'elle m'avait signalée comme un cadeau du comte. Je crus qu'elle voulait ainsi me rappeler combien il tenait à elle.

Elle se remit à parler de Paris, cette ville qu'elle aimait tant, et, comme j'avais jugé ma visite dans la capitale trop brève, je l'écoutai avec intérêt.

Elle me signala que j'aurais dû visiter les Halles pour connaître le vrai Paris, et elle avait vraiment le don des descriptions. Elle me rendit réel le large cercle où débouchaient six rues et les étalages où s'empilaient les victuailles. Puis, elle parla des vêtements de seconde main que l'on vendait, les lundis, sur la place de Grève.

– C'est si amusant de voir les femmes s'arracher les robes, commenta-t-elle. Les jupes, les corsages, les vestes, les manteaux... On les essaye en public et cela provoque beaucoup de bruits et d'amusement.

Enfin, elle se décida à me montrer son vase. Il était très beau : d'un bleu profond et orné de silhouettes blanches. Je lui dis que ce devait être du Wedgwood. Elle en était très fière. Elle insinua que c'était un cadeau de quelqu'un qui savait combien elle aimait les objets anglais et je me demandai si le donateur était le comte.

Lorsque je voulus partir, elle me retint encore et j'en conclus que, non seulement c'était une femme jalouse, mais aussi une bavarde.

Soudain, elle se fit plus sérieuse :

– Ah! dit-elle, quand on est jeune... inexpérimentée, on croit tout ce qu'on vous raconte. Il faut apprendre à ne pas attacher trop d'importance aux protestations d'un amant. Il n'a en général qu'une idée en tête. Mais moi, j'ai un fils, mademoiselle, et c'est un grand réconfort.

– J'en suis sûre, mais je ne vois pas le rapport.

– Je sais pourtant que vous l'imaginez, mademoiselle, dit-elle en souriant.

Son regard était celui d'un conspirateur. J'eus l'impression qu'elle connaissait l'existence de Pierrot et qu'elle croyait fermement que c'était mon fils.

– Je sens que je peux vous parler, continua-t-elle. C'est comme entre le comte et moi. Nous nous comprenons si bien, vous le croyez, n'est-ce pas?

– Bien entendu, puisque vous me le dites.

– Lorsque mon fils est né, il en était très fier. Il a toujours beaucoup aimé Etienne. La ressemblance est frappante. Il regrette de ne pas avoir défié l'opinion et de ne pas m'avoir épousée. Il a tellement désiré un héritier mâle. Ce serait tragique si le titre et les propriétés allaient à un lointain cousin. Il ne le permettra jamais. Il a toujours été entendu que si l'occasion se présentait nous nous marierions.

– Vous voulez dire, fis-je froidement, si la comtesse mourait?

Elle baissa les yeux :

– Sinon, Etienne serait légitimé. Mais ce serait plus simple si nous nous épousions. Elle est morte maintenant et... c'est une question de temps.

– C'est donc ainsi?

– C'est ainsi. Mademoiselle, vous êtes une femme du monde. Je connais bien le comte. Je sais son penchant pour les jeunes femmes attirantes et, à votre manière... vous êtes très attirante.

— Merci, coupai-je.

— Il ne serait pas sage d'attacher trop d'importance à ses attentions. Vous me croyez peut-être présomptueuse mais étant donné mes relations avec lui... Je le connais depuis des années et je crois devoir vous prévenir. Vous êtes étrangère et vous ne jugez peut-être pas très bien notre manière de vivre. Vous pourriez, sans le vouloir, vous trouver dans une situation désagréable. La mort de la comtesse... votre présence au château... Parfois, je me suis demandé si le comte n'avait pas tout arrangé.

— Arrangé... quoi?

Elle haussa les épaules :

— Vous repartirez en Angleterre. On racontera que vous aviez espéré...

— Madame, quoi que vous vouliez dire, je vous prie de l'énoncer clairement.

— Oui. Parlons franchement. Dans un an — le temps prévu et convenable —, le comte et moi nous nous marierons. Notre fils sera légitimé. La désagréable rumeur au sujet de la mort de la comtesse persistera.

— Il a été reconnu qu'elle s'était tuée.

— Oh! mademoiselle, une rumeur ne s'éteint pas ainsi. Vous partirez. C'est ce que le comte désire. Vous verrez qu'il vous appellera bientôt... Vous partirez avec Margot... et peut-être pour l'Angleterre. Les gens déclareront qu'une Anglaise était venue ici pendant quelque temps. Elle espérait se faire épouser par le comte, et la comtesse était morte subitement... alors que la demoiselle anglaise habitait dans la maison.

— C'est insensé... enfin, c'est entièrement faux!

— Bien sûr. Mais vous êtes bien venue ici. Vous étiez très amie avec le comte. Il était évident que vous caressiez un certain espoir. Il y a une base à tout cela.

— Madame, repris-je, cette conversation n'a pas de

sens et elle m'offense. Excusez-moi d'y mettre fin, immédiatement.

– J'en suis désolée, mais il fallait que vous connaissiez la vérité.

– Au revoir, madame.

– Je comprends votre indignation. On vous a bien mal traitée. Le comte est sans scrupule. Il se sert de ceux dont il a besoin.

Je lui tournai le dos.

– Attendez Etienne, me lança-t-elle. Il va vous raccompagner.

– Je pars maintenant. Au revoir.

Bouleversée et tremblante, j'allai vers les écuries. Il fallait que je m'éloigne au plus vite de cette femme. Ses insinuations non seulement me blessaient mais elles m'épouvantaient.

Comment pouvait-elle suggérer que le comte m'avait transformée en bouc émissaire, qu'il avait tué sa femme pour pouvoir épouser Gabrielle et s'était arrangé pour que le blâme retombe sur moi?

C'était inconcevable. C'était la folie d'une femme jalouse. Comment aurais-je pu douter de la sincérité des scènes qu'il y avait eues entre lui et moi? Il n'était pas un saint, je le savais. Il avait beaucoup à se reprocher mais il était incapable de m'avoir traitée comme elle le suggérait.

Et pourtant... Comme j'étais soupçonneuse! Jetée dans un monde que je ne pouvais comprendre – élevée comme je l'avais été par ma sainte mère – mon esprit était troublé.

Sa liaison avec lui durait-elle? Avait-elle encore de l'attrait pour lui? La morale, ici, était tellement différente de celle de la société où j'avais vécu. Le fils aîné de notre roi, le prince George, était connu pour ses amours, et ses frères également. Il y avait aussi des scandales dans l'aristocratie anglaise. Mais ceux qui vivaient comme ma mère étaient plus heureux. Et je me demandais pourquoi on jugeait plus intelligents les gens sophistiqués et pourquoi c'était ceux-là qui faisaient preuve de plus de discernement?

Préoccupée par mes pensées, j'avais avancé dans le sentier et étais parvenue à l'endroit où le fourré était plus épais. Je ne sais pourquoi, tout à coup, je me sentis mal à l'aise et j'eus l'impression qu'on me surveillait. Etait-ce le craquement d'une branche? Etait-ce un pressentiment? Tous mes sens furent immédiatement en alerte. J'avais peur.

« Et surtout, ne sortez pas seule », m'avait recommandé le comte. Et voilà qu'effectivement, j'étais seule et dans un endroit désert. Mon cheval qui, jusque-là, trottait paisiblement, car il était difficile de galoper dans ce sentier, commença à broncher.

– Qu'as-tu? dis-je.

Il se mit à avancer avec précaution.

Je regardai autour de moi. Tout était sombre dans cette épaisse futaie. Le silence était profond et voilà qu'une pierre... une pierre roula non loin... quelqu'un était là.

Instinctivement, je me penchai sur ma bête pour la presser et, soudain, une balle siffla à l'endroit même où, un instant auparavant, ma tête se trouvait. Ce jour-là j'eus de la chance.

Je n'hésitai pas. Enfonçant mes talons dans le flanc de l'animal, je le poussai. Conscient du danger, il fila.

Nous ne nous préoccupâmes, ni lui ni moi, de la difficulté du sentier. Il nous fallait fuir qui voulait me tuer.

Le doute n'était pas permis, car un autre coup retentit. J'étais vraiment la cible.

Ce fut avec un réel soulagement que j'atteignis les écuries du château.

Un des garçons vint au-devant de moi et prit mon cheval. Mes jambes tremblaient tellement que je pouvais à peine marcher.

J'allai dans ma chambre, et me jetai sur mon lit.

Je restai là longtemps à regarder le baldaquin. Pourquoi voulait-on me tuer? Pourquoi m'avait-on attendue dans les fourrés? Qui savait que j'allais chez Gabrielle? Etienne? Léon, qui avait été présent lorsque Etienne m'avait transmis l'invitation? Je l'avais aussi signalée à Margot. Un serviteur avait pu m'entendre.

Margot passa la tête dans ma chambre :

– Minelle, où es-tu? Je t'ai entendue entrer. (Puis, elle m'aperçut :) Qu'y a-t-il? On dirait que tu as vu un fantôme?

Mes dents claquaient encore quand je répondis :

– Quelqu'un a voulu me tuer.

Elle s'installa sur mon lit et, sidérée, me regarda :

– Quoi? Quand? Où?

– Sur le sentier qui va chez Gabrielle. A moitié chemin. J'ai eu de la chance. C'est au moment où je me penchais sur mon cheval que la balle a passé.

– C'était quelqu'un qui tirait des oiseaux.

– C'est quelqu'un qui voulait me tuer. Il y a eu un second coup qui était bel et bien dirigé contre moi.

Elle devint pâle.

– Voilà que maintenant, ils veulent nous tuer, dit-elle.

– C'est quelqu'un que je gêne, sans doute.

– Tu es folle! Qui t'en voudrait?

– C'est ce que je vais essayer de savoir, assurai-je fermement.

C'est une expérience inhabituelle que d'avoir à affronter un attentat contre soi-même, et cela bouleverse plus qu'on ne croit.

Margot raconta l'histoire. Elle était épouvantée. Nous en discutâmes à table.

– Ainsi, ils remplacent les pierres par des balles, remarqua Etienne.

Léon n'était pas convaincu :

– Ils n'ont pas d'armes. S'ils se soulèvent, ce sera avec des pelles et des pioches... pas avec des fusils. Où les trouveraient-ils? Ils n'ont pas assez d'argent pour acheter du pain... alors des fusils!

– Quand même, reprit Etienne, l'un d'entre eux peut être armé.

– Mais pourquoi attaquer Mademoiselle?

– Elle est des nôtres, indiqua Etienne.

Ils poursuivirent leurs spéculations et j'étais obligée de penser qu'Etienne avait raison. Un des révoltés s'était procuré un fusil. Un serviteur en avait peut-être volé un dans la salle d'armes? Après la conduite de Bessel et de Mimi, je devais reconnaître que même ceux qui avaient fidèlement servi jusque-là n'étaient plus des amis.

Léon et Etienne étaient très préoccupés par ce qui m'était arrivé.

Etienne se faisait des reproches :

– J'aurais dû être là pour vous ramener au château, disait-il. Une demi-heure plus tard, j'aurais été là. Je pensais que vous resteriez plus longtemps.

Je ne voulais pas lui expliquer que les insinuations de sa mère m'avaient offensée et que j'avais été obligée de m'en aller.

– Mais on aurait tiré aussi si vous aviez été là, fis-je légèrement.

– C'est possible, admit-il. Cela ne vous était probablement pas personnellement destiné... C'était contre quiconque n'était pas un paysan. Mais j'aurais pu pénétrer dans les broussailles et attraper le coupable. Soyez prudente. Ne sortez plus jamais seule.

Un changement subtil se produisit dans la maison. On avait appris l'attentat et on le considérait comme ayant de l'importance. Il signifiait une modification d'attitude. Le temps n'était plus au lancer de pierres mais à une action plus violente.

Lorsque je rencontrais Mimi, elle baissait les yeux comme si elle avait honte. Pour Bessel, c'était différent. Il me regardait d'un air presque goguenard. Il semblait dire : « Vous y regarderez à deux fois avant de me donner des ordres maintenant. J'en sais trop. »

Mais la plus désolée, c'était toujours Nounou. Elle restait presque toujours enfermée dans l'appartement qu'elle avait occupé avec la comtesse. Elle ne permettait à personne d'y entrer et les servantes prétendaient l'avoir entendue parler comme si sa maîtresse était encore là. Lorsque, par hasard, je la rencontrais, elle me regardait avec des yeux exorbités mais qui semblaient ne rien voir. La mort de la comtesse avait dérangé son esprit.

Léon aussi s'inquiétait. Il vint me rejoindre un jour où j'étais seule au jardin.

– Je voudrais vous parler, mademoiselle Minelle, me dit-il. Je crains que vous ne soyez encore en danger.

– Vous pensez à ces coups de fusil?

Il inclina la tête.

– Etienne croit qu'ils ne m'étaient pas destinés. Nous devons tous être en danger.

– C'est le fusil qui me tourmente, reprit-il. Une pierre... ou même un couteau lancé vers vous... Je le comprendrais mieux.

– Alors, que me conseillez-vous?

– Vous ne devriez pas attendre pour repartir en Angleterre. Je voudrais pouvoir vous y reconduire. (Il me regarda avec anxiété.) Chère Minelle, il ne faut pas que vous soyez mêlée à cela. (Il écarta les bras en signe d'impuissance :) C'est trop... laid.

– Mais qui voudrait me tuer? Personne ne me connaît par ici.

– Quelqu'un est mort au château et on raconte des choses.

– Vous n'admettez donc pas que la comtesse se soit suicidée?

– Sa mort tombait bien. Le comte est libre, maintenant. C'est ce qu'il souhaitait depuis longtemps. Nous ne savons pas ce qui s'est passé. Nous ne le saurons peut-être jamais, mais les gens parlent. Ils en parleront pendant de longues années encore, et il y aura toujours des spéculations. C'est ainsi que se forment les légendes. Que cela ne vous concerne pas, surtout. Allez-vous-en. Laissez tout cela derrière vous. Vous n'appartenez pas à cette société en décadence.

– J'ai promis de rester avec Marguerite.

– Elle fera sa propre vie. Vous devez avoir la vôtre. Vous êtes entraînée dans des situations que vous ne comprenez pas. Vous jugez les gens d'après vous, mais laissez-moi vous dire... les gens ne sont pas aussi honnêtes. (Il sourit franchement :) Je voudrais être votre ami... un très bon ami. J'ai beaucoup d'admiration pour vous. J'aimerais aller en Angleterre avec vous, mais je suis attaché ici et je dois y rester. Je vous en prie, partez. Vous êtes en danger ici. Vous avez reçu un avertissement que vous ne devez pas ignorer. Vous avez eu de la chance cette fois-ci. En aurez-vous de nouveau?

– Dites-moi ce que vous savez. Qui veut me tuer?

– Tout ce que je sais, c'est que vous devez soupçonner tout le monde. Je dis bien... tout le monde tant que vous n'êtes pas certaine de leur innocence.

– Vous savez quelque chose.

– Je sais ceci : vous êtes une jeune fille charmante et

honnête que j'admire et que je veux sauver. Tant que vous êtes ici, vous êtes en danger. Je vous en prie, partez pour l'Angleterre. Il est encore temps. Qui sait... d'ici peu, il sera trop tard.

Je me tournai vers lui et le regardai bien en face. Je vis une véritable inquiétude dans ses yeux bleus et son sourire n'était pas si large que d'habitude. Je l'aimais beaucoup. J'aurais voulu lui dire combien j'étais navrée d'avoir cru le reconnaître dans cette horrible face que j'avais aperçue derrière la vitre le soir du bal.

Et puis, un affreux sentiment d'insécurité me retint. N'avait-il pas dit : n'ayez confiance en personne. Ni en Léon, ni en Etienne, ni même en le comte.

– Peut-être... un jour... quand tout sera terminé... je viendrai vous voir en Angleterre et alors... nous parlerons... nous parlerons de beaucoup de choses, ajouta-t-il très doucement.

Margot s'inquiétait toujours.

– Imagine que ces balles t'aient tuée. Qu'est-ce que je serais devenue?

Je ne pus retenir un sourire. Cette remarque lui ressemblait bien. Mais cependant, elle était vraiment anxieuse pour nous deux. Souvent, je voyais qu'elle m'observait intensément.

– Cela t'a effrayée, Minelle. Tu n'es plus la même.

– Cela passera.

– Tu n'as pas bien dormi la nuit dernière?

– C'est vrai. Je me suis souvent réveillée... Je me croyais encore sur le sentier... et je voyais un visage...

– Quel visage?

– Oh! un visage...

Ce n'était pas tout à fait vrai. C'était un visage que j'avais déjà vu. Ce visage de la nuit du bal... le visage de

Léon... et qui n'était pas Léon. C'était comme si un artiste capricieux avait pris les traits de Léon et les avait distordus... les imprégnant de rage, d'envie et du désir de faire mal. Cela ressemblait si peu au Léon que je connaissais que je ne pouvais les confondre. Léon avait toujours été si bon et, lors de notre conversation, si soucieux de ma sauvegarde. Je le savais tolérant... bien plus tolérant qu'Etienne. Il jugeait le peuple. Il savait que de grandes concessions devaient lui être accordées, mais il ne croyait pas à la destruction de la société. Il me semblait que, plus que tout autre, il comprenait mieux ce qu'il y avait à faire et c'était normal puisque de par sa naissance il appartenait aussi au peuple.

– Cela doit durer combien, un deuil? me demanda Margot.

– Un an en Angleterre, je crois, répliquai-je. Ce doit être pareil en France.

– Un an... comme c'est long!

– Mais il n'y a pas de règle pour un deuil, fis-je tristement. Quand on perd quelqu'un qu'on aime le deuil dure toute la vie. Cela s'atténue, bien sûr, mais on n'oublie jamais.

– Tu penses encore à ta mère. Tu as eu de la chance d'avoir une telle mère, Minelle.

– Si elle n'avait pas été ce qu'elle était, si elle n'avait pas été si bonne, si compréhensive, elle me manquerait moins douloureusement aujourd'hui. Parfois, il me semble qu'elle me conseille encore.

– C'est peut-être vrai. C'est peut-être elle qui t'a fait baisser la tête au bon moment et qui t'a sauvé la vie.

– Qui sait?

– Minelle, tu as l'air épuisée. Cela ne te ressemble pas. Tu as toujours dix fois plus d'énergie que nous tous. Tu devrais aller au lit, dormir, et essayer de ne plus voir ce visage...

Je me sentais effectivement fatiguée, et puis, j'avais envie d'être seule. Aussi, je lui souhaitai une bonne nuit et elle partit dans sa chambre.

Je m'étendis sur mon lit – très lasse et sans désir de sommeil. Je ne pouvais m'empêcher de revivre cet après-midi où après avoir quitté Gabrielle j'étais partie à cheval vers le château. Je ressentais encore la terreur qui m'avait envahie quand j'avais compris que quelqu'un me surveillait et qu'on voulait me tuer.

Je sursautai quand j'entendis un bruit près de ma porte. C'était la preuve que la frayeur ne me quittait pas et je regardai avec inquiétude qui allait entrer.

C'était Margot. Elle tenait un verre à la main.

– C'est pour toi, Minelle, dit-elle en s'asseyant sur le lit. Nounou l'a préparé. Elle assure que tu dormiras bien avec ça. Je le lui ai demandé.

Je baissai les paupières. Je me souvenais du comte entrant chez Louise et prenant une bouteille sur sa table. Qu'avait-il fait? Avait-il donné de la drogue à sa femme lorsque je l'avais vu partir par la porte-fenêtre? Cependant, s'il la lui avait donnée, elle n'aurait pas été déjà si endormie lorsque je lui avais parlé? Et Nounou n'était pas loin. Que s'étaient-ils dit pendant cette dernière rencontre? S'était-elle suicidée et comment en avoir jamais la certitude? Etait-il possible que lui... mais je me refusais de penser plus loin. Cette interrogation qui pesait sur moi endormait mon bon sens et je ne voulais que trouver des excuses pour le comte.

Margot me regardait, inquiète :

– Tu rêves. Tu vois encore ce visage? Tiens, bois ça, et tu iras mieux demain.

– Je le boirai plus tard, dis-je. Reste un peu avec moi.

– Tu dois dormir, affirma-t-elle.

Elle posa le verre sur ma table de chevet. Puis, elle s'installa devant ma coiffeuse dont seulement deux bougies sur trois étaient allumées.

– C'est sinistre, ici! lança-t-elle.

– La troisième s'est éteinte quand tu as ouvert la porte.

– Tant que les autres tiennent, on y voit encore un peu. Si elles s'éteignaient toutes, ce serait signe de mort. Une des servantes m'a raconté que la nuit où maman est morte, les trois chandelles de sa chambre se sont éteintes d'un seul coup.

– Et tu écoutes de telles superstitions!

– On n'y croit pas jusqu'à ce qu'elles soient justifiées, tu sais.

– Il y a des gens qui croient à tout.

– C'est ceux qui ont quelque chose à craindre... comme les marins ou les mineurs. Ceux qui jouent avec le hasard...

– Nous jouons tous avec le hasard.

– Et tu refuses la légende des chandelles?

– Bien sûr que non.

Au bout d'un moment, elle reprit :

– J'ai l'impression que quelque chose va arriver bientôt. Nous devrions aller voir Pierrot.

– Pas du tout. Tu as pourtant vu le résultat de notre première visite.

– Comment! J'ai trouvé mon enfant! Oh! tu songes à cet affreux Bessel. Bien, c'est arrangé. Mimi a honte de lui. Elle est aux petits soins pour moi.

– Cela ne me plaît guère, Margot.

– Si seulement il ne fallait pas attendre. C'est si bête. Je ne regrette pas davantage ma mère parce que mon mariage a été retardé. Les temps ne sont pas normaux, n'est-ce pas? C'est pourquoi nous devons vivre dangereusement... puisque nous ne savons pas ce qui nous attend demain. Ma pauvre Minelle. Tu as vraiment mauvaise mine. Prends cette potion et dors maintenant.

En s'en allant, elle claqua la porte et, brusquement, les deux bougies s'éteignirent. J'avais ri de la superstition et, malgré cela, je ne pus réprimer un frisson. Un instant, je restai dans l'obscurité; puis, mes yeux s'accoutumèrent à la pénombre. Je distinguai le verre près de mon lit. La comtesse était morte à cause d'une drogue. Quelqu'un avait tenté de me tuer. Mais c'était Margot qui m'avait apporté ce verre et je savais qu'elle ne me voulait aucun mal.

Je me levai, pris le verre avec moi, allai vers la fenêtre, et en jetai dehors le contenu. Je n'aurais pas voulu que Margot pense que je me méfiais d'elle.

Et je me sentis parfaitement réveillée. C'était vrai que j'étais fatiguée. Mon corps réclamait du repos mais mon esprit ne pouvait le lui accorder.

Longtemps, je restai ainsi étendue, laissant mes pensées tourner inlassablement dans ma tête. La pendule sonna les douze coups de minuit, et la demie, et puis encore une fois un coup. Et je ne dormais toujours pas.

Si j'avais pris cette drogue, peut-être y serais-je parvenue, mais il était trop tard maintenant.

Je sommeillai vaguement. Mes sens étaient en alerte sans que je sache pourquoi. Et soudain, je m'éveillai complètement. J'entendais des pas dans le couloir... des pas qui s'arrêtaient devant ma porte. Et, lentement, ma porte s'ouvrit.

D'abord, je crus que c'était un fantôme tant était étrange la silhouette qui entrait chez moi. Dans la demi-obscurité, elle était grise... les cheveux épars sur les épaules. C'était une femme.

Elle s'approcha de mon lit et se pencha sur moi. Elle

prit le verre et le renifla. Puis, revenant à nouveau sur moi, elle vit que je l'observais.

– Nounou! criai-je vivement. Que faites-vous là?

Elle recula, sidérée.

Je me levai, pris ma robe de chambre et m'en enveloppai.

– Nounou, repris-je plus gentiment. Qu'y a-t-il? Que me voulez-vous?

Les doigts tremblants, j'allumai les trois bougies.

– Elle est partie, murmura-t-elle. Elle ne reviendra jamais. Parfois je crois l'entendre. Je suis sa voix. Elle me conduit dans de drôles de places... mais elle n'est jamais là.

Pauvre Nounou. La mort de sa bien-aimée lui avait vraiment dérangé l'esprit.

– Retournez à votre lit, conseillai-je. Vous devriez prendre une de vos drogues pour dormir.

– Elle est morte pour en avoir bu une.

– Parce qu'elle en a trop pris. Il ne faut plus y penser. Elle était si malade. Vous saviez combien elle était malade.

– Elle ne savait pas, elle! s'écria-t-elle. Elle ne savait pas à quel point cela deviendrait affreux.

– Elle savait peut-être... et c'est pourquoi...

– Il l'a tuée. Dès que la petite est née, il a commencé à la tuer. Il voulait la supprimer et elle le savait. Elle le haïssait... et il la haïssait. Il y avait tant de haine dans cette maison... et l'heure venue, il l'a tuée.

– Nounou, vous vous faites du mal à penser ainsi. C'était peut-être mieux pour elle...

– Mieux pour elle! (Son rire était grinçant :) Mieux pour lui... (Et elle se tourna vers moi :) Et mieux pour vous. Du moins, vous le croyez. Mais ne soyez pas si sûre. C'est un démon. Rien de bon ne peut venir de lui.

— Vous ne savez plus ce que vous dites, Nounou. Il faut retourner dans votre chambre.

— Vous étiez réveillée quand je suis entrée? demanda-t-elle soudain. (La folie parut faire place à une extrême lucidité qui était plus terrifiante que son délire précédent.) Vous auriez dû dormir, continua-t-elle.

— Mais je n'aurais pas pu parler avec vous.

— Je ne suis pas venue pour parler.

— Alors pourquoi êtes-vous venue?

Elle ne répondit pas tout de suite. Puis :

— Je la cherche. Où est-elle? On l'a enterrée dans sa tombe, mais elle n'y est pas.

— Elle est en paix maintenant, Nounou.

Elle resta silencieuse, puis des larmes commencèrent à couler sur ses joues.

— Ma petite mignonne, murmura-t-elle.

— Essayez d'accepter. Elle était malade. Elle aurait tellement souffert bientôt.

— Qui vous l'a dit? (De nouveau, elle paraissait lucide.)

— C'est ce que j'ai cru comprendre.

— Ce sont ses racontars à lui... ses excuses.

— Nounou, je vous en prie, allez vous coucher.

— Trois chandelles, reprit-elle.

Et se retournant, elle les souffla toutes les trois. Puis, elle vint vers moi et je devinai quel venin contenait son visage.

Enfin elle sortit, les mains en avant comme une somnambule.

La porte se referma et j'allai avec soulagement tourner la clé.

Je m'étendis de nouveau et me mis à réfléchir à la raison pour laquelle elle était venue chez moi. Et si j'avais bu la drogue? Et si j'avais été endormie!

Endormie! Comme j'aurais voulu pouvoir dormir.

Comme je souhaitais échapper au tourment qui me bouleversait sans m'apporter de solution.

Une seule chose était sûre : j'étais en danger... et ce danger se précisait de plus en plus.

3

Trois jours plus tard, le comte nous fit appeler. Nous devions, Margot et moi, nous rendre à Paris immédiatement.

Je n'étais pas fâchée de partir. La tension qui montait au château devenait insupportable. Je me sentais surveillée et il m'arrivait de regarder furtivement derrière moi pour m'assurer que personne ne me suivait. Je remarquai que les serviteurs m'examinaient curieusement. Je ne me sentais pas du tout tranquille.

Ce fut donc un grand soulagement que de recevoir cet ordre.

Nous partîmes par une chaude journée de juin. L'air était immobile, le temps moite et l'on entendait l'orage au loin.

Paris n'avait perdu aucun de ses charmes bien que la chaleur y fût pénible après la fraîcheur de la campagne.

Je notai la présence de nombreux soldats dans les rues – membres des gardes suisses et Français qui formaient la garde du roi. Des gens s'assemblaient aux carrefours, mais en petit nombre. Ils parlaient beaucoup. Les cafés d'où sortait un bon arôme étaient bondés. La foule envahissait les trottoirs où les tables étaient disposées sous des auvents. On parlait... on parlait...

Au faubourg Saint-Honoré, le comte nous attendait avec impatience.

Il me prit les mains et les retint longtemps.

– Je sais ce qui vous est arrivé, dit-il. C'est affreux. C'est pourquoi j'ai voulu que vous veniez ici tout de suite. Vous ne retournerez au château que lorsque j'y reviendrai moi-même.

Alors seulement, il remarqua Margot, et lui lança brièvement :

– J'ai des nouvelles pour toi. Tu te maries la semaine prochaine.

Je fus sidérée par l'aisance avec laquelle elle oublia ses soucis comme s'ils n'existaient pas. Elle avait eu la sagesse de ne pas emmener avec elle Mimi, qui aurait d'ailleurs sans doute refusé de nous accompagner car elle était sur le point de convoler et, sous l'influence de Bessel, se serait sans doute rebellée. La nouvelle femme de chambre, Mathilde, était plus âgée et ravie d'avoir pris la place de Mimi. D'ailleurs, Margot considérait la conduite de Bessel et de Mimi sans intérêt ni conséquence. J'aurais bien voulu pouvoir penser comme elle.

Nous eûmes une semaine très chargée. Nous fîmes beaucoup d'achats et je me laissai entraîner par l'excitation que me procurait la grande ville. De ma fenêtre, je regardais tous les jours vers 2 heures les gens riches qui sortaient de leur voiture pour se rendre à leurs déjeuners. C'était passionnant car les coiffures des dames étaient en elles-mêmes un spectacle à la fois outrageux et presque comique. Certaines arboraient des échafaudages qui représentaient n'importe quoi depuis un oiseau de paradis jusqu'à un vaisseau de haut-bord. Des badauds, la bouche ouverte, contemplaient cette noblesse... et, en ces jours, c'était dangereux. Chez le comte et ses pareils, les dîners d'apparat avaient lieu à 6 heures, ce qui permettait de se rendre ensuite aux maisons de jeux ou à l'opéra vers 9 heures, l'heure où Paris prenait un aspect différent.

Nous allâmes un jour visiter une des maisons de jeux et nous assistâmes à une représentation du *Mariage de Figaro* de Beaumarchais, pièce dont le comte déclara qu'elle n'aurait jamais dû être jouée à un moment pareil car elle était remplie de moqueuses allusions à la décadence de la société et ravissait ceux qui voulaient détruire celle-ci.

Robert de Granville, ses parents et quelques domestiques arrivèrent à Paris. Dans sa joie, Margot était si belle que je finis par croire qu'elle aimait enfin réellement. Même si ses sentiments étaient superficiels, ils étaient importants durant le temps où elle les ressentait.

Le mariage eut lieu dans la chapelle située tout en haut de la maison. Il fallait quitter les luxueux appartements, monter un escalier en spirale et alors on entrait dans une toute nouvelle atmosphère.

Il y faisait froid. Le sol était carrelé et six prie-Dieu étaient placés devant l'autel que recouvrait une magnifique nappe brodée au-dessus de laquelle étincelait une statue de la Vierge.

La cérémonie fut rapidement menée. Margot et Robert sortirent, radieux, de la chapelle.

Ensuite, nous passâmes à table. Le comte présidait avec son nouveau gendre à sa droite et Margot à sa gauche. J'étais à côté du père de Robert, Henri de Granville.

Les deux familles semblaient fort satisfaites. Henri de Granville me murmura que le jeune couple paraissait très amoureux et qu'il s'en réjouissait.

– Les familles comme les nôtres arrangent le mariage de leurs enfants, dit-il. Mais trop souvent les partenaires sont mal assortis. Ils sont si jeunes quand ils s'épousent qu'ils ont beaucoup à apprendre l'un et l'autre et l'un de l'autre. Ces deux-là sont heureux dès le départ.

J'acquiesçai mais me demandai ce qu'il aurait pensé

s'il avait connu l'expérience de Margot. Je priai en moi-même pour que tout aille bien. Je ne parvenais pas à oublier les exigences des deux serviteurs en qui nous avions eu confiance.

– Il faudra quitter Paris très vite, poursuivit Henri de Granville. Nous sommes plus tranquilles à Granville. Aucun signe de trouble.

Je me sentais bien auprès de lui. Il ne pouvait pas être plus différent du comte. Il y avait en lui quelque chose d'innocent. Il regardait les êtres comme s'il les croyait tous bons. A l'autre bout de la table, j'apercevais le visage saturnien du comte. On sentait qu'il avait connu beaucoup d'aventures et que son idéalisme en était sorti sinon détruit du moins fort diminué. Je distinguai un sourire sur ses lèvres lorsqu'il croisa mon regard et il sembla chercher à quoi je pouvais bien penser.

Après le repas, nous nous réunîmes tous dans le salon et le comte déclara qu'il ne fallait pas perdre de temps avant de partir pour Granville.

– Personne ne sait quand les troubles commenceront, assura-t-il. Le moindre prétexte sera bon.

– Oh! Bertrand! lança Henri de Granville. Tu exagères certainement.

Le comte haussa les épaules. Il savait ce qu'il disait. Il vint vers moi et murmura :

– Je veux vous voir seule avant que vous partiez. Allez dans la bibliothèque. Je vous y rejoindrai.

Henri de Granville consultait une horloge :

– Si nous devons partir dès aujourd'hui, conseilla-t-il, ce sera dans une heure. Cela convient-il à tout le monde?

– Parfaitement, trancha le comte au nom de tous.

Je me rendis dans la bibliothèque. Peu de temps après, il entra.

– Chère Minelle, dit-il, vous vous demandez pourquoi je vous expédie si rapidement.

– Je crois qu'il le faut.

– Pauvre cher Henri! Il n'a aucune notion de la situation. Il vit dans sa campagne et tant que les moutons bêlent, que les vaches paissent comme avant, pour lui, rien ne change. Je prie le ciel qu'il puisse continuer à penser ainsi.

– Il a une douce philosophie.

– Vous voilà d'humeur à discuter et à me répliquer que c'est un homme heureux. Il continue à croire que tout va bien, que Dieu est avec nous, et le peuple satisfait. Il se réveillera brutalement un de ces jours. Mais vous prétendrez qu'au moins il aura été heureux jusque-là. Je voudrais bien vous suivre mais nous avons peu de temps, Minelle. Vous ne m'avez jamais dit que vous m'aimiez.

– Je ne parle pas de mes sentiments comme vous qui avez tant l'habitude de parler d'amour aux femmes.

– Donc, vous le reconnaîtrez, je pourrais en être absolument certain?

J'inclinai la tête. Il m'attira vers lui.

– Oh! Minelle, comme il me tarde que ce jour arrive. Quand... Minelle?

– Il y a encore tant de choses que je dois comprendre.

– Vous ne m'aimez donc pas tel que je suis.

– Il faut que je vous connaisse avant de vous aimer.

– Voyons, vous aimez ma compagnie? Je le sais. Vous ne me trouvez pas repoussant. Vous aimez être près de moi. Vos yeux brillent, Minelle, quand vous me regardez. C'est pourquoi je sais.

– J'ai vécu une existence si différente de la vôtre. Il faut que je m'habitue à de nouveaux critères et je ne sais si je le pourrai.

– Minelle, n'entendez-vous pas le signal d'alarme?

On sonne le tocsin. Toute ma vie, j'ai entendu parler de ce qui s'était passé le matin de la Saint-Barthélemy. Il y a deux cents ans de cela... deux cent dix-sept exactement. Certains l'avaient pressenti. C'était dans l'air depuis des semaines avant que se déchaîne l'épouvantable tuerie. Il en est de même maintenant... mais avant que cela ne se déclenche, on croit que c'est insignifiant. Les cloches clament : Vivez, vivez tant qu'il en est temps. Demain ce sera trop tard. Pourquoi vous refusez-vous... alors que cette nuit sera peut-être ma dernière?

J'eus peur. Je me cramponnai à lui. Puis, je pensai : « C'est un truc pour me faire céder. » Et cela m'éclaira sur mes vrais sentiments pour lui.

Je l'aimais, si aimer c'est vouloir être avec quelqu'un, lui parler, sentir ses bras autour de soi, apprendre à le connaître et souhaiter être tout pour lui. Oui, c'était vrai. Mais je n'avais pas confiance en lui. Mon esprit me rappelait, dans ses instants de lucidité, que Louise était morte trop à propos. Je savais qu'il était un habitué des choses de l'amour et j'étais une novice. J'avais tout à apprendre et lui, de par sa vaste expérience, savait tout... et aussi comment tromper.

Il me fallait être raisonnable. Jusqu'à présent, j'avais su le tenir à distance dans les occasions où tout mon être me poussait vers lui. Ma sévère éducation, la mémoire de ma mère bien-aimée s'étaient toujours dressées entre moi et l'abandon.

– Ainsi, soufflait-il tendrement, vous m'aimez.

Je me reculai. Je ne levai pas les yeux vers lui de crainte de perdre mon peu de bon sens.

– J'aime beaucoup votre famille, dis-je. Je suis avec vous depuis quelque temps et Margot a toujours été une amie. Mais les différences entre nous sont trop grandes. J'ai trop besoin de réfléchir.

Il me regarda, les yeux mi-clos.

– C'est vrai, vous avez été élevée différemment, mais vous êtes une aventurière, Minelle. Vous vous cramponnez à votre petit monde et ne voulez jamais explorer celui des autres. Mais votre vraie nature s'est montrée lorsque vous furetiez dans les chambres de Derringham Manor. Etait-ce la conduite d'une jeune fille bien élevée?

– J'ai beaucoup appris depuis.

– Oh! certes. Vous avez changé. Vous voyez le monde avec d'autres yeux. Vous savez que les hommes et les femmes ne sont pas nettement départagés en bons et mauvais. Est-ce vrai, Minelle?

– C'est vrai. Personne n'est ni tout bon ni tout mauvais.

– Même moi?

– Même vous. (Je me souvenais qu'il s'était occupé d'Yvette et s'était assuré que Pierrot était bien soigné.)

– Alors?

– Je ne suis pas sûre.

– Pas sûre de moi?

– J'ai besoin de temps.

– Et c'est justement de temps que nous manquons. Je peux tout vous donner, sauf ça.

– Et c'est ce que je veux. J'ai encore trop à comprendre.

– Vous pensez à Louise?

– Si l'on envisage d'épouser un homme qui a déjà eu une femme, il est difficile de ne pas penser à elle.

– Vous n'avez pas de jalousie à avoir à son sujet.

– Ce n'était pas à la jalousie que je pensais.

– A sa mort infortunée? Mon Dieu, vous croyez encore que je l'ai tuée? Vous m'en croyez capable?

– Oui, dis-je en le regardant en face.

Il parut stupéfait, puis éclata de rire :

— Et même dans ce cas... vous envisagez de m'épouser?

J'hésitai.

— Mais oui, vous l'envisagez, poursuivit-il. Pourquoi réclameriez-vous du temps autrement? Oh! Minelle si intelligente, et qui doit persuader le joli côté de sa nature qu'il est peut-être convenable d'épouser un meurtrier! Oh! Minelle, mon amour, ma chérie, que de joies nous tirerons de ce côté de vous!

Il me serra contre lui et je ris avec lui — je ne pouvais m'en empêcher. Je lui rendis ses baisers à ma manière inexpérimentée qui le combla de plaisir.

Sur un bureau, une pendule poursuivait bruyamment son chemin pour nous signaler la fuite du temps.

Il en eut conscience. Il me prit les mains.

— Enfin, dit-il, je sais. Cela me donne de l'espoir. Il faut que je reste encore à Paris. Comprenez-le. Des hommes décidés se dressent contre le roi, poussant le peuple à détruire la monarchie et ceux qui s'y attachent. Le plus dangereux est le duc d'Orléans qui prêche la sédition, nuit après nuit, dans le Palais-Royal. Ma place est ici mais, sachant ce que je sais, je n'aurai pas de paix tant que vous ne serez pas en sécurité à la campagne... en sécurité pour l'instant. Allez avec Margot. Veillez sur elle. C'est une enfant instable... oui, à peine plus qu'une enfant. Elle ne mûrit pas et elle a son secret... (Il haussa les épaules :) Il peut amener un drame dans sa vie. Qui sait? Vous devrez veiller sur elle, Minelle. Elle a besoin de vos conseils judicieux. Protégez-la contre ses propres folies. Et un jour, je vous protégerai contre les vôtres. Je vous apprendrai à accepter la vie... à prendre ce qu'elle offre... à profiter de ce qui est le meilleur.

Il m'embrassa encore, tendrement, et je le quittai.

CINQUIÈME PARTIE

AU CHATEAU DE GRANVILLE

1

Granville était un beau château situé au nord de Paris et dominant une paisible petite ville. L'atmosphère y était tranquille, et c'était tout de suite évident : l'envie, la méchanceté, la haine qui régnaient ailleurs semblaient les avoir, tous deux, oubliés.

Les hommes touchaient leurs casquettes et les femmes esquissaient une révérence quand ils nous croisaient. Je notai que Henri et Robert de Granville les saluaient presque tous et leur demandaient des nouvelles de leur famille. La tornade paraissait bien lointaine.

Henri de Granville avait accepté que le mariage ait lieu en dépit des conventions, et c'était sûrement le comte qui l'avait exigé. Mais le premier était de caractère si accommodant qu'il semblait se plier facilement aux désirs des autres.

Margot était ravie. Elle me confia qu'elle aimait beaucoup Robert et, comme ils ne voulaient jamais se séparer, il était clair qu'ils étaient amants. Elle trouvait quand même le temps de venir dans ma chambre. Nos bavardages faisaient tellement partie de notre vie qu'il lui aurait certainement manqué s'ils avaient dû cesser.

Un jour, elle entra et s'installa sur un fauteuil près du miroir où elle se regardait souvent avec satisfaction. Elle était vraiment très jolie.

– C'est parfait, m'annonça-t-elle. Robert n'a jamais rêvé d'épouser quelqu'un comme moi. J'étais faite pour me marier, Minelle.

– Bien certainement.

– Robert est émerveillé par moi et il espère que je vais protester et jouer les modestes!

– Ce que tu ne fais pas.

– Jamais de la vie.

– Dis-moi, Margot... il n'a pas deviné...

Elle secoua la tête :

– Il est tellement innocent. Cela ne lui viendrait pas à l'esprit. Personne ne croirait que j'aie connu pareille aventure. (Son visage se crispa soudain :) Mais je n'oublie pas Pierrot.

– Console-toi en songeant qu'il est chez Yvette et qu'il pourrait être nulle part mieux soigné.

– Je sais. Mais c'est mon fils.

Elle soupira et sa joie s'éteignit un peu. Elle avait l'air si heureuse que je fus certaine que son regret était moins violent.

Nous pouvions nous promener à cheval, seules. Personne ne craignait un danger quelconque. Nous allions donc au marché faire des achats et nous étions saluées respectueusement dans les boutiques. Tout le monde nous connaissait, savait que nous venions du château et que Margot serait la future comtesse.

C'était comme une oasis en plein désert. Lorsque nous étions fatiguées, nous entrions dans une pâtisserie pour y déguster du café en mangeant des gâteaux crémeux et délicieux. On ne servait pas du thé à Granville et personne n'y parlait anglais... car rien n'y avait encore changé.

On continuait à me considérer comme de la famille et je fus bientôt connue comme Mlle la cousine anglaise. Je parlais vraiment sans accent et il m'arrivait d'écouter ceux que je rencontrais avec plus d'attention que Margot trop absorbée toujours par ses propres affaires.

J'adorais l'odeur du pain chaud et du bon café qui remplissait les rues le matin. J'aimais regarder le boulanger sortir ses longues miches dorées... et traîner dans le marché où s'étalaient les produits amenés en charrettes tirées par des ânes : fruits, légumes, œufs, et poules jacassantes. Je me laissais tenter par des rubans, des dentelles, et je sentais combien notre arrivée à Granville – celle de Margot, la mienne, celle des servantes aussi – avait rendu le commerce plus florissant. Nous étions donc les bienvenues.

Les boutiques différaient de celles d'une grande ville. On y prenait son temps pour choisir le plus simple objet. Une transaction trop rapide aurait contrarié vendeur et acheteur qui se plaisaient à faire durer le plaisir.

Un de mes magasins favoris était celui de l'épicier-droguiste qui offrait toutes sortes de marchandises : huile, peinture, cognac, plantes connues et inconnues (qui pendaient, séchées, au plafond), conserves, poivre, l'omniprésent ail et même poison, tel l'arsenic. On pouvait s'y installer sur des tabourets et bavarder avec le patron qui donnait des consultations comme un docteur.

Je m'amusais beaucoup de ces visites pendant les chaudes journées ensoleillées, de ces plaisanteries échangées avec des gens de rencontre. Pas un nuage ne troublait le ciel bleu, rien n'annonçait ce qui se préparait à l'horizon. Hélas! l'horizon existait et il s'assombrissait de plus en plus.

Il était rare qu'un carrosse traverse le village. Pourtant, un jour, il en arriva un pendant que j'étais là. Les passagers descendirent et allèrent à l'auberge. Je les regardai. D'après leurs vêtements et leurs manières, ils appartenaient à la noblesse et semblaient craindre d'être plus ou moins bien reçus.

Ils entrèrent – deux hommes et une femme –, deux garçons d'écurie les suivirent prêts à intervenir au besoin. L'enseigne de l'auberge s'intitulait *Au Roi-Soleil,* et Louis XIV, dans toute sa splendeur, contemplait la rue avec hauteur.

Lorsque les inconnus ressortirent, j'entendis quelques bribes de leur conversation.

– Quel charmant endroit! Tout comme autrefois...

Leur carrosse repartit. La poussière retomba. Ainsi, ils avaient apprécié notre oasis.

Je rentrai pensivement au château et j'étais à peine là lorsque Margot vint me voir. A son air conquérant, je compris qu'elle avait un projet.

– Tu ne sais pas ce qui va m'arriver! annonça-t-elle.

Un instant, je crus qu'elle allait m'apprendre qu'elle attendait un enfant. Puis, je me souvins que c'était encore trop tôt. Impatiente, elle poursuivit :

– Pierrot sera bientôt là!

– Quoi?

– N'aie pas cet air stupéfait. N'est-ce pas naturel? Pourquoi n'aurais-je pas mon enfant avec moi?

– Tu as parlé à Robert et il accepte...

– Parlé à Robert! Crois-tu que je sois folle? Bien sûr que non. Mais j'ai lu la Bible et j'ai eu une idée. C'est une inspiration divine. Dieu m'a montré la voie.

– Puis-je partager ton divin secret?

– Tu te souviens de Moïse dans les roseaux... Le cher petit bébé... Sa mère l'avait posé dans un berceau caché... tout comme mon Pierrot a été dissimulé.

– Rien à voir avec Moïse dans les roseaux.

– C'est possible mais cela m'a donné une idée. Yvette m'aidera. Toi aussi, tu m'aideras. Tu le découvriras.

– De quoi parles-tu, Margot?

– Oh! tu m'interromps tout le temps... Voilà mon plan... et il est bon. Yvette déposera le bébé... pas dans les roseaux parce qu'il n'y en a pas par ici... mais près du château. Il sera dans un panier, et adorable. Quelqu'un le découvrira et j'ai décidé que ce serait toi. Tu l'apporteras au château et diras : « J'ai trouvé un bébé. Que va-t-on faire de lui? » Je le prendrais alors et l'aimerai tout de suite. Je supplierai Robert de me laisser le garder... et, à l'heure actuelle, crois-moi, il ne peut rien me refuser. Et ainsi, j'aurai Pierrot avec moi.

– Tu ne peux pas faire ça, Margot.

– Pourquoi? Dis-moi pourquoi?

– C'est déjà assez mal, ce serait pire encore.

– Et qu'est-ce que ça me fait si ça me rend Pierrot!

Je restai perplexe. Après tout, c'était possible. C'était à la fois simple et ingénieux. Margot avait seulement oublié que Bessel et Mimi savaient qu'elle avait eu un enfant.

– Tu courras de grands risques, repris-je.

– Minelle, fit-elle d'un air dramatique. Je suis mère.

Je fermai les yeux. Evidemment ce serait moi qui devrais découvrir l'enfant. On n'allait pas risquer qu'il soit trouvé par quelqu'un d'autre.

– Yvette..., commençai-je.

– J'ai tout arrangé avec elle. Je lui ai expliqué ce que je voulais.

– Et elle accepte?

– Tu oublies que Pierrot est mon fils?

– Oui, mais elle est chargée de le garder. C'est ton père qui l'a ordonné.

– Pour une fois, je me moque de ce que veut mon père. Pierrot est mon enfant et je ne peux vivre sans lui. De plus, le plan se s'arrête pas là. Rappelle-toi la mère du bébé dans les roseaux.

– Je sais.

– Bien. Elle est devenue princesse et s'est occupée du bébé. C'est ce qui arrivera. Je choisirai Yvette pour s'occuper de lui. Comme par hasard, elle sera justement dans les parages, étant désireuse de me revoir... Dieu le veut, tu vois.

– Un peu trop de coïncidences pour avoir l'air vrai.

– La vie est pleine de coïncidences et celle-ci est toute petite. Yvette vient. Elle aime le bébé tout de suite et quand je lui dis : « Yvette, installe-toi ici pour t'occuper de ce petit bonhomme que j'ai adopté »...

– Ton mari voudra peut-être lui donner son prénom?

– Je refuserai : « Cher Robert, dirai-je, ton prénon sera pour notre premier fils. »

– Margot, tu mens avec beaucoup de talent.

– C'est bien utile et cela simplifie la vie.

– Honnêtement, le crois-tu?

– Penses-tu qu'il vaudrait mieux aller trouver Robert et lui annoncer : « J'ai eu un amant avant de te connaître. J'ai espéré l'épouser et Pierrot est là pour le prouver »? Tu ne voudrais pas que je fasse ça à Robert?

– Margot, tu es incorrigible. Je ne peux que te souhaiter la réussite de ton projet.

– Il réussira. Nous ferons ce qu'il faut pour ça. Ta partie est facile. Tu n'as qu'à le découvrir.

– Quand?

– Demain matin.

– Demain!

— Pourquoi attendre? Sors demain de bonne heure. Yvette ne le quittera pas avant de te voir. Elle se cachera dans les bois. Toi... tu ne pouvais dormir et tu es descendue pour respirer un peu d'air frais. Et tandis que tu marchais dans les jardins, tu as entendu un enfant pleurer. Tu as trouvé le panier. L'adorable Pierrot t'a regardée et t'a souri. Tu as été touchée et tu m'as persuadée de le garder.

— Auras-tu besoin de beaucoup de persuasion?

— Il faudra que je consulte mon mari. Je pleurerai peut-être un peu mais il veut tellement me faire plaisir qu'il cédera sûrement très vite. Et puis, il aimera Pierrot. Il a tant envie que nous ayons un enfant.

— Mais un homme s'attarde moins aux enfants des autres qu'aux siens. Et je pense qu'il ne saura pas que c'est le tien?

— Dieu merci, non!

— Comment Yvette a-t-elle accepté alors qu'elle est employée par ton père?

— Yvette sait que je ne serai jamais heureuse sans Pierrot et si elle reste ici comme nurse... tu comprends?

— Parfaitement.

— Alors, établissons bien notre plan.

Je retournai cette folie sous tous ses angles, et je dus admettre que, si tout allait comme nous le désirions, elle était possible.

Et je me laissai presque tenter tout en ressentant une grande inquiétude. Mais, depuis que j'avais connu l'existence de Pierrot, avant même sa naissance, j'avais su qu'il nous créerait toujours de nombreuses difficultés.

Donc, par un clair matin, je sortis de mon lit avant 6 heures, mis des chaussures, un vêtement et m'en allai vers les jardins. Yvette s'y trouvait. Elle portait le panier qu'à mon approche elle déposa avec beaucoup de soin dans un buisson.

Dès qu'elle se fut éloignée, je m'approchai vivement. Tout était comme Margot l'avait décrit et Pierrot m'accueillit avec un large sourire comme s'il était au courant de la conspiration.

J'emportai le panier au château. Un des gardiens, dans le hall, me regarda avec étonnement.

– On a abandonné un enfant dans les buissons, lançai-je.

Il resta bouche bée. Il regardait l'enfant comme s'il n'y croyait pas. Il avança la main vers le châle qui enveloppait le bébé et le galon doré qui ornait sa manche attira l'attention de Pierrot. Il tendit ses petits doigts pour l'attraper et le gardien recula comme si un serpent s'était trouvé dans le panier au lieu d'un petit enfant.

– Il ne vous mordra pas, dis-je

Pierrot émit un gargouillis comme s'il se moquait de nous deux.

– Mademoiselle, qu'allez-vous faire de ça?

– Je vais demander à Madame, répondis-je. C'est à elle de décider.

A cet instant, Margot apparut sur l'escalier, prête à jouer son rôle.

– Qu'y a-t-il? fit-elle, un peu trop impérativement à mon avis. Alors cousine, que faites-vous ici de si bonne heure?

– Margot, m'écriais-je, j'ai trouvé un bébé!

– Trouvé quoi? Un bébé? Tu es folle! A quoi joues-tu?... Mais c'est vrai! Qu'est-ce que cela signifie?

Ses yeux luisaient, ses joues étaient roses. Elle s'amusait. Le jeu était dangereux mais cela ajoutait à son plaisir.

– Un bébé! cria-t-elle. Mais où l'as-tu trouvé? Quel amour! Il est adorable! (Elle se tourna vers le gardien.)

N'est-ce pas un très bel enfant, Jean? (Et comme l'homme ne répondait pas, elle poursuivit impatiemment :) Je n'ai jamais vu un si beau bébé. (Elle se pencha sur le panier. Pierrot la regarda sérieusement :) Il ressemble à un Pierrot. Tu ne trouves pas, cousine?

– C'est peut-être son nom, admis-je.

– Eh bien, à partir de maintenant, ce sera Pierrot. Il faut que je le montre à Robert. Il va en être fou, lui qui a tellement envie d'avoir un enfant.

Robert venait d'apparaître, cherchant sa femme. Comme il me parut jeune et si ignorant de la vraie nature de la femme qu'il avait épousée!

Margot courut vers lui et lui prit le bras. Il lui sourit. Visiblement, il était très amoureux d'elle.

– Qu'y a-t-il, ma chérie?

– Oh! Robert, c'est merveilleux. Minelle a trouvé un bébé.

Le pauvre garçon eut l'air stupéfait et il pouvait l'être!

– Oui, dans les buissons, poursuivit Margot. On a dû l'abandonner là. Minelle l'a trouvé ce matin. Ce n'est pas étonnant?

– Il faut retrouver les parents, dit Robert.

– Oh! oui, fit-elle avec impatience. Plus tard... peut-être. Oh! regarde quel amour! Regarde comme il veut venir avec moi.

Elle prit l'enfant dans ses bras tandis que Robert, avec bonté, la contemplait, pensant sans doute aux enfants qu'il aurait bientôt d'elle.

Les nouvelles se répandirent vite au château. Le comte et la comtesse vinrent examiner l'enfant. Ils manifestèrent beaucoup d'indulgence quand ils constatèrent la joie qu'éprouvait Margot. Ils songeaient sans doute à la bonne mère qu'elle serait un jour et cela les réconfortait probablement car, jusque-là rien n'aurait pu leur faire croire que Margot serait capable de sentiments maternels.

Et le château parut s'agglutiner autour de Pierrot. Le comte déclara qu'il faudrait retrouver les parents, que quelqu'un saurait bien qui ils étaient. La comtesse fit remarquer que l'enfant avait été fort bien soigné, c'était visible. Et ses vêtements n'indiquaient pas qu'il sortît d'une pauvre maison.

Mais elle, à l'encontre de son mari, doutait qu'il serait aisé de découvrir d'où venait ce bébé.

Après plusieurs jours d'enquête, toute la ville sut qu'il y avait un enfant trouvé au château. Le comte pensait que les parents avaient été obligés de quitter brusquement la région – l'époque étant ce qu'elle était – et qu'ils avaient déposé l'enfant près du château pensant que les Granville ne permettraient pas qu'il soit abandonné. Ce fut la première fois que je l'entendis faire allusion aux événements. La comtesse affirma que jamais personne ne partirait en laissant ainsi un enfant. Pour elle, quelque mère modeste avait volé des vêtements à sa patronne et laissé l'enfant près du château dans l'espoir qu'il y trouverait une vie meilleure.

Quoi qu'ils pensent, Pierrot resta et, à l'amusement de sa nouvelle famille, Margot s'en occupa. Elle était si joyeuse, si ravie de jouer avec lui que, braves comme ils étaient, ils s'attachèrent à l'enfant. D'ailleurs, Pierrot avait beaucoup de charme, et il devint vite le chéri de toute la maison.

On remeubla la nursery. Dans les rues, en ville, on nous arrêtait pour nous demander des nouvelles du bébé.

– Et le petit, il s'habitue? Il en a de la chance d'être au château et avec Madame.

Margot déclarait qu'elle n'avait jamais été aussi heureuse. Elle resplendissait. Elle riait souvent et moi seule savait que c'était un rire triomphal et qu'elle se félicitait de son imagination.

– Il est temps que j'applique la seconde partie de mon plan, me déclara-t-elle. J'ai laissé entendre à Robert qu'il faudrait une nurse et qui conviendrait mieux que celle qui s'est occupée de moi quand j'étais petite?

Il se passa très peu de temps avant qu'Yvette s'installe à Granville.

2

J'ai apprécié Yvette dès que je l'ai vue, mais je n'ai jamais pensé qu'elle aurait une place si importante dans ma vie.

Quand elle entra au château, Margot l'embrassa affectueusement.

– C'est merveilleux que tu aies pu venir, dit-elle pour le bénéfice des domestiques. Je t'ai raconté ce qui est arrivé. Tu aimeras sûrement le petit Pierrot.

Dans sa chambre, nous nous retrouvâmes toutes les trois seules.

– Ça a marché! s'écria Margot. Magnifiquement! (D'un air un peu supérieur, elle ajouta :) Vous avez bien joué vos rôles.

– Pas aussi bien que toi, fis-je un peu sèchement. Tu avais le premier rôle, c'est vrai.

– Et j'étais l'auteur de notre pièce. Admettez que c'était une riche idée?

– Attendons la fin, dis-je.

– Tu gâches tout. (Et elle me tira la langue comme

lorsque nous étions en classe ensemble. Puis, elle se tourna vers Yvette :) Pierrot devient chaque jour plus adorable. Je me demande s'il se souvient de toi.

— Allons le voir, demanda Yvette.

A sa vue, Pierrot délira de joie, dansant sur place.

Margot le prit dans ses bras et le serra contre elle :

— Ne sois pas trop content, mon ange, tu me rendras jalouse.

D'autorité, Yvette attrapa l'enfant et le recoucha

— Vous l'excitez trop, gronda-t-elle doucement.

— Il aime ça. N'oublie pas qu'il est ma chair et mon sang.

— Nous ferions mieux de l'oublier, riposta Yvette gentiment. Vous l'avez maintenant. C'est votre fils adoptif. Cela doit vous satisfaire.

On menait au château dans cette période où, à cause des circonstances, personne ne rendait plus de visites comme autrefois, une vie paisible. Par ailleurs, le comte et la comtesse de Granville n'appréciaient guère les folles sorties ou réceptions alors qu'on parlait partout de la pauvreté du peuple. A mon avis, ils préféraient une existence plus simple.

En tout cas, cela nous amena à être souvent ensemble, Yvette et moi, à nous promener dans les jardins loin de toute oreille indiscrète, car nous avions la même crainte : qu'un mot maladroit trahisse la vraie raison de la présence de Pierrot au château.

Souvent Yvette parlait du passé.

Ses plus belles années s'étaient écoulées au château Dampierre.

— J'avais quinze ans lorsque j'y suis entrée, m'expliqua-t-elle. C'était ma première place dans une nursery et j'étais sous les ordres de Mme Rocher... que vous appelez Nounou. Elle avait pris soin de la comtesse Louise depuis sa naissance et ne l'avait jamais quittée. Elle l'adorait. Toute sa vie était concentrée sur elle. On racontait qu'elle avait été mariée... très peu de temps à un M. Rocher. Que s'était-il passé? Je n'en sais rien, mais il y avait eu un accident avant la naissance de son enfant. Le mari est mort et l'enfant aussi. Alors, elle s'était occupée de Louise et avait transféré ses sentiments maternels sur la petite fille. C'était triste.

– Pauvre Nounou!

– Elle a nourri Louise et disait toujours : « Cette enfant est un peu à moi. » Elle ne la perdait jamais de vue et la défendait en toute occasion. Ce n'est pas bon pour un enfant. Dès son tout jeune âge, si quelqu'un lui résistait, elle menaçait de le dénoncer à Nounou. Celle-ci l'encourageait dans cette voie et la rendait franchement insupportable. Enfin, vers l'âge de six à sept ans, elle s'est un peu détachée de Nounou, mais pas complètement. Elles étaient toujours proches mais cette trop grande dévotion l'agaçait et l'emprisonnait quelque peu.

– Quel genre de femme était Louise? demandai-je.

– Avant son mariage, elle était tout à fait normale. Elle s'amusait, adorait les bals et les toilettes. C'est après qu'elle a changé.

– Combien de temps avez-vous été avec elle?

– Jusqu'à il y a six ans. Margot avait grandi et on n'avait plus besoin de la nursery. Elle avait une gouvernante et puis, elle est partie en Angleterre, comme vous le savez. C'est alors que le comte m'a donné une maison et suffisamment d'argent pour y vivre avec une servante. Je m'y suis installée avec Josée et pensais y finir mes jours.

– Vous y retournerez.

– Oui, quand Pierrot sera grand, je l'espère.

– Le château vous manque-t-il?

Elle resta un instant silencieuse et ses yeux devinrent humides.

– Oui, reconnut-elle, l'existence au château me manque. Dans ma vie, j'ai eu une grande amitié. Cela ne recommencera jamais.

J'aurais bien voulu lui demander quelle était cette grande amitié, mais trouvais impoli de lui poser la question. J'attendis.

– Cela peut vous paraître bizarre, mais il y a eu une grande affection entre elle et moi.

– Entre Louise et vous?

– Oui. Je ne sais comment c'est venu... Je ne me souviens plus ce que j'avais fait mais je l'avais offensée... Elle a crié comme d'habitude « Je vais le dire à Nounou! » et, oubliant qui elle était, j'ai répliqué : « Vas-y, petite rapporteuse, vas-y! » Elle est devenue rouge de colère. Elle devait avoir huit ans à peu près... Elle s'est précipitée vers Nounou qui accourait déjà brandissant son épée pour défendre son enfant gâtée : « Tu peux faire tes paquets, m'a-t-elle jeté, et t'en aller. – Parfait », répondis-je bien que je ne sache où aller. Nounou ne l'ignorait pas et elle demanda : « Et où iras-tu? », mais j'étais furieuse et je répliquai : « N'importe où mais loin d'une gamine insupportable et d'une vieille nurse gâteuse! – Va-t'en! » cria Nounou. Chez M. et Mme Brousseau, Nounou était une autorité.

» Tandis que j'entassais mes quelques affaires dans une malle, je vis dans quelle situation je m'étais mise. Je me mis à pleurer, la tête sur mes pauvres trésors. Soudain, j'eus l'impression que quelqu'un était à côté de moi. Je me redressai et c'était Louise. Je la vois encore aujourd'hui : debout, ses boucles brunes retenues par des rubans bleus, une robe blanche brodée tombant jusqu'aux pieds. C'était une très jolie fillette avec de grands yeux et des cheveux auburn que Nounou enroulait chaque jour amoureusement.

» Et c'est alors qu'il se passa quelque chose entre nous. Je compris qu'elle était désolée de ce qu'elle avait provoqué. Je l'avais crue jusque-là uniquement égoïste et je m'apercevais qu'elle avait peut-être un cœur.

» Elle m'a raconté plus tard qu'elle aussi ce fut à ce moment-là qu'elle sentit quelle amitié elle avait pour moi. Pourtant, alors elle n'avait qu'une seule idée : elle ne voulait pas que je parte. Aussi impérieuse qu'auparavant, elle me lança : « Ne fais pas tes paquets! », et, avec une gentillesse dont je ne l'aurais jamais pensé capable, elle prit un à un mes vêtements et les rangea à nouveau dans un tiroir de commode. Nounou apparut et décréta : « Allez, dépêche-toi, ça suffit comme ça. » Alors Louise redressa la tête et dit : « Elle ne partira pas, Nounou. Je veux qu'elle reste. – Mais elle a été insolente! – Je le sais, répondit Louise, mais je veux qu'elle reste. – Pourquoi donc ma petite chérie, elle t'a appelée rapporteuse! – Mais c'était vrai, Nounou, je le sais et je veux qu'elle reste. » Pauvre Nounou, elle n'y comprenait plus rien mais la parole de sa « petite chérie » faisait loi.

– Et Louise a changé depuis ce jour-là?

– Oh! ça n'a pas été si rapide. Il y a eu des hauts et des bas, mais je n'ai jamais cédé comme le faisait Nounou, et je crois que c'était ça qui lui plaisait. J'avais quinze ans et elle huit. Alors, c'était une grande différence. Mais elle a diminué avec le temps. Et bientôt, ce fut à moi qu'elle fit ses confidences, tout en restant le « trésor » de Nounou.

» J'étais douée pour la couture. Je ne savais pas faire les robes – il y avait une couturière pour ça – mais j'y ajoutais ces petits détails qui changent tout. Louise m'appelait toujours pour suivre mes conseils dans ses essayages. Nous allions ensemble faire les achats en ville. Elle me demandait mon avis bien qu'elle ne le suive pas souvent. Si bien que nous fûmes vraiment amies d'une façon inhabituelle entre une servante et une fille de la maison.

» Ses parents étaient indulgents. « Yvette est une gentille enfant, disaient-ils. Elle apporte à Louise ce que Nounou ne peut pas lui donner. » Et nous grandîmes presque comme des sœurs.

– Et ce fut elle la grande amitié de votre vie? Pourquoi l'avez-vous quittée?

– J'agaçais le comte. J'avais poussé Louise à lui tenir tête et à le critiquer en face. Il déclara que Marguerite n'avait plus besoin d'une nurse... car je m'occupais d'elle à cette époque. Et il m'a renvoyée.

– Et comment Louise l'a-t-elle permis?

– Tout avait tellement changé alors... depuis son mariage. Il l'a effrayée dès l'instant où elle l'a vu.

– Aussi, bien qu'il vous ait donné une maison et de quoi y vivre, vous ne l'aimez pas?

– L'aimer! s'exclama-t-elle. Ce mot ne va pas avec lui. Je me demande si quelqu'un « aime », comme vous dites, le comte. Les gens le craignent. On respecte sa fortune et sa position. Beaucoup le haïssent. Seules, celles qui servent ses amours passagères disent peut-être qu'elles l'aiment... et encore!

– Et vous, vous le haïssez?

– Je haïrais qui agirait comme il a agi avec Louise.

– Etait-il cruel avec elle?

– Si elle ne l'avait pas épousé, elle serait en vie aujourd'hui.

– Vous ne voulez pas dire... qu'il l'a tuée?

– Chère mademoiselle, c'est exactement ce que je dis.

Je secouai la tête et elle posa sa main sur la mienne.

Ce jour-là, elle n'alla pas plus loin et notre tête-à-tête se termina.

Je réfléchis longuement à tout cela. C'était comme si Yvette m'avait confié un secret. Je frissonnais quand je me souvenais de l'expression de son visage lorsqu'elle avait assuré qu'il l'avait tuée. Mais qu'en savait-elle?

S'il avait été auprès de moi, j'aurais juré que tout cela était faux. Mais, quand il était loin, je réfléchissais plus calmement. Il fallait que je reparle à Yvette. Si elle m'expliquait davantage la nature de Louise, j'y verrais peut-être plus clair.

Margot me demanda d'aller en ville chercher du ruban pour garnir un petit vêtement qu'elle cousait pour Pierrot.

Je partis donc. A Granville, il n'était pas question de me faire accompagner et ce n'était pas la première fois que j'allais ainsi dans les boutiques.

Le soleil commençait à monter dans le ciel clair. La promenade n'était pas longue. Il faisait encore bon mais dans quelques heures la chaleur serait forte.

— Comment se porte le tout petit? me demanda une des vendeuses. Il en a eu de la chance celui-là.

— C'est vrai, Pierrot est très bien soigné.

— Oh! je le sais, répondit-elle. Madame... est une vraie maman. Elle est pourtant mariée depuis peu...

— Elle a toujours été attirée par les enfants, expliquai-je.

— Que Dieu la bénisse!

Il était temps que je choisisse les rubans. Cela fait, j'allai m'asseoir devant la pâtisserie voisine pour prendre un café avec un des savoureux gâteaux. Malgré moi, je pensais encore à ma conversation avec Yvette, à sa haine pour le comte, haine que Nounou partageait si violemment. Cela ne pouvait provenir que de leur profond attachement à Louise, à cette Louise que je connaissais si mal finalement. Je l'avais jusque-là considérée comme une pauvre malade imaginaire mais comment avait-elle pu inspirer de pareilles dévotions? Pour Nounou qui l'avait élevée, c'était encore compréhensible. Mais pour Yvette, indépendante et pleine de bon sens, cette amitié devait venir d'une qualité inhabituelle chez Louise.

Plus je pensais au comte et à la complexité de sa vie, plus j'étais perplexe.

J'étais assise à l'ombre d'un parasol quand j'eus l'impression que quelqu'un m'observait. En me tournant, je découvris un homme installé un peu plus loin que moi. Lorsqu'il vit que je le remarquais, il se mit à regarder fixement devant lui. Soudain, je fus sûre de l'avoir déjà rencontré. C'était durant le trajet entre Paris et Granville. Il s'était trouvé à l'auberge où nous avions passé la nuit. Il avait un cou très court et une façon bizarre de bouger la tête, c'était pour cela qu'il avait, un instant, retenu mon attention. Et je m'en souvenais très bien. Il portait une perruque noire et un large chapeau du même ton qui cachait une partie de son visage. Ses vêtements étaient communs : c'était le genre d'homme que l'on peut rencontrer n'importe où. Ses épaules arrondies et son cou si court m'avaient cependant permis de le reconnaître.

Mais c'était sans doute mon imagination qui me faisait croire qu'il s'intéressait à moi. Pourquoi était-il là cependant? Je me sentis gênée par sa présence. Depuis le coup de fusil du sentier, je n'avais jamais cessé d'être en alerte.

J'y pensais encore lorsque je me levai pour repartir. Et pourquoi cet homme s'était-il aussi trouvé dans cette auberge avec nous? Y habitait-il? Il faudrait que je me renseigne.

Je revins chez la mercière, y achetai encore quelques dentelles sous prétexte que je les avais oubliées. Je sortis et repassai devant la pâtisserie où l'homme n'était plus.

Je me dirigeai vers le château dont la silhouette était toute proche. Lorsque j'atteignis presque la grande allée, je me retournai. L'homme marchait sur la route, comme s'il m'avait suivie...

Je ne cessai de penser à lui en entrant au château.

Il n'était pas difficile de pousser Yvette à parler de Louise. J'allai donc la rejoindre dans un coin du jardin où elle brodait.

– Profitons de la vie pendant que nous sommes tranquilles, dit-elle.

– Vous pensez à la situation en général?

– Oui. Je me demande ce qui se passe à Paris. Il doit y faire très chaud. Et la chaleur excite les tempéraments. La nuit, les gens doivent traîner dans les rues, se rassembler au Palais-Royal. Et on doit entendre partout discours, parlotes et menaces.

– Le gouvernement trouvera bien une solution. Le comte assiste à tous les conseils.

– La haine est grande, fit Yvette en hochant la tête. Et l'envie aussi. On ne peut plus grand-chose maintenant. Si la foule se soulève, je ne donnerai rien de l'aristocrate qui tombera dans ses mains.

Je frissonnai. Je songeai au comte si hautain, si sûr de lui dans son château. Il n'en serait pas de même dans les rues de Paris.

– On le sait, continua Yvette. Le comte Bertrand de Libes a été un despote. Sa parole faisait loi. Il est temps que ça change.

– Pourquoi Louise l'a-t-elle épousé?

– Pauvre agneau, elle n'avait pas le choix.

– Je croyais que ses parents l'adoraient.

– Bien sûr, mais ils souhaitaient un beau mariage

et, à part quelqu'un de la famille royale, ils ne pouvaient trouver mieux. Ils voulaient les honneurs pour elle. Le bonheur suivrait, pensaient-ils. Elle aurait un beau château pour demeure, un grand nom, un mari dont la renommée serait connue à Paris et dans le pays. Qu'il soit le diable incarné n'avait guère d'importance.

– L'était-il donc? demandai-je presque plaintivement, souhaitant qu'elle dise enfin quelque chose de bien à son sujet.

– Quand ils se sont mariés, il n'était pas vieux... un an ou deux de plus qu'elle... mais il avait déjà bien des péchés sur la conscience. Un homme comme lui, c'est mûr à quatorze ans. Cela vous étonne et pourtant, moi, je vous l'affirme. Il avait dix-huit ans lors de son mariage. Et déjà une maîtresse attitrée. Vous la connaissez.

– Gabrielle Legrand, oui.

– Et elle lui avait donné un fils. Vous savez comment Etienne est venu au château? Quoi de plus cruel pour une femme que de voir installer sous son toit le fils d'une autre femme et cela parce que vous ne pouvez plus avoir d'enfants?

– C'est dur, je le reconnais.

– Il n'a pas de cœur. Pour lui, rien ne compte que la satisfaction de son désir.

– Mais avec des parents comme les siens, avec Nounou et vous, Louise aurait pu refuser de l'épouser.

– Vous le connaissez. (Elle me jeta un regard oblique et je me demandai si les rumeurs à mon sujet lui étaient parvenues. Certainement elle soupçonnait quelque chose et cela expliquait sa véhémence. Elle m'avertissait, elle aussi :) Il a un certain charme. Une allure assez diabolique. Il semble irrésistible à certaines femmes. S'engager avec lui, c'est marcher sur des sables mouvants. Quand vous avez le pied dessus, vous commencez à vous enfoncer. Si vous avez le courage et la force de reculer, alors seulement vous êtes sauvée.

– Croyez-vous qu'on puisse être entièrement mauvais?

– Certaines personnes profitent du pouvoir qu'elles ont sur les autres. Elles les dominent. Leurs besoins, leurs désirs passent avant tout. Elles doivent les satisfaire à n'importe quel prix.

– Il s'est occupé de vous lorsque vous êtes partie, lui rappelai-je. Il vous a donné une maison, vous a permis de prendre Josée avec vous.

– Au début, j'ai pensé qu'il était bon avec moi. Ensuite, je me suis demandé s'il n'avait pas un motif pour agir ainsi.

– Quel motif?

– Il a peut-être voulu me sortir de son chemin.

– Pourquoi?

– Il avait déjà une idée à propos de Louise.

– Vous ne voulez pas dire...

– Chère mademoiselle, je suis surprise qu'une jeune fille intelligente comme vous se laisse si facilement tromper. Mais cela est déjà arrivé à d'autres. Ma pauvre Louise! Je me souviens du soir où on l'a appelée. Elle est descendue au salon et on le lui a présenté. Le contrat de mariage était déjà signé. C'était un si beau mariage. Elle entrait dans une si grande famille. Tous les avantages... tous les sourires des deux côtés.

– Et Louise?

– Il lui a fait du charme... comme aux autres. Elle est venue me trouver ensuite. Nounou, c'était bien pour les petits détails, mais moi, elle me confiait ses problèmes. Elle était éblouie : « Yvette, je n'ai jamais vu personne comme lui. Personne ne lui ressemble. » Elle marchait comme dans un rêve. Elle était si naïve. Elle ne connaissait rien du monde. Pour elle, la vie c'était un rêve romantique.

– Et vous, quand vous l'avez vu, lui?

– Je ne le connaissais pas alors. J'ai cru qu'il avait tout le charme et toute la grâce qui l'avaient attirée, elle. Je n'ai appris la vie qu'il menait que plus tard. Sur l'instant, nous avons cru qu'il était digne d'elle. Comme nous avons vite déchanté!...

– Si vite?

– Ils sont partis dans une de ses maisons de campagne pour leur lune de miel. C'était à Villiers, une belle demeure, petite pour un château, mais ravissante, dans un village paisible... un endroit idéal... si l'on a le mari idéal. Ce qui n'était pas le cas.

– Comment l'avez-vous su?

– Il suffisait de la regarder... Nounou et moi, nous nous sommes installées à Dampierre pour être là à leur retour. Nounou était perdue... on aurait dit une poule qui cherche ses poussins. Ils sont revenus... au premier coup d'œil, nous avons compris. Pauvre enfant, on ne lui avait rien appris... on ne l'avait pas prévenue. Elle était stupéfaite et épouvantée. Elle avait peur de lui... peur de tout. En deux semaines, elle n'était plus la même.

– Il était très jeune lui aussi, dis-je pour sa défense.

– Jeune en âge, vieux en expérience. Il avait dû la trouver trop différente des dévergondées dont il avait l'habitude. Et déjà, elle devait être enceinte, car très rapidement cela fut évident. Ce fut une grande épreuve pour elle. Elle avait peur d'avoir un enfant. Nous sommes devenues plus proches encore : « Il y a des choses dont je ne peux parler avec Nounou », disait-elle. Et elle me racontait combien il l'avait déçue, combien elle souhaitait être seule, combien le mariage était différent de ce qu'elle avait imaginé. Pendant les longs mois de sa grossesse, nous avons beaucoup bavardé : « Tu verras,

Yvette, ce sera un fils. Et après, jamais plus je ne passerai par ça. Si c'est une fille... » Elle tremblait alors et je me mettais à le haïr, lui.

– Après tout, c'est ce qu'on attend d'un mariage... Le malheur, c'est qu'elle n'y ait pas été préparée.

– Vous trouverez des excuses pour lui. Pauvre Louise! Elle a été si malade en attendant Margot. Nounou vivait dans la terreur qu'elle ne supporte pas la naissance. Mais nous avions les meilleurs docteurs, la meilleure sage-femme, et le jour vint enfin où le bébé fut là. C'était une fille. Je n'oublierai jamais son visage quand je le lui ai annoncé. Les docteurs ont alors déclaré qu'elle ne devrait plus risquer d'avoir un autre enfant car elle y laisserait sa vie. Nounou et moi, nous poussâmes un soupir de soulagement devant ce verdict. C'était comme si on nous rendait notre enfant chérie.

– Le comte a dû être déçu.

– Il était fou de rage. Il montait à cheval, galopait comme un insensé. Il fulminait contre son mariage. Il avait maintenant une femme invalide... une fille et pas de fils. C'est alors qu'il a tué ce petit garçon.

– Oui, le jumeau de Léon.

– C'était presque un meurtre.

– Il ne l'avait pas fait exprès. C'était un accident. Et il a donné des compensations à la famille. J'ai entendu dire qu'il a été très bon pour elle. Nous savons ce qu'il a fait pour Léon.

– Cela ne lui coûtait rien. C'est un homme... sans scrupule. Et il a amené Etienne au château... son bâtard... pour prouver que si sa femme ne pouvait lui donner de fils, d'autres en étaient capables. N'était-ce pas cruel?

– Elle en a beaucoup souffert?

– Tout d'abord, elle m'a dit : « Cela m'est égal, Yvette, si je n'ai plus à le subir. Il peut bien en amener une vingtaine si je n'ai pas moi à lui donner un enfant légitime. » Mais lui s'inquiétait peu des sentiments de sa femme. Aussi cela raviva les espoirs d'Etienne et de sa mère. Ils espèrent toujours qu'il le légitimera mais lui, il les garde au bout de l'hameçon. Cela l'amuse.

– Mais enfin, Louïse avait sa fille?

– Elle ne s'y est jamais beaucoup attachée. L'enfant lui rappelait trop de souffrances.

– Ce n'était pas la faute de Marguerite, fis-je vivement. Il me semble qu'il aurait été normal qu'une mère s'occupe de son enfant.

– Marguerite prouva vite qu'elle se défendrait très bien toute seule. Nounou ne s'intéressait guère à elle. Elle était entièrement à ma charge. Et je l'aimais beaucoup. Elle était si gaie, si impulsive, si vive... oh! elle n'a pas beaucoup changé.

– Cette indifférence de Louise à son égard m'étonne.

– Elle était très nonchalante. Et puis, après la naissance de Marguerite, elle a subi un autre choc. Sa mère est morte. Elle l'aimait énormément, et cela l'a beaucoup frappée.

– Parce que c'était inattendu?

Yvette resta silencieuse, puis elle dit :

– Sa mère s'est suicidée.

Je restait interdite.

– Oui, continua Yvette, cela nous a tous bouleversés. Nous ne savions pas qu'elle était malade. Elle avait été souffrante, mais elle n'y avait pas attaché d'importance. Lorsque le mal augmenta, c'était trop tard. Elle comprit qu'on n'y pouvait plus rien et elle absorba une forte dose de somnifère.

– Comme... Louise, murmurai-je.

– Non, fit Yvette avec fermeté. Non, pas comme Louise. Jamais Louise ne se serait tuée. J'en suis convaincue. Parce qu'elle était très pieuse. Elle croyait sincèrement à une autre existence. Elle me disait souvent : « Plus nous souffrirons ici-bas, plus nous nous réjouirons plus tard. Ma mère a souffert et elle n'a pu le supporter. Si seulement elle avait attendu! »

– Et lorsque la même chose lui est advenu...

– Mais elle ne souffrait pas tant, je le sais.

– Vous n'étiez pas au château, lui rappelai-je.

– Nous avions continué à nous écrire. Chaque semaine, elle m'envoyait une lettre. Elle voulait connaître toute ma vie et me donnait des détails sur la sienne. Elle m'ouvrait son cœur. Nous avions fait un pacte toutes les deux. Ne jamais rien nous cacher. C'est pourquoi je suis tellement au courant... J'en savais plus que ceux qui vivaient auprès d'elle. C'est pourquoi j'affirme qu'elle ne se serait jamais tuée.

– Alors comment est-elle morte?

– Quelqu'un l'a tuée, assura-t-elle.

Je rentrai dans ma chambre. Je ne voulais pas discuter de la mort de Louise. Je ne voulais pas croire ce qu'avançait Yvette, car elle était convaincue que le comte avait délibérément assassiné sa femme, cela ne faisait aucun doute.

Et je savais aussi qu'Yvette voulait m'avertir. Pour elle, je faisais partie des femmes qui s'étaient laissé séduire par lui, qu'il gardait un temps auprès de lui pour les rejeter ensuite... affaires sans importance à côté d'autres plus graves comme celle qui lui avait donné Etienne.

Et malgré tout cela, je n'arrivais pas à le croire coupable. Je n'ignorais pas qu'il avait eu beaucoup d'aventures – lui-même ne s'en était pas caché – mais mes relations avec lui n'étaient pas du tout du même ordre.

Par moments, je me sentais capable d'oublier tout ce

qui avait eu lieu auparavant. Tout? Même un meurtre? Mais, pour moi, il n'avait pas tué sa femme. Il avait tué le frère de Léon, mais c'était un drame non prémédité : un accident, rien de plus.

Pendant que je méditais ainsi, Margot, moins gaie que de coutume, entra chez moi.

— Qu'est-ce qui ne va pas? demandai-je tout de suite.

Elle s'assit dans le fauteuil près du miroir sans répondre.

— Qu'y a-t-il? Pierrot?

— Il est beau comme toujours.

— Alors, quoi?

— Un billet que j'ai reçu. Armand m'a dit qu'une femme le lui avait remis pour le donner soit à moi, soit à toi.

— Un billet? Armand?

— Ne répète pas tout ce que je dis, Minelle. Ça me rend folle.

— Pourquoi une femme a-t-elle remis un billet à Armand?

— Parce qu'elle devait savoir qu'il travaillait au château.

Armand était un garçon d'écurie que nous avions amené de Dampierre. Etienne nous l'avait recommandé.

— Où est ce billet?

Elle me tendit un papier, et je lus :

— *Il serait bon que l'une de vous deux viennent au café des Fleurs à 10 heures mardi matin. Vous le regretterez, si vous ne venez pas. Je sais tout sur l'enfant.*

— Qui cela peut-il être? murmurai-je.

Impatientée elle s'écria :

— Mais qu'allons-nous faire? C'est pire que Bessel et Mimi.

— Pour moi, fis-je, c'est exactement pareil.

– Mais ici... à Granville?

– Tu as lu : « Vous le regretterez... » C'est quelqu'un qui a tout découvert et qui veut en tirer profit.

– Comment en être certaine? Que faire?

– Peux-tu avouer la vérité à Robert?

– Tu es folle? C'est impossible... enfin pas encore. Il me croit si parfaite.

– Il découvrira son erreur tôt ou tard. Pourquoi pas tôt?

– Tu es trop dure.

– Alors, adresse-toi ailleurs.

– Ailleurs! Mais cela te concerne aussi. Il est écrit : « l'une de vous deux ».

– Tu devrais y aller.

– Comment cela? Je dois sortir avec Robert.

– Annule ta sortie.

– Avec quelle excuse? Il faut que je l'accompagne. Cela lui paraîtrait bizarre. Il voudrait savoir pourquoi...

J'hésitai. Je songeais que je me tirerais certainement mieux qu'elle d'une situation délicate. Après tout, n'avais-je pas été sa complice dans cette histoire? Je cherchais qui pouvait avoir écrit. Mme Grémond... Quelqu'un de sa maison... Quelqu'un à qui Bessel et Mimi avaient parlé... Quelqu'un qui les avait vus réussir dans leur chantage et qui voulait aussi en profiter.

Lorsque, à la fin, je déclarai que je me rendrais au rendez-vous, Margot se jeta dans mes bras et déclara qu'elle savait bien qu'elle pouvait compter sur moi pour tout arranger.

– Ecoute, lui dis-je. Rien n'est arrangé. Il faut que tu penses sérieusement à parler à Robert. Cela nous débarrassera des maîtres chanteurs. Bessel et Mimi nous attaqueront certainement de nouveau.

– Oh! Minelle, j'ai si peur! Mais tu iras, n'est-ce pas, et tu discuteras.

– Il n'y a qu'un moyen à opposer au chantage, c'est de laisser faire!

Elle secoua la tête, ses yeux exprimaient sa terreur. Je l'aimais beaucoup et me réjouissais tant de la voir heureuse avec Robert. Je m'amusais de l'ingéniosité avec laquelle elle avait ramené son fils chez elle. Mais j'avais su que garder un tel secret serait difficile, et qu'un jour ou l'autre, le danger resurgirait.

Dix minutes avant 10 heures, j'arrivai donc au café des Fleurs. Je commandai du café et des gâteaux comme d'habitude pour que Mme Durant ne s'étonne pas de ma présence. Bientôt, j'aperçus l'homme à la perruque noire. C'est lui le maître chanteur, pensai-je. Il me surveille. Mais il se tint à l'écart et parut se désintéresser de moi.

Une femme arrivait. Emilie! la servante de Mme Grémond, la paisible sœur de la bavarde Jeanne. J'aurais dû m'en douter. J'avais toujours détesté ses lèvres minces, ses yeux pâles qui, jamais, ne vous regardaient en face.

– Mademoiselle est surprise? demanda-t-elle avec une grimace déplaisante.

– Pas tout à fait, répliquai-je. Qu'as-tu à me dire? Fais-le rapidement et va-t'en.

– Je partirai à mon heure, mademoiselle. N'oubliez pas que ce n'est plus vous qui donnez le ton. Mais ce ne sera pas long. Je sais maintenant que la mère de l'enfant n'était pas Mme Le Brun, mais Mme de Granville, avant Mlle de Libes, la fille du comte.

– Tu as beaucoup travaillé pour cela, dis-je froidement. C'est dommage que tu n'occupes pas mieux ton temps.

– Oh! ce n'était pas difficile, fit-elle d'un air modeste. Nous savions tous que Mme Grémond avait été une grande amie du comte. Elle en était très fière. Il venait la voir. D'abord, on a cru que Mme Le Brun était une autre de ses maîtresses et que l'enfant était le sien. Et puis, Gaston a porté les lettres de Mme Legrand... parce qu'elle et Mme Grémond sont restées en rapport l'une avec l'autre. Les malchanceuses... les renvoyées. (Comme je détestais son air mauvais et sournois!) Gaston vous a vue. Il s'est attardé et il a reconnu Mme de Granville. Il a su qu'elle s'était mariée... et comme il n'est pas bête, il a tout deviné... Gaston et Jeanne veulent un petit quelque chose pour s'installer et, moi, je voudrais n'avoir pas à m'inquiéter pour ma vieillesse. Mille francs chacun pour commencer, et, si on ne touche rien, j'irai au château et je raconterai toute l'histoire au mari de Madame.

– Tu es vraiment une femme sans scrupule.

– Qui, dans ma position, aurait des scrupules pour trois mille francs?

– Tu fais souvent ce métier?

– L'occasion ne se présente pas souvent, mademoiselle. Mme de Granville... qu'elle est maintenant, parle trop. Elle a donné des indications. Ma sœur l'a écoutée et nous avons réfléchi, avec Gaston. Si elle avait été la maîtresse du comte, nous n'aurions pas osé. Mais c'est différent. Nous n'avons pas à avoir affaire avec le comte... mais avec M. de Granville.

– Je veillerai à ce que Mme Grémond sache qui est le personnel qu'elle emploie.

– Quand nous aurons notre fortune, nous nous en moquerons. Mme Grémond peut aussi faire attention à elle. Les temps ne sont guère favorables pour des personnes comme elle... ou comme vous. Vous devriez vous méfier de la façon dont vous traitez les autres. Allez. Apportez l'argent demain et tout ira bien.

– Jusqu'à la prochaine exigence?

– Il n'y en aura peut-être pas d'autre.

— C'est l'éternel serment du maître chanteur... et qu'il ne tient pas.

Emilie haussa les épaules :

— C'est à Madame de décider. C'est elle qui devra répondre devant son mari. Il fera une drôle de tête quand il apprendra qu'il entretient le bâtard de sa femme.

J'aurais pu la gifler et je l'aurais fait, si nous n'avions pas été assises à une table de café. Je voyais que l'homme brun nous observait. Sans doute essayait-il d'entendre nos paroles.

— Je transmettrai ton message, dis-je en me levant. N'oublie pas que le chantage est puni par la loi.

Elle me fit une grimace :

— Nous devons tous nous méfier, n'est-ce pas? Et essayer de nous aider les uns les autres.

Je m'éloignai. Je sentais ses regards qui me suivaient... et aussi ceux de l'inconnu.

Je revins vivement au château. Lorsque je me retournai avant d'entrer, l'homme était au bout du chemin, comme la fois précédente. Mais je ne pensais qu'à Emilie et je ne m'attardai pas à m'inquiéter à son sujet.

Yvette, Margot et moi nous discutâmes de la menace d'Emilie. Yvette et moi partagions la même opinion. Il n'y avait qu'un seul moyen de régler cette affaire. Margot devait tout avouer à son mari. Si elle refusait et s'inclinait devant la demande d'Emilie, c'était le début d'une série de catastrophes.

— Tu n'auras plus jamais un moment de paix, indiquai-je. Tu t'attendras toujours à la voir paraître avec une nouvelle exigence.

— C'est impossible, gémissait Margot. Cela gâcherait tout.

— Que peux-tu faire alors?

– Ne pas en tenir compte.

– Elle parlera. Si Robert doit le savoir, il vaut mieux que ce soit par toi.

– Et si je donnais l'argent?

– Ce serait de la folie, coupa Yvette.

Margot pleura, tapa du pied, déclara qu'elle ne parlerait jamais à Robert et s'étrangla en hurlant qu'on ne pouvait donc pas la laisser tranquille, qu'elle avait pourtant assez souffert!

– Ecoute, Margot, dis-je. Si tu lui avoues, il comprendra peut-être et on n'en parlera plus. Pense à ton bonheur, si tu es débarrassée de ce fardeau. Pense à tous ceux qui voudront te faire chanter à cause de ton secret. Tu n'en as pas fini avec Bessel et Mimi.

– Et j'avais confiance en eux!

– Cela prouve qu'on ne peut avoir confiance en personne, nota Yvette. Mlle Maddox a raison. M. de Granville est très bon, et puis il vous aime.

– Peut-être pas assez pour ça, murmura-t-elle.

– Moi, je le crois.

– Comment peux-tu savoir?

– Je sais que vous êtes très heureux ensemble et qu'il ne voudra pas que cela change.

– Mais ça changera! Il me croit si merveilleuse... si différente des autres filles...

De nouveau, elle se mit en colère, s'enferma dans sa chambre, puis revint vers moi et me demanda de lui parler. Nous discutâmes à perte de vue, revenant point sur point sans nous lasser. Je restai ferme sur mes positions. Elle balançait tantôt pour, tantôt contre.

Je lui rappelai qu'Emilie m'attendrait le lendemain devant la pâtisserie.

– Eh! qu'elle attende! jeta-t-elle.

Au dîner, elle fut très gaie avec Robert comme si de

rien n'était. En moi-même, je la trouvai même un peu trop gaie.

Je ne dormis guère, réfléchissant à ce qui se passerait le lendemain, mais, très tôt le matin, Margot vint chez moi. Elle était radieuse.

Elle avait tout raconté à son mari. Elle lui avait avoué que Pierrot était son fils.

Elle se jeta dans mes bras.

– Et il m'aime toujours!

J'étais si soulagée que je restai sans voix.

– Il a été un peu surpris, expliqua-t-elle. Mais, ensuite, il m'a dit qu'il était content que j'aie amené Pierrot ici. Puis, il a ajouté que je serais certainement une bonne mère pour nos enfants. Tu vois, Minelle, cela résout notre problème.

– Notre?

– C'était le tien autant que le mien.

– Ma part existe peu à côté de la tienne. Mais n'en parlons plus. Je suis contente. Tu as de la chance d'avoir Robert. J'espère que tu l'apprécies.

Je ne pouvais que me réjouir à la pensée de ma rencontre avec Emilie. Elle m'attendait à la pâtisserie et elle sourit largement quand elle m'aperçut.

– Vous avez l'argent? demanda-t-elle. Donnez-le-moi.

– Tu vas trop vite, répondis-je. Je n'ai pas apporté l'argent. Va donc tout droit au château et demande à parler à M. de Granville. Tu peux lui raconter ce que tu sais sur sa femme. Il te remerciera pour ces informations qu'il connaît déjà.

– Je ne vous crois pas.

– C'est pourtant vrai.

– Ce n'est pas ce qu'on m'a dit.

– Peux-tu savoir ce qui se passe entre un mari et une femme?

– Vous mentez, bien sûr, répéta-t-elle, dépitée.

– Ce n'est pas mon habitude.

– Peut-être pas, mais quand même, cela doit vous arriver. Vous vous débrouilliez bien quand vous étiez avec nous. Mme Le Brun... un mari mort... noyé si je me souviens bien? Une belle histoire. Vous saviez mentir alors... et vous mentez maintenant.

– A toi de le savoir. Monte au château et demande M. de Granville. Il t'accordera certainement une entrevue. Mais, tu y rencontreras peut-être quelqu'un que tu n'attends pas. Allez, n'insiste pas, pars avant qu'il ne soit trop tard.

– Ne croyez pas, mademoiselle, que je m'en tiendrai là. Je découvrirai la vérité et je saurai ce que je devrai faire.

– Mais alors, sois prudente. Rien n'est plus dangereux que le chantage. Au revoir. Ecoute mon conseil et ne te montre plus jamais par ici.

– Un jour, ce sera différent! lança-t-elle, le regard venimeux. Un jour, nous aurons notre revanche sur les gens comme vous. C'est trop facile pour vous. Mais ce temps est fini. Les jours arrivent où tout changera. Je vous verrai sans doute tous pendus à une lanterne.

Elle s'en alla, la tête haute. J'eus un frisson dans le dos. Mon triomphe s'évanouit. J'étais si absorbée que j'oubliai de vérifier si l'homme brun me suivait.

3

L'atmosphère de la maison s'était modifiée. C'était inévitable après la confession de Margot. Elle essayait d'être gaie comme avant, mais on la sentait un peu inquiète et Robert, changé. Le choc avait été rude pour lui.

Margot était très affectueuse avec lui et il l'appréciait, mais je surpris, à plusieurs reprises, ses regards interrogateurs sur Pierrot comme s'il se posait des questions à son sujet, comme s'il ne parvenait pas à croire à l'histoire de sa naissance.

– Il s'y habituera, assurait Yvette, et avec tous les gens sans scrupule qui nous entourent, il aurait fini tôt ou tard par l'apprendre. C'est mieux que ce soit par elle. C'est un bon jeune homme et elle a bien de la chance d'avoir un pareil mari. Ce n'est pas comme sa mère...

Cela nous ramenait à Louise et, comme c'était un sujet inépuisable, je l'encourageai à m'en dire plus.

– Elle restait beaucoup dans sa chambre, n'est-ce pas? demandai-je. Que pensaient les gens? On devait beaucoup recevoir au château.

– Au début, elle a tenté de sauver les apparences. Ils ont joué au couple heureux mais, très vite, elle a plaidé la maladie. Après la naissance de Margot, elle a eu du mal à se remettre mais, jamais, elle n'a vraiment recouvré la santé.

– Cette mauvaise santé habituelle est devenue une sorte de culte.

– C'est vrai. Elle était très enfant, parfois. Lorsqu'il y avait une réception qu'elle voulait éviter, elle s'écriait : « Oh! ma migraine! » Et Nounou répondait : « Venez, je vais vous confectionner une de mes compresses aux herbes », et Louise secouait la tête : « Non, Nounou, ce que je veux, c'est seulement rester près de toi, et ça passera. » Et Nounou était ravie. Alors, j'ai compris que sa maladie était surtout dans son esprit. Elle servait d'excuse. Et comme Nounou et moi nous le détestions, lui, nous lui répétions qu'elle était trop souffrante pour l'accompagner.

– C'est une pratique dangereuse que de feindre la maladie. Au bout d'un temps, on est réellement malade.

– Je le crois. Les années passant, elle est devenue vraiment malade sans qu'on lui trouve rien de précis. Il prétendait qu'elle était une simulatrice et en un sens c'était vrai. Elle finit par ne plus vouloir sortir de son appartement. Elle s'éternisait sur son lit ou sa chaise longue.

– Peut-on lui reprocher, à lui, d'avoir regardé ailleurs?

– Bien sûr, fit-elle avec colère. Croyez-moi, j'en sais plus que vous.

Nous restâmes silencieuses un moment, puis elle reprit :

– Un de ces jours... (J'attendis, mais elle ajouta :) Qu'importe!

– Qu'alliez-vous dire? Qu'arrivera-t-il un de ces jours?

– J'ai ses lettres, reprit-elle. Je les ai toutes gardées. Elle m'a écrit chaque semaine... pendant six ans. Elle me parlait à cœur ouvert. Elle jetait simplement ses pensées sur le papier. (Ce qu'elle ajouta me sidéra :) Je vous ai connue par ses lettres. Elle m'a raconté votre arrivée au château... l'intérêt qu'il vous portait... et vous à lui...

– J'ignorais qu'elle s'intéressât à moi.

– Bien que recluse, elle savait ce qui se passait au château.

– Et que disait-elle de moi?

Yvette se tut.

Un messager du comte arriva à Granville. Il apportait une lettre pour le comte de Granville, une pour Margot et une pour moi.

J'emportai la mienne dans ma chambre pour la lire seule.

Ma chérie,

Cela me rassure de vous savoir à Granville. Je vous prie d'y rester tant que je ne viendrai pas vous chercher ou que je ne vous enverrai pas quelqu'un. Je ne sais quand ce sera, mais soyez sûre que je ne perdrai pas une minute quand ce sera possible. La situation à Paris se détériore vite. Il y a des émeutes et les marchands se barricadent dans leurs boutiques. Les gens défilent dans les rues avec le drapeau tricolore. Les héros du moment sont Necker et le duc d'Orléans... mais cela peut changer demain. On sent que tout peut être bouleversé en un instant. Parfois, je souhaite une confrontation entre le roi et la noblesse d'un côté, et Danton, Desmoulins et le reste de l'autre. Je ne sais ce qu'Orléans fait avec eux. Il doit penser qu'ils le proclameront roi, mais comment lui assureraient-ils une couronne? Or, un roi couronné l'est pour la vie.

Chère Minelle, comme je voudrais que vous soyez auprès de moi. J'aimerais tant parler de tout cela avec vous. Un seul espoir me soutient dans ce monde insensé : un jour nous serons réunis.

Bertrand

Je lus et relus cette lettre. Mon bonheur était immense. Lorsque je tenais ce papier sur lequel il m'avait écrit, rien de ce que je pouvais entendre à son sujet n'altérait mes sentiments pour lui.

Je me retirai de bonne heure ce soir-là. Le souper avait été relativement silencieux. Les parents Granville étaient inquiets par les nouvelles reçues de Paris. Le temps approchait où Granville même serait confronté avec la déplaisante vérité. Robert était moins exubérant depuis qu'il avait appris que sa femme avait déjà eu un enfant. Margot, elle, était toujours mise mal à l'aise par son père. Je me demandais ce qu'il lui avait écrit.

J'étais assise devant ma coiffeuse, brossant mes cheveux, quand Yvette se présenta. Elle portait un paquet de papiers à la main.

– J'espère que je ne vous dérange pas? dit-elle,

– Non, bien sûr que non.

– Je voudrais vous montrer quelque chose. J'ai beaucoup réfléchi, mais je crois que je le dois.

– Ses lettres? demandai-je en connaissant sa réponse.

– Les dernières que j'ai reçues. Elle a dû les écrire quelques jours avant sa mort. On me les a remises ce jour-là. Le messager est arrivé, mais ni lui ni personne n'était au courant de ce qui s'était passé.

– Pourquoi tenez-vous à me les montrer?

– Parce qu'il y a dedans des détails que vous devez connaître. (Je baissai les yeux. Elle devait savoir que j'avais reçu une lettre du comte.)

– Si vraiment vous le souhaitez..., commençai-je.

– Je pense que c'est important pour vous, assura-t-elle en posant le paquet sur la coiffeuse. Bonsoir, ajouta-t-elle et elle partit.

J'allumai les trois bougies du candélabre à côté de mon lit. Appuyée contre mon oreiller, je déliai les lettres : il y en avait trois.

L'écriture en était ferme et j'eus du mal à la déchiffrer. J'avais l'impression de commettre une indiscrétion. J'étais pourtant curieuse de tout ce qui concernait Louise, mais ces missives qui ne m'étaient pas adressées me gênaient. Et puis, j'avais sans doute peur aussi de ce qu'elles allaient m'apprendre sur le comte.

J'ouvris la première.

Chère Yvette,

Comme c'est bon de t'écrire. Nos lettres sont un grand réconfort pour moi. T'écrire, c'est comme bavarder avec toi et tu sais que j'ai toujours aimé tout te raconter.

La vie continue comme avant. Nouny arrivant avec mon petit déjeuner, tirant les rideaux, s'assurant que le soleil ne me dérange pas et que je suis bien protégée contre les courants d'air. Comme si elle permettait qu'il y en ait jamais dans ma chambre. Marguerite est de retour après un long séjour à l'étranger. Il y a avec elle une cousine... une soi-disant cousine, tu penses. C'est son nouveau jouet, à lui. Jusqu'à présent, il ne les avait jamais appelées cousines. Celle-là est anglaise. Marguerite l'a connue pendant son séjour en Angleterre. On me l'a présentée. Une grande et belle fille avec de beaux cheveux – beaucoup de cheveux –, des yeux bleus d'une nuance profonde et peu habituelle. Elle semble très sûre d'elle-même, elle a un air indépendant et ne paraît pas du tout frivole. En fait, j'ai été surprise, car ce n'est pas le genre coutumier. Je l'ai regardée dans les jardins où elle était avec Marguerite. On découvre mieux les gens quand ils ne se savent pas observés. Et lui a changé. J'ai l'impression que cette fois, c'est sérieux.

J'ai eu très mal hier après-midi. Nouny en a fait toute une histoire et a insisté pour que je prenne ma cure de gui. Elle a trafiqué avec ses herbes et ses plantes comme tu sais qu'elle aime le faire. J'ai entendu au moins six cents fois que les druides disaient que c'était la plante qui guérissait toutes les maladies; et même qu'elle assurait l'immortalité. Néanmoins sa drogue m'a calmée et j'ai dormi presque tout l'après-midi.

Je ne l'ai pas vu de la semaine. Il vient d'ailleurs par devoir. Cela m'étonne qu'il s'y oblige. Je crains ses visites et je crois que s'il s'en abstenait, cela ne le priverait pas.

Mais ce que je veux te dire, c'est que cette fois, il a été différent. D'habitude, il s'assoit sur une chaise et ne quitte pas des yeux la pendule. Il doit se demander combien de temps il est correct de rester. Il ne cache jamais son ennui. C'est dans ses yeux, dans sa voix, dans sa manière d'être assis dans le fauteuil. Il bout d'impatience.

Nouny lui a parlé de ma maladie. Tu sais comment elle est avec lui... elle l'accuse de tout. Si je me coupe le petit doigt, elle trouvera le moyen de prétendre que c'est sa faute à lui. Mais, je crois lire quelque chose dans ses yeux, à lui... il spécule.

Cela a quelque rapport avec cette nouvelle fille. Elle est tout le contraire de ce que tu peux imaginer. Elle était institutrice. Je me souviens d'avoir entendu parler d'elle lorsque j'avais été en Angleterre, il n'y a pas longtemps. Quel séjour épouvantable! Mais il avait insisté pour que je l'accompagne pour voir Marguerite. J'étais malade tout le temps, tu sais, et j'ai horreur d'être séparée de Nouny. Elle, de son côté, était folle d'inquiétude et ensuite elle m'a bourrée de remèdes, pour me purger, disait-elle, de la contamination étrangère.

Mais cette fille... Il a dû la rencontrer à ce moment-là car Marguerite était dans l'école que sa mère dirigeait. Elle parle très bien le français.

Je l'ai vu, lui, une fois dans le jardin avec elle. Et il y avait, dans ses gestes, dans son attitude, à lui, quelque chose... je ne crois pas qu'elle soit sa maîtresse... pas encore. J'ai tellement ri quand je les ai vus dans le jardin tous les deux que Nouny a cru que j'avais une crise de nerfs. Mais je pensais à Gabrielle Legrand.

Quelle drôle de maison! Que peut-on espérer d'autre avec un homme tel que lui?

C'est bon de t'écrire, Yvette. Je serais désolée sans nos lettres. Le fait que Josée a laissé brûler la soupe ou que les oiseaux ont mangé les prunes m'intéresse toujours. Ici, nous vivons perpétuellement dans le drame. Aussi, une vie tranquille comme la tienne paraît bien réconfortante. C'est vers ça que je voudrais aller.

Ecris-moi, chère Yvette. Bonne nuit.

Louise

Je terminai cette première lettre et la repliai. Mon cœur battait très fort. Je devinais ce qui allait m'être révélé. Déjà je m'étais vue par les yeux des autres et je savais que j'avais été observée sans m'en douter.

J'ouvris la seconde.

Ma chère Yvette,

J'ai dû prendre une seconde dose de la cure de gui. Mon cœur battait beaucoup trop vite. Nouny tourne en rond autour de moi comme un animal. Elle grommelle, moitié furieuse, moitié contente. Furieuse contre cette recrudescence de la douleur, ravie du succès de ses soins.

Elle lui a parlé de moi et a réclamé les docteurs. Elle exagère. Je sais ce qu'elle a dans la tête. Elle pense à ma mère. Je n'ai jamais su la vérité à ce propos. On a fait le silence et on m'a tout caché. Elle s'est suicidée. Elle avait peur de l'avenir, je le sais. C'était à cause du mal dont elle souffrait, qui allait augmenter, être plus pénible encore, et la tuer sans aucun doute. On a tout essayé, mais les commérages sont quand même parve-

nus jusqu'à moi. J'ai souvent fait semblant de dormir alors que j'écoutais ce que disaient les servantes. J'ai le don, tu sais, d'avoir l'air de ne rien comprendre et de tout entendre. On craignait surtout que je ne fasse un rapprochement avec ce que je ressentais. Si Nounou me connaît un peu, elle doit être convaincue pourtant que je ne me tuerai jamais. Ça, j'en suis sûre. D'ailleurs, nous en avons souvent parlé toutes les deux, toi et moi. Je crois toujours que chacun doit faire sur terre le temps qui lui est donné, aussi dur soit-il. Mais Nouny s'affole devant ce qu'elle craint. Elle répéte tout le temps : « Qu'est-ce que vous ferez quand je ne serai plus là? – Tu seras où? dis-je pour la taquiner. – Au ciel », me répond-elle. Elle se fâche alors parce que je ris, et je dois la consoler ensuite. J'ai accepté de recevoir les docteurs et elle lui a parlé. Je suis certaine qu'il a dit : « Encore des simagrées », mais cela m'est égal.

Je suis certaine aussi que ses sentiments pour l'institutrice sont différents de ceux qu'il a d'habitude. Celle-ci n'est pas seulement une femme, mais la *femme. Pour combien de temps, qui peut le dire, mais elle l'obsède. Nouny est furieuse. Elle déteste cette femme. Mais Marguerite l'aime beaucoup. Elles sont toujours ensemble. Elles entretiennent le mythe de cousinage. C'est une bonne façon de la garder au château sans occasionner trop de commentaires. Mais sa présence doit exaspérer bien des cœurs dans les environs, tu le devines.*

Quand je songe à Gabrielle Legrand qui patiente dans sa maison comme une araignée attendant d'attraper une mouche, je ris si fort que Nouny se précipite avec ses calmants. Elle est toujours prête à m'en imposer. Je m'y connais presque aussi bien qu'elle maintenant dans toutes ses potions. Je me demande ce que Gabrielle pense de la nouvelle. Bah! tant que je suis là, cela ne sert à rien. Gabrielle se rassure en me sachant malade et en espérant que je succomberai un jour. Et elle a son Etienne à offrir... Un fils... l'espoir de la maison. Oh! Yvette, quelle insulte à notre sexe! Nous, on ne nous veut pas. Si Marguerite avait été un garçon, qui sait combien notre vie aurait été différente. Combien de femmes ont été répudiées parce qu'elles ne pouvaient mettre un garçon au monde. Mais j'ai eu de la chance. D'autres ont dû subir des années de grossesse... fille, fille, fille... et des fausses couches aussi. J'ai échappé à ça. Je n'ai jamais voulu que cela recommence. Je l'ai su dès le début... et lui aussi. C'est pourquoi il me déteste. Tu sais quel genre d'homme il est. Les femmes lui sont aussi nécessaires que l'air qu'il respire. Il ne peut vivre sans elles. C'est aussi pourquoi l'affaire de l'institutrice est bizarre. Bien entendu, cette obsession ne durera pas. Mais c'est bizarre qu'elle ait même pu exister.

Nounou ne veut pas l'admettre, mais cette nouvelle semble vraiment charmante. Elle a une dignité naturelle et n'a pas l'air de se croire. Elle a été sévèrement élevée et le tient à distance. Je suppose que son éducation ne lui permet pas de n'avoir qu'une aventure avec lui. Enfin, nous verrons bien.

Les docteurs sont venus aujourd'hui. Ils m'ont examinée, m'ont posé mille questions. Puis, ils ont tenu une longue conférence, avec Nouny. Il n'était pas là, ce qui a dû étonner. Il pense que tout cela est de la comédie. Et c'en est une. Juste bonne à rassurer Nouny. Elle continue à être sévère, à m'obliger à me reposer, à me demander si j'ai mal. Je lui dis n'importe quoi parce que c'est ce qu'elle souhaite et cela lui donne un prétexte pour m'apporter sa cure de gui.

Bonsoir. Je vais dormir, maintenant.

Louise

Il restait une lettre. Je commençai à voir Louise sous des traits nouveaux. Ce n'était pas une malade gémissante. Ce qu'elle haïssait c'était son mariage. Je crois qu'elle l'aurait détesté avec n'importe qui. Elle était sans passion, sans instinct maternel mais capable d'affection. Elle en avait visiblement pour Nounou et pour Yvette. Elle ne voulait pas participer à la vie. Elle préférait rester dans sa chambre et observer la conduite des autres autour d'elle. Et elle s'y intéressait beaucoup. Elle était comme au spectacle. Elle voulait voir la pièce qui se jouait, sans y prendre part.

Je lus la dernière lettre.

Ma chère Yvette,

Tout d'un coup, j'ai conscience d'un drame autour de moi. Nous sommes, je crois, à deux doigts d'une révolution, J'ai lu les journaux. Les choses vont plus mal que nous n'avons jamais voulu le croire. Que va-t-il nous arriver? J'ai bavardé avec une des servantes qui est venue faire le ménage. Nouny se reposait, aussi nous avons pu parler librement, ce qui est impossible quand Nouny est là. Tu sais, on écarte de moi tout ce qui est déplaisant. J'ai donc appris qu'il y avait eu des émeutes dans le pays et que le peuple allait se soulever pour réclamer ses droits. La fille manifestait nettement sa satisfaction. Elle regardait ma robe de chambre, comme si, le moment venu, elle s'en emparerait. C'est assez troublant, et je me demande ce qui se passera, pour moi, si cela tourne au tragique. Pourtant personne n'osera lui prendre son château. Qu'en penses-tu? D'un coup d'œil, il remettrait l'intrus à sa place.

Et cela me prouve que tout évolue sous mon nez et que je ne m'en suis jamais préoccupée.

Il est toujours après l'institutrice mais elle ne lâche pas. Elle sait peut-être que c'est le meilleur moyen d'attiser son ardeur. Je n'en suis pas sûre. Elle est très maligne. D'après ce que j'ai pu apprendre par Marguerite, c'est un puits de sagesse. C'est toujours Minelle par-ci... Minelle par-là. Minelle, c'est l'institutrice. Ce doit être une version de son nom créée par Marguerite. Cela a l'air français mais la dame est aussi anglaise qu'il est possible. Notre langue écorche un peu la sienne, bien qu'elle la parle à la perfection.

Il veut se débarrasser de moi. Depuis déjà longtemps mais jamais avec autant de ferveur que maintenant. Et quand je dis débarrasser, ce n'est pas seulement de la maison, mais de toute la terre. Je le comprends parfaitement, et comme c'est un homme qui obtient toujours ce qu'il veut...

Et moi qui ai vécu sans souci ces années — si on peut appeler ça vivre —, je me sens tout à coup au cœur même d'un complot. Tu vois, Yvette, il y a plusieurs personnes que je gêne... pas seulement un peu, mais beaucoup. D'abord, mon cher mari. Comme il serait heureux que je ne sois plus là. Il pourrait aller vers son institutrice et lui offrir un mariage honorable. C'est certainement ce qu'il désire.

Et Gabrielle... qui depuis tant d'années patiente... qui attend ma mort et qui, en même temps, souhaite que je vive. Si je meurs, il pourra se remarier, mais sera-ce avec Gabrielle? Elle a prouvé qu'il pouvait avoir un fils. Etienne et son mètre quatre-vingts! Qui pourrait douter que le comte n'est pas son père? Le comte pourrait épouser Gabrielle s'il était libre, mais le ferait-il? Je sais qu'elle a été pour lui une maîtresse fidèle, mais il est de tradition que lorsqu'un homme devient libre de se marier, ce n'est pas une ancienne maîtresse qu'il choisit pour femme. Il se tourne vers une fille jeune. Et elle est là, notre Gabrielle. Que pense-t-elle de cette institutrice qui est en train de lui prendre son amant? Et Etienne? Il est là lui aussi.

Et n'oublions pas Léon. J'ai découvert quelque chose à son sujet. Et cela pendant la nuit du bal. J'en sais bien plus que les gens ne croient. J'ai toujours fait envoyer des provisions, des vêtements, et même de l'argent à la famille de Léon. Je suis un peu responsable puisque c'est parce que je n'ai pas eu de fils que mon mari, devenu fou, a provoqué ce terrible accident. Une fois par mois, j'expédie Edouard, l'un des laquais, dans la famille de Léon. Il me rapporte de leurs nouvelles. Il leur parle et me raconte de petites choses sur eux. La nuit du bal... tu sais ce qui est arrivé, Léon le sait. Mais je suis trop fatiguée pour te le raconter. C'est une longue histoire... ce sera pour la prochaine fois. Seulement, Léon a peur que je parle.

Il y a tant de drames dans cette maison, Yvette. Quand cela finira-t-il? Mais cela rend ma vie plus excitante alors qu'elle devrait être si triste pour moi. Je suis impatiente de voir ce qui va arriver.

Je me suis toujours intéressée aux gens. Cela me plaît d'être une spectatrice à condition de ne pas descendre dans l'arène. Le mariage et tout ce qu'il représente me dégoûtent vraiment. Et je ne dois pas être la seule comme ça.

Il y a des moments où la vie me plaît... quand je t'écris par exemple ... quand je découvre ce que font les gens. Et, en ce moment, c'est vraiment passionnant.

Je t'écrirai demain plus longuement. Je suis un peu fatiguée et je veux être en forme pour te parler. Bonne nuit.

Louise

La lettre me tomba des mains. J'examinai sa date. Elle avait été écrite la nuit précédant la mort de Louise.

Je comprenais pourquoi Yvette avait tenu à me montrer ces textes. Elle voulait me prouver que Louise ne pouvait pas avoir voulu se suicider.

Je dormis peu. Etendue dans mon lit, je me répétais inlassablement les mots que j'avais déchiffrés.

A la première occasion, je rendis les lettres à Yvette.

– Vous les avez lues?

– Oui.

– Avez-vous remarqué quand la dernière a été écrite?

– Oui, la veille du jour où elle est morte. Elle a dû l'écrire juste avant d'absorber la dose fatale.

– Croyez-vous que ce soit la lettre d'une femme qui pense au suicide?

– Non.

– Alors, il n'y a qu'une solution : il l'a tuée.

Je restai silencieuse. Elle poursuivit :

– Il voulait se débarrasser d'elle. Elle le savait. Elle le dit dans sa lettre.

– Je ne le crois pas. A l'autopsie...

– Ma chère, vous ignorez donc la puissance du comte. Les docteurs ont décrété ce qu'il leur a ordonné.

– Oh! ils sont plus intègres!

– Vous ne savez pas comment cela se passe. Quelqu'un offense une personne haut placée. Un peu plus tard, arrive une lettre de cachet et on n'entend plus jamais parler de lui.

Je me tus. S'approchant de moi, elle mit sa main sur mon bras :

– Si vous êtes avisée, dit-elle, vous retournerez en Angleterre au plus vite et vous oublierez que vous l'avez rencontré.

– Où irai-je?

– Où irez-vous s'il y a des troubles ici?

– Je resterai avec Margot... ici... avec vous tous.

– Et si le comte vient vous chercher? Et s'il veut vous épouser? Epouserez-vous un assassin?

– Je n'en ai pas la preuve.

– Ne l'avez-vous pas trouvée dans ces lettres? Vous avez lu ce qu'elle écrivait avant de mourir.

– Mais pourquoi aurait-il attendu si longtemps?

– Parce que vous n'étiez pas là.

– Il a toujours souhaité se remarier. Il voulait un fils.

– Mais aucune femme ne le retenait. Il attendait le destin... et si nécessaire, il avait Etienne.

– Vous arrangez tout.

– N'est-ce donc pas assez clair pour vous, ou êtes-vous volontairement aveugle?

J'étais volontairement aveugle. L'évidence éclatait dans les lettres. Louise y déclarait même son désir de vivre.

Jamais de ma vie, je n'avais été si malheureuse.

Des jours, lourds de chaleur, passaient. Chaque matin, quand je m'éveillais, c'était pour penser au comte. Je le revoyais s'éloigner par la porte-fenêtre. Avait-il auparavant versé dans le verre de sa femme cette triple dose mortelle?

Et que faire? Lui demander la vérité? Il ne la donnerait pas. Il avait coutume de mentir. Ou bien avouerait-il et chercherait-il à me convaincre que, quoi qu'il ait fait, cela ne changeait rien entre nous. Avait-il raison? Supporterais-je le test? N'y avait-il pas un peu de lâcheté à l'éviter? Dans le feu de ma passion, je parviendrais peut-être à oublier, mais ensuite, que ressentirais-je à vivre avec un meurtrier?

Dans mes rêves, ma mère m'apparaissait. Elle discutait avec moi. Et puis, elle était remplacée par Yvette qui répétait : « Allez-vous-en. N'attendez plus. »

Et il arriva cette semaine-là une chose si inattendue que je pus croire que ma mère avait tout arrangé.

Une fois de plus, j'étais dans ma chambre à réfléchir lorsque Margot entra en trombe.

– Une visite! cria-t-elle. Descends tout de suite. Quelle surprise!

Immédiatement, je pensai au comte.

– Qui est-ce? fis-je.

– Tu verras. Une surprise. Viens vite.

Je compris que ce n'était pas l'arrivée du comte qui provoquait une telle réaction joyeuse. Je jetai un coup d'œil à ma glace.

– Tu es très bien, assura Margot. Et tu n'as pas le temps de te changer. Descends tout de suite.

Je la suivis donc et, à mon grand ébahissement, je découvris que le visiteur était Joël Derringham. Je le regardai avec stupeur tandis que nous nous serrions la main.

– Vous avez l'air étonnée de me voir, dit-il.

– Je suis complètement stupéfaite.

– J'étais dans le Midi de la France, venant d'Italie, et j'ai appris, par les miens, que vous étiez en France. J'ai trouvé bon de me mettre en rapport avec le comte et sa famille. Je suis allé au château, on m'a parlé du mariage de Marguerite et de vous qui l'aviez accompagnée à Granville. Et me voilà.

– Vous resterez quelque temps, déclara Margot, très maîtresse de maison.

– J'en serai ravi.

– Minelle, reprit impérativement Margot, tu t'occupes de notre invité pendant que je lui fais préparer une chambre. Voulez-vous vous rafraîchir, Joël? Nous dînons à 6 heures.

– J'ai bu à l'auberge et j'attendrai très facilement 6 heures.

Lorsque nous fûmes seuls, il me dit tout de suite :

– C'est bon de vous revoir.

– Tant de choses sont arrivées depuis notre dernière rencontre.

– Je sais. Je suis désolé d'être parti si inopinément.

– Oh! j'ai compris.

– Pourquoi avez-vous quitté l'Angeterre?.

– Ma mère est morte, vous devez le savoir, et l'école n'était pas très prospère sans elle. Venir ici avec Margot m'a paru une bonne solution.

– Vous n'avez pas beaucoup changé, Minella. La mort de votre mère a dû être un grand choc pour vous.

– Le plus grand que j'aie jamais subi.

Il marqua le coup et je compris que je venais de lui faire entendre que son départ ne m'avait pas beaucoup affectée.

– C'était une femme merveilleuse, convint-il. Mon père parlait toujours d'elle avec estime.

Merveilleuse peut-être, pensai-je, mais pas assez pour que sa fille puisse être considérée comme digne de son fils. Que je n'aurais pas accepté, fis-je tout de suite en moi-même avec une certaine hauteur. Mais comme ma chère maman aurait été heureuse de cette union!

– Vos voyages ont été agréables? demandai-je.

– Ils ne sont pas encore terminés.

– Je croyais que vous rentriez chez vous?

– Pas du tout. Mais, étant en France, j'ai voulu vous voir. Ce pays est en pleine effervescence.

– Oui. On ne vit pas ici sans en être conscient.

– Ce n'est pas l'endroit le plus indiqué pour une jeune Anglaise.

– C'est exact.

– Vous ne devriez pas rester ici. Je ne comprends

pas pourquoi le comte n'a pas encore organisé votre retour en Angleterre.

Je ne dis rien.

Margot revint :

— Je vais vous montrer votre chambre, je suis sûre que vous voulez vous changer. J'ai vu que vous aviez un domestique avec vous. On s'occupera de lui. Je suis si contente que vous soyez venu. Et Minelle aussi, vous savez.

Elle me jeta un coup d'œil malicieux et sortit avec lui.

Je montai chez moi. Cette rencontre me troublait. Cela me rappelait tant de souvenirs. Je revoyais ma mère et la joie de son visage lorsqu'elle m'avait offert ma nouvelle amazone pour monter dignement à cheval avec Joël.

Margot reparut très vite. Elle s'installa à sa place favorite, non loin du miroir où elle pouvait admirer sa silhouette.

— Il est plus beau que jamais! s'écria-t-elle. Tu ne trouves pas?

— On a toujours affirmé qu'il était bel homme.

— Et il est charmant. Je l'avais regardé avec plaisir quand j'avais appris qu'on pensait à me le faire épouser.

— Et tu es heureuse de ne pas l'avoir épousé?

— Qu'est-ce qu'il aurait dit de Pierrot? Il n'aurait sans doute pas accepté comme Robert... je ne crois pas...

— Je n'en sais rien.

— Oh! ne t'engage surtout pas! Mais, dis donc, il s'intéressait à toi? N'est-ce pas pour ça qu'on l'a expédié en vitesse?

— C'est vieux tout ça.

— Mais le passé revit, Minelle. Il revit puisqu'il est là. Je suis sûre que Robert sera jaloux quand il saura qu'on avait pensé à lui pour moi. Mais je lui raconterai vers qui allaient les soupirs de Joël. Il est ici pour toi.

– Tu es folle!

– Tu le sais bien. Je croyais que tu tenais toujours à la vérité. Bien entendu, il est venu pour toi. (Et, tout à coup sérieuse, elle ajouta :) Oh! Minelle, c'est ce qu'il te faut. S'il veut te ramener en Angleterre, vas-y.

– Tu veux te débarrasser de moi?

– Comme c'est méchant de dire ça. Tu sais que j'en serai malade si tu pars. Mais je ne pense pas qu'à moi.

– C'est nouveau.

– Ne plaisante pas, c'est sérieux. Tout va mal ici. Une explosion peut avoir lieu à n'importe quel moment. Et mon père? Je sais qu'il pense à toi... et toi à lui. Mais tu es folle, Minelle. Tu ne le connais pas. Je te l'ai dit il y a longtemps, c'est un diable. Il ne vaut rien pour aucune femme.

– Margot, tais-toi.

– Non. Je m'inquiète pour toi. Nous avons réglé ensemble l'affaire de Pierrot. Je l'aime. Je veux que tu sois heureuse... heureuse comme moi. Je veux que tu saches ce que c'est que d'être mariée à un homme bien. Si tu épouses Joël Derringham, tu auras une bonne vie. Tu le sais parfaitement.

– Si nous attendions qu'il me propose de m'épouser? Il n'a rien dit et il a montré, il n'y a pas si longtemps, que, puisque les gens en parlaient, il valait mieux qu'il s'éloigne.

– Ce sont ses parents. Ils ont des idées stupides.

– Mais il a accepté de partir.

– Bah! il avait l'habitude de leur obéir. Maintenant il a changé.

– Tu vas trop vite, Margot. Comme toujours. Il rend visite à de vieux amis. Restons-en là, veux-tu?

Elle s'approcha de moi et prit ma main. Puis, elle m'embrassa affectueusement sur la joue.

– Je sais que je suis un papillon égoïste mais il y a des personnes que j'aime. Pierrot, Robert, et toi, Minelle. Je veux que tu sois heureuse. J'irai en Angleterre et nos enfants joueront ensemble dans les jardins de Derringham Manor. Tu viendras à Granville et, quand nous serons vieilles, nous rirons en parlant de tout ça. Il faut que ce soit comme ça. Et dans le fond de ton cœur, tu le sais bien. Oh! je suis si contente qu'il soit venu!

Elle m'embrassa encore et fila.

Nous allâmes, Joël et moi, nous promener à cheval. Nous parlâmes des anciens jours. Cela me remplissait de nostalgie, ces jours paisibles où un nouveau ruban sur une robe avait de l'importance, où ma mère et moi nous nous installions sur notre bout de pelouse pour imaginer l'avenir.

– Je sais combien elle vous manque, déclara Joël. Vous avez bien fait de partir mais quel dommage que vous soyez venue dans ce pays à cette époque.

– Quand rentrez-vous?

– Bientôt... peut-être plus vite que prévu.

– Votre famille ne doit pas désirer que vous restiez en France en ce moment?

– Non. D'ailleurs, plusieurs personnes que je connais se préparent à partir. Ici, vous êtes dans un endroit particulièrement tranquille et vous n'avez pas idée avec quelle rapidité la situation évolue... vers le pire. Même à la cour... les gens s'éloignent. Ils trouvent mille excuses pour quitter Versailles.

– C'est affreux.

– C'est vrai. Minella, quand reviendrez-vous en Angleterre?

– Pour aller où?

– Venez avec moi.

Je haussai les sourcils :

– Pour aller où? répétai-je.

– Je ne cesse d'y réfléchir depuis que je suis parti. J'ai été stupide. Pendant des mois, je me suis demandé pourquoi. Et puis, j'ai voulu m'intéresser à d'autres choses, et je n'ai pas pu. Je l'avoue, Minella, pas un jour ne s'est passé sans que je pense à vous. Je sais maintenant ce que je dois faire. Je voudrais vous épouser.

– Et votre famille?

– Elle acceptera. Mon père n'a jamais été un méchant homme. Ni ma mère. Et, avant tout, ils veulent mon bonheur.

Je secouai la tête :

– Ce ne serait pas bien. Je ne serais pas accueillie avec plaisir.

– Chère Minella, en une semaine, tout serait aplani.

– Je n'accepterais pas de condescendance.

– Est-ce la seule raison de votre refus?

– Non, fis-je franchement.

– Alors pourquoi...

– Mais notre mariage ne serait pas convenable...

– Pas convenable!

– Vos parents le jugeaient bien ainsi. Regardons les faits en face, Joël. Nous retournerions dans notre petite communauté, où, pendant des années, j'ai été la fille de la maîtresse d'école. J'ai même enseigné aux enfants de vos amis, de vos voisins. Ne l'oublions pas. Dans une petite communauté, cela persiste. Je suis plus cultivée que vos sœurs – simplement parce que j'étais plus douée qu'elles – mais cela ne compte pas. Elles sont les filles de sir John Derringham, de Derringham Manor. Et je suis la fille de la maîtresse d'école. Dans notre société, cela creuse un gouffre insondable entre nous.

– Voulez-vous me faire croire qu'une femme de votre intelligence permettra à une convention stupide de l'empêcher d'avoir ce qu'elle veut?

– Il faudrait que je le veuille vraiment...

– Vous ne m'aimez pas.

– Ce n'est pas amical de l'exprimer ainsi. Je vous aime beaucoup. C'est un grand plaisir pour moi de vous revoir... mais le mariage est l'affaire de toute une vie. Vous voulez me sauver. Je suis une demoiselle en détresse. Je suis attachée ici et la révolution gronde. Où puis-je aller? Vous voulez me secourir comme un chevalier du Moyen Age. C'est magnifique mais pas suffisant pour un mariage.

– Vous n'oubliez pas que je suis parti. Si j'étais resté... si j'avais défié mes parents... ce serait différent.

– Qui peut l'assurer? Il y a eu tant d'événements depuis.

– Vous avez été ennuyée que je m'en aille?

– Oui. Un peu blessée aussi, mais ce n'était pas grave.

– Et si nous nous mariions maintenant... en France. Et nous retournerions en Angleterre comme... mari et femme.

– C'est très audacieux, Joël. Et comment paraître devant vos parents?

– Vous cherchez à me blesser. Je vous comprends. Je vous ai blessée en partant. Mais, croyez-moi, je le regrette. Je le regrette profondément. Réfléchissez, Minella. J'ai toujours vécu avec mes parents, sauf lorsque j'étais à l'Université. Nous sommes une famille unie. Nous essayons toujours de nous faire plaisir. C'est une seconde nature chez nous. Quand mon père m'a supplié de partir et de réfléchir, je lui ai obéi tout naturellement, même si mon plus grand désir était de rester. Lorsque vous connaîtrez mon père, vous me comprendrez. Si je vous ramène comme ma femme, il vous accueillera parce qu'il saura que je serai heureux. Déjà, il vous admire. Il apprendra à vous aimer, Minella, ne laissez pas le passé vous influencer. Pardonnez-moi ce que j'ai fait... je suis faible sans doute... et j'ai douté de moi. C'est seulement lorsque j'ai été loin que j'ai compris. Maintenant, je sais que je veux vous épouser. Je veux vous ramener à Derringham. Je veux que nous soyons ensemble pour le reste de notre existence.

Tandis qu'il parlait, il me semblait que je voyais ma mère à ses côtés. Je lisais la joie dans ses yeux, je voyais les larmes qui tombaient sur ses joues.

– Alors, Minella? demanda-t-il doucement.

– Ce n'est pas possible, fis-je. C'est trop tard.

– Que voulez-vous dire... par trop tard?

– Je veux dire que rien n'est comme autrefois.

– J'aurais dû attendre... J'aurais dû vous laisser vous habituer à moi de nouveau. Bon. Prenez quelques jours, Minella. Réfléchissez. Rappelez-vous nos promenades. Vous en souvenez-vous?

– Oui, c'était le bon temps.

– Mais il y aura encore du bon temps. Vous verrez. Nos esprits s'accordaient si bien. Jamais personne ne m'a stimulé comme vous. Minella, n'est-ce pas ce que votre mère aurait souhaité pour vous?

A cet instant, je fus très émue. Il avait raison. Ma mère avait tant et tant désiré ce mariage. Pour elle, je devais réfléchir comme il me le demandait.

Il comprit mon hésitation et s'en réjouit :

– Oui, Minella, prenez votre temps. Mais pas trop longtemps, je vous en prie. Nous vivons ici sur un volcan. Et je ne serai tranquille pour vous que lorsque nous serons sur le sol anglais.

Je respirai de n'avoir pas à lui donner une réponse

immédiate. Je voulais être seule pour penser un peu à tout cela.

Et le comte? L'aimais-je? Je n'en savais rien. Mais je savais aussi que personne ne m'avait troublée comme lui. Avais-je confiance en lui? Comment cela aurait-il été possible alors que je le soupçonnais d'avoir tué sa femme? Le comprenais-je? Comment aurais-je pu m'assurer de ce qui se passait dans son esprit tortueux? Et quelle existence me procurerait-il? Je me souvenais des mots de sa femme. Il était attiré par moi, mais combien de temps cela durerait-il? Je songeais à cette maîtresse attendant comme une araignée sur sa toile. Et puis, ce pays qui, d'un moment à l'autre, risquait de craquer et de s'anéantir dans une catastrophe? Qu'arriverait-il alors au comte et à sa famille?

Je me souvenais des paisibles prairies anglaises, des bois où au printemps les digitales fleurissaient sous les arbres. Je voyais les roses trémières et les violettes dans les haies et une profonde nostalgie montait en moi. Joël avait ravivé tous ces souvenirs et donnait à ma mère une présence plus réelle.

Je compris que s'il me ramenait chez lui, sir John et lady Derringham oublieraient que je n'étais pas l'épouse qu'ils auraient souhaitée pour leur fils et qu'ils me recevraient avec chaleur. Je sentis que je saurais conquérir leur tendresse et que je surmonterais avec facilité les obstacles qui se dresseraient entre moi et la vie que ma mère avait tant désirée pour moi.

Mais il y avait le comte.

Si je ne l'avais pas connu, je n'aurais pas eu d'hésitation. Mais, le connaissant, rien n'était pareil.

Durant les deux jours suivants, je fus constamment avec Joël. Il ne parla plus de mariage — c'était l'homme le plus délicat du monde. Nous nous promenâmes beaucoup, évoquant tous les sujets qui nous intéressaient : la maladie du roi d'Angleterre; la turbulence de son fils, le prince de Galles; le mécontentement des Anglais en face de la famille royale et sa différence avec la colère des Français.

– Nous sommes si dissemblables. Je crois qu'une révolution n'est pas possible chez nous. Il y a les riches et les pauvres... Il y a du ressentiment... il y a même parfois des émeutes... mais ce n'est jamais pareil. Ici... on le sent... c'est près d'éclater.

Je connaissais la situation mais voilà que j'en apprenais davantage par lui que par personne d'autre. Quelle ironie! Il était le spectateur qui jugeait mieux l'enjeu.

– Louis XVI est le dernier des rois qu'il faudrait à pareille époque. Et c'est triste parce qu'il est bon. Mais il est faible. Il sympathise avec le peuple, mais il s'endort. Il croit que les hommes ont la même bonne volonté que lui. Pauvre France! Et la reine, pauvre Marie-Antoinette! Elle est trop jeune pour pareil fardeau. Et elle est coupable de beaucoup de frivolité. Mais c'est une enfant. Elle a échappé à la discipline rigide d'une mère indomptable pour devenir la chérie d'une cour dissolue. Cela l'a éblouie et elle est bien trop superficielle pour comprendre qu'elle ne fait aucun bien à la France. La foule aura la tête de chaque aristocrate sur laquelle elle mettra la main – qu'il soit ennemi ou non. Il y a eu des injustices flagrantes, elles devront être abolies, mais ce qui domine toutes les passions, c'est l'envie, et bientôt le gueux et sa misère s'en prendront au noble du château.

Joël aimait toujours à sortir dans les jardins le soir et à me montrer les étoiles. Il me signalait Mars trop rouge à l'horizon et n'annonçant rien de bon.

Je retrouvais du plaisir à être avec lui. Nous pouvions discuter et même nous disputer en toute amitié.

SIXIÈME PARTIE

LE RÈGNE DE LA TERREUR

1

C'était dans l'après-midi, juste après déjeuner. Toute la maisonnée faisait la sieste : une habitude que je n'avais jamais prise.

On frappa à ma porte, et quand j'ouvris je découvris Armand, l'un des garçons d'écurie.

– Mademoiselle, dit-il, j'ai reçu un message du maître.

Son maître? C'était le comte, car Armand nous avait suivies du château à Granville.

– Et alors?

– Monsieur le comte demande que vous le rencontriez et je dois vous conduire vers lui.

– Quand?

– Maintenant, mademoiselle. Il désire que vous sortiez aussi discrètement que possible. Il ne veut pas qu'on sache qu'il est dans les environs.

– Il est à Granville?

– Pas très loin du village, mademoiselle. Il vous attend. J'ai préparé votre jument aux écuries.

– Donnez-moi un moment pour me changer.

– Oui, mademoiselle, mais faites vite, et surtout qu'on ne sache pas où vous allez. Ce sont les ordres du comte.

– Faites-moi confiance, dis-je en constatant qu'une vague de joie m'envahissait.

Je fermai la porte et m'habillai rapidement. J'eus de la chance et ne rencontrai personne en allant aux écuries.

Armand parut soulagé lorsqu'il me vit :

– J'espère que mademoiselle...

– Tout va bien, je n'ai vu personne.

– Parfait.

Il m'aida à me mettre en selle et, bientôt, nous chevauchâmes côte à côte.

Nous évitâmes le village. Je notai à peine le chemin que nous prenions tant j'attendais ma rencontre avec le comte. Tous mes problèmes de ces derniers jours s'effaçaient devant cette perspective. D'ailleurs, comment pouvais-je songer à épouser Joël, alors qu'un autre homme me mettait dans un tel état d'exaltation?

Je n'avais jamais pris cette direction auparavant. La campagne n'était pas la même que celle à laquelle je m'étais habituée. Elle était plus accidentée et nous avancions à travers une forêt. Une fois ou deux. Armand stoppa brusquement. Je l'imitai. Il parut écouter. Aucun bruit ne troublait ces bois, sauf le bruissement d'un ruisseau sous les feuilles ou le bourdonnement d'une abeille pressée. Armand sembla satisfait et remit son cheval en route.

Nous arrivâmes à une petite maison isolée. Ses murs croulaient sous les plantes grimpantes et le jardin alentour était envahi par les mauvaises herbes.

– C'est ici? fis-je avec surprise.

– Oui, dit Armand, suivez-moi, mademoiselle. Je vais attacher les chevaux derrière.

Nous fîmes le tour. Il était évident que personne n'avait vécu là depuis plus d'une année. Je cherchai du regard le cheval du comte car il n'avait pas d'autre moyen, lui non plus, de venir jusque-là. Je ne vis rien.

L'ombre des arbres était assez dense et, soudain, je frissonnai.

– Pourquoi, demandai-je, le comte a-t-il choisi un tel endroit?

Armand haussa les épaules comme s'il jugeait que ça ne le concernait pas et qu'il n'avait qu'à obéir.

Il attacha les chevaux et m'aida à mettre pied à terre. Une seconde, j'eus l'impulsion de piquer des deux et de fuir au galop. Cette maison ne me disait rien du tout. Etait-ce parce qu'en ces derniers jours, j'avais tellement rêvé de la sécurité de Derringham?

– Armand, fis-je, vous entrerez avec moi.

– Mais certainement, mademoiselle.

– Cet endroit... est vraiment sinistre.

– Ce sont les buissons et les arbres qui l'assombrissent. Dedans, c'est mieux.

– A qui appartient cette maison?

– Au comte de Libes, mademoiselle.

– Comment peut-il avoir une maison ici? Ce n'est pas chez lui.

– C'était un rendez-vous de chasse. Il en a plusieurs dans le pays.

J'aperçus sur ma droite un grand trou.

– Quelqu'un a creusé ici récemment, remarquai-je.

– Je ne sais pas, mademoiselle.

– Mais... regardez donc?

– Oh! c'est vrai. Si nous entrions?

– Qu'est-ce que c'est? Regardez quel grand trou. On

dirait – et une fois de plus je frissonnai – on dirait une tombe.

– Quelqu'un a dû vouloir enterrer un chien.

– C'est bien grand pour un chien.

Armand me prit le bras et me conduisit vers la porte. Il attrapa une clé dans sa poche et, ayant ouvert, me poussa doucement en avant. J'étais dans une sorte de vestibule et un pressentiment me saisit.

– Armand, ce n'est pas possible, le comte n'a jamais choisi cet endroit! Où est son cheval? S'il était arrivé...

– C'est qu'il n'est pas encore arrivé justement.

Je fis demi-tour et le regardai bien en face. Un curieux changement s'était fait en lui. Je ne l'avais jamais examiné auparavant. Pour moi, il n'était qu'un garçon d'écurie qui était venu du château avec nous. Maintenant, il me semblait autre. Intérieurement, je me gourmandai. « Encore ton imagination. Armand est depuis des années au service du comte. J'ai entendu dire que c'était un bon serviteur. C'est cet endroit qui t'impressionne. Et puis ce trou dehors qui ressemble à une tombe... et qui a été récemment creusé... »

Armand avait repris mon bras comme s'il craignait que je ne m'échappe. Ce n'était pas la façon de se comporter d'un garçon d'écurie.

Je l'entendis qui respirait lourdement et la terreur m'envahit une fois de plus. S'il m'avait amenée ici pour me tuer? La tombe dans le jardin m'était-elle destinée? On m'avait tendu un piège et je m'y étais laissé prendre. Que de pensées peuvent traverser l'esprit en quelques secondes! Le comte avait envoyé un domestique pour me conduire ici. Pourquoi? Pour me tuer? Pour m'enterrer dans ce coin perdu... et pour qu'on m'y oublie? Pourquoi puisqu'il m'aimait? Il me l'avait répété. Etait-ce vrai? Comment savoir? Il y avait du démon en lui. Combien de fois l'avais-je entendu dire?

Il avait voulu se débarrasser de Louise et il l'avait tuée. Il voulait épouser Gabrielle qui lui avait déjà donné un fils. Mais, et moi? Avais-je seulement servi de bouc émissaire? Si je disparaissais ne croirait-on pas que c'était moi qui avait versé la dose fatale dans le verre de Louise? Nounou appuierait cette version. Et le comte serait libéré de tout soupçon. Oh! folie! folie! Mais il m'avait appelée et je me trouvais dans cet endroit épouvantable. Tout mon instinct me criait que j'étais en face de ma mort.

Je me détournai, cherchant par où fuir. Et soudain une porte s'ouvrit. Je refusai de regarder. Je ne voulais pas le voir. Je ne voulais pas voir s'écrouler mon rêve. Si je devais mourir, je voulais que ce soit dans l'ignorance. Je refusais de croire ce que tant de gens m'avaient annoncé.

Armand fut immédiatement derrière moi. Je levai les yeux. Une silhouette se dessinait dans la porte... une silhouette étrangement familière. Je reconnus le cou court, le chapeau à large bord, la perruque noire avant qu'il ne bondisse sur moi et ne me prenne à bras-le-corps. Il y eut un éclair et je tombai sur le sol. Une douleur atroce me traversa. Impossible de situer d'où elle venait car tout s'obscurcissait soudain : l'affreuse maison, l'odieux homme qui me surveillait depuis longtemps, et je tombai dans l'inconscience.

Quand j'ouvris les yeux, j'étais étendue dans ma chambre de l'hôtel de Libes. J'avais très mal à un bras qui, d'ailleurs, était complètement bandé. Je voulus bouger mais je retombai, épuisée, sur l'oreiller.

– Restez tranquille, dit une voix. C'est mieux pour vous.

Je ne connaissais pas cette voix mais elle était rassurante.

Ma gorge était sèche et je sentis un verre contre mes lèvres. Je bus quelque chose de doux, d'agréable.

– Voilà, c'est bien, dit la voix. Reposez-vous maintenant. Vous aurez mal si vous bougez.

– Que m'est-il arrivé? demandai-je.

– Essayez de dormir, me répondit-on.

J'étais si lasse que j'obéis.

Lorsque je m'éveillai, une femme était auprès de moi.

– Comment vous sentez-vous?

C'était la même voix qu'auparavant.

– Mieux, merci. Comment suis-je là?

– Le comte vous expliquera. On doit l'avertir lorsque vous reviendrez à vous.

– Il est donc ici? fis-je, soudain joyeuse.

Il vint à mon chevet. Il prit ma main et la baisa.

– Dieu merci, fit-il, Périgot vous surveillait. Il a fait du bon travail.

– Qu'est-ce qui s'est passé?

– Vous avez frôlé la mort, ma chérie. Ce garnement allait vous tuer... et nous n'aurions jamais rien su. Il aurait tiré en plein cœur ou derrière la nuque et puis vous aurait enterrée dans cet affreux endroit. Pourquoi l'avez-vous suivi?

– Armand? Pourquoi me serais-je méfiée quand il m'a déclaré que vous m'attendiez?

– Ah! si je mets la main sur lui!

– Mais il a été à votre service depuis...

– Au service d'Etienne. Penser que mon propre fils... Qu'est-ce que les gens ne feraient pas pour des terres, un titre, de l'argent... Si jamais j'ai un autre fils, il n'aura rien du tout.

– Quoi? Armand a-t-il agi sur l'ordre d'Etienne?

– Sans aucun doute. Il a disparu. Quand il a compris que quelqu'un était là pour contrecarrer son action, il a fui à toute vitesse.

— Et Périgot?

— Un brave homme qui veillait sur vous.

— C'était bien cet homme au cou court et à la perruque noire?

— Je ne sais s'il porte perruque noire mais, maintenant que vous me le faites remarquer, oui, il a un cou très court.

— Et il veillait sur moi?

— Naturellement, je l'en avais chargé. Ce qui vous était arrivé dans le sentier m'avait alerté. Périgot a bien rempli sa mission. Il a suivi Armand jusqu'à la petite maison. Il l'a vu creuser la tombe, s'est douté de quelque chose. Lorsqu'il vous a vue quitter Granville avec lui, il a filé devant vous et vous attendait lorsque vous y êtes arrivée. Armand allait vous tuer et il y serait parvenu sans Périgot. La balle a atteint seulement votre bras au lieu de vous traverser le corps. Périgot est désolé parce qu'il n'a pas devancé le geste d'Armand. Si nous revenons un jour à des temps normaux, Périgot aura des terres et de l'argent en récompense de son courage.

— Armand? murmurai-je. Pourquoi Armand?

— Il travaillait pour Etienne. Il s'est toujours occupé de son cheval. C'est certainement Etienne — peut-être en connivence avec sa mère, ça il faudra que je le tire au clair — qui a manigancé l'attentat dans le sentier, j'en suis sûr. Au moins, cela m'a averti et je savais que je pouvais me fier à Périgot. Je vais le faire appeler pour que vous le remerciiez de vous avoir sauvé la vie.

Quand Périgot vint, je le reconnus à peine. Sans son affreux chapeau, il paraissait beaucoup plus jeune et le cou se signalait à peine.

Il s'inclina et je lui dis :

— Merci mille fois.

— Mademoiselle, répondit-il, je regrette de ne pas

vous avoir sauvée complètement. Je crains que vous ne m'ayez remarqué et que je ne me sois pas assez bien dissimulé.

– Comment ne vous aurais-je pas vu alors que vous étiez toujours là? Et comment auriez-vous pu me garder si soigneusement si vous n'aviez pas été là?

– Nous te remercions tous les deux, Périgot, intervint le comte. Et ce service ne sera pas oublié.

– C'est mon devoir et mon plaisir que de vous servir, monsieur le comte, dit-il. J'espère qu'il en sera longtemps ainsi.

Le comte était profondément ému et je sentis s'enfuir toutes mes craintes. Pourquoi avais-je jamais douté de lui?... Mais n'était-ce pas ainsi chaque fois que j'étais avec lui.

Lorsque Périgot fut parti, le comte s'assit à côté de mon lit et nous bavardâmes. Il déclara que tout était clair. Etienne avait toujours espéré être légitimé et devenir l'héritier du titre et des propriétés. Et, sans fils légitime, cela serait devenu vrai.

– Mais voilà, ils ont compris la sincérité de mes sentiments pour vous et ils ont eu peur. Etienne a deviné que je voulais vous épouser et que si nous avions un fils – ce à quoi nous sommes bien décidés, n'est-ce pas? –, ses espoirs seraient anéantis. Vous deveniez donc une menace. C'est clair?

– Où est-il?

– Il était au château. Armand a dû le rejoindre pour le prévenir de l'échec de son plan. Il ne doit plus y être maintenant car il sait que je suis au courant de son action. Il n'osera plus jamais se présenter devant moi. C'en est terminé, pour lui. Maintenant, il ne nous reste plus qu'une chose à faire : nous marier sans délai.

Je protestai. Je pensais à mes conversations avec Joël. Certes, je ne lui avais rien promis mais je n'avais pas réellement refusé non plus. Et puis, dès que le mot mariage était prononcé, mes frayeurs reprenaient de plus belle. Le comte était bouleversé par l'attentat mais... et la mort de Louise? Etait-elle morte parce qu'elle était une entrave à ce qu'il désirait, tout comme moi vis-à-vis d'Etienne?

– Pourquoi? demanda-t-il avec colère.

– Je ne suis pas décidée.

– Quelle nouvelle folie?

– C'est du simple bon sens.

– Mais que voulez-vous de plus?

– Le mariage est une chose grave.

– Ma chère Minelle, dans le mariage il faut considérer seulement l'amour qui existe entre deux personnes. Or, je vous aime... vous n'en doutez plus?

– Nous n'avons peut-être pas la même idée de ce qu'est l'amour. Je sais que vous désirez être avec moi, que vous me désirez... mais est-ce seulement cela l'amour?

– Mais alors, qu'est-ce donc?

– Partager l'existence, se respecter mutuellement, se comprendre. Voilà l'important, et pas seulement l'excitation d'un instant. Le désir, par sa nature même, ne dure pas. Avant de me marier, je veux être sûre que l'homme que j'épouse sera le père que je souhaite pour mes enfants, l'homme qui possède le même code moral que moi, un homme que j'admire et sur qui ma famille pourra compter.

– Vous demandez beaucoup, dit-il. L'institutrice en vous ne résiste pas à faire passer un examen à ses soupirants.

– C'est possible. Et l'institutrice n'est pas la femme indiquée pour un homme qui a le goût des aventures.

– Moi, je crois que, justement, elle est celle qu'il lui faut. Allons, finissons-en avec toutes ces bêtises. Je vais trouver un prêtre qui nous unira dans quelques jours.

— Laissez-moi du temps.

— Vous me décevez, Minelle. Je vous croyais l'esprit aventureux vous aussi.

— Voyez, j'ai raison. Je vous déçois déjà.

— Bah! je préfère être déçu par vous qu'enchanté par n'importe quelle autre femme.

— Vous êtes ridicule.

— Est-ce une façon de parler à son seigneur et maître?

— Décidément, je ne peux vous suivre. Oh! comme j'ai raison de réfléchir avant de m'embarquer dans une union qui serait désastreuse!

— Quel merveilleux désastre!

— Je donnerai tout le reste pour éviter le désastre.

— Vous me ravissez... comme toujours.

— Je ne comprends pas alors que je ne suis jamais d'accord avec vous.

— Trop de gens acceptent tout de moi... ou font semblant. Cela devient monotone.

— Je prédis que le désaccord deviendrait vite monotone et ne vous plairait guère.

— Essayez, Minelle. Je vous en prie, essayez. Ecoutez-moi, mon amour. Il est peut-être déjà trop tard. Les faubourgs se soulèvent. Ils se jetteront bientôt sur nous. Profitons de la vie tant que c'est encore possible.

— Quoi qu'il en soit, j'ai besoin de temps, répétais-je, obstinée.

Il resta assis près de moi un long moment. Nous ne parlâmes plus beaucoup, mais, même silencieusement, il me suppliait. Et je me sentais mollir. J'avais tellement envie de lui répondre : « Oui, marions-nous. Donnons-nous un peu de bonheur », mais je ne parvenais pas à oublier mes promenades avec Joël, mes conversations avec lui, et peut-être encore plus le souvenir de ma mère.

– Envoyez un messager à Granville pour leur indiquer où je suis, dis-je soudain.

Il m'assura que cela était déjà fait.

– Merci. Ils ont dû être terriblement inquiets.

Fermant les yeux, je fis semblant de dormir. Je voulais réfléchir sachant bien pourtant que j'en reviendrais toujours au même point.

C'était le 14 juillet, date que la France ne devait jamais oublier. Mon bras était toujours bandé, mais, à part cela, j'allais très bien. Ce n'était plus qu'une question de patience.

Depuis plusieurs jours, une sorte de rumeur courait dans la ville. Le temps était chaud, lourd. J'avais l'impression parfois qu'un énorme animal s'étirait avant de bondir.

Un jour, je jetai une légère cape sur mes épaules et sortis. Dans les rues étroites, on me regardait de façon curieuse. Des membres de la Garde patrouillaient de-ci, de-là. Au loin, quelquefois, on entendait des chants.

Quelqu'un m'attrapa par le bras :

– Minelle, vous êtes folle?

C'était le comte. Il était sombrement vêtu d'un costume marron et il portait un chapeau comme celui que j'avais vu à Périgot. C'était par prudence et pour ne pas se faire remarquer.

– Il ne faut pas sortir. Je vous cherchais. On m'a dit que vous aviez pris la direction du Pont-Neuf, par le quai de l'Horloge. Rentrez immédiatement.

Il me repoussa contre un mur pour laisser passer un groupe de jeunes gens – des étudiants sans doute – dont les cris me firent trembler : « A bas les aristocrates! A la lanterne! »

Nous filâmes rapidement. Je frissonnai, pas pour moi mais pour lui. Je savais trop que, vêtements rustiques ou non, rien ne parviendrait à dissimuler ses origines.

– Filons vite.

Avant même que nous ayons atteint le faubourg Saint-Honoré, tout s'était déchaîné et Paris paraissait devenu fou. Partout, ce n'était que cris et menaces. Les gens gesticulaient de droite et de gauche, hurlaient : « A la Bastille! », formaient des cortèges.

– Ils vont à la prison, souffla le comte. Mon Dieu, cela commence.

Nous rejoignîmes enfin l'hôtel.

– Il faut quitter Paris tout de suite, ordonna-t-il. Impossible de rester ici. Changez de vêtements et venez me rejoindre aux écuries.

J'obéis. Il m'attendait avec impatience. Il avait donné des ordres pour que tout le monde parte, pas d'un bloc, mais par petits groupes. Il ne fallait pas qu'on s'aperçoive de ces départs.

Nous nous dirigeâmes vers Dampierre où nous arrivâmes à la nuit.

En entrant dans le hall, il me dit tristement :

– Vous avez trop tardé. La révolution est commencée. Il faut partir pour l'Angleterre tout de suite. Pour l'amour de Dieu, ne parlez plus français, car on vous prendrait trop facilement pour française et votre tenue vous fera considérer comme une ennemie du peuple.

– Et vous? Venez-vous en Angleterre?

Il secoua la tête :

– Ce n'est que le commencement. Qui sait, on peut peut-être encore sauver l'ancien régime. Je ne peux quitter le navire qui sombre, Minelle. Il y a beaucoup à faire. Je vais rentrer à Paris. J'irai voir le roi et les ministres. Tout n'est peut-être pas perdu. Mais, vous, partez vite. Vous êtes mon souci premier.

– Vous voulez... que je vous quitte?

Une telle tendresse se répandit sur son visage que je le reconnus à peine. Il me serra dans ses bras et m'embrassa dans les cheveux :

– Chère folle! Chère inconsciente! Disons-nous au revoir maintenant. Filez. Moi, je dois rester.

– Je reste aussi, répliquai-je tout de suite.

– Je vous l'interdis.

– Vous me chassez?

Il hésita un moment, et je vis se battre en lui ses sentiments. Il songea que si je m'attardais nous deviendrions amants comme il arrive dans les grands jours de désespoir, lorsque la mort est proche. On s'accroche à ce que la vie offre encore. Mais si je restais, je serais en danger.

– Je vais tout organiser pour votre voyage, reprit-il avec fermeté. Périgot a prouvé qu'on peut compter sur lui. Il vous conduira jusqu'à Calais et vous partirez cette nuit. Il n'y a plus de temps à perdre.

Et cela se termina ainsi. Je n'avais pas été capable de prendre une décision et la révolution avait décidé pour moi.

L'obscurité était venue. Je me préparais à partir. Dans les écuries, mon cheval attendait. Le comte avait précisé que mon départ devait être des plus discrets.

– Je ne serai pas tranquille tant que vous serez là, ajouta-t-il. Avec Périgot pour vous guider, vous avez une bonne chance de vous en tirer. N'oubliez surtout pas, ne parlez pas français, sauf si c'est indispensable. Le peuple n'en veut pas aux étrangers. Cette guerre n'est qu'entre Français.

Je discutai encore. Je voulais rester. Deux fois déjà, j'avais failli mourir. Je pouvais bien le risquer encore. Tout pour ne pas le quitter.

Il en était touché mais ne cédait pas.

— Bizarre, dit-il. Quand il n'y a aucun danger, vous hésitez. Vous vouliez des certitudes, disiez-vous? Vous n'aviez pas confiance en moi. Rien ne justifiait encore cette confiance... et vous voulez risquer votre vie pour rester avec moi. Oh! perverse Minelle!

Je le suppliai :

— Je vous en prie, laissez-moi rester. Ou bien venez avec moi. Pourquoi ne viendriez-vous pas en Angleterre?

— Je suis engagé ici. Je ne peux déserter mes pairs. La France est mon pays. Elle est sur le point d'être déchirée. Je dois rester et lutter pour ce que je crois être bien. Je vous le promets, Minelle, quand tout sera terminé, j'irai vous rejoindre.

Je baissai la tête tristement.

— Vous ne me croyez pas? Vous croyez que je vous oublierai? Ecoutez-moi : quoi qu'il arrive dans l'avenir... quoi qu'il soit arrivé dans le passé... je vous aime. Vous seule comptez pour moi... et bien que vous ne l'acceptiez pas encore... je compte pour vous. Nos vies ont été bien différentes! Nous avons vécu selon des lois différentes. Vous avez été élevée comme une bonne chrétienne... moi, j'ai connu une société décadente. Jamais, je n'ai réfléchi pour savoir si j'avais ou non le droit de vivre comme je le faisais. Jamais jusqu'à ce que je tue cet enfant... et puis, la vie a été trop lourde pour moi. Lorsque vous êtes venue, j'ai changé. J'ai souhaité une autre existence. Vous m'avez montré les choses sous une lumière nouvelle. J'ai vu la vie par vos yeux. J'ai encore besoin de leçons, petite institutrice, et vous seule pouvez m'instruire.

— Alors, je reste. Je vous épouse et je reste.

— Si je vous épouse maintenant, vous devenez la comtesse de Libes. Ce ne sera pas un nom fameux dans la nouvelle France. Dieu sait ce qu'on nous fera, mais la vengeance sera sûrement cruelle. Le pire qui puisse vous arriver, c'est de devenir une des nôtres. Une seule voie vous reste. Vous devez partir. Allez, nous gâchons un temps précieux. Au revoir, ma chérie. Au revoir. Nous nous retrouverons.

Je m'accrochai à lui. Je le savais maintenant. Je lui appartenais. Je ne voulais plus le quitter. Que m'importait s'il avait ou non tué sa femme. A cet instant, rien ne m'aurait fait changer, même la preuve de sa culpabilité.

– Périgot vous attend. Partez vite.

En approchant des écuries, je sentis que quelque chose n'allait pas. J'apercevais des silhouettes furtives. Je me devinai surveillée. Il en eut conscience, lui aussi. Il serra plus fort mon bras en me poussant vers les chevaux. Tout à coup, il y eut un cri.

– Le voilà! Attrapez-le.

Le comte me poussa brutalement. Une torche s'alluma. Je vis la foule. Ils étaient une vingtaine... trente peut-être qui nous entouraient, les yeux flambants de fureur. Ils voulaient se venger de ceux qui les opprimaient depuis des siècles.

– Filez! souffla-t-il entre ses dents.

Je ne bougeai pas. Je ne pouvais l'abandonner.

Alors, je distinguai quelque chose qui me bouleversa. A la tête des révoltés, je reconnus Léon. Dans la pénombre rougeoyante, je vis le rictus de son visage, l'affreuse expression de ses traits. Jamais jusque-là, je ne l'avais imaginé ainsi. Ses yeux étaient menaçants, sa bouche tordue. Où était le charmant garçon que j'avais toujours connu?

– Pendons-le! cria une voix.

– Le pendre? Trop facile!

Ils entourèrent le comte. Je le vis tomber... et Léon fut sur lui.

Je ne distinguai pas ce que disait Léon, mais de toute

évidence, il commandait. Ils entraînèrent le comte. Je compris qu'il tentait de se libérer mais que pouvait-il contre eux tous? J'étais au désespoir. Je tremblais et mon anxiété était affreuse.

Oh! mon Dieu! songeai-je. Il avait raison. C'était trop tard.

2

Périgot s'approcha de moi :

– Mademoiselle, il faut partir... vite.

– Non, dis-je. Je ne pars pas.

– On ne peut rien.

– Que vont-ils décider?

– Dans la région, on tue ses pareils, mademoiselle. Il voulait que vous partiez pour l'Angleterre. Votre place n'est pas ici.

– Je ne partirai que lorsque je saurai ce qu'il est devenu.

– Mademoiselle, nous ne pouvons rien, reprit tristement Périgot. Il faut obéir à ses ordres.

– Je resterai jusqu'à ce que je sache, répliquai-je fermement.

Je rentrai au château et dans ma chambre. Toutes mes pensées étaient tournées vers lui. Qu'allaient-ils lui faire? Quelle punition lui infligerait-on pour ces siècles d'injustice? Son crime était d'avoir fait partie des oppresseurs. Et maintenant, c'était les autres qui le devenaient.

Il avait tenté de me sauver. Il n'avait pensé qu'à moi. S'il n'était pas revenu au château, il serait à Paris maintenant. Là-bas non plus, il n'aurait pas été en sécurité mais, au moins, il aurait été avec ses pairs à la cour et là, il aurait certainement pu se défendre.

Et moi que pouvais-je faire? Rien, sauf attendre.

Où l'avaient-ils emmené? Où était-il maintenant? Je n'osais y penser.

Léon était donc un traître. Il était dur d'accepter qu'il ait pu devenir le chef des agresseurs. N'avait-il pas, toute sa vie, été élevé au château – nourri, vêtu, éduqué?

Tout ce temps-là, avait-il entretenu un tel ressentiment qu'on le trouvait à la tête de la foule en délire? Certes, son jumeau avait été tué... par le comte et il n'avait jamais dû le lui pardonner.

Mais le comte avait tenté de réparer. Il avait pris Léon dans sa propre maison. Il l'avait presque considéré comme faisant partie de la famille. Louise avait aidé les siens. Le pardon avait dû être impossible. Durant tant d'années, Léon avait attendu sa revanche. Mais comme il avait su dissimuler ses sentiments!

Et c'était donc bien ce même Léon que j'avais vu la nuit du bal. Cela aurait dû m'alerter. Mais je n'avais pu le croire et m'étais convaincue que j'avais fait une erreur.

A quoi servait de penser à tout cela? Une seule chose comptait. Qu'allait-il arriver à l'homme que j'aimais?

Assise près de la fenêtre, je regardais vainement dehors. J'apercevais au loin une lueur. Etait-il là-bas? Allaient-ils le tuer? J'avais lu le meurtre dans leurs yeux... la haine pour ceux qui étaient nés riches et qui possédaient ce qu'ils convoitaient.

Quelque chose mourut en moi cette nuit-là. Jamais rien ne serait plus semblable. La vie m'avait proposé l'amour, la possibilité d'une existence dangereuse peut-être... et j'avais laissé passer l'occasion. Mon puritanisme m'avait empêchée d'accepter ce qui m'était offert. Je voulais une certitude... et j'avais perdu ma chance.

Bien entendu, la révolution aurait éclaté. Elle était inévitable. Mais au moins, nous aurions été ensemble.

Quelqu'un entra dans ma chambre. Je me tournai vivement : c'était Nounou.

– Ah! fit-elle, ils l'ont attrapé... Ils l'ont attrapé, le comte...

J'inclinai la tête.

– Que Dieu l'aide. Ils ne sont pas d'humeur à être indulgents.

– Ce sont des fous! ripostai-je passionnément. Ils ont l'air de sauvages. Et ce sont des Français... des gens qui ont vécu sur ses propriétés, profité de ses bontés...

– C'est dangereux de parler ainsi.

– Mais c'est vrai, m'écriai-je. Nounou, que va-t-il lui arriver?

– Ils vont certainement le pendre, fit-elle paisiblement.

– Non!

– C'est ce qu'ils font. Ils les pendent aux lanternes. On me l'a dit. Ils ont pris la Bastille. C'est un début. Il n'y a rien à espérer pour le comte et ses pareils. Je suis bien contente que ma Louise soit partie. Ç'aurait été terrible pour elle. Ils ne ménagent pas les femmes.

Je ne pouvais me décider à la regarder. Elle semblait si calme, si satisfaite.

– Oh! oui, reprit-elle, c'est bien qu'elle soit partie comme elle l'a fait. Elle n'aurait pas supporté de vivre ça.

Je ne voulais plus l'écouter. J'aurais voulu rester seule.

Mais elle vint plus près, s'assit contre moi, posa une main froide sur la mienne.

– Vous ne serez plus jamais avec lui maintenant, dit-elle. Vous ne vous étendrez plus contre lui pour profiter de ce qu'elle ne pouvait supporter. Sa mère était comme elle. Il y a des femmes comme ça. Elles ne devraient jamais se marier. On les élève dans l'ignorance... et puis, d'un coup, elles apprennent tout et ne peuvent le supporter. Elle était comme ça, ma petite Louise. Une si gentille petite fille... qui jouait avec ses poupées. Et on l'a mariée avec lui. N'importe qui aurait mieux valu. Elle était si pareille à sa mère... de toutes les façons...

J'aurais voulu m'enfuir. Je ne pouvais penser qu'à lui. Que faisait-on de lui? Il devait souffrir encore plus moralement que physiquement. Je me souvenais de lui, la première fois que je l'avais vu. « Le galop du Diable », avais-je pensé. Si fier, si formidable, invincible sur son cheval.

– Je peux dire la vérité maintenant, continuait Nounou, c'est un poids qui me tombe des épaules. J'ai toujours senti que je devrais dire la vérité. J'ai failli le faire plusieurs fois. Vous l'avez soupçonné, lui, n'est-ce pas? Tout le monde l'a soupçonné. Hé! c'est qu'il avait un motif. Il était lié à elle... et elle ne pouvait lui donner un fils, et vous étiez là, jeune, en bonne santé. C'était facile, mademoiselle, de voir ce qu'il ressentait pour vous. Et ils attendaient tous! Je riais en pensant à Gabrielle Legrand qui avait tant espéré. Quel coup pour elle, quoiqu'elle savait bien que, même s'il avait été libre, il ne l'aurait jamais épousée. Mais on ne peut pas empêcher les gens de rêver. Ils ont une telle bonne opinion d'eux-mêmes.

– Assez, Nounou, dis-je. Je suis fatiguée.

– Oui, vous êtes fatiguée, et ils vous l'ont enlevé, hein? On n'aura aucune pitié pour lui. Est-ce qu'il en a jamais eu, lui? Il se balancera bientôt à une lanterne. Ils le pendront même à l'une des siennes!

– Assez, Nounou, ça suffit.

– Je le hais, murmura-t-elle rageusement. Je le hais pour ce qu'il a fait à ma Louise. Elle avait si peur quand il venait vers elle.

– Vous avez reconnu qu'il en aurait été de même avec n'importe quel autre homme.

– D'autres auraient pu être plus gentils.

– Nounou, laissez-moi seule.

– Pas avant de vous avoir parlé. Et vous m'écouterez. Il faut savoir la vérité. Elle ne peut pas faire de bien maintenant. Alors, je peux vous la dire. Vous savez, je connaissais bien sa mère. Elle avait été bonne pour moi. Elle s'était occupée de moi quand... j'avais perdu mon mari et mon tout petit. Elle avait mis Louise dans mes bras et m'avait dit : « Voilà, Nounou, ce sera votre bébé. » Et elle était mon bébé, mon petit amour. Et j'avais cessé de penser au mien. Mais, sa mère était une femme malade. Elle était comme Louise... indécise... ne sachant ce qu'elle voulait... et voulait très peu... refusant la nourriture... et souffrant. Elle a beaucoup souffert. C'était devenu terrible, si terrible qu'elle s'est suicidée parce qu'elle ne pouvait plus supporter ces douleurs. Et c'est ce qui allait arriver à Louise. Elle ressemblait à sa mère. Je le savais. Qui pouvait savoir mieux que moi? Elle souffrait... un peu comme sa mère au début... et j'ai fait venir les docteurs. Ils ont déclaré qu'elle avait le même mal qui avait tué sa mère. Je savais donc ce que cela allait être...

Brusquement, je prêtai plus d'attention à ses paroles. Je la regardai soudain avec horreur.

– Oui, dit Nounou, elle aurait beaucoup souffert si elle avait vécu. Et elle ne se serait jamais supprimée. Elle était contre le suicide. Elle m'en parlait souvent : « Nous devons accomplir notre tâche sur terre, Nounou, il ne sert à rien de s'en aller à mi-chemin, parce qu'alors on revient et il faut tout recommencer. » Je ne pouvais supporter l'idée de ce qu'elle allait avoir à endurer... oh! pas ma petite Louise! Alors, j'ai fait en sorte que cela n'arrive pas...

– Nounou! vous... vous l'avez tuée?

– Pour lui éviter de souffrir, dit-elle simplement. Vous pensez que je suis une meurtrière! Vous pensez qu'on devrait m'arrêter, me pendre à une lanterne ou m'envoyer à la guillotine?

– Je sais que c'était par amour.

– Oui, par amour. Ma vie est vide depuis qu'elle est partie. Mais je sais ceci : elle ne souffre pas là où elle est. Et je me console avec ça.

– Mais vous m'avez laissé croire...

Une mauvaise lueur passa dans ses yeux :

– Qu'il l'avait tuée? Oui, c'est vrai. Il l'a tuée... mille fois en pensée. Elle le gênait, mais il ne l'a pas tuée, c'est moi, moi qui voulais la garder pour toujours qui ai fait ça. (Elle couvrit son visage de ses deux mains et se mit à pleurer.) Mon tout petit. Elle était si paisible étendue sur sa chaise longue. Aucune douleur... plus jamais. Elle ne le craignait plus. Elle est heureuse maintenant, ma chérie. Elle a rejoint mon autre enfant... mes deux amours sont ensemble.

– Oh! Nounou! murmurai-je – et je mis mon bras autour de son cou.

Elle me repoussa :

– Mais vous ne l'aurez pas, lui! lança-t-elle méchamment. C'est fini.

Puis, elle se leva et se dirigea vers le couloir. Elle s'arrêta et me regarda :

– Vous feriez bien de rentrer chez vous, dit-elle. Oubliez tout ça... si vous le pouvez. (D'un air menaçant, elle poursuivit :) Vous êtes en danger ici. Ils ne vous ont pas prise cette nuit, mais vous êtes contre eux. (Elle eut un vilain sourire :) La cousine... c'est la même famille. Vous allez voir maintenant ce que c'est que d'appartenir à une famille pareille. Ce soir, ils ont voulu le gros poisson, mais tout le menu fretin est bon comme le sang des aristocrates. Ils veulent le voir couler... les fils, les filles, les nièces, les neveux, les cousins...

– Nounou, commençai-je.

Mais elle tourna le dos et s'en fut en murmurant :

– Ils vont venir, je vous le dis. Ils vont venir vous chercher.

J'étais stupéfaite par sa révélation. Ainsi, j'avais douté de lui et je n'aurais peut-être jamais l'occasion de lui demander pardon.

Où était-il? Désespérément, je faisais appel à mon imagination, mais je ne pouvais oublier ces visages tordus de colère, avides de sang, déterminés à se venger.

Ils l'avaient emmené. La voix de Nounou résonnait à mes oreilles :

– Ils vont venir vous chercher!

Collée à la fenêtre, j'attendais le jour. Je ne savais d'ailleurs pas ce que je ferais ensuite. Les mêmes pensées tourbillonnaient dans mon esprit : où l'ont-ils traîné? Que vont-ils lui faire? Est-il déjà...

Je ne voulais pas le croire. Je faisais des promesses à Dieu : « Laissez-moi le revoir... une fois seulement. Laissez-moi lui dire que je sais que je l'ai mal jugé. Laissez-moi lui dire que je l'aime... que je l'ai toujours aimé, mais que j'avais trop peu d'expérience, que j'étais trop ficelée dans les conventions, pour comprendre. Une fois... laissez-moi le revoir... »

Il n'aurait pas voulu que je reste là. J'aurais dû m'enfuir avec Périgot tant qu'il y avait encore une possibilité. Mais comment aurais-je pu partir? Je ne pensais qu'à lui. Ma sécurité me semblait sans importance. S'ils devaient le tuer, ils n'avaient qu'à me tuer avec lui.

Au loin, j'entendis des cris. J'aperçus des lueurs parmi les arbres... des torches approchaient du château.

Bientôt, je distinguai les voix. Ai-je imaginé qu'ils prononçaient le mot « cousine »?

Ils chantaient...

Des pas s'arrêtèrent devant ma porte. Des murmures. C'était les domestiques. « Ils viennent chercher la cousine... maintenant. »

Je revins près de la fenêtre et je distinguai nettement les cris : « A bas la cousine! A la lanterne! »

Ma gorge était sèche. Ainsi, ils étaient là. J'allais être traînée par la foule comme il l'avait été. C'était le prix que j'avais à payer. J'avais permis le subterfuge. J'avais prétendu être la cousine de Margot pour sa sauvegarde et, ensuite, j'avais laissé le mensonge s'installer. Et tout cela allait me coûter la vie.

Je ne voulais pas mourir. Je désirais tant vivre, vivre avec mon amour, vieillir avec lui. J'avais encore tant à apprendre de lui... de la vie.

Le bruit qui montait d'en bas était affreux. Je fermai les yeux et il me sembla que toutes ces faces envieuses, haineuses, mauvaises, se resserraient contre moi.

La lumière des torches illuminait ma chambre. Dans le miroir, j'aperçus l'image d'une femme échevelée, affolée, où je me reconnus à peine.

Dans un instant...

On cogna dans ma porte. Je me précipitai et m'appuyai dessus de tout mon poids.

– Ouvrez... vite!

C'était Périgot.

Je tournai la clé. Il me saisit par le bras, me tira dans le couloir. Il courait, m'entraînant après lui. Nous prîmes un petit escalier en spirale qui montait, qui montait...

Nous débouchâmes dans la tour de guet. Périgot appuya sur un panneau, le bois glissa doucement et découvrit une sorte de niche.

– Entrez là, souffla-t-il. Vous y serez en sûreté. Ils chercheront partout, mais ils ne connaissent sûrement pas ce coin. Je reviendrai lorsqu'ils seront partis.

Le panneau se referma sur moi. J'étais dans une obscurité complète.

Je les entendis arriver dans la tour. J'entendis les horribles paroles qu'ils lançaient, leurs affreux rires lorsqu'ils détaillèrent ce qu'ils me feraient s'ils me trouvaient.

Et le mot « cousine » revenait toujours et je me souvenais des jours si heureux alors que ma mère était vivante et qu'il nous aurait semblé tellement impossible que je puisse être victime de la révolution en France. Cousine... c'est alors que tout avait commencé. C'était lorsque j'avais accepté de venir en France avec Margot et de passer pour sa cousine... Si je n'avais pas accepté...

Non, me disais-je à moi-même, malgré la violence, malgré le danger qui me menace, je recommencerais tout... Je ne regrette rien... excepté les doutes que j'ai eus envers le comte. « Le galop du Diable », la phrase me revenait toujours, mais je la répétais maintenant avec tendresse. *Mon* Diable. Je ne souhaitais rien d'autre qu'être avec lui, risquer n'importe quoi pour le retrouver. J'aurais volontiers donné ma vie pour lui.

A chaque minute, je m'attendais à voir le mur s'ouvrir. Ils finiraient bien par trouver le secret du panneau. Ils démoliraient peut-être les murs. Attendant avec effroi, je restais accroupie dans l'ombre.

Puis le bruit décrut, et cessa. J'étais de nouveau sauvée.

Il me sembla que des heures s'écoulaient dans cette obscurité silencieuse... et enfin Périgot revint.

Il apportait des couvertures et des chandelles.

– Il faut que vous restiez là pendant quelque temps, dit-il. La foule est enragée. Ils ont dévalisé le château et sont partis en emportant tout ce qui avait de la valeur. Dieu merci, ils n'ont pas mis le feu. Je les ai convaincus que vous vous étiez sauvée lorsqu'ils ont attrapé le comte. Certains ont pris des chevaux dans les écuries et sont partis à votre poursuite. Cela cessera dans un jour ou deux. Ils se sont attaqués à d'autres qui vont les occuper maintenant. Restez donc là jusqu'à ce que je puisse vous faire fuir. Dès que ce sera possible, je vous ramènerai à Granville.

– Périgot, dis-je, pour la seconde fois, je vous dois la vie.

– Le comte ne me pardonnerait pas s'il vous arrivait malheur.

– Vous parlez de lui comme si...

– Mademoiselle, dit-il sérieusement, le comte a toujours su se tirer des situations difficiles. Il réussira encore.

– Oh! Périgot, est-ce possible?

– Seul Dieu... et le comte... le savent, mademoiselle. Mais ce sera. Cela doit être.

Les mots de Périgot firent plus pour éclairer ma triste pénombre que les chandelles qu'il m'avait fournies.

Je passai la nuit dans ma cachette. Je me couchai sur les couvertures et pensai au comte... Périgot avait raison. Il trouverait le moyen de se sauver.

Périgot revint au matin. Il m'apporta de quoi manger, mais je ne pus rien avaler.

Il déclara qu'il aurait deux chevaux prêts dans les écuries. Nous partirions dans la nuit car il ne savait pas en qui il pouvait avoir confiance. Il fallait que j'essaye de manger pour être assez forte, le moment venu.

Ce fut la nuit suivante que Périgot vint me chercher. Je savais que nous ne pourrions pas voyager dans la journée sans éveiller des soupçons.

– Partons tout de suite, souffla-t-il. Faites attention. Ne parlez pas. Il nous faut parvenir aux écuries sans qu'on nous voie.

Je sortis de ma cachette. Périgot referma le panneau et me dit :

– Nous allons redescendre l'escalier en spirale. Je passe devant. Suivez-moi prudemment.

Et nous commençâmes à descendre.

Cela me parut très long, mais enfin, nous parvînmes à l'air libre et, après mon séjour dans la tour, cela me monta presque à la tête.

Soudain... mon cœur sauta. Une terreur me prit en distinguant une silhouette près de la porte.

C'est la fin, songeai-je. Puis, je vis qui c'était.

– Joël! criai-je.

– Chut! fit Périgot. Tout est prêt.

– Venez, Minella, dit Joël – et il m'aida à me mettre en selle.

Périgot s'approcha :

– Votre ami anglais vous accompagnera, mademoiselle, dit-il. J'ai des nouvelles du comte. Ils ne l'ont pas tué.

– Oh! Périgot! Est-ce vrai? Vous êtes sûr...

Il inclina la tête :

– Ils l'ont emmené à Paris. Il est à la Conciergerie.

– Où ils vont... en attendant la mort?

– Le comte n'est pas encore mort, mademoiselle.

– Dieu merci. Merci à vous. Périgot, comment pourrai-je jamais...

– Partez vite, dit-il. Soyez courageuse.

– Vite, Minella, venez, intervint Joël.

Nous sortîmes des écuries et je partis, côte à côte avec Joël, loin de Dampierre.

Toute la nuit nous chevauchâmes jusqu'à ce que Joël propose de faire reposer les chevaux. C'était l'aube quand nous arrivâmes près d'un bois où nous fîmes boire nos montures dans un ruisseau. Puis, Joël les attacha à un arbre et nous nous assîmes un instant pour parler.

Il me raconta combien il s'était inquiété lorsque j'avais disparu, et combien il avait été soulagé lorsque le message du comte leur avait appris que j'étais à Paris. Il s'y était rendu tout de suite et on lui avait indiqué où je me trouvais.

Il voulait me ramener à Granville, car Margot avait décidé de partir pour l'Angleterre avec son mari et Pierrot. Cependant, elle ne voulait pas s'en aller sans moi. Mais, en arrivant, il avait appris ce qui s'était passé. Périgot et lui avaient considéré que c'était la Providence qui l'avait amené là au bon moment. Il avait donc tout organisé avec le brave Périgot pour que je file rapidement.

– Paris est terrifiant, me racontait-il. On n'entend parler que de ce qu'ils feront à certains lorsque ceux-ci tomberont entre leurs mains.

– Et... nomme-t-on le comte?

– C'est un nom très connu.

Je tremblai.

– Et ils l'ont, murmurai-je. Ils l'ont emmené. Léon, cet infâme traître, était à leur tête.

– Dieu merci, ils ne vous ont pas trouvée.

– C'est Périgot qui m'a sauvée... encore une fois.

– C'est un serviteur dévoué.

– Oh! Joël! m'écriai-je. Ils l'ont enfermé à la Conciergerie. C'est la prison qu'on appelle l'antichambre de la mort.

– Mais il est vivant, me rappela-t-il. Etienne s'y trouve aussi. Il a été pris avec Armand.

– Ainsi, les voilà ensemble. J'ai eu si peur que la populace ne tue le comte.

– Non, Périgot m'a affirmé qu'il est trop important pour une mort sans signification. On a persuadé les révoltés de l'emmener à Paris.

Je me sentais malade de frayeur. On allait transformer son exécution en spectacle. Grâce à lui, ils montreraient comment ils traiteraient les aristocrates qu'ils pourraient atteindre. La roue du destin avait affreusement tourné. Et pourtant, je n'oubliais pas qu'il était encore vivant.

– Il faut aller à Paris, déclarai-je tout à coup.

– Non, Minella. Il faut quitter ce pays sans délai.

– Allez Joël, allez à Granville, mais, moi, je reste à Paris. Tant qu'il vivra, je resterai près de lui.

– C'est de la folie, dit-il.

– C'est possible, mais je le lui dois.

Comme Joël fut patient avec moi! Comme il me comprit! Puisque je ne voulais pas m'éloigner de Paris, il resterait avec moi. Il ne s'épargna rien. Il fit face à mille dangers pour mon bien. Il avait un ami, rue Saint-Jacques, et nous nous installâmes chez lui. C'était une maison sans prétention sise au milieu des bouquinistes et de demeures du XVIIe siècle. Beaucoup d'étudiants habitaient par là, et avec les vêtements que Joël acheta pour nous, personne ne nous remarqua.

Etre dans cette ville, naguère si fière et si belle, réduite à l'état où la populace l'avait mise, était déjà douloureux, mais savoir que l'homme que j'aimais était aux mains de ces insensés était plus que je ne croyais pouvoir supporter. La foule hurlante parcourait les rues où l'on apercevait partout les bonnets rouges. Les nuits surtout étaient pénibles. Je restais allongée sans dormir car je savais que le matin, quand nous sortirions, nous verrions de tristes corps se balancer aux lanternes... et certains abominablement mutilés.

– Il nous faut partir, répétait sans cesse Joël. Nous ne pouvons plus rien.

– Mais je ne peux pas... tant que je ne saurai pas s'il est mort.

Je traînais dans la cour de Mai et regardais avec anxiété passer les tombereaux. Fascinée, je restais dans la foule, écoutais les lazzis lancés à quelque noble qu'on entraînait sans perruque, la tête rasée, silencieux et dédaigneux.

J'étais là quand passa Etienne. Hautain, ne marquant aucune peur, fier d'être, enfin, considéré comme de la noblesse au sang bleu pour laquelle il avait voulu me tuer.

Mais moi je pensais : « Aujourd'hui c'est le fils qu'on tue, ne sera-ce pas le père demain? »

Il faisait nuit... une horrible nuit. Par la fenêtre, j'entendais les cris de la foule.

Soudain, on heurta violemment la porte en bas. Je passai vite une robe et allai sur le palier. Joël était déjà en haut de l'escalier.

– Restez où vous êtes, commanda-t-il.

J'obéis tandis qu'il descendait. Je l'entendis parler à quelqu'un qui le suivit lorsqu'il remonta. L'inconnu portait un manteau et son chapeau était baissé sur ses yeux.

Il se découvrit en me voyant.

– Léon! criai-je, et une telle colère m'envahit qu'ensuite, je restai sans voix. Je pouvais seulement le regarder, les yeux agrandis d'épouvante.

– Vous êtes surprise de me voir?

– Comment osez-vous? parvins-je à riposter. Comment... vous qui l'avez trahi! Il vous a pris chez lui... il vous a élevé... il...

– Vous vous trompez sur moi, dit-il doucement. Je viens pour essayer de le sauver.

Je ris amèrement :

– Je vous ai vu lorsqu'on est venu l'arrêter!

– Si nous entrions dans ma chambre, proposa Joël, nous pourrions parler.

– Je n'ai rien à dire ni à entendre de cet homme, lançai-je. Allez-vous-en! Joël, ne l'écoutez pas. Il ne veut pas que sa vengeance s'arrête avec le comte!

Mais Joël nous poussa gentiment chez lui.

– Entrez et asseyez-vous, ajouta-t-il.

Nous prîmes place autour d'une table. Léon ne me quittait pas des yeux :

– Je veux vous aider, commença-t-il. Je vous ai toujours estimée. (Il eut un demi-sourire :) Tenez, j'ai presque failli... Mais je n'oubliais pas ma situation. Sachez pourtant que je suis prêt à n'importe quoi pour vous. Je courrai un grand risque sans doute mais l'époque est aux grands risques. Qui vit aujourd'hui peut être mort demain.

– Je ne veux rien de vous, répétai-je. Je sais qui vous êtes. Je vous ai vu jeter une pierre dans la nuit du bal, mais je n'en ai pas cru mes yeux et j'ai cru que je m'étais trompée. Hélas! je ne m'étais pas trompée... car vous étiez présent quand ils sont venus le chercher. Vous étiez même à la tête de ses agresseurs. Vous les conduisiez. J'ai vu la haine et la cruauté dans vos yeux et, cette fois, il n'y avait pas d'erreur possible.

– Et vous vous trompiez quand même. Il faut que vous soyez convaincue de ma loyauté totale envers le comte.

– Vous n'arriverez jamais à me convaincre, c'est impossible. (Je me tournai vers Joël.) Chassez-le. C'est un traître.

– Nous avons peu de temps, reprit Léon. Laissez-moi m'expliquer car si vous voulez sauver le comte, vous avez besoin de mon aide et, par ailleurs, je ne peux rien sans vous.

Joël, intrigué, me regardait :

– Je l'ai vu, repris-je, je l'ai vu. C'était lui sans aucun doute.

– Ce n'est pas moi que vous avez vu, coupa Léon, c'était mon frère jumeau.

– Je n'en crois rien. Nous savons qu'il est mort. Il a été tué par les chevaux du comte et c'est pour cette raison que vous, vous avez été élevé au château.

– Mon frère avait été blessé... grièvement blessé. On a cru qu'il ne s'en remettrait pas. Tout le monde a cru qu'il mourrait. Et le comte m'a emmené... mais mon frère n'est pas mort.

– Je n'en crois rien.

– C'est pourtant vrai.

– Et où a-t-il été pendant toutes ces années?

– Lorsqu'ils ont compris qu'il s'en remettrait, mes parents ont craint que les bienfaits proposés par le comte ne soient perdus. On m'a laissé au château, je suis devenu leur fierté, l'enfant du château, comme on m'appelait. Tout perdre leur a paru intolérable. Ils aimaient leurs enfants. C'étaient de bons parents. Et c'est pourquoi ils ont agi comme ils l'ont fait. On a fait comme si mon frère mourait. On a fabriqué un cercueil, il s'est étendu dedans et lorsque l'enterrement a eu lieu – mon oncle était le menuisier, ce qui simplifiait les choses – il a été facile à mon frère de s'enfuir pendant la nuit. Il a été installé à plus de cinquante kilomètres de là et a été élevé par des cousins.

– C'est une histoire incroyable, fis-je, soupçonneuse.

– Mais c'est vrai. Nous sommes très semblables. Si nous sommes l'un auprès de l'autre, on note la différence mais, séparément, c'est difficile. Et mon frère n'a jamais pu pardonner au comte, comme l'a fait ma famille. Il porte encore aujourd'hui les traces de l'accident. Il boite. Et la situation actuelle lui a fourni l'occasion qu'il a attendue toute sa vie. Dès avant ses vingt ans, il poussait les paysans à la révolte. Il est intelligent quoique sans éducation. Il est malin, il a de l'audace, il est capable de tout pour se venger d'une classe qu'il déteste, et il y a quelqu'un qu'il hait plus que tous les autres, c'est le comte.

Il paraissait si sincère. L'histoire, après tout, était plausible. Je finissais par le croire. Je regardai Joël qui, lui, surveillait attentivement Léon.

– Nous écoutons votre proposition, dit-il enfin.

– Voilà. Mon frère est considéré comme l'un des dirigeants du peuple. Il est responsable de la capture du comte et il l'a ramené à Paris. Le comte est connu de tous comme l'aristocrate des aristocrates. Ce sera pour eux un grand triomphe que de le montrer dans les rues, attaché dans une de leurs charrettes. La foule se pressera autour de la guillotine, ce jour-là.

Je lui coupai la parole :

– Alors, que proposez-vous?

– Je veux tenter de le faire sortir de la Conciergerie.

– Impossible! s'écria Joël.

– Presque, répondit Léon. Mais peut-être qu'avec beaucoup de ruse, et encore plus d'audace... c'est possible à condition d'accepter d'y risquer sa vie.

– Nous la risquons tous ici, fis-je impatiemment.

— Mais là, le risque sera plus grand. Vous refuserez peut-être de le courir. Si l'on est pris, ce ne sera pas seulement la mort... mais une horrible mort. La rage de la populace n'aura pas de frein.

— Je ferai n'importe quoi pour lui, affirmai-je. (Puis, je regardai Joël :) Joël, ajoutai-je, vous devez rester à l'écart de ceci.

— Je crains, dit Léon, que nous ayons besoin de vous deux.

— Minella, si vous y prenez part, je serai là aussi, assura fortement Joël, voyons ce que l'on attend de nous?

— Donc, reprit Léon, mon frère est un des chefs des révoltés. Il est connu et respecté de toute la France. On craint sa férocité, et il n'épargnera personne qui travaillerait contre sa révolution. Vous n'avez pas vu la différence entre lui et moi lorsque vous l'avez aperçu dans la foule déchaînée. Vous avez cru me voir lors de la nuit du bal. Si mon frère entre dans la Conciergerie, demande à voir le prisonnier, s'il sort avec lui pour l'emmener dans une autre prison, il peut le faire.

Je comprenais où il voulait en venir.

— Et vous irez à la Conciergerie à la place de votre frère?

— Je peux le tenter. Je connais ses manières, sa démarche, sa voix. Je peux les imiter. Réussirai-je? C'est autre chose. Si j'échoue, nous serons écorchés vifs par la foule. La fin de notre aventure ne sera pas une plaisanterie.

— Pourquoi nous proposez-vous cela? demandai-je.

— De nos jours, on vit dangereusement. Et moi... je suis entre deux mondes. Je sors du peuple et, par mon éducation, j'appartiens à l'autre côté. Aucun des deux n'a confiance en moi... vous me l'avez montré. Il faut que je choisisse l'un ou l'autre et j'ai toujours eu une faiblesse pour les causes perdues. N'oubliez pas non plus, le comte a eu des bontés pour moi... oh! de loin... Il ne daignait pas souvent s'apercevoir que j'existais. Mais j'étais fier d'être son protégé. Je l'admirais. Je me promettais de lui ressembler. Et je ne peux supporter l'idée qu'un homme tel que lui puisse être conduit à la guillotine. Toute ma vie, j'ai pensé : « Fais ceci ou cela, c'est ce que désire le comte. » Et voilà que j'ai l'occasion d'aller le trouver et de lui dire : « Faites ceci. Moi, Léon, le paysan que vous avez protégé, j'ai le pouvoir de vous sauver la vie. » Quelle satisfaction! Et puis, il y a autre chose... j'ai de l'affection pour lui... et pour vous aussi, mademoiselle Minelle. J'ai soupçonné Etienne et je m'en suis voulu de ne pas avoir été là pour vous sauver. Mais voilà que je le peux maintenant.

– Et vous êtes sûr de le vouloir vraiment?

– Complètement sûr. Voilà. J'irai à la prison. Je porterai le même manteau que mon frère. Je porterai aussi un bonnet rouge. Je prendrai sa voix, imiterai sa boiterie. Tout ça, je sais le faire, et personne n'y verra rien. Je dirai que le jour de l'exécution est fixé et que ce sera un jour de grandes réjouissances. Il faudra aussi montrer le comte auparavant dans tout Paris. Il devra donc aller dans une autre prison – secrète celle-là – et ce sera à Jean-Pierre Bourron – c'est le nom de mon frère – de se charger de ce transfert. J'aurai un cabriolet qui attendra dehors. (Il se tourna vers Joël.) Vous serez le cocher. Dès que nous serons montés, vous filerez à toute vitesse. Vous, Minelle, vous attendrez au quai de la Mégisserie où nous vous prendrons en passant avant de fuir, aussi rapidement que possible. A la sortie de Paris, j'aurai prévu un fiacre avec des chevaux frais. Vous filerez sur Granville d'où vous pourrez rejoindre la côte.

– Cela devrait marcher, admit Joël. Il faut préparer soigneusement chaque détail.

– Je vous jure que j'ai bien réfléchi à tout. Acceptez-vous?

Je regardai Joël. Que lui demandions-nous? Il était venu en France pour me ramener chez lui, pour me demander en mariage, et voilà que nous lui proposions de risquer sa vie – de risquer une affreuse mort – pour assurer mon avenir avec un autre homme.

Mais il était Joël et il n'hésita pas. J'entendis presque ma mère me souffler : « Tu vois comme il est bien. Quel excellent mari il aurait été pour toi. »

– Nous sauverons le comte, dit-il simplement.

Et je l'aimais pour la tranquillité avec laquelle il acceptait le destin que lui proposait l'existence. Il était admirable, admirable comme peut-être le comte ne serait jamais. Mais cela ne changeait rien à mes sentiments!

– Alors, conclut Léon, vérifions les détails. Ils doivent être précis, car rien ne sera gagné tant que vous ne serez pas sur le sol anglais.

Toute la nuit nous discutâmes... Léon nous rappela les dangers que nous affronterions et combien il fallait être décidé à aller jusqu'au bout avant d'entreprendre pareille tâche.

Réussirions-nous?

Je les observai lorsqu'ils partirent dans le cabriolet. Joël était déguisé en cocher. Léon portait les vêtements habituels de son frère, le bonnet rouge sur la tête.

Lorsqu'ils eurent disparu, je me dirigeai vers le quai de la Mégisserie.

La nuit tombait et il y avait beaucoup de monde partout, mais nous n'avions pas jugé prudent d'agir en plein jour. J'essayais de marcher comme une vieille femme. J'avais complètement caché mes cheveux sous un châle et j'avançais courbée le long des rues. Elles étaient effrayantes ces rues, la nuit. On craignait toujours d'y tomber sur un spectacle répugnant ou horrible. Les boutiques étaient barricadées. Beaucoup avaient été pillées. Le feu pouvait prendre n'importe où, à n'importe quel moment. Des groupes d'enfants passaient chantant le « Ça ira! ».

Vraiment, Paris était devenu le dernier endroit où l'on désirerait se trouver.

Combien de temps ai-je attendu? On m'avait dit d'être prête à sauter dans le cabriolet lorsqu'il s'arrêterait auprès de moi. Si, au bout d'une heure, il n'apparaissait pas, je devais retourner rue Saint-Jacques et attendre... attendre encore. Si, au matin, je n'avais pas de nouvelles, je devais quitter Paris, essayer d'atteindre Granville où Margot et Robert m'attendaient aussi pour partir en Angleterre.

Jamais, jamais je n'oublierai ces effroyables moments où je me tins au cœur de Paris révolutionnaire. Je respirais l'odeur du sang dans les ruisseaux, celle des cadavres dans le fleuve. J'entendis une horloge sonner 9 heures et je pensai que s'ils avaient réussi, ils allaient bientôt apparaître.

Et mon imagination me jouait des tours, m'apportant d'affreuses images. Mille horreurs s'offraient à moi et, plus je réfléchissais, plus il me semblait que notre plan était insensé. Il serait découvert. Il était trop risqué, trop audacieux, trop dangereux.

J'attendais. J'attendais. S'ils n'arrivaient pas sans tarder, je repartirais vers la rue Saint-Jacques.

Un homme m'accosta. Je m'éloignai, mais je ne voulais pas aller trop loin. Un groupe d'étudiants descendait la rue. Si le cabriolet venait maintenant, il ne pourrait pas avancer.

– Oh! mon Dieu! priai-je, faites qu'ils réussissent! Faites que je le revoie encore une fois!

Un bruit de roues : le cabriolet arrivait sur moi à une allure folle.

Léon m'aida à monter.

Je vis mon amour. Ses mains portaient des menottes. Son visage était pâle et une longue cicatrice sanglante barrait sa joue. Mais il me souriait. C'était assez.

Jamais de ma vie, je n'ai été aussi heureuse. Jamais, je ne le serai autant qu'à cet instant sur le quai de la Mégisserie.

SEPTIÈME PARTIE

ET APRÈS

Nous réussîmes à fuir. Léon nous quitta aux portes de Paris. Il repartit avec le cabriolet, en ville.

Joël, le comte et moi, nous arrivâmes à Granville où Margot et Robert désespéraient presque. Quelques jours plus tard, nous étions en Angleterre et, bientôt, je devins la comtesse de Libes. Mon mari fut très malade et il me fallut quelques semaines pour lui faire recouvrer la santé. Les Derringham se montrèrent de vrais amis.

Bertrand – j'ai eu tant de mal à l'appeler ainsi et je crois que dans mes pensées, il reste toujours pour moi le comte –, Bertrand n'était plus riche, ni puissant, mais il n'était pourtant pas sans fortune. Il avait suffisamment d'argent pour que nous puissions vivre confortablement, ce que nous fîmes dans une petite propriété située non loin des Derringham. Mon mari était né pour être un seigneur et, très vite, nos terres furent prospères. Lorsque naquit notre premier enfant – un fils –, nous avions déjà pu agrandir notre domaine.

Bertrand avait peu changé. Il était toujours arrogant, dominateur, imprévisible, mais il était l'homme que j'avais aimé, que j'aimais, et je ne tenais pas à ce qu'il ne soit plus lui-même. La vie n'était pas facile avec lui. Je ne l'avais jamais espéré. Il parlait souvent de la populace avec véhémence et je comprenais que les quelques jours passés en prison l'avaient fortement marqué. Il ne serait jamais satisfait tant qu'il ne pourrait revenir en France et retrouver ses biens. La France était son sang, et il aimait avec passion son pays natal. Nous nous querellions souvent, mais gaiement, en comparant nos deux contrées, et il rêvait toujours de rentrer chez lui.

Margot eut un second fils et je fus heureuse qu'elle donne ainsi à Robert la récompense qu'il méritait. Le comte s'était beaucoup amusé de la façon dont elle avait introduit son premier enfant dans son foyer. Il reconnaissait bien là sa fille et il le proclamait avec orgueil. Je crois que les parents de Robert ne connurent jamais la vérité. Comme disait Margot : « A quoi bon les perturber! »

Pierrot devenait un beau et solide garçon. Parfois, je songeais à son père mais j'appris, par une servante, qu'il était parti dans le Nord et qu'il réussissait bien.

Joël ne se maria jamais. J'étais un peu confuse quand je pensais à lui. Il était si bon, si digne, et, sans lui, nous n'aurions jamais pu faire sortir mon mari de la Conciergerie. J'aurais vivement souhaité qu'il se marie et qu'il soit heureux comme il le méritait.

Nous fûmes très tristes le jour où le roi de France fut exécuté, et lorsque, peu de temps après, ce fut le tour de la reine, nous sentîmes qu'une époque était terminée.

— Ils ne réussiront jamais, ces assassins, grommelait Bertrand. Ils échoueront comme nous avons échoué. Alors, nous rentrerons en France.

Moi aussi, j'ai changé. D'ailleurs, Bertrand le proclame : « L'institutrice a disparu, mais elle reparaît de temps à autre. Elle nous tiendra tous jusqu'à la fin de nos jours. »

Je suis satisfaite : j'ai connu les plus grandes extases et les plus grandes frayeurs, de grandes joies et de grandes peines. La vie est ainsi faite.

Lorsque Bertrand voulut aller en France pour voir ce qu'il était advenu de ses propriétés, je fis tout mon possible pour l'en empêcher. Puis, quand je le vis inébranlable, je décidai de le suivre. Il me l'interdit et je n'en tins pas compte. Je traversai la Manche sur le même bateau et, quand il arriva là où il devait séjourner, il me trouva qui l'attendais.

Sa colère fut violente. Il avait refusé de m'emmener parce que c'était encore dangereux. J'avais refusé de rester pour la même raison. Le choc de nos deux volontés! Combien de fois il éclata! Certains jours, Bertrand gagnait. D'autres fois, c'était moi.

Et ainsi les années passèrent.

La révolution se termina, et ceux qui y avaient échappé retournèrent chez eux. Léon se distingua dans les armées de Napoléon.

Le nouveau régime n'eut pas plus de succès que l'ancien. Il y aura toujours des gens qui jalouseront les autres et l'envie, la haine, la méchanceté, l'indifférence seront toujours, semble-t-il, les plus fortes.

Nous retournâmes à Dampierre qui, miraculeusement, restait debout. Quelle émotion lorsque nous remontâmes le grand escalier... et que nous nous rappelâmes le passé.

Margot, Robert et leurs trois enfants revinrent avec Bertrand, moi-même et nos deux fils. Et la vie reprit... pas toujours facile. Il y eut des conflits entre nos deux pays, car lorsque la nouvelle France se leva de ses cendres, elle voulut conquérir le monde derrière l'aventurier corse. Et nous discutâmes... et nous fûmes rarement d'accord.

– Tu aurais dû épouser Joël Derringham, me dit un jour Bertrand. Vous vous seriez entendus sur tout. Imagine comme ta vie aurait été agréable.

– Tu le crois vraiment? demandai-je.

Il secoua la tête et me regarda avec cet air moqueur qui était si facilement le sien et que j'avais connu lorsque, pour la première fois, je l'avais vu dans sa chambre à coucher.

– Elle aurait été trop fade pour ton tempérament, trop simple. Tu serais devenue pareille à cent autres ladies. Tu te serais ratatinée au lieu de t'épanouir. Tu aurais été charmante, délicieuse et tellement ennuyeuse. T'es-tu jamais ennuyée depuis que tu m'as épousé? Dis la vérité.

– Non. Mais j'ai souvent été exaspérée. J'ai été furieusement mécontente. Je me suis aussi demandé pourquoi je restais avec toi.

– Et quelle a été la réponse à cette grave question?

– La réponse, c'est que j'aurais été la femme la plus malheureuse du monde si je t'avais quitté.

Il rit, m'attira contre lui et me serra très fort en s'écriant tendrement :

– Enfin! Enfin! nous voilà d'accord.

L'AVENTURE MYSTÉRIEUSE

BARBARIN Georges
A. 216* Le secret de la grande pyramide
A. 229* L'énigme du Grand Sphinx

BELLINE
A. 342** La troisième oreille
A. 345** Histoires extraordinaires d'un voyant
A. 356*** Un voyant à la recherche du temps futur

BERGIER Jacques
A. 250* Les extra-terrestres dans l'Histoire
A. 351** Visa pour une autre Terre
A. 361** La guerre secrète de l'occulte

BERGIER J. et GALLET G. H.
A. 374*** Le livre du mystère

BERLITZ Charles
A. 363** Le mystère de l'Atlantide

BERNSTEIN Morey
A. 212** A la recherche de Bridey Murphy

BIRAUD Fr. et RIBES J.-C.
A. 281** Le dossier des civilisations extra-terrestres

BROWN Rosemary
A. 293* En communication avec l'au-delà

CARMI Gabrielle
A. 347** Le temps hors du temps

CAYCE Edgar
A. 300* Visions de l'Atlantide

CHARPENTIER Louis
A. 325** Les géants et le mystère des origines
A. 364** Les mystères templiers
A. 367** Les Jacques et le mystère de Compostelle

CHARROUX Robert
A. 190** Trésors du monde
A. 372**** Histoire inconnue des hommes depuis cent mille ans
A. 378**** Le livre des secrets trahis
A. 382**** Le livre des maîtres du monde (déc. 1980)

CHEVALLEY Abel
A. 200* La bête du Gévaudan

CHURCHWARD James
A. 223** Mu, le continent perdu
A. 241** L'univers secret de Mu

DÄNIKEN Erich von
A. 322** Vers un retour aux étoiles
A. 365*** L'or des dieux
A. 377*** Le livre des apparitions

DEMAIX Georges
A. 262** Les esclaves du diable

EDWARDS Frank
A. 355*** Du nouveau sur les soucoupes volantes

FLAMMARION Camille
A. 247*** Les maisons hantées
A. 310*** La mort et son mystère
A. 311** Après la mort

GRANGER Michel
A. 349*** Terriens ou extra-terrestres?

HEMMERT D. et ROUDENE A.
A. 339** L'univers des fantômes

HYNEK J. Allen
A. 327**** Les O.V.N.I., mythe ou réalité?

IVERSON Jeffrey
A. 360*** Vivons-nous plus d'une vie?

LE POER TRENCH Brinsley
A. 321** Les géants venus du ciel

LISSNER Ivar
A. 319** Civilisations mystérieuses

MANNING Matthew
A. 341** D'où me viennent ces pouvoirs?

MILLARD Joseph
A. 232** L'homme du mystère, Edgar Cayce

MOODY Dr Raymond
A. 379** La vie après la vie

NEUVILLE Pierre
A. 301** Ces autres vies que vous avez pourtant vécues

OSSENDOWSKI Ferdinand
A. 202** Bêtes, hommes et dieux

PERRIN R. Jack
A. 362**** Le mystère des O.V.N.I.

PIKE James A.
A. 285*** Dialogue avec l'au-delà

PLANSON Claude
A. 323*** Vaudou, un initié parle

PLAYFAIR Guy Lyon
A. 373**** La vie sans frontières

RAMPA T. Lobsang
A. 11** Le troisième œil
A. 210** Histoire de Rampa
A. 226** La caverne des anciens
A. 256** Les secrets de l'aura
A. 277** La robe de sagesse
A. 298* Les clés du nirvâna
A. 326** Crépuscule
A. 357* C'était ainsi
A. 366** Je crois
A. 375** Les trois vies

RANDALL Neville
A. 359*** La mort ouvre sur la vie

ROBINSON Lytle W.
A. 305*** Edgar Cayce et le destin de l'homme

ROULET Alfred
A. 320* A la recherche des extra-terrestres

SADOUL Jacques
A. 258*** Le trésor des alchimistes

SANTESSON Hans Stephan
A. 332** Le dossier Mu

SAURAT Denis
A. 187* L'Atlantide et le règne des géants

SEDE Gérard de
A. 185** Les Templiers sont parmi nous
A. 303* La race fabuleuse
A. 316*** Le secret des Cathares
A. 343** L'étrange univers des prophètes
A. 358* La Rose-Croix

SENDY Jean
A. 371*** Ces dieux qui firent le ciel et la terre
A. 376*** L'ère du Verseau
A. 381*** Les temps messianiques

SOTTO Alain et OBERTO Varinia
A. 368** Au delà de la mort

TALAMONTI Leo
A. 317*** Univers interdit

TARADE Guy
A. 214** Soucoupes volantes et civilisations d'outre-espace

VALLÉE Jacques
A. 308** Chroniques des apparitions extra-terrestres

VANDENBERG Philipp
A. 336*** La malédiction des pharaons

WAMBACH Helen
A. 380** La vie avant la vie

WATSON Lyall
A. 354**** Histoire naturelle du surnaturel
A. 369*** Histoire naturelle de la vie éternelle

WEBB Dominique
A. 348** L'hypnose et les phénomènes psi

WILSON Colin
L'occulte :
A. 330*** 1 - Histoire de la magie
A. 331*** 2 - Les pouvoirs latents de l'homme (déc. 1980)

WINER Richard
A. 370** Le nouveau dossier du Triangle des Bermudes

Editions J'ai Lu, 31, rue de Tournon, 75006 Paris

diffusion
France et étranger : Flammarion, Paris
Suisse : Office du Livre, Fribourg
Canada : Flammarion Ltée, Montréal

Achevé d'imprimer sur les presses de l'imprimerie Brodard et Taupin
7, Bd Romain-Rolland, Montrouge. Usine de La Flèche,
le 20 octobre 1980
6454-5 Dépôt Légal 4e trimestre 1980. ISBN : 2 - 277 - 21113 - 3
Imprimé en France